HEYNE

SCIENCE FICTION

STAR TREK – SEKTION 31:

Bd. 1: *S. D. Perry:* Der dunkle Plan · 06/5706

Bd. 2: *Andy Mangels/Michael A. Martin:*
Die Verschwörung · 06/5769

Bd. 3: *David Weddle/Jeffrey Lang:* Der Abgrund · 06/5729

Bd. 4: *Dean Wesley Smith/Kristine Kathryn Rusch:*
Der Schatten · 06/5821

Ein Verzeichnis aller weiteren im HEYNE VERLAG erschienenen STAR-TREK-Romane finden Sie am Schluss des Bandes.

DAVID WEDDLE
JEFFREY LANG

STAR TREK
DEEP SPACE NINE

SEKTION 31™
DER ABGRUND

Roman

Star Trek®
Deep Space Nine™
Band 29

Deutsche Erstausgabe

WILHELM HEYNE VERLAG
MÜNCHEN

HEYNE SCIENCE FICTION & FANTASY
Band 06/5729

Titel der amerikanischen Originalausgabe
SECTION 31: ABYSS
Deutsche Übersetzung von Andreas Brandhorst

Umwelthinweis:
Dieses Buch wurde auf chlor- und
säurefreiem Papier gedruckt.

Redaktion: Rainer Michael Rahn

Erstausgabe by Pocket Books/Simon & Schuster Inc., New York

http://www.heyne.de
Printed in Germany 2002
Umschlagbild: Pocket Books/Simon & Schuster, New York
Umschlaggestaltung: Nele Schütz Design, München
Technische Betreuung: M. Spinola
Satz: Schaber Satz- und Datentechnik, Wels
Druck und Bindung: Ebner & Spiegel, Ulm

ISBN 3-453-21367-X

Für Alexis Quartararo, der mir zeigte: Um seltsame fremde Lebensformen zu entdecken, genügt es, auf dem Parkplatz des Woodley Market Ausschau zu halten.

D. W.

Für Jim McGuire,
der mich etwas über den Abgrund lehrte,

und

für Lane Carpenter,
die wusste, wie man aus einem herauskommt.

J. L.

»Für jeden Julian Bashir,
der erschaffen werden kann, wartet ein
Khan Singh hinter den Kulissen.«

Starfleet-Konteradmiral BENNETT

1

Etwas würde gleich aus dem Warp kommen. Etwas Großes.

Es löste den Annäherungsalarm von *Deep Space Nine* aus, sorgte auf dem Sensorpult für Lichtmuster, die Fähnrich Thirishar ch'Thane nie zuvor gesehen hatte. Wenn die Anzeigen stimmten – und daran zweifelte er nicht –, hielt eine Subraum-Verschiebungswelle von unerhörten Ausmaßen geradewegs auf die Station zu und ließ die Fernbereichsensoren verrückt spielen. Shar betätigte Schaltelemente und kämpfte den Ärger nieder, weil es ihm nicht gelang, den Alarm abzustellen.

Ein Prickeln in seinen Fühlern wies ihn darauf hin, dass Commander Vaughn direkt hinter ihm stand. Shar versuchte, nicht nervös zu wirken. Meistens begegnete ihm der Commander ganz zwanglos, aber Vaughns Präsenz war in jedem Fall einschüchternd. Fast alle Andorianer zogen ein höfliches, sanftes Benehmen vor, selbst – oder *insbesondere*, wie manche meinten – wenn sie sich anschickten, jemandem einen Dolch zwischen die Rippen zu stoßen. Aber Shar musste sich erst noch an Vaughns Eigenart gewöhnen, übergangslos zwischen ungezwungener Nonchalance und Starfleet-Förmlichkeit hin und her zu wechseln.

»Man braucht eine Weile, um sich an cardassianische Kontrollinterfaces zu gewöhnen, nicht wahr?«, fragte der Commander freundlich und trank einen

Schluck von der grässlichen Flüssigkeit, die man »Kräutertee« nannte.

»Ja, Sir«, gab Shar ein wenig verlegen zu. Nach sechs Wochen als wissenschaftlicher Offizier von *DS9* glaubte er, die Besonderheiten seiner Konsole allmählich zu verstehen. Dass ihn der neue Erste Offizier der Station jetzt dabei beobachtete, wie er vergeblich versuchte, den Alarm abzuschalten ... Es war beschämend.

Vaughn schien seine Gedanken zu erraten und beugte sich vor. »Ganz ruhig, Fähnrich«, sagte er. »Unter den gegenwärtigen Umständen ist es kein Wunder, dass bei der Sensorphalanx alles durcheinander gerät. Sie kriegen das schon hin.«

Shar ließ den angehaltenen Atem entweichen und konzentrierte sich. Seine langen Finger glitten über die Schaltelemente und bald verklang der Alarm. Als schließlich Stille herrschte, klopfte ihm Vaughn auf die Schulter. »Gut. Wenn man es mit fremder Technik zu tun hat, sollte man an die Psyche ihrer Konstrukteure denken – dann kann man leichter mit ihr umgehen. In diesem Fall handelt es sich um Leute, die großen Wert auf Details legen und sehr sorgfältig sind. Deshalb enthalten die Systeme viele Dinge, die wir für überflüssig halten.«

»Ich werde daran denken, Sir«, erwiderte Shar.

»Etwas kommt aus dem Warptransfer?«

Shar hob den Kopf und sah Colonel Kira in der offenen Tür des Büros, das dem Kommandanten zur Verfügung stand. Ihre Stimme hallte laut durch den ansonsten stillen Kontrollraum.

Vaughn trat ans zentrale Tischdisplay heran und stellte eine Verbindung mit den Sensoren her. »Alles deutet darauf hin. Etwas Großes, das mit niedriger Warpgeschwindigkeit fliegt.«

»Nog?«, fragte Kira, kam die Treppe herunter und trat zu Vaughn.

»Das hoffe ich«, sagte der Commander. »Wenn nicht, verteilen sich unsere Überreste bald im Denorios-Gürtel.«

Kira überhörte Vaughns Kommentar und betrachtete das Tischdisplay. »Keine Kom-Signale?«, fragte sie Shar.

»Nein, Colonel«, erwiderte der Andorianer. »Aber damit haben wir gerechnet. Wenn etwas so Großes den Warptransit beendet, sind erhebliche Subraum-Verzerrungen die Folge …«

Colonel Kira hörte gar nicht mehr zu und beobachtete die Anzeigen des Displays.

»Bleibt ihm genug Raum zum Bremsen?«, wandte sich die Bajoranerin an Vaughn.

»Es hängt ganz davon ab, wie viel Bewegungsmoment das Objekt hatte, als Nog den Warptransfer einleitete«, erwiderte Vaughn. »Lassen Sie ihn seinen Job erledigen. Er schien immer genau zu wissen, worauf es ankommt. Der Bursche ist intelligent. Und er hat Stil.«

»Stil«, wiederholte Kira. »Nog?« Offenbar fiel es ihr schwer, diese beiden Begriffe miteinander zu verbinden.

»Ja«, bekräftigte Vaughn. »Sein hübscher kleiner Plan. Seine Lösung für … all dies.« Vaughn vollführte eine Geste, die der ganzen Station galt. Im Kontrollraum war es dunkler als sonst. Während der andauernden Notsituation waren viele der nicht unbedingt erforderlichen Bordsysteme von *Deep Space Nine* deaktiviert worden. Seit sich Colonel Kira gezwungen gesehen hatte, den Fusionskern der Station abzustoßen, stammte die Betriebsenergie von Notstromgeneratoren der Föderation. Dadurch gewannen sie Zeit – die Station verfügte über fast dreißig Prozent ihres normalen energetischen Potenzials. Aber inzwischen liefen die Notstromgeneratoren seit zwei Wochen mit voller

Leistung und erste Verschleißerscheinungen machten sich bemerkbar. Während der letzten Tage waren ganze Abteilungen der Raumstation evakuiert und ihre Systeme deaktiviert worden, um die Generatoren zu entlasten. Abgesehen von den geplanten Hilfskonvois für Cardassia Prime und den drei alliierten Schiffen, die im Raumbereich des Wurmlochs patrouillierten, war der Raumschiffverkehr auf *DS9* zum Erliegen gekommen.

Der Pulsschlag der Station war immer langsamer geworden, seit Kira ihr großes Herz dem All überlassen hatte. In den bajoranischen Nachrichtensendungen hieß es, dass die Explosion fast überall auf der Nachtseite des Planeten zu sehen gewesen war. Als für die westlichsten Städte der Abend begann und in den östlichsten die Lichter am Morgen ausgingen, schien ein neuer Stern am Himmel aufzugehen. Kinder waren nach draußen gelaufen, weil sie an den Beginn eines Feuerwerks glaubten. Ihre Großeltern erinnerten sich an die Ankunft der Cardassianer und riefen sie ins Haus zurück.

Als die Lage an Bord der Raumstation immer schwieriger wurde, beobachtete Shar bei einigen seiner Kollegen seltsame Reaktionen. Je mehr *DS9* wie ein Außenposten an den fernen Grenzen der Föderation wirkte, desto mehr schienen sich manche der alten Besatzungsmitglieder zu *freuen*. Dr. Bashir erweckte gelegentlich den Eindruck, regelrecht begeistert zu sein. In Shar verfestigte sich die Meinung, dass diese Leute einen Urlaub brauchten, und zwar dringend. *So was passiert, wenn man sich mit Propheten, Geistern und Dämonen einlässt,* dachte er.

Seine Aufmerksamkeit kehrte zum Gespräch zwischen Commander und Colonel zurück. »Ich gebe zu, dass ich die ganze Zeit über skeptisch gewesen bin«, sagte Kira. »Aber ich wollte Nog nicht ermutigen …«

»Und Sie hatten keinen besseren Vorschlag«, beendete Vaughn den Satz für sie.

»Etwas in der Art«, räumte Kira ein. Shar fragte sich, ob sie sich darüber ärgerte, vom Commander unterbrochen zu werden. Andererseits: Sie selbst hätte sicher nicht gezögert, einen vorgesetzten Offizier zu unterbrechen. Shar hätte Kira gern einmal bei einer Besprechung mit ihren bajoranischen Vorgesetzten erlebt. *Das wäre sicher sehr interessant,* dachte er.

Bisher hatte keine Diskussion darüber stattgefunden, was geschehen sollte, wenn Nogs Plan nicht funktionierte. Shar schaffte es nicht, in Hinsicht auf die Zukunft von *DS9* optimistisch zu bleiben. Die cardassianische Raumstation war dreißig Jahre alt; und ganz abgesehen von den vielen technischen Erweiterungen und Verbesserungen durch Starfleet: Während der vergangenen Jahre hatte sie viel aushalten müssen. Vielleicht wäre es besser gewesen, sie in die bajoranische Sonne stürzen zu lassen und ganz von vorn zu beginnen. Wenn man von einem solchen Szenario ausging, hätte Starfleet vermutlich beschlossen, eine Starbase zu errichten – ein Projekt, das bei den Alliierten sicher zu Kontroversen geführt hätte. Es sei denn, es wurde sehr schnell über den letzten Antrag von Bajor auf Föderationsmitgliedschaft entschieden. Die Föderation war kriegsmüde und ihre Ressourcen gingen allmählich zur Neige. Der Rat würde allen Seiten freundlich zuhören und anschließend das technische Korps Starfleets schicken, ungeachtet aller Einwände. Shar wusste, wie die Politik funktionierte. Er wusste es sogar besser, als ihm lieb war.

»Zeigen die Nahbereichsensoren etwas an, Fähnrich?«, fragte Kira.

Shar blinzelte. »Ich bin angewiesen worden, die Nahbereichsensoren bis auf weiteres zu deaktivieren, Sir.« Er versuchte, ein mentales Bild zu übermitteln, das zeigte, wie Commander Vaughn diese Anweisung erteilte. Er wusste, dass Bajoraner telepathisch nicht begabter waren als die meisten Andorianer, aber ein Versuch konnte nicht schaden, fand er.

Vaughn schien über ein höheres psionisches Potenzial als die meisten Menschen zu verfügen, denn er empfing Shars Notruf. »Ich habe den Befehl gegeben, Colonel«, sagte er. »Die Patrouillenschiffe reichen für den Nahbereich aus.«

»Ich erinnere mich nicht daran, das autorisiert zu haben«, sagte Kira. Shar fühlte sich fast von der Hitze des Blicks versengt, den die Bajoranerin auf Vaughn richtete. Er widerstand der Versuchung, sich am linken Fühler zu kratzen.

»Eine solche Autorisierung gab es nicht«, gestand der Commander. »Ich habe die Deaktivierung gestern beschlossen.« Er trank einen Schluck Tee. »Sie waren mit dem cardassianischen Verbindungsoffizier beschäftigt, und ich wollte Sie nicht mit dieser Angelegenheit belästigen. Es war eine ganz einfache Wahl: entweder die Nahbereichsensoren oder das Licht.«

Shar beobachtete, wie sich Colonel und Commander gegenseitig musterten. Er wusste, dass Kira früher Commander Vaughns Pflichten wahrgenommen hatte. Vor nicht allzu langer Zeit war es *ihre* Aufgabe gewesen, über *alle* Dinge an Bord der Raumstation Bescheid zu wissen. Shar hatte gehört, dass es ihr zunächst auch schwer gefallen war, sich an Vaughns Vorgänger Tiris Jast zu gewöhnen. Jast hatte ein tragisches Ende gefunden, und vielleicht fühlte sich Kira deshalb schuldig. Solche unbewussten Schuldgefühle verstärkten möglicherweise ihren Drang, sich um alles an Bord der Station selbst zu kümmern. Shar kannte genug Personen mit Kommandoverantwortung, um zu wissen: Das Schlimmste bei einer Beförderung war die

Notwendigkeit, einige Entscheidungen anderen Leuten überlassen zu müssen.

Offenbar fiel es Kira noch immer schwer, sich damit abzufinden. Ihr Ärger verschwand nicht, aber es gelang ihr, ihn beiseite zu drängen. »Natürlich«, sagte sie. »Licht. Die richtige Wahl, Commander.«

Shar spürte, wie sich ein Teil seiner Anspannung auflöste, und nur wenige Sekunden später meldete Lieutenant Bowers von den taktischen Kontrollen, dass die drei Patrouillenschiffe den Alarmstatus erhöht hatten – ihre Reaktion auf die gewaltige Subraum-Verschiebung, die sich dem bajoranischen Sonnensystem näherte. Shar wandte sich mit einem fragenden Blick an Kira und wartete auf ihr Nicken, bevor er die Nahbereichsensoren reaktivierte.

Was er sofort bedauerte. Verwirrt blickte er auf die Anzeigen und fluchte in seiner Muttersprache – die Subraum-Verschiebung war noch stärker geworden. Colonel Kira schien ihn nicht gehört zu haben und wies Bowers an, den Hauptschirm zu aktivieren. Doch Commander Vaughn warf ihm einen warnenden Blick zu, der auf gewisse Andorii-Kenntnisse hindeutete.

Das zentrale Projektionsfeld erhellte sich und Shar versuchte, seine Aufmerksamkeit zwischen den Darstellungen des Hauptschirms und den Anzeigen seiner Konsole zu teilen. Ein sich schnell auflösendes Warpfeld zerriss den Raum. Die Zeit schien langsamer zu verstreichen, als sich die Öffnung ausdehnte. Shar befürchtete plötzlich, dass *DS9* hineingezogen werden könnte – obwohl er wusste, dass so etwas unmöglich war.

Etwas glitt in den Normalraum. Angeführt von einem einzelnen Runabout kamen neun Föderationsschiffe aus dem Warptransfer. Sie flogen in einer exakten Formation und blaue Traktorstrahlen gingen von ihnen aus, waren auf ganz bestimmte Stellen der gemeinsamen Last gerichtet. Shar staunte noch immer darüber, dass sich neun Raumschiffkommandanten – von den jeweiligen Chefingenieuren ganz zu schweigen – dazu hatten überreden lassen, so etwas zu wagen. Eine extrem genaue Abstimmung und Koordination war für ein solches Unternehmen erforderlich. Als Nog seinen überarbeiteten Plan vorgelegt hatte, hielten ihn bis auf Commander Vaughn alle für übergeschnappt. Die Computermodelle und die immer kritischer werdende Situation von *Deep Space Nine* hatten Kira schließlich davon überzeugt, dass es nichts zu verlieren gab. Shar vermutete, dass sie insgeheim Commander Vaughns Verwegenheit teilte.

Datenströme scrollten durch die Displays und Shar bemerkte die warnenden Hinweise. Er sah zum Hauptschirm und rechnete damit, dass Warpgondeln explodierten, Warpkerne separiert wurden und sich weiße Plasmawolken ausbreiteten. Stattdessen sah er etwas anderes.

Rettung.

Er blickte zu Colonel Kira. Sie lächelte – nein, sie grinste – und juchzte voller Freude, hieb mit den Fäusten auf die Kommandostation und zeigte die Begeisterung einer Frau, die trotz gewisser Erfahrungen in ihrem Leben nicht unbedingt bereit war, an Wunder zu glauben.

Shar sah erneut zum Bildschirm, der noch immer das Objekt zeigte.

Empok Nor, Deep Space Nines vor langer Zeit aufgegebener Zwilling.

»Die *Rio Grande* setzt sich mit uns in Verbindung, Colonel«, sagte Bowers.

»Wurde auch Zeit«, erwiderte Kira und grinste noch immer. »Auf den Schirm, Lieutenant.«

Bowers nahm eine Schaltung vor. Die Station verschwand vom Schirm und wurde durch Nog ersetzt, der an den Kontrollen des Runabouts saß. Für Shar sah er wie jemand aus, der seit Tagen nicht geschlafen hatte. »Ich melde die erfolgreiche Durchführung unserer Mission, Colonel«, sagte Nog.

»Nog, ich ...«, begann Kira, brach ab und schüttelte den Kopf. Dann holte sie tief Luft und versuchte es erneut. »Ihnen ist doch klar, dass Sie damit den Ausblick aufs Wurmloch ruinieren, oder?«

Nog lächelte fast. »Nicht für lange, Colonel«, versicherte er ihr. »Sobald wir *DS9* mit dem unteren Kern von *Empok Nor* ausgestattet haben, können wir die Station zu einem nahe gelegenen Ort schleppen, für den Fall, dass wir weitere Ersatzteile brauchen.«

»Wie hat die Station den Transport überstanden?«, fragte Vaughn.

»Noch besser, als wir aufgrund der Simulation hoffen durften, Commander«, erwiderte Nog. »Es kam zu geringfügigen Strukturschäden in zwei unteren Andockmasten, aber wenn man bedenkt, dass wir zehn Tage lang mit niedriger Warpgeschwindigkeit unterwegs gewesen sind, um drei Lichtjahre zurückzulegen ... Es hätte weitaus schlimmer kommen können. Um Chefingenieur O'Brien zu zitieren: Die Cardassianer haben die Station für die Ewigkeit gebaut. Er meinte *DS9*, aber ganz offensichtlich gilt das auch für *Empok Nor*.«

»Sie sehen müde aus, Nog«, sagte Kira.

Der Ferengi zuckte mit den Schultern. »Ich bin in Ordnung, Colonel«, behauptete er, obwohl er sicher von den Ringen unter seinen Augen wusste. »In der vergangenen Nacht habe ich drei Stunden geschlafen. Ich kann mit der Arbeit an dem Transfer des Fusionskerns beginnen, sobald wir unseren Orbit stabilisiert haben.«

»Nein, das glaube ich nicht«, sagte Vaughn. »Stabilisieren Sie *Empok Nor* – und suchen Sie anschließend

Ihr Quartier auf, um zu schlafen.« Nog öffnete den Mund, um Einwände zu erheben, klappte ihn aber wieder zu, als er den Ernst in Vaughns Miene bemerkte. »Zwingen Sie mich nicht, einen direkten Befehl daraus zu machen, Nog.«

Nog seufzte und wirkte dann fast erleichtert. »Ja, Commander. Danke, Sir. Colonel ... ich wollte Sie noch darauf hinweisen, dass es die SCE wirklich geschafft haben. Ohne sie oder die Schiffe des Konvois wäre dies nicht möglich gewesen.«

Kira lächelte. »Das werde ich in meinem Bericht betonen, Nog.«

»Ich habe den Raumschiffkommandanten des Konvois in Aussicht gestellt, dass Sie ihren Crews einen Landurlaub auf Bajor ermöglichen können«, fügte Nog hinzu und wirkte dabei ein wenig besorgt. »Und falls Reparaturen erforderlich sind ...«

Kira zeigte nicht die Verärgerung, die Nog befürchtet zu haben schien. »Keine Sorge, Lieutenant«, sagte sie und lächelte noch immer. »Ich kümmere mich darum. Und Nog ...«

»Ja?«

»Sie haben ausgezeichnete Arbeit geleistet.«

Nog strahlte. »Danke, Colonel«, erwiderte er und unterbrach die Verbindung.

Vaughn nahm Platz und trank seinen Tee. Er wirkte so zufrieden, als hätte er die Raumstation selbst aus dem Trivas-System geholt. »Ich habe ja gesagt, dass der Junge Stil hat.«

2

Es war Bashirs erster Urlaub seit langer Zeit, seit dem Ausflug nach Risa in Begleitung von Leeta, Jadzia, Worf und Quark. Es war auch sein erster mit Ezri. Er wollte mit ihr zur Erde fliegen, um ihr einige Dinge aus seiner Vergangenheit zu zeigen, jene Dinge, die er in diesem frühen Stadium ihrer Beziehung mit Ezri teilen wollte. Natürlich würden sie auch die Gelegenheit nutzen, um die O'Briens in San Francisco zu besuchen, und Jake und Joseph Sisko in New Orleans.

Aber der bevorstehende Urlaub war auch noch aus einem weiteren Grund etwas Besonderes: Kira hatte den meisten Nichttechnikern befohlen, die Station zu verlassen, um nicht im Weg zu sein. Das energetische Niveau von *DS9* musste bis auf ein Minimum reduziert werden, bevor der Transfer des Fusionskerns von *Empok Nor* stattfinden konnte. Bashir dachte in diesem Zusammenhang an das technische Äquivalent einer sehr schwierigen und komplexen Operation. Kira wollte dabei kein unnötiges Personal an Bord wissen.

»Seit wann gilt der Erste Medo-Offizier der Station als ›unnötiges Personal‹?«, hatte Bashir gefragt.

»Seit jetzt«, antwortete Kira. »Seit sich ein Raumschiff der Akira-Klasse in der Nähe befindet, mit kompletter Crew und einer voll ausgestatteten Krankenstation.«

»Aber Quark darf hier bleiben!«

»Es sind auch viele Leute an Bord der Station, die

während der nächsten Tage Gelegenheit erhalten sollen, sich ein wenig zu entspannen. So ungern ich es auch zugebe: Quark spielt für das Wohlergehen der Crew eine große Rolle. Ich brauche ihn, Julian. Sie brauche ich nicht. Angenehmen Urlaub.«

Bashir schüttelte den Kopf, als er sich an das Gespräch erinnerte, seine Zahnbürste in ein Seitenfach der Reisetasche schob und sie dann anhob. Zehn Kilo, schätzte er und lächelte zufrieden. Während der letzten Jahre war das Packen zu einer Art Komplex geworden, zu einem Spiel, bei dem es darum ging, genau die richtige Mischung aus Artikeln zu finden, um bei der Reise für alles gewappnet zu sein. Manchmal gewann die Reisetasche dadurch eine seltsame Form, was ihm den gutmütigen Spott seiner Freunde einbrachte, aber gelegentlich zahlte sich sein Weitblick aus. Zum Beispiel als die *Rio Grande* in der Nähe eines Weißen Zwergs ihre Energie verlor und Miles sehr froh darüber gewesen war, einen selbst schließenden Stielbolzen zu sehen …

Er stellte die Reisetasche aufs Bett. Jetzt brauchte er nur noch Ezri abzuholen und mit ihr die Luftschleuse sieben aufzusuchen – dann konnte ihre Reise an Bord des zivilen Transporters *Wayfarer* beginnen.

Jadzia hatte sich immer gut darauf verstanden, im letzten Augenblick zu packen. Von Worf wusste Bashir, dass sie einmal fünf Minuten vor dem Start des Schiffes einen Koffer hervorgeholt und gepackt hatte – und trotzdem der erste Passagier war, der die Luftschleuse passierte. Der Arzt hoffte, dass Ezri dieses besondere Talent teilte.

Die Tür ihres Quartier glitt auf, als er sich näherte; die Sensoren waren darauf programmiert, ihm Zutritt zu gewähren. Entweder erwartete ihn Ezri oder – was wahrscheinlicher war – sie hatte vergessen, nach seiner letzten Einladung den Sensorschlüssel zu wechseln. Zufrieden stellte er fest, dass eine Reisetasche auf dem Boden stand, die jedoch kaum etwas zu enthalten schien. Bashir fragte sich, ob es Ezri vorzog, mit leichtem Gepäck zu reisen. Nein, vermutlich gab es eine andere Erklärung. Er schob einen Finger unter den Trageriemen und hob die Tasche kurz an – leer.

Er seufzte.

»Ezri?«, rief er.

Keine Antwort.

Bashir ging ins Schlafzimmer, wo er Ezris Uniformjacke auf einem Stuhl fand, folgte dann den Geräuschen, die aus dem Bad kamen. Ezri saß dort auf dem Boden und arbeitete mit Ton. Immer wieder drückten ihre Finger zu und formten die weiche Masse. Um sie herum lagen weitere Tonhaufen auf dem Boden. Tonbrocken klebten an ihrem roten Kommandopulli.

»Vielleicht gewöhne ich mich nie daran, dich in der Farbe zu sehen«, sagte Bashir.

Ezri sah auf. »Oh«, erwiderte sie überrascht. »Hallo. Wie spät ist es?« Auch in ihrem Gesicht zeigten sich hier und dort Tonreste. Sie kratzte sich an der Nase und hinterließ einen weiteren Fleck.

»Fast dreizehn Uhr Bordzeit«, sagte Bashir und gab sich alle Mühe, nicht verärgert zu klingen. »In vierzig Minuten startet der Transporter.«

»Meine Güte. Es ist später, als ich dachte. Tut mir Leid.« Ezri legte das Objekt, an dem sie gearbeitet hatte, auf den Boden und betrachtete es. »Der Umgang mit Ton ist nicht so einfach, wie ich es mir vorgestellt habe.«

»Wieso hast du beschlossen, dich mit Bildhauerei zu beschäftigen?«, fragte Bashir. Es kostete ihn nicht unerhebliche Mühe, der Frage kein *ausgerechnet jetzt* hinzuzufügen.

Ezri bemerkte Bashirs Ärger nicht – oder sie beschloss, ihn ganz bewusst zu übersehen. »Nun, ich habe heute dienstfrei, und da ich nur packen muss, hielt ich die Gelegenheit für gekommen, mich mit einigen von der Symbiosekommission empfohlenen Übungen zu befassen.«

Zu Beginn ihrer Beziehung hatten Bashir und Ezri oft nächtelang miteinander gesprochen – wie viele frisch verliebte Paare –, um mehr voneinander zu erfahren, Gemeinsamkeiten und Unterschiede kennen zu lernen. Dabei ergab sich zum Beispiel, dass Bashir Erdnussbutter und Sülze mochte, aber nie beides zusammen. Ezri verabscheute Yoga und hielt Rasenbowling für einen »Sport« – ein weit verbreiteter Irrtum. Außerdem lehnte sie Pfefferminzeis mit Schokoladenstreuseln ab, was Bashir überraschte, denn Jadzia hatte diese Leckerei sehr gemocht.

Sie hatten auch über ernsthaftere Dinge diskutiert, wie etwa über die Parallelen bei ihren individuellen Situationen: Ezris Symbiose und Bashirs genetische Erweiterung. Nach einer Weile gelangten sie zu dem Schluss, dass die Umstände ihrer Veränderung nur in groben Zügen Ähnlichkeiten aufwiesen. Der Wandel in Bashirs Psyche hatte vor Jahren stattgefunden, während seiner Kindheit, und so Furcht erregend er auch gewesen sein mochte: Er brachte jene Art von Aufregung, die man spürt, wenn man aus dem Nebel tritt und einen Ort mit prächtiger Aussicht erreicht.

Ezris Erfahrungen entsprachen in vielerlei Hinsicht genau dem Gegenteil. Sie war eine reife Erwachsene gewesen – oder zumindest eine Erwachsene, die in einigen Lebensbereichen Reife erworben hatte. Für sie begann gerade jene Phase, in der das emotionale Chaos einer gewissen Ordnung weicht, als sie plötzlich mit dem Durcheinander von acht Leben konfrontiert wurde.

Julian Bashir hatte einmal geglaubt, dass jeder einen Partner sucht, der die Welt aus der gleichen Perspektive sieht. Aber durch die Beziehung mit Ezri gelangte er zu der Erkenntnis, dass er nie ein Duplikat des eigenen Selbst gebraucht hatte, um sich komplett zu fühlen.

Ezri Dax ließ sich von Bashir aufhelfen und stützte sich kurz an ihm ab. Offenbar hatte sie so lange auf dem kalten Boden gesessen, dass die Durchblutung ihrer Beine beeinträchtigt worden war. Sie presste sich die Hände an den verlängerten Rücken und streckte sich. Ihre Finger hinterließen weitere Flecken am Uniformpulli.

Bashir betrachtete die Tonhaufen auf dem Boden und stellte fest, dass Ezri versucht hatte, Gesichter darzustellen. Eigentlich ähnelten sie eher Masken, denn es befanden sich Löcher dort, wo man die Augen erwartete. Er zählte insgesamt acht. Mindestens zwei von ihnen stellten Männer dar, mit ausgeprägten Wangenknochen und breiten Brauen, während drei andere ganz offensichtlich feminine Züge trugen. Eine der Frauen erkannte Bashir, denn der Ton zeigte vertraute Details: das Haar aus der Stirn zurückgestrichen, die Winkel des breiten Munds nach oben gezogen. Jadzia.

»Die früheren Wirte?«, vermutete er.

Ezri nickte, während sie auf ihr Werk hinabsah, dabei den Kopf von einer Seite zur anderen neigte. »Es kommt *nicht* auf eine möglichst große physische Ähnlichkeit an. Es geht vielmehr darum, mentale und emotionale Eindrücke wiederzugeben. Ich denke an jeden einzelnen Wirt und lasse meine Finger von den jeweiligen Empfindungen steuern.«

»Interessantes Konzept«, sagte Bashir und strich mit den Fingerkuppen über die Wange eines männlichen Gesichts, in dem Ezri eine Mischung aus Triumph und Tragödie dargestellt hatte. *Torias?* »Aber solltest du dich unmittelbar vor Beginn eines Urlaubs mit einem solchen Projekt befassen?«

Ezri wandte sich dem Waschbecken zu und ließ den größten Teil ihrer täglichen Notration an Wasser hineinströmen. »Versuch nicht, psychologischer zu sein als die Counselor, Doktor. Als die frühere Counselor«, berichtigte Ezri. »Ich weiß, dass ich nicht gerade den idealen Zeitpunkt gewählt habe, und mir ist auch der Grund dafür klar.« Sie drehte den Hahn zu, tauchte die Hände ins Wasser und begann zu schrubben. »Ich gebe es zu: Ich bin ein wenig nervös in Hinsicht auf die Reise. Es behagt mir nicht ganz, die Station ausgerechnet jetzt zu verlassen. Ich habe das Gefühl, einfach wegzulaufen, während es hier drunter und drüber geht.«

»Man hat dir *befohlen*, die Station zu verlassen«, sagte Bashir.

»Ich könnte darauf bestehen zu bleiben«, betonte Ezri. Sie aktivierte den Recycler des Waschbeckens, sah auf und lächelte. »Aber ich schätze, man kommt hier auch eine Zeit lang ohne mich zurecht. Außerdem möchte ich sehen, wo du aufgewachsen bist. Das ermöglicht mir sicher einige neue Erkenntnisse …«

»Lieber Himmel«, stöhnte Bashir. »Vielleicht sollten wir uns doch noch einmal an Kira wenden und sie bitten, dass wir an Bord der Station bleiben dürfen.«

Nachdem Ezri die meisten Flecken von ihren Händen entfernt hatte, warf sie das braune Handtuch in den Recycler und ließ erneut Wasser ins Becken laufen. »Ha! Von wegen! Jetzt müssen wir uns auf den Weg machen. Und da wir gerade bei kurzfristigen Analysen sind … Warum hast du niemandem von deiner Beförderung erzählt, Lieutenant Commander? Als Nog befördert wurde, feierte die ganze Raumstation. Ohne dir zu nahe treten zu wollen – niemand hat dir jemals vorgeworfen, du würdest Partys meiden.«

Bashir zuckte mit denn Schultern und widerstand der plötzlichen Versuchung, die neuen Rangknöpfe am Kragen seiner Uniformjacke zu berühren. »Aus irgendeinem Grund erschien es mir unangemessen, eine Feier zu veranstalten«, sagte er. »Ich bin nicht wie Nog. Er braucht noch immer die Anerkennung, Auftrieb für sein Ego ...«

Ezri wusch sich das Gesicht und hielt verblüfft inne. »*Nog* braucht Auftrieb für sein Ego?«

»Meine liebe Ex-Counselor«, sagte Bashir und lächelte, »lass mich darauf hinweisen, dass in jener schmalen Brust das Herz eines sehr empfindsamen jungen Ferengi schlägt.«

»Reden wir über den gleichen Nog?«, fragte Ezri und griff nach der Seife. »Über den Nog, der mir immer nachsieht, wenn ich an ihm vorbeigehe?«

»Er weiß nur einige deiner besseren Eigenschaften zu schätzen. Was wiederum auf eine sensible Seele hinweist.«

Ezri rollte mit den Augen. Dann drehte sie ruckartig den Kopf und musterte Bashir. »He!«, stieß sie hervor. »Wie sind wir vom Thema deiner Beförderung abgekommen?«

»Wie sind wir von dem *anderen* Thema abgekommen?«, konterte Bashir. »Dabei ging es darum, dass du nicht ganz sicher bist, ob du Urlaub machen möchtest.«

»Ich packe! Ich packe!«, rief Ezri und trocknete sich das Gesicht ab.

Bashir lächelte und wechselte erneut das Thema. »Ich habe Nog das Versprechen abgenommen, Vic zu reaktivieren, sobald er fertig ist.«

»Das wäre nicht notwendig gewesen«, sagte Ezri. Bashir folgte ihr ins Schlafzimmer, wo sie erst ihre Rangknöpfe löste, bevor sie den Uniformpulli auszog und ihn einfach fallen ließ. Sie streifte einen sauberen über, öffnete dann Schubladen und warf diverse Kleidungsstücke aufs Bett. »Nog hätte bestimmt nicht auf eine Reaktivierung verzichtet.«

»Vic nahm *mir* das Versprechen ab, bevor wir sein Programm abspeicherten. Ich schätze, er machte sich Sorgen darüber, was geschehen könnte, wenn es *Empok Nor* nicht intakt bis hierher schafft.«

»Vielleicht solltest du ihn lange genug reaktivieren, um ihm vom Erfolg der Mission zu erzählen.« Ezri fügte den Sachen auf dem Bett einen Stapel Unterwäsche hinzu.

»Um ihn anschließend wieder auszuschalten, bis alles erledigt ist?«, fragte Bashir. »Nein, so ist es besser. Und für den Fall, dass etwas schief geht, während wir fort sind … Ich habe Felix eine Kopie des Programms übermittelt.«

»Gute Idee«, lobte Ezri. Bashir beobachtete entsetzt, wie sie die Kleidungsstücke auf dem Bett zu einer Kugel zusammenrollte, um sie ins Wohnzimmer zu tragen, wo die Reisetasche auf dem Boden stand. War das vielleicht die spezielle Jadzia-Dax-Packtechnik, von der Worf berichtet hatte.

»Wo ist dein Koffer? Ich sehe hier nichts Perfektes und hermetisch Geschlossenes herumliegen«, fragte sie.

»In meinem Quartier.«

»Nun, du solltest deine Sachen besser holen, wenn wir den Transporter rechtzeitig erreichen wollen.«

»Ja, Ma'am«, sagte Bashir und ging zur Tür. »Darf ich darauf hinweisen, dass du dich bereits gut ans Kommando gewöhnt hast?« Die Tür schloss sich hinter ihm, bevor Ezri Gelegenheit zu einer Antwort bekam.

Ein Mann stand in Bashirs Quartier und blickte aus dem Fenster.

Bashir verharrte im Eingang und fühlte sich fast versucht, »Entschuldigung« zu sagen und in den Korridor zurückzukehren. Doch bevor er auf diese Weise reagieren konnte, wurde der analytische Teil seines Gehirns aktiv. Der Mann war ein Mensch in mittleren Jahren, mittelgroß und schlank. In seinem Gesicht zeigte sich ein leeres, freundliches Lächeln, das Bashir beim Warten auf den Turbolift erwidert hätte. Das dunkle Haar war sehr kurz geschnitten und bedeckte einen gut geformten Schädel. Die Augen bildeten das auffallendste Merkmal des Mannes – sie glänzten smaragdgrün.

»Dr. Bashir«, sagte der Fremde. »Es ist mir ein Vergnügen, Ihnen endlich zu begegnen.«

So wie der Mann seinen Namen aussprach ... Bashir fuhr damit fort, Daten zu sammeln – *die Bewegungen der Gesichtsmuskeln, die ständige Bereitschaft der entspannt wirkenden Hände, die Art und Weise, wie er sein Gewicht mit dem Becken abstützt* –, verarbeitete sie und gelangte zu einem Schluss.

Sektion 31.

Der Arzt klopfte auf seinen Insignienkommunikator. »Bashir an Ops, wir haben einen Eindringling an Bord. Ich brauche sofort bewaffnete Hilfe in meinem Quartier.«

Das Lächeln des Mannes blieb unverändert. »Tut mir Leid, Doktor. Niemand empfängt Ihre Kom-Signale. Wir können es uns nicht leisten, gestört zu werden. Lieutenant Dax befindet sich noch in ihrem Quartier und wird dort mindestens zwölf weitere Minuten bleiben. Sie sucht nach einem Handcomputer, den sie gern mitnehmen würde. Darüber hinaus gibt es an Bord der *Wayfarer* leichte Probleme mit dem Triebwerk. Nichts Ernstes, das versichere ich Ihnen.« Der Mann fügte keine Erklärungen hinzu, aber Bashir glaubte auch so jedes Wort. »Damit Sie wissen, woran

Sie sind, möchte ich mich vorstellen. Bitte nennen Sie mich Cole. Wie Sie sicher bereits vermuten, stehe ich mit der Organisation in Verbindung, die Sie Sektion 31 nennen.«

»Sie nennen sie nicht so?«, erwiderte Bashir.

»Ich gebe ihr überhaupt keinen Namen, Doktor. Ich habe festgestellt, dass ich sie nur selten identifizieren muss.«

Bashir trat zu einem Stuhl und setzte sich. Er begriff, dass ihm zunächst keine andere Wahl blieb, als die Präsenz des unwillkommenen Besuchers hinzunehmen. »Ich nehme an, dies ist kein Höflichkeitsbesuch«, sagte er und versuchte, an dem frechen, aber nicht unbedingt unfreundlichen Tonfall festzuhalten.

Cole nahm ihm gegenüber Platz. »Höflich, aber direkt«, sagte er zufrieden. »Sloan wies in seinem Bericht darauf hin. Sie sind genau der Mann, nach dem ich suche.«

»Wenn Sloan darauf hingewiesen hat, so sollten Sie eigentlich auch wissen, dass ich nicht daran interessiert bin, für Sektion 31 zu arbeiten.«

»Auch das hat Sloan erwähnt«, sagte Cole. »Aber vielleicht ändern Sie Ihre Meinung, wenn Sie mich anhören.«

Bashir stand auf, als Zorn die erzwungene Freundlichkeit immer mehr verdrängte. Er wusste, dass Cole mit ziemlicher Sicherheit bewaffnet war – vermutlich saß ihm ein kaltblütiger Killer gegenüber –, aber er scherte sich nicht darum. Alles in ihm drängte danach, den Mann am Kragen zu packen und hinauszuwerfen. Es handelte sich bestimmt nicht um den vernünftigsten Gedanken, der ihm jemals durch den Kopf gegangen war, aber daran störte sich Bashir derzeit nicht.

»Setzen Sie sich, Doktor«, sagte Cole und hob nicht einmal die Stimme.

Bashir erstarrte kurz, sank dann wieder auf den Stuhl. Er merkte, dass Finger und Zehen taub geworden waren und ein wenig prickelten.

»Sie *werden* so freundlich sein, mich anzuhören.«

Bashir nickte gegen seinen Willen.

»Gut«, sagte Cole und verschränkte die Arme. »Sie wissen natürlich, dass Sie nicht der einzige genetisch erweiterte Mensch in der Föderation sind. Damit meine ich nicht Ihren kleinen Freundeskreis – Jack, Lauren, Sarina, Patrick und so weiter. Es gibt noch viele andere, weitaus mehr, als Starfleet Command weiß – oder wissen will, wie ich glaube. Nun, bei meiner Arbeit habe ich folgende Erfahrung gemacht, Doktor: Das beste Versteck befindet sich dort, wo der Feind nicht nachsehen möchte. Fast vierhundert Jahre nach den Eugenischen Kriegen haben die Menschen noch immer Angst davor, dass jemand einen zweiten Khan erschaffen könnte. Davor fürchten sie sich so sehr, dass sie die Augen vor der Tatsache verschließen, dass es auf Dutzenden von Welten für den Schwarzmarkt tätige genetische Laboratorien gibt. Was halten Sie von meiner Einschätzung?«

»Ich stimme ihr zu«, erwiderte Bashir und es überraschte ihn, dass er diese Meinung, die er schon seit einer ganzen Weile hegte, so freimütig zum Ausdruck brachte. *Ein psychoaktives Mittel,* dachte er. *Es macht mich nicht nur willfährig, sondern wirkt auch wie ein Wahrheitsserum.* In Gedanken überprüfte er die fünf oder sechs ihm bekannten chemischen Verbindungen, die einen solchen Effekt erzielen konnten, ohne die geistige Klarheit zu beeinträchtigen. Keine davon hielt er für einen wahrscheinlichen Kandidaten. *Wie hat er die Droge verabreicht? Nicht mit einem Injektor. Es kam zu keinem körperlichen Kontakt zwischen uns. Ein Aerosol? Ja, das ergibt einen Sinn. Vermutlich hat er etwas im Zimmer versprüht, bevor ich hier eintraf, etwas, gegen das er immun ist.* All dies spielte sich im analytischen Teil seines Bewusstseins ab, während der Rest seiner Aufmerksamkeit Cole galt. Auch ohne das psychoaktive Mittel wäre Bashir daran interessiert gewesen, was ihm der Mann zu sagen hatte.

»Aus meiner Perspektive gesehen besteht die gute Nachricht darin, dass sich einige jener Individuen sehr darüber freuen, wenn man ihre Existenz zur Kenntnis nimmt«, fuhr Cole fort. »Das gilt insbesondere für einen Mann, über den ich mit Ihnen reden möchte, einen gewissen Dr. Ethan Locken. Haben Sie diesen Namen schon einmal gehört?«

Bashir schüttelte den Kopf.

»Das überrascht mich kaum. Er gehörte nie zu Starfleet und hat sich trotz seiner erstaunlichen Fähigkeiten nie als Forscher betätigt. Er frequentiert nicht die gleichen exklusiven Kreise wie Sie, Doktor. Ich schätze, er hat sich bemüht, so wenig wie möglich aufzufallen. Klingt das irgendwie vertraut?«

Bashir nickte, obwohl er versuchte, den Kopf nicht zu bewegen.

»Halten Sie es für einen Zufall, dass so viele von Ihnen – von den genetisch erweiterten Menschen, meine ich – in die Medizin gehen? Mit meinem … meinem Problem hat das nichts zu tun, aber mich würde Ihre Meinung dazu interessieren.«

»Es ist kein Zufall«, sagte Bashir. »Aber es steckt auch keine verborgene Bedeutung dahinter. Sehen Sie es einmal so: Jede genetisch erweiterte Person hat in jungen Jahren viel Zeit in der Gesellschaft von Ärzten verbracht. Wenn die jeweiligen Maßnahmen erfolgreich waren, so blieben vor allem positive Eindrücke zurück. Wenn Sie die Statistiken der allgemeinen Bevölkerung untersuchen, so werden Sie feststellen: Personen, die in einer frühen Phase ihres Lebens einen medizinischen Notfall überlebten, neigen mehr als andere Leute dazu, sich später für einen medizinischen Beruf zu entscheiden.«

»Ah«, sagte Cole. »Gut überlegt, Doktor. Ein ausgezeichneter Hinweis. Ich könnte mir durchaus vorstellen, mit Ihnen viele interessante Gespräche zu führen.« Er holte einen kompakten Datenrecorder hervor und betätigte die Kontrollen des kleinen Geräts. »Wirklich gut«, murmelte er. »Wo waren wir stehen geblieben?«

»Bei Locken«, sagte Bashir. Er konnte einfach nicht anders – eine direkte Frage *musste* er beantworten.

»Ah, ja. Richtig. Dr. Locken. Er arbeitete als Kinderarzt. Erfreute sich großer Beliebtheit, soweit ich weiß. Hatte eine Praxis auf Neu Peking. Sie haben von Neu Peking gehört, nicht wahr?«

»Ja«, bestätigte Bashir mit gepresst klingender Stimme. »Dort kam es zu einem Massaker, vielleicht zu einem der schlimmsten des ganzen Krieges, vor allem wenn man bedenkt, dass der Planet überhaupt keine strategische Bedeutung hatte …«

Cole unterbrach ihn, indem er den Zeigefinger hob. »Das stimmt nicht ganz, Doktor. Das Entsetzen hat *immer* einen strategischen Wert. Das sollten Sie nie vergessen.«

Es war keine direkte Frage gestellt worden und deshalb konnte Bashir nicht antworten, obgleich er sprechen wollte. Vergeblich versuchte er, die Zunge unter Kontrolle zu bringen und das Gift loszuwerden, das ihn manipulierte.

Aber Cole sprach weiter und nannte Fakten, klang dabei so, als läse er aus einem Dossier vor. »Dr. Locken hatte keine Verwandten auf Neu Peking und seine Eltern waren schon lange tot. Aber er hatte Freunde, Kollegen und natürlich Patienten. Vielleicht kennen Sie die offiziellen Verlustangaben; fünftausend menschliche Kolonisten, alles Zivilisten. In

Wirklichkeit kamen noch viel mehr Personen ums Leben.

Wie nicht anders zu erwarten war, zeigte sich Dr. Locken, nachdem er ein solches Massaker überlebt hatte, empfänglicher für unsere Einladung als Sie. Er verstand die Notwendigkeit einer Organisation wie der unsrigen in einem feindlichen Universum. Wenn mehr Leute so vernünftig wären wie er, müsste es vielleicht nicht zu Katastrophen wie auf Neu Peking kommen.«

»Einen Augenblick«, brachte Bashir mühsam hervor. »Ich habe eine Frage.« Es fiel ihm sehr schwer, diese Worte zu formulieren, ohne dazu aufgefordert zu sein, aber Bashir spürte, wie die Wirkung des psychoaktiven Mittels allmählich nachließ.

Cole wölbte überrascht die Brauen. Er hatte ganz offensichtlich damit gerechnet, dass die Droge länger wirkte, aber er erhob keine Einwände gegen die Frage.

»Haben Sie – hat Sektion 31 – im Voraus von dem geplanten Angriff auf Neu Peking gewusst?«

Cole hob den Zeigefinger an die Oberlippe und klopfte einige Male darauf, bevor er erwiderte: »Ich bin mir nicht sicher, Doktor. Niemand von uns vereint das gesamte Wissen der Organisation in sich. Aus Sicherheitsgründen, verstehen Sie? Nun, es *klingt* ganz nach einer Sache, von der wir eine ganze Weile vor dem Starfleet-Geheimdienst erfahren. Nehmen wir einmal an, wir wussten tatsächlich von dem bevorstehenden Angriff. Welcher Unterschied hätte sich daraus ergeben? Nun, ich bin ganz Ohr.«

»Sie hätten jemanden informieren können«, zischte Bashir. »Zum Beispiel *mich* ...«

»Und was hätten Sie dann unternommen? Wären Sie in der heißen Phase des Dominion-Krieges bereit gewesen, Captain Sisko oder Admiral Ross dazu zu bewegen, Streitkräfte nach Neu Peking zu verlegen?

Zum Beispiel ein Raumschiff der Excelsior-Klasse und Starfleet-Bodentruppen? Was hätte das genützt? Zwei Regimenter Jem'Hadar-Soldaten griffen den Planeten an. Das Raumschiff wäre zerstört worden und vermutlich hätte nicht ein einziger Soldat der Bodentruppen überlebt. Hinzu kommt: Das Massaker an der Zivilbevölkerung hätte *trotzdem* stattgefunden.«

Cole beugte sich vor und sprach mit noch mehr Nachdruck. »Und damit noch nicht genug. Nehmen wir an, die Starfleet-Truppen dieses hypothetischen Szenarios wurden woanders gebraucht, wo sie wichtige, vielleicht sogar entscheidende Dienste leisten konnten. Nehmen wir an, sie wären von der Streitmacht abkommandiert worden, die bis zu jenem Zeitpunkt Rigel mit Erfolg verteidigte. Nehmen wir an, dadurch wäre das ganze Rigel-System an den Feind gefallen. Denken Sie darüber nach, Doktor. Vielleicht ist das, was auf Neu Peking geschah, das kleinste aller denkbaren Übel.«

Bashirs Zorn brannte so heiß, dass er sich fragte, warum seine Augen nicht in ihren Höhlen verdampften. »Das ist der vordergründigste, fadenscheinigste und albernste soziopathische Unsinn, den ich jemals gehört habe! Es ist genau die Art von Logik, die Leuten wie Ihnen die Illusion erlaubt, tatsächlich etwas Nützliches zu leisten. Es ist Wahnsinn, *Mister* Cole. Menschen *starben* ...«

Cole stand auf und erzielte damit sofort eine Wirkung auf Bashir – der Arzt verstummte abrupt.

»Zunächst einmal, *Doktor*«, sagte Cole in einem kühlen, ruhigen Tonfall, »sollten Sie das Wort ›Wahnsinn‹ nur dann benutzen, wenn Sie genau wissen, worüber Sie reden – es ist ein ungenauer Ausdruck. Zweitens, und es erstaunt mich, dass ich Sie darauf hinweisen muss: Menschen sterben *die ganze Zeit über*. Die Frage lautet nur, wie viele, wer und manchmal auch wie.

Meine Kollegen und ich bemühen uns, ihre Zahl möglichst gering zu halten, die richtigen Leute vor dem Tod zu bewahren und das Leid auf ein Minimum zu beschränken. Es ist keine leichte Arbeit, aber wir versuchen, sie möglichst gut zu erledigen. Sie selbst haben von einigen unserer Aktivitäten profitiert und deshalb sollten Sie sich genau überlegen, wen Sie heute verurteilen.«

Bashir kniff die Augen zusammen. *Er glaubt daran. Er glaubt jedes Wort, das er sagt.* Und was noch schlimmer war: Bashir zog die Möglichkeit in Erwägung, dass er Recht hatte.

Cole trat an ein Regal heran, das aus der nahen Wand ragte. Er beugte sich ein wenig vor, um ein kleines Hologramm zu betrachten, das Bashirs Eltern zeigte. Daneben stand ein größeres Holo seiner Kameraden von *DS9*, aufgenommen in Quarks Bar nach der Niederlage, die ihnen die *T'Kumbra*-Logiker zugefügt hatten. Cole schüttelte kurz den Kopf und fuhr dann fort: »Dr. Locken erklärte sich bereit, uns zu unterstützen, und wir bildeten ihn zum Agenten aus. Besser gesagt: Er ließ uns in dem Glauben, dass wir ihm etwas beibrachten. Angesichts seiner besonderen Natur überraschte es uns kaum, dass er bereits wusste, wie man unbemerkt bleibt. Ich glaube, in dieser Hinsicht konnte er unseren Ausbildern sogar noch den einen oder anderen Tipp geben.« Er sah zu Bashir. »Ich schätze, sie könnten auch noch etwas von Ihnen lernen.

Und dann, während der letzten Kriegstage, beauftragten wir ihn mit einer Mission. Wir bildeten uns ein, die *perfekte* Mission für ihn gefunden zu haben.« Cole lächelte erneut, aber es wirkte nicht besonders humorvoll. »Natürlich verriet er uns.«

3

Mehrere Sekunden verstrichen und Bashir vermutete, dass Cole einen Kommentar von ihm erwartete. Doch er schwieg, und nach einer Weile fügte der Besucher hinzu: »Wir fanden einen Brutplatz der Jem'Hadar auf einem Planeten namens Sindorin. Jemals davon gehört?«

»Nein.«

»Ein Planet der Klasse M in den Badlands. Sehr ungewöhnlich für jene Region, in der es so viel ambientale Plasma-Energie gibt. Wir wissen nicht, wann der Brutplatz eingerichtet wurde; das ist sogar den Cardassianern unbekannt. Gewisse Anzeichen deuten darauf hin, dass es dem Dominion nicht gelang, die Anlage in Betrieb zu nehmen. Anderenfalls hätte der letzte Angriff auf Cardassia vielleicht einen anderen Ausgang genommen. Genau das Richtige, um spät abends darüber nachzudenken, nicht wahr, Doktor? Wie viele zusätzliche Raumschiffe und Soldaten hätte das Dominion gebraucht, um die Schlacht zu gewinnen?«

»Es war Odo, der den Krieg beendete«, sagte Bashir. »Er überzeugte die Gründer davon, dass die Föderation und ihre Verbündeten keine Gefahr für das Dominion darstellten. Er gab ihnen ein Gegenmittel für Ihr verdammtes Virus und verhinderte den von Ihrer Organisation geplanten Völkermord.«

»Hm, ja«, erwiderte Cole. »Eine interessante Interpretation der Ereignisse.«

»Haben Sie eine andere?«

»Wir schweifen ab, Doktor. Wie ich eben schon sagte: Wir fanden einen verlassenen, ungeschützten Brutplatz. Lockens Mission war ganz einfach: Er sollte herausfinden, ob die DNS-Sequenzer des Brutplatzes modifiziert werden konnten, um uns treu ergebene Jem'Hadar heranzuzüchten.«

»Ihr armen Narren«, murmelte Bashir.

»Ist das ein Kommentar, Doktor?«, fragte Cole. »Eine Verwünschung?«

»Wir haben gerade den Krieg gegen eine totalitäre Macht beendet, die eine Armee aus genetisch manipulierten Sklavensoldaten als Kanonenfutter verwendete. Wie können Sie auch nur eine Sekunde lang glauben, jemand in der Föderation – in diesem *Quadranten* – sei bereit, die Anwendung der gleichen Methoden zu akzeptieren? So etwas verstößt gegen alle Prinzipien, für deren Schutz Starfleet-Offiziere, Klingonen und Romulaner ihr Leben geopfert haben.«

Cole musterte Bashir mehrere Sekunden lang, hob dann langsam die Hände und applaudierte demonstrativ. »Bravo, Doktor«, sagte er. »Ich bin beeindruckt. Sie haben eine rhetorische Ader.« Er verschränkte die Arme. »Hören Sie jetzt auf damit, Reden zu halten, und geben Sie mir die Möglichkeiten, Sie auf einige Möglichkeiten hinzuweisen, an die Sie bisher nicht gedacht haben. Benutzen Sie Ihren überlegenen Intellekt und sagen Sie mir, wer Ihrer Meinung nach zum nächsten Gegner der Föderation werden könnte.«

Bashir seufzte. Während vieler schlafloser Nächte hatte er genau darüber nachgedacht. »Eine präzise Vorhersage ist schwer, da es viele Faktoren zu berücksichtigen gilt. Wenn Kanzler Martok die Grundlagen seiner Macht während der nächsten sechs Monate nicht konsolidieren kann, wird der Frieden zwischen Klingonen und Romulanern bald ein Ende finden.

Und wenn es zu einem Krieg kommt, wird sich der Sieger gegen die Föderation wenden. Die Breen lauern an unseren Grenzen, unternehmen gelegentliche Vorstöße und suchen nach schwachen Stellen. Außerdem haben wir durch das Projekt Pathfinder erfahren, dass es im Delta-Quadranten mehrere Spezies gibt, die in der nahen Zukunft zu einer Gefahr werden könnten: die Hirogen, Spezies 8472, die Srivani, die Vaadwaur …«

Cole ging langsam umher und bestätigte Bashirs Ausführungen mit einem Nicken. »Ausgezeichnet, Doktor. Eine vortreffliche Analyse. Damit meine ich insbesondere Ihre Einschätzung der Situation im Delta-Quadranten. Dort gibt es tatsächlich viele potenzielle Gefahren. Nun, ganz offensichtlich haben Sie sich auf dem Laufenden gehalten.«

»Admiral Ross verwendete einige von uns als Resonanzboden«, erwiderte Bashir trocken.

»Ja«, sagte Cole. »Und ich verstehe den Grund dafür. Sie alle haben einzigartige Situationen erlebt, nicht wahr? Aber der wichtigste Punkt muss erst noch genannt werden …«

Bashir schwieg einige Sekunden lang, gab dann aber nach. »Die Borg.«

»Die Borg?«, wiederholte Cole. »Interessant. Wir haben sie geschlagen, nicht wahr? Zweimal hier bei uns und mindestens einmal im Delta-Quadranten – wenn man den Pathfinder-Berichten Glauben schenken darf. Trotzdem halten Sie die Borg für die Gefahr Nummer Eins. Warum?«

»Weil sie unerbittlich sind«, entgegnete Bashir. »Weil wir noch immer nicht wissen, wie große ihre Zahl ist. Weil wir durch unsere Siege noch interessanter für sie werden – dadurch wächst ihr Bestreben, uns zu assimilieren. Weil sie in uns vielleicht etwas sehen, das sie selbst einmal gewesen sind und das sie auslöschen möchten. Wenn wir überleben und uns weiterentwickeln … Es würde für die Borg bedeuten, dass sie vor langer, langer Zeit die falsche Entscheidung trafen. Sie behaupten, emotionslos zu sein, aber ich glaube, dass sie uns hassen.«

Cole war stehen geblieben und maß Bashir mit einem aufmerksamen Blick. »Danke, Doktor. Eine hervorragende Einschätzung. Ich glaube, ich habe hier etwas Wichtiges gelernt.«

»Und das wäre?« Bashir konnte der Versuchung nicht widerstehen, diese Frage zu stellen.

»Sie sind noch immer ein Romantiker«, erwiderte Cole. »Wir dachten, der Dominion-Krieg hätte diese Eigenschaft aus Ihnen getilgt, aber jetzt sehe ich, dass sie nach wie vor existiert. Sie haben eine bemerkenswert romantische Interpretation der Borg-Situation geliefert und ich glaube, im Großen und Ganzen haben Sie Recht damit. Sie *sind* die größte Gefahr für die Sicherheit der Föderation, und derzeit wären wir ihnen praktisch hilflos ausgeliefert. Wenn die Borg *jetzt* angriffen, müssten wir mit einer verheerenden Niederlage rechnen, selbst wenn wir auf die Hilfe von Klingonen, Romulanern und Breen zurückgreifen könnten. Computermodelle lügen nicht. Oh, es gibt noch eine interessante Information, die Admiral Ross vermutlich nicht mit Ihnen geteilt hat: Wir würden selbst dann gegen die Borg verlieren, wenn das Dominion bereit wäre, an unserer Seite zu kämpfen. Nun, *vor* dem Krieg hätte das Dominion vielleicht eine Chance gegen sie gehabt. Ein Bündnis von Dominion und Föderation wäre vermutlich in der Lage gewesen, einen entscheidenden Sieg über die Borg zu erringen. Aber *diese* Möglichkeit steht jetzt nicht mehr zur Verfügung.«

Bashir spannte die Muskeln in Unterarmen und Waden. Ja, er gewann allmählich die Kontrolle über sich zurück.

Cole war inzwischen richtig in Fahrt geraten und fuhr fort: »Die Frage sollte also nicht ›Wie können wir auch nur in Erwägung ziehen, die verabscheuungswürdigen Methoden des Feindes zu verwenden?‹ lauten, sondern: ›Was können wir von unserem früheren Gegner lernen, um stärker zu werden?‹ Wenn wir den eingeschlagenen Weg fortsetzen, gibt es beim nächsten Konflikt nicht Millionen von Opfern, sondern *Milliarden.*« Erneut unterbrach er seine unruhige Wanderung und beugte sich zu Bashir vor. »Haben Sie jemals beobachtet, was die Borg mit einem menschlichen Körper anstellen? Ich *habe* es gesehen. Bei Kindern, Schwangeren und Alten. Für die Borg macht das keinen Unterschied – sie verwerten alles. Es ist nur *Material* für sie. Wie sehen Sie die Sache als *Humanitarier*? Wenn es eine Möglichkeit gibt, all das Leid zu verhindern – sollten wir sie *nutzen*?«

Bashir starrte den Mann an und spürte, wie sich Entsetzen in ihm ausbreitete. Er erinnerte sich an Waisen, die er zu trösten versucht hatte, an Eltern, die um ihre Kinder weinten … Immer wieder war er bestrebt gewesen, Pein zu lindern, und oft hatte er dabei den Eindruck gewonnen, mit seinen Bemühungen nicht den geringsten Erfolg zu erzielen. Als er jetzt Cole zuhörte … Er spürte, wie er zu nicken begann, gegen seinen Willen – *fast.*

»Wäre es nicht viel besser und auch humaner, wenn sich die Föderation eine eigene Streitmacht aus genetisch manipulierten Soldaten zulegen würde, aus entschlossenen Kriegern, die bereit wären, sich für ihre Herren zu opfern? Die Bürger brauchten nicht mehr selbst in den Kampf zu ziehen, könnten daheim ein langes, glückliches Leben mit den Personen führen, die ihnen am Herzen liegen. Wenn wir eine unbegrenzte Anzahl von Profi-Soldaten herstellen könnten, wären die Borg, Romulaner oder Klingonen keine Gefahr mehr für uns. Die Föderation hätte praktisch nichts mehr zu befürchten.«

»Ich möchte Sie an etwas erinnern, das Sie eigentlich wissen sollten, aber offenbar verdrängt haben«, ließ sich Bashir vernehmen. »In der Geschichte der Föderation gibt es viele Beispiele von Siegen über zahlenmäßig überlegene und besser ausgerüstete Aggressoren. Der Grund dafür: Bürger-Soldaten sind kreativer und einfallsreicher, können sich den wechselnden Bedingungen auf dem Schlachtfeld besser anpassen. Eine Armee, die die Freiheit liebte und nicht das Gemetzel, besiegte die genetisch manipulierten Soldaten des Dominion, Mr. Cole.«

Cole musterte Bashir nachdenklich und zum ersten Mal zeigte sich so etwas wie Sorge in seinem Gesicht. »Wissen Sie, Doktor ...«, sagte er schließlich. »Ich wünschte, wir hätten dieses Gespräch geführt, *bevor* wir Locken auf seine Mission schickten. Ich habe bereits angedeutet, dass sich die Dinge nicht ganz nach Plan entwickelten.«

»Was geschah?«

»Vor etwa zehn Wochen brach er nach Sindorin auf, begleitet von einigen Spezialisten. Während der ersten Wochen nahm er in regelmäßigen Abständen Kontakt mit uns auf und meldete gute Fortschritte. Seine Kollegen bestätigten, dass Locken genau auf die Weise aktiv wurde, wie wir es von ihm erwarteten.«

»Seine Kollegen?«, wiederholte Bashir. »Sie meinen seine Aufpasser.«

Cole zuckte mit den Schultern. »Wir mussten versuchen, unsere Investition zu schützen.«

»Und dann kamen die Berichte nicht mehr regelmäßig«, spekulierte Bashir.

»Ja«, bestätigte Cole. »Und schließlich hörten wir nichts mehr von ... den Kollegen.«

»Was bedeuten dürfte, dass sie tot sind. Alle. Ihre Aufpasser mussten vermutlich als Erste dran glauben. Wenn Locken so fähig ist, wie Sie angedeutet haben, sorgte er wahrscheinlich dafür, dass sie sich gegenseitig umbrachten.«

»Warum sagen Sie das?«

»Weil ich an Lockens Stelle so vorgegangen wäre.«

»Ich habe einige der Agenten rekrutiert, die ihn begleiteten«, erwiderte Cole. »Manche von ihnen kannte ich gut. Es waren keine Personen, die sich leicht etwas vormachen ließen.«

Bashir hob und senkte die Schultern. »Glauben Sie, was Sie wollen. Dadurch holen Sie sie nicht ins Leben zurück. Was ist Ihrer Meinung nach in der Zwischenzeit passiert?«

»Wir wissen, dass es Locken gelang, einige der Inkubatoren zu aktivieren und Jem'Hadar heranwachsen zu lassen. Wir müssen davon ausgehen, dass er die genetische Matrix reprogrammierte und dadurch Soldaten schuf, die ihm treu ergeben sind.«

»Gibt es irgendwelche Schätzungen?«

»Die Datenbasis ist ziemlich knapp«, sagte Cole. »Wir vermuten, dass Locken zwischen zweihundertfünfzig und tausend Jem'Hadar heranwachsen ließ. Im schlimmsten Fall sind es tausendfünfhundert. Er kann sie nicht alle vom Planeten fortbringen, denn er hat nur ein Schiff, aber wir glauben, dass er Beschäftigung für seine Jem'Hadar gefunden hat.«

»Wie meinen Sie das?«

»Haben Sie von der angeblichen Breen-Präsenz in den Badlands gehört?«

»Ja«, sagte Bashir. »Die *Enterprise* stellte Untersuchungen an, fand aber nichts.«

»Das stimmt. Aber sie konnte nicht völlig ausschließen, dass sich *etwas* dort draußen befindet. Seitdem sind einige Schiffe verloren gegangen und Unbekannte griffen mindestens zwei frühere cardassianische Einrichtungen an …«

»Es handelt sich nicht um ›frühere cardassianische Einrichtungen‹, sondern um Protektorate«, sagte Bashir mit Nachdruck. »Die Föderation hat sie in Zusammenarbeit mit den Klingonen und Romulanern eingerichtet, um die Territorien der Cardassianischen Union zu schützen. Sie werden zurückgegeben, wenn Cardassia sie wieder kontrollieren kann.«

Cole lächelte. »Meinetwegen, Doktor. Drücken Sie es aus, wie Sie wollen. Locken könnte ohnehin bald dafür sorgen, dass derartiges politisches Theoretisieren keinen Sinn mehr hat. Vielleicht setzt er seine Soldaten für Überfälle ein, um sie auszubilden und Raumschiffe zu erbeuten. Oder er möchte das Bündnis der drei Mächte destabilisieren. Möglicherweise will er darauf hinweisen, dass ein genetisch erweiterter Mensch zum neuen Khan geworden ist … *Was auch immer.* Wichtig ist nur, dass Sie ihm so schnell und unauffällig wie möglich das Handwerk legen.«

»*Ich*?«, entfuhr es Bashir.

»Ja, Doktor. Wer wäre besser dazu geeignet? Das von uns erstellte psychologische Profil weist darauf hin, dass Lockens Aktionen in einem Gefühl profunder Isolation wurzeln. Das Trauma der auf Neu Peking erlittenen Verluste hat in diesem Zusammenhang sicher ebenfalls Bedeutung, aber unsere Spezialisten führen Lockens Psychose vor allem auf seine Überzeugung zurück, sich grundsätzlich von allen anderen Personen in seiner Nähe zu unterscheiden und *besser* zu sein. Seiner Ansicht nach spielt es kaum eine Rolle, was er mit anderen Leuten anstellt, denn letztendlich geschieht es zu ihrem eigenen Wohl. Er fühlt sich als Beglücker der ganzen Menschheit.«

»Was will er erreichen?«, fragte Bashir.

»Wer weiß?«, erwiderte Cole. »Vielleicht möchte er,

dass der Quadrant für Kinder und kleine, wehrlose Geschöpfe sicher wird. Und dazu setzt er jedes Mittel ein. Wenn Sie Bescheid wissen wollen – *fragen* Sie ihn. Wir möchten, dass Sie nach Sindorin fliegen, einen Kontakt herstellen, Ihr forensisches Geschick einsetzen, das Sie mehrmals unter Beweis gestellt haben, und Locken dazu bringen, den Brutplatz uns zu überlassen …«

»Von wegen!«

»Oder was auch immer Sie für das Beste halten«, fügte Cole hinzu. »In diesem Fall haben wir das gleiche Ziel. Wir möchten nicht, dass ein Übermensch einen Dschihad mit genetisch manipulierten organischen Killermaschinen beginnt.«

»Noch dazu ein Übermensch, der alles über Sie weiß«, sagte Bashir.

Ein Lächeln huschte über Coles Lippen. »Niemand weiß alles über uns, Doktor.«

»Und wenn ich ihn nicht überreden kann?«, fragte Bashir.

Cole zuckte mit den Schultern. »Jemand, der Sloan überlisten kann, sollte mit Locken keine Probleme haben. Er mag … erweitert sein, aber er ist noch immer sehr naiv. Fast so naiv wie Sie früher.«

Bashir schüttelte voller Abscheu den Kopf. »Wie konnten Sie auch nur *eine Sekunde lang* glauben, dass ich mich auf so etwas einlassen würde? Sie stecken in einem Morast aus Betrug und Falschheit fest und jetzt erwarten Sie von *mir*, dass ich Sie befreie? Nennen Sie mir *einen* guten Grund, warum ich Ihnen helfen sollte.«

»Abgesehen vom offensichtlichen, meinen Sie?«, erwiderte Cole. »Abgesehen davon, dass die Föderation in Stücke gerissen werden könnte, wenn die Klingonen und Romulaner herausfinden, was sich anbahnt?«

Bashir hätte gern darauf hingewiesen, dass sich solche Probleme lösen ließen, aber tief in seinem Innern wusste er, dass Cole Recht hatte. Während des Gesprächs hatte er entsprechende Berechnungen durchgeführt und ihre Ergebnisse waren alles andere als beruhigend. *Darauf läuft es also hinaus,* dachte er. *Es geht nicht um Richtig oder Falsch, um Moral oder Unmoral, sondern um Zahlen. Es geht darum, die Lebenden und Toten zu zählen.* Er behielt diesen Gedanken für sich; wenn er ihn laut ausgesprochen hätte, wäre Cole vielleicht bereit gewesen zu glauben, sich durchgesetzt zu haben. »Es gibt andere, die das erledigen können, worum Sie mich bitten. Die meisten von ihnen sind sogar besser dafür geeignet als ich.«

Cole lächelte. »Sie unterschätzen sich, Doktor. Es gibt *niemanden,* der besser geeignet wäre. Zwar sind Sie nicht der einzige genetisch erweiterte Mensch – es gibt mehr, als man in der Föderation zugeben möchte –, aber niemand von Ihnen ist so gut in die Gesellschaft integriert wie Sie. Im Vergleich mit Ihnen ist Ihr Freund Jack praktisch so etwas wie ein Hansdampf in allen Gassen. Und da wir gerade bei Jack sind ... Was geschähe wohl mit ihm und seinen Freunden, wenn bekannt würde, dass eine genetisch erweiterte Person für einen neuen Krieg verantwortlich ist? Wie lange würde es dauern, bis man bei Starfleet beschlösse, sich von den Erweiterten abzuwenden und sie den Wölfen zum Fraß vorzuwerfen?«

»So etwas käme Starfleet nie in den Sinn.«

»Glauben Sie? Ich maße mir nicht an, für *Sie* zu sprechen, Doktor, aber während des Dominion-Krieges habe ich das eine oder andere gelernt. So weiß ich zum Beispiel, dass unter besonders schlimmen Bedingungen die Moral selbst bei den besten Leuten gewissermaßen flexibel werden kann. Unter bestimmten Umständen ... Nun, selbst über den verstorbenen und angeblich so heiligen Captain Sisko sind mir gewisse Dinge zu Ohren gekommen.«

Bashir starrte Cole an und kam sich wie jemand vor, der in seinem eigenen Kopf gefangen war.

»Zum Teufel mit Ihnen«, sagte er schließlich und begann bereits, sich mit den Dingen abzufinden, die ihn auf Sindorin erwarten mochten. Er rechnete damit, dass Cole triumphierend grinste, aber stattdessen verwandelte er sich plötzlich in einen sehr erschöpften, ausgelaugten und bitteren Mann. Bashir musterte jemanden, der von einem Augenblick zum anderen todmüde wirkte.

»Danke, Doktor«, sagte Cole leise. »Wann können Sie aufbrechen?«

Bashir schüttelte sich. »Ich weiß nicht. Es müssen Vorbereitungen getroffen werden.«

»Natürlich.« Cole ging zur Tür. Als er an Bashir vorbeikam, ließ er einen Handcomputer in den Schoß des Arztes fallen. »Ich bedauere sehr, dass Sie den geplanten Urlaub verschieben müssen – bitte richten Sie das Lieutenant Dax aus. Übrigens, aus reiner Neugier: Hatten Sie wirklich vor, zur Erde zu fliegen und ihr zu zeigen, wo Sie aufgewachsen sind?«

»Ja«, bestätigte Bashir. »Ja, das war meine Absicht.«

»Im Ernst?« Cole zögerte in der offenen Tür. »Nun, dann muss es wohl Liebe sein.« Und damit ging er.

Als Bashir sicher war, dass Cole nicht zurückkehren würde, stand er auf, durchquerte das Zimmer steifbeinig und griff nach seiner Medo-Tasche. Er wollte eine Blutprobe nehmen, bevor die letzten Reste des psychoaktiven Mittels abgebaut waren. Gleichzeitig klopfte er auf seinen Insignienkommunikator, in der Hoffnung, dass sich jetzt eine Kom-Verbindung herstellen ließ. »Bashir an Kira.«

»Ich höre«, ertönte die Stimme der Bajoranerin.

»Nerys .... Wir müssen miteinander reden.«

4

Kira spürte die ersten Anzeichen von Kopfschmerzen hinter den Augen und rieb sich den Nasenrücken. »Haben die internen Scanner irgendetwas erfasst?«

»Nein«, antwortete Vaughn.

»Nun, das überrascht mich nicht. Ich wäre erstaunt gewesen, wenn tatsächlich irgendwelche Daten aufgezeichnet worden wären.«

»Ich ebenfalls.« Vaughn nickte. »Dann hätten wir uns fragen müssen, warum er eine solche Spur hinterließ. Nein, ich glaube, so ist es besser. Er ist fort und wir können sein Anliegen für bare Münze nehmen.«

»Es klang eher nach einer Drohung als nach einem Anliegen«, sagte Kira. »Oder nach einer Falle.« Sie sah sich am Tisch in der Offiziersmesse um und musterte die anderen Anwesenden.

In Bashirs Augen blitzte es noch immer zornig. Kein Wunder: Er mochte es ganz und gar nicht, in die Enge getrieben zu werden. Nun, wer fand schon Gefallen an so etwas? Den Arzt bewegte auch noch etwas anderes, das Kira nicht zu identifizieren vermochte – wenn Julian etwas verbergen wollte, so blieb es verborgen. Vor nicht allzu langer Zeit hatte Kira den Arzt für ein offenes Buch gehalten, für jemanden, der ganz versessen darauf war, alles preiszugeben. Inzwischen wusste sie, dass dieser Trick dazu gedient hatte, den »wahren« Julian Bashir vor Entdeckung zu schützen.

Ezri rang mit mehreren Emotionen gleichzeitig, was

typisch für sie war. Kira bemerkte Sorge (hauptsächlich um Julian), Ärger (der vor allem Cole galt; aber für Julian blieb eine ordentliche Portion übrig) und auch ein wenig Aufregung. In Ezris Mundwinkeln deutete sich immer wieder ein kurzes Lächeln an, das sie unter Kontrolle zu halten versuchte. Kira erkannte darin den Schatten jenes Lächelns, das sich auf Jadzias Lippen gezeigt hatte, wenn sie sich neuen Herausforderungen stellte oder damit begann, eine geheimnisvolle Sache zu untersuchen. Seine Präsenz erfüllte Kira mit vager Unruhe. *Jadzia steckt irgendwo dort drin,* dachte sie. *Und sie hört genau, was ich sage.* Kira wusste, dass die Wirklichkeit ein wenig anders aussah, aber trotzdem wurde sie das Gefühl nicht los, dass Jadzias Geist zugegen war. Sie fragte sich, ob Benjamin ebenso empfunden hatte, als Jadzia Curzons Nachfolgerin geworden war.

Vaughn ließ sich schwerer einschätzen. Er trank seinen verdammten Tee, hörte immer aufmerksam zu und verarbeitete alle Informationen. Kira spürte, dass hinter der ruhigen Gelassenheit etwas in Bewegung geraten war, etwas, das sich nach Zorn anfühlte – obgleich es ihr schwer fiel, sich einen Vaughn vorzustellen, der über irgendetwas zornig war.

Wo Vaughn unergründlich blieb, wirkte Ro besorgt. Vielleicht lag es am Schock darüber, von der Existenz einer Abteilung wie Sektion 31 erfahren zu haben. Kira und Sisko waren schockiert gewesen, als Julian ihnen von seiner Begegnung mit Sloan erzählt hatte. Doch in Ro schien noch etwas anderes vorzugehen.

»Möchten Sie einen Diskussionsbeitrag leisten, Lieutenant?«, fragte Kira.

Ro begegnete ihrem Blick und traf eine Entscheidung. »Sindorin«, sagte sie. »Ich kenne den Planeten. Der Maquis hat einmal erwogen, dort einen Stützpunkt einzurichten. Vor drei Jahren, kurz bevor alles auseinander brach. Es wäre ein guter Zufluchtsort gewesen.« Sie deutete auf die planetologischen Daten, die ihnen das Projektionsfeld der Offiziersmesse zeigte.

»Es ist eine tropische Welt – dichter Regenwald bedeckt etwa zwei Drittel der Landmasse.« Ro zeigte auf einen Subkontinent der südlichen Hemisphäre. »Dieser Bereich war für uns besonders interessant, weil vulkanische Aktivität dort dazu geführt hat, dass sich das Grundwasser mit einem seltenen Mineral anreicherte. Die Pflanzen nehmen es durch die Wurzeln auf und bei den Bäumen gelangt es bis in die Wipfel. Die Substanz stört Sensorsondierungen. Wenn die Signale nicht besonders stark sind, werden sie einfach reflektiert. In den Wäldern wimmelt es von Leben, das für die Sensoren jedoch größtenteils verborgen bleibt.«

Ro streckte die Hand nach den Kontrollen des Projektionsfelds aus und unmittelbar darauf wich die holographische Darstellung von Sindorin zurück. »Dies ist der zweite Grund, warum uns der Planet gefiel«, sagte sie. Rote und gelbe Plasmastürme wogten am Rand des Sonnensystems. »Es ist ungewöhnlich, aber nicht unmöglich, so tief im Innern der Badlands einen Planeten der Klasse M zu finden. Die Leuchterscheinungen in der Atmosphäre können sehr eindrucksvoll sein.«

»Warum haben Sie darauf verzichtet, dort eine Basis einzurichten?«, fragte Dax.

»Aus zwei Gründen«, antwortete Ro. »Zum einen wegen der Plasmastürme. Die Schilde der meisten Maquis-Schiffe waren eher schwach. Wir hätten nicht sofort riskiert, beim Flug vom und zum Planeten ein Schiff zu verlieren, aber früher oder später wäre es sicher zu einem Unglück gekommen. Und zweitens: Wir fanden Sindorin nur wenige Wochen vor der Entscheidung der Cardassianer, sich mit dem Dominion zu verbünden. Dadurch bekamen wir ganz andere Probleme ...«

»Das Dominion scheint in Hinsicht auf Sindorin keine Bedenken gehabt zu haben«, warf Kira an.

Ro zuckte mit den Schultern. »Seine Schiffe verfügten über bessere Schilde.«

Kira holte den holographischen Planeten wieder näher. »Nach Ihren Informationen dürfte also vor allem der südliche Kontinent für einen Stützpunkt in Frage kommen. Lässt sich der Ort noch etwas genauer bestimmen?«

»Kommt darauf an. Was braucht man für einen Brutplatz der Jem'Hadar?«

»Genetisches Material«, sagte Bashir. »Das haben die Vorta sicher mitgebracht, als sie die Station auf Sindorin vorbereiteten. Wenn etwas davon zurückblieb, kann das nur bedeuteten, dass die Vorta den Planeten überstürzt verlassen mussten, vielleicht während der letzten Offensive gegen Cardassia. Außerdem ist Wasser notwendig. Vorzugsweise Süßwasser.«

»Der Regenwald erstreckt sich überall«, sagte Ro. »Es gibt also keine großen offenen Wasserflächen – die Vegetation speichert das meiste Wasser. Während der Regenzeit regnet es zweimal am Tag, früh am Morgen und früh am Abend. Die Niederschläge sind so regelmäßig, dass man die Uhr nach ihnen stellen könnte. Würden sie genügen?«

Bashir schüttelte den Kopf. »Wahrscheinlich nicht. Zu sehr verteilt.«

Kira beobachtete, wie sich um sie herum die Routine des Starfleet-Informationsaustauschs entfaltete. Sie hatte diese besondere Fähigkeit immer bei Sisko, Jadzia, O'Brien und Julian bewundert, ohne zu wissen, dass *alle* Starfleet-Offiziere dazu imstande waren, auch ehemalige wie Ro. *Bei den Klingonen, Romulanern und Cardassianern ist so etwas nicht üblich,* dachte Kira.

Sie haben ihre eigenen Methoden, ihre eigenen soldatischen Kulturen, aber nichts, das es hiermit aufnehmen könnte.

Ro deutete auf einen großen blauen Fleck unweit der südlichen Spitze des fraglichen Subkontinents. »Hier. Dieser See. Wir haben ihm keinen speziellen Namen gegeben, ihn einfach nur ›großer See‹ genannt. Er ist das einzige nennenswerte Süßwasserreservoir in diesem Teil des Planeten.«

Julian beugte sich vor und betrachtete die Darstellung. »Der Umfang dürfte etwa zweitausend Kilometer betragen. Ein recht großer Bereich für die Suche nach dem Brutplatz.«

»Wir sollten etwas orten können, sobald wir nahe genug heran sind«, meinte Ro.

»Aber nicht *zu* nahe«, erwiderte Julian. Seine Aufmerksamkeit galt noch immer dem See; vermutlich prägte er sich die Uferlinie ein.

»Genau darin besteht der Trick, nicht wahr?«

»In der Tat, Lieutenant«, erwiderte Julian geistesabwesend. »Und danke für Ihre Bereitschaft, mich zu begleiten. Ich kann die Hilfe von jemandem gebrauchen, der sich auf dem Planeten auskennt. Ich habe das Gefühl, dass wir jeden Vorteil benötigen, den wir bekommen können, und damit wäre ich beim nächsten Punkt. Colonel?«

»Doktor?«

»Ich würden gern Taran'atar mitnehmen.«

Kira spürte, wie sich Falten in ihrer Stirn bildeten. »Wenn Cole die Wahrheit gesagt hat, müssen Sie davon ausgehen, dass sich Jem'Hadar auf Sindorin herumtreiben.«

»Genau deshalb möchte ich dort einen auf *unserer* Seite wissen«, erwiderte Bashir. »Taran'atar kann uns wertvolle Hinweise darauf geben, wie die Jem'Hadar denken, wie sie reagieren werden …« Er zögerte und musterte Kira. »Ich nehme an, Sie halten nichts davon.«

»Nein. Die ganze Sache erscheint mir immer verrückter. Sie wollen einen Planeten in den Badlands aufsuchen, begleitet nur von ein oder zwei Personen ...«

»Oder drei«, ließ sich Ezri vernehmen.

»*Darüber* reden wir später«, sagte Kira scharf. »Begleitet von ein oder zwei Personen – eine von ihnen ein Jem'Hadar –, um dort jemandem gegenüberzutreten, der sich gewissermaßen als lokale Gottheit etabliert hat. Und wozu? Um Starfleet Verlegenheit zu ersparen ...«

»Nein, Nerys«, widersprach Bashir. »Um den Frieden zu bewahren. Um Leben zu retten. Mir gefällt dies alles ebenso wenig wie Ihnen, aber es ist das kleinere von zwei Übeln.«

Kira spürte, wie der Druck hinter ihren Augen zunahm. »Na schön. Ich rede mit Taran'atar und stelle fest, was er davon hält. Vielleicht ist er gar nicht imstande, Ihnen zu helfen. Odo hat ihn aufgefordert, *mir* zu gehorchen.«

»Und wenn Sie ihm sagen, dass er auf mich hören soll, ist er bestimmt dazu bereit«, meinte Bashir.

»Er würde auf jeden hören«, warf Dax ein.

»Ich bin mir nicht sicher, ob das stimmt«, erwiderte Kira. »Um ganz ehrlich zu sein: Es wäre mir lieber, wenn Sie Unrecht hätten.«

»Er ist ein Jem'Hadar«, betonte Bashir. »Er führt Befehle aus. Darin besteht sein Daseinszweck.«

»Taran'atar ist anders«, sagte Kira. »Ich nehme an, Odo hat ihn deshalb zu uns geschickt.«

»Oder er ist das reinste Exemplar seiner Spezies«, überlegte Bashir laut. »Vielleicht wollte Odo, dass wir bei der nächsten Begegnung mit dem Dominion besser verstehen, womit wir es zu tun haben.«

Das war eine interessante Möglichkeit und unter anderen Umständen hätte Kira sie gern im Kreis ihrer

Freunde und Kollegen erörtert. Aber derzeit ging es vor allem darum, wie Taran'atar zu einem Einsatz auf Sindorin stand. »Computer, lokalisiere Taran'atar.«

»Taran'atar befindet sich in Holo-Kammer eins«, antwortete der Computer.

Die am Tisch sitzenden Personen wechselten erstaunte Blicke.

»Wie lang wird sein Aufenthalt dort noch dauern?«

»Die gebuchte Projektionszeit geht in zwanzig Minuten zu Ende.«

»Dann sollte ich mich bald auf den Weg machen«, sagte Kira. »Julian, ich gebe Ihnen Bescheid, sobald ich eine Stellungnahme von Taran'atar habe. Sie sollten Ihre Vorbereitungen auf jeden Fall fortsetzen. Ich schätze, er kann schnell packen.«

»Ich lassen Ihnen von Bowers einen Runabout zuweisen«, sagte Vaughn. »Irgendwelche Wünsche?«

»Die *Euphrat*«, erwiderte Ro. »Ihr macht eine turbulente Atmosphäre nicht viel aus. Auf Sindorin kommt es gelegentlich zu schweren Stürmen.«

»Eine gute Wahl«, kommentierte Vaughn. »Genügt es, wenn die *Euphrat* in sechs Stunden startbereit ist?« Ro und Bashir nickten, woraufhin Vaughn den Raum verließ, gefolgt von Ro. Julian hatte Dax und Kira unauffällig zu verstehen gegeben, sie sollten noch ein wenig bleiben. Sie gaben vor, mit ihren Handcomputern beschäftigt zu sein, bis die anderen gegangen waren.

»Was ist?«, fragte Kira, als sich die Tür hinter Ro geschlossen hatte.

»Ich wollte nur darauf hinweisen, dass es Commander Vaughn kaum zu überraschen schien, von einer geheimen Organisation im Innern von Starfleet zu erfahren«, sagte Bashir.

»Das gilt auch für Ro.« Ezri sah Julian fragend an. »Worauf willst du hinaus?«

»Ich bin mir nicht ganz sicher. Aber Vaughns elektronische Personalakte steckt nicht gerade voller Details, oder? Ich habe sie überprüft, Nerys. Bei jemandem, der seit Jahrzehnten für Starfleet tätig ist, sollten sich nicht nur einige bedeutungslose Details finden lassen. Und er hat eben kaum etwas zur Diskussion beigetragen.«

Kira wählte ihre Worte mit großer Sorgfalt. »Julian, ich gehöre nicht zu Starfleet, aber Commander Vaughn hat mir immer wieder bewiesen, wie zuverlässig er ist. Wenn Sie seine Vertrauenswürdigkeit in Zweifel ziehen ...«

»Nein«, sagte Bashir, der jetzt offenbar den Eindruck gewann, zu weit gegangen zu sein. »Tut mir Leid. Ich schätze, diese Sache mit Sektion 31 hat mich argwöhnisch werden lassen. Sie haben Recht, Colonel. Ich werde nicht noch einmal darauf zu sprechen kommen.« Er sah zu Ezri. »Sehen wir uns später?«

Ezri nickte. Als Julian die Offiziersmesse verlassen hatte, sagte Kira: »Mir gefällt nicht, was ich gerade gehört habe.«

»Mir auch nicht«, sagte Dax und sah noch immer zur Tür. »Aber seine Hinweise haben durchaus etwas für sich.«

»Wie meinen Sie das?«

»Vaughn ist immer sehr zugeknöpft«, erklärte Ezri. »Das war er schon, als Curzon ihm vor Jahrzehnten begegnete. Das soll nicht heißen, dass er kein Vertrauen verdient. Ich halte ihn grundsätzlich für einen guten Mann. Außerdem zählen in diesem Zusammenhang auch die Meinungen von Starfleet Command und Captain Jean-Luc Picard, die ihm vertrauen. Aber wenn man bedenkt, welchen Belastungen Julian derzeit ausgesetzt ist ... Unter solchen Umständen ist es durchaus verständlich, dass er einen Mangel an Informationen – und das sieht er in

Vaughns Zurückhaltung – zum Anlass nimmt, misstrauisch zu werden.«

Kira nickte und fragte sich, ob sie den rätselhaften Ersten Offizier darauf ansprechen sollte. Nun, eins nach dem anderen. »Kann Julian mit dieser Sache fertig werden?«, wandte sie sich an Dax.

»Zweifellos«, antwortete Ezri. »Allerdings braucht er Hilfe, auf die er sich verlassen kann. Ro und Taran'atar sind ein guter Anfang, aber ich möchte ebenfalls mitkommen.«

Kira nahm Platz, lehnte sich zurück und musterte Dax aufmerksam. »Erinnern Sie sich an die Mission auf Soukara?«, fragte sie nach einer Weile.

»Ja, natürlich«, sagte Ezri sofort. »Jadzia wäre fast gestorben. Worf musste entscheiden, ob er ihr Leben retten oder Lasaran begegnen sollte. Er beschloss, mich in Sicherheit zu bringen.«

»Erinnern Sie sich auch daran, was anschließend geschah?«

»Benjamin verbot uns, jemals wieder gemeinsam an einer Mission teilzunehmen.«

»Und welche Lehre sollte ich daraus ziehen?«

»Colonel ...« Dax versuchte, vernünftig zu klingen. »Die derzeitigen Umstände sind völlig anders.«

»Wirklich? Wo liegt der Unterschied? Wie unterscheidet sich diese Mission von der auf Soukara?«

»Sehen Sie die Sache einmal so. Odo und Sie eilten Damars Widerstandsgruppe zu Hilfe, während es zwischen Ihnen eine Beziehung gab.«

»Odo und ich sind nicht Sie und Worf«, sagte Kira. Sie hatte die Worte kaum ausgesprochen, als sie begriff, dass sie in der Falle saß.

»Genau das meine ich«, sagte Ezri. »Odo und Kira sind nicht Jadzia und Worf. Und auch Ezri und Julian sind nicht Jadzia und Worf.«

Kira seufzte. »Was ist, wenn Sie sich irren, Ezri?«

»Ich irre mich *nicht*, das wissen Sie. Wir gehen bei dieser Sache auf die *richtige* Weise vor – und sei es nur deshalb, um Ihnen zu beweisen, dass es möglich ist.«

»Haben Sie mit Julian darüber gesprochen? Wenn ich mich nicht sehr irre, erwartet er von Ihnen, dass Sie ihm viel Glück wünschen. Er rechnet wohl kaum damit, dass Sie ihn begleiten.«

»Natürlich haben wir darüber gesprochen. Und natürlich möchte er, dass ich ihn begleite. Er sieht dies alles genauso wie ich.«

»Ich möchte nicht, dass du mitkommst«, sagte Bashir.

Ezri saß auf der Kante von Bashirs Bett und beobachtete, wie er seine Reisetasche packte. Es wurde kälter in der Raumstation – in Julians Quartier war es bereits so kühl geworden, dass Ezri fröstelte. Sie zog die Decke vom Fußende des Bettes und schlang sie sich um die Schultern. »Sei doch vernünftig.«

Bashir trat auf sie zu und rückte die Decke zurecht. »Genau das bin ich. Ich möchte nicht, dass du zu Schaden kommst.«

Davon ließ sich Ezri nicht beeindrucken. Sie schob seine Hand beiseite. »Diese Taktik funktioniert nicht«, sagte sie. »Ich möchte nicht, dass *du* zu Schaden kommst, aber ich bitte dich nicht darum, hier zu bleiben. Ich weiß, dass du aufbrechen musst. Es ist deine Pflicht.«

»Ja«, bestätigte Bashir mit Nachdruck. »Das stimmt.«

»Und es ist auch meine Pflicht«, sagte Ezri, bevor er etwas hinzufügen konnte. »Oder glaubst du etwa, der einzige Starfleet-Offizier zu sein, den diese Sache betrifft?«

Bashir seufzte. Ihm gefiel nicht, in welche Richtung das Gespräch zielte. »Natürlich nicht. Aber vermutlich weiß ich besser als sonst jemand, wie Locken auf bestimmte Dinge reagiert …«

»Aber nicht besser als ich«, warf Ezri ruhig ein.

»Wie bitte?«

»Du bist genetisch erweitert, Julian, aber ich bin eine ausgebildete Counselor und habe über viele Jahre hinweg das menschliche Verhalten beobachtet. Außerdem *lebe* ich mit einer genetisch erweiterten Person zusammen und das sollte doch etwas bedeuten, oder?«

Einige Sekunden lang musterte Bashir Ezri wortlos, suchte nach Fehlern in ihrer Argumentation und fand keinen. Schließlich neigte er resigniert den Kopf. »Lieutenant, ich beuge mich der überwältigenden Kraft deiner Logik. Offenbar hat einer der früheren Wirte viel Zeit bei Vulkaniern verbracht. Du solltest besser packen.«

»Das habe ich bereits«, sagte Ezri und versuchte, nicht zu breit zu lächeln. »Nicht alle sind so pedantisch wie du.«

Bashir schloss die Reisetasche, hob sie vom Bett und deutete zur Tür. »Mal sehen, was du dazu zu sagen hast, wenn wir Sindorin erreichen.«

5

Normalerweise hätte Kira nicht die Privatsphäre einer anderen Person verletzt, indem sie eine Holo-Kammer während eines aktiven Programms betrat. Aber sie war ziemlich sicher, den Jem'Hadar dadurch nicht in Verlegenheit zu bringen. Soweit sie wusste, konnten Jem'Hadar überhaupt nicht in Verlegenheit gebracht werden. Und selbst wenn das doch der Fall wäre – davon hätte sie sich unter diesen besonderen Umständen nicht aufhalten lassen. Der Zeitfaktor spielte eine Rolle.

Sie trat ein und blickte in eine etwa zehn Meter tiefe, schüsselförmige Grube, deren Boden aus festgetretener Erde bestand. Gesplittertes Felsgestein zeigte sich in den Wänden.

Unten kämpfte Taran'atar gegen einen Albtraum.

Das insektenartige Geschöpf war fünf Meter groß und verfügte über acht Gliedmaßen. Jede endete in einer aus zwei Zacken bestehenden Klaue. Die Klauen an den beiden vordersten Gliedmaßen wirkten flexibler als die anderen und hielten schwere Keulen.

Mit einer dieser beiden Keulen schlug das Insektenwesen nach Taran'atars Kopf, aber der Jem'Hadar wich aus, indem er einen halben Meter nach links trat. Die Keule verschwand halb im sandigen Boden und Taran'atar sprang auf den Rücken seines Gegners, rammte seinen *Kar'takin* in die weiche Stelle, an der sich zwei Chitinplatten überlappten. Die Klinge schnitt tief ins Fleisch und zähflüssiger purpurner Schleim drang aus der Wunde. Das Insekt gab ein seltsames, metallisch klingendes Geräusch von sich und riss die Keule aus dem Boden. Mit einem Rückwärtssalto sprang Taran'atar vom Rücken des Ungetüms herunter, landete auf den Beinen, federte den Aufprall mit gebeugten Knien ab und wich erneut zur Seite, als die Keule einmal mehr auf ihn zuschoss.

Das Geschöpf schien kaum beobachten zu können, was rechts und links von ihm geschah. Es wusste nicht, wohin der Jem'Hadar plötzlich verschwunden war, und wenige Sekunden später gab es erneut einen schrillen Schrei von sich, als die Klinge des *Kar'takin* noch einmal zustieß. Das Insekt richtete sich auf den vier hinteren Gliedmaßen auf, hob Klauen und Keulen, hielt jedoch vergeblich nach seinem Gegner Ausschau.

Taran'atar trat auf den Rücken des Monstrums, machte drei weite Schritte über den dorsalen Kamm und versetzte dem Wesen einen wuchtigen Schlag auf den Schädel. Der Panzer gab nicht nach, aber offenbar befand sich ein wichtiger Teil des Zentralnervensystems an jener Stelle. Der Hieb ließ das Geschöpf wanken; die Beine gaben unter ihm nach. Taran'atar nutzte das nach vorn gerichtete Bewegungsmoment seines Kontrahenten aus, um sich über den Kopf hinweg katapultieren zu lassen, rollte sich über die Schulter ab und landete drei Meter vor dem benommenen Ungetüm.

Der Jem'Hadar kam sofort wieder auf die Beine, zögerte dann und beobachtete das schwankende riesenhafte Wesen. Kira rechnete damit, dass Taran'atar erneut angriff, um seinem Widersacher endgültig den Garaus zu machen, aber stattdessen erweckte er den Eindruck, auf etwas zu warten. Fand der Jem'Hadar Gefallen daran, dass ihm sein Gegner ausgeliefert war? Wollte er den Moment des Triumphes möglichst lange genießen?

Plötzlich erbebte das Insekt am ganzen Leib und rollte sich zusammen, schlang alle acht Gliedmaßen um den Unterleib. Die Kanten der Panzerplatten auf dem Rücken neigten sich nach oben und Dorne glitten darunter hervor. Muskeln zogen sich zusammen, das Wesen erbebte erneut – und plötzlich sausten die Dorne in alle Richtungen davon. Einige bohrten sich in den Boden; andere trafen die harten Felswände und prallten ab. Kira schauderte, als sie sich vorstellte, was jene Geschosse anrichten konnten.

Taran'atar sprang in die Luft und schätzte die Flugbahn von sechs Dornen ab, die ihm entgegenflogen. Er hechtete durch die Lücke zwischen den beiden höchsten Projektilen, wich den anderen um einen halben Meter aus und landete direkt vor dem Kopf des riesenhaften Wesens. Der Jem'Hadar hob seine Waffe und Kira breitete sich innerlich auf den schauderhaften Anblick eines aufplatzenden Schädels vor. Doch Taran'atar schlug nicht zu und sagte schlicht: »Programm beenden.«

Es schimmerte kurz und plötzlich befand sich Kira auf einer Höhe mit dem Jem'Hadar, in einer ansonsten leeren Holo-Kammer. Taran'atar stützte sich auf seine Waffe und sah die Bajoranerin an, ohne durch ihre Präsenz beunruhigt zu sein. »Guten Tag, Colonel«, sagte er und sein schwarzer Overall war so sauber wie zu Beginn der Simulation. Auf Kiras Bitte hin hatte er kurz nach seinem Eintreffen in der Station die graue Dominion-Uniform gegen weniger provozierende Kleidung eingetauscht.

»Guten Tag, Taran'atar. Ich hoffe, ich habe Sie nicht bei Ihrer Übung gestört.«

»Nein«, erwiderte er. Kira hatte mehrmals mit dem Jem'Hadar gesprochen, sich aber noch immer nicht an seine Stimme gewöhnt. Immer erwartete sie ein Knurren in der Art von Worf, doch Taran'atars Stimme war höher und weitaus melodischer. Sie fragte sich, ob Jem'Hadar sangen. Kannten sie die Tonleiter?

»Sie haben das Programm deaktiviert bevor ...« Kira sprach den Satz nicht zu Ende. »Sie waren noch nicht fertig.«

Taran'atar betrachtete die Schneide seiner Klinge und sah dann zu Kira. »Der Kampf war entschieden. Ich hätte das Geschöpf mit dem nächsten Hieb töten können.«

»Ja, kein Zweifel«, bestätigte Kira. »Um was für ein Wesen handelte es sich?«

»Auf seiner Heimatwelt hatte es einen Namen, der so viel bedeutet wie ›Kommt in der Nacht und tötet viele‹. Sie lebten in Höhlen, gruben sich unter ihre Opfer und zogen sie zu sich herab, um sie zu fressen.«

Plötzlich fiel Kira etwas ein. Taran'atar war mit wenigen Habseligkeiten zur Station gekommen und Hologramme hatten sich nicht unter seinen persönlichen Gegenständen befunden. »Haben Sie die Simulation selbst programmiert? Aus der Erinnerung?«

Taran'atar nickte kurz. »Ich kannte die Parameter und habe damit einen für die Holo-Kammern präformatierten Datenstab codiert.«

Ein Jem'Hadar mit vielen Talenten, dachte Kira. Oder waren sie alle so fähig wie dieser und hatten es nur nicht gezeigt? Eines stand fest: Sie würde Taran'atar nie wieder unterschätzen.

»Das Wesen hat Waffen verwendet, zwei Keulen. Es muss also über eine gewisse Intelligenz verfügt haben.«

Taran'atar neigte den Kopf zur Seite – das Jem'Hadar-Äquivalent eines Schulterzuckens. »Vielleicht. Möglicherweise haben Sie Recht. Diese Frage betraf mich nicht. Ich war angewiesen, sie zu töten, nicht sie zu untersuchen. Sie brachten die Bewohner einer Kolonie um, die von den Gründern den Auftrag erhalten hatte, Getreide anzubauen.«

»Und Sie haben die Kolonie geschützt? Damit waren Sie beschäftigt, bevor Sie hierher kamen?«

»Nicht bevor ich hierher kam. Viele Jahre sind seitdem vergangen. Damals war ich noch kein Ältester. Die Erkundungsgruppe fand jene Wesen, bevor die Kolonie gegründet wurde. Meine Einheit bekam den Auftrag, sie zu eliminieren.«

»Soll das heißen, Sie haben eine einheimische Spezies ausgelöscht, um eine landwirtschaftliche Siedlung zu schützen?«

Taran'atar nickte. »Die Gründer bringen Leute, die sich als gute Bauern erwiesen haben, auf Welten unter, wo sie dem Wohl des Dominion am besten dienen können. Diese spezielle Gruppe – ich weiß nicht, wie Sie sie nennen würden – stammte von einem Planeten, den die Gründer viele Jahre zuvor erobert haben. Die Angehörigen der betreffenden Spezies waren klein und nur schlecht für den Kampf gerüstet. Deshalb erhielt meine Einheit den Befehl, die Siedlung zu sichern.«

»Die Siedlung zu sichern?«, wiederholte Kira. »Sie meinen Völkermord.«

Taran'atar bemerkte die Veränderung im Gebaren der Bajoranerin, zögerte aber nicht. »Unser Ziel bestand darin, die Insekten auszurotten, ja. Nehmen Sie Anstoß daran?«

»An einem solchen Konzept würde jeder von uns Anstoß nehmen. Auch wir sind einmal von Eroberern versklavt worden.«

»Wir haben jene Geschöpfe nicht versklavt ...«

»Nein, Sie haben sie ausgerottet«, erwiderte Kira. »Können Sie mir sagen, was schlimmer ist?«

»Entspricht es Ihrem Wunsch, darüber zu diskutieren, Colonel?«, fragte Taran'atar.

Kira presste kurz die Lippen zusammen. »Nein, ich bin aus einem anderen Grund hier. Um eine Bitte an Sie zu richten.«

Das verunsicherte den Jem'Hadar. »Eine Bitte?«

»Ich möchte, dass Sie etwas für uns tun, aber Sie sollen sich nicht dazu *verpflichtet* fühlen. Die Entscheidung darüber, ob Sie uns helfen wollen oder nicht, steht allein Ihnen zu. Es ist unser Brauch, unsere Gäste um Hilfe zu *bitten* und sie dann selbst entscheiden zu lassen.«

Taran'atar wirkte nicht mehr nur unsicher, sondern auch erregt und ungeduldig. »Ich bin nicht Ihr *Gast*, Colonel. Ich bin ein Jem'Hadar. Meine Aufgabe besteht darin zu gehorchen, zu beobachten und zu lernen. Der Gründer …«

»Odo«, warf Kira ein.

Taran'atar nahm die Berichtigung hin, aber seine Erregung wuchs weiter. »*Odo* gab mir diese Mission, damit ich Ihnen ebenso diene wie ihm. Ich weiß noch immer nicht ganz, wie das möglich sein soll, aber ich habe einen Eid abgelegt und deshalb werde ich Ihnen gehorchen. Doch davon, solche *Entscheidungen* zu treffen, war *nie* die Rede.« Im Anschluss an diese Worte rammte Taran'atar seinen *Kar'takin* in den Boden der Holo-Kammer. Der Computer, der die ambientalen Systeme der Holo-Kammer kontrollierte, ließ ein Kraftfeld entstehen, um eventuellen Schäden vorzubeugen, aber es genügte nicht, um die ganze Wucht des Stoßes zu absorbieren. Die Klinge bohrte sich in den Boden und Funken sprühten aus einer durchtrennten EPS-Leitung. Sicherheitssysteme wurden aktiv und daraufhin stoben keine Funken mehr.

Einige Sekunden lang war Kira zu überrascht, um

irgendetwas zu sagen. Bevor sie Gelegenheit bekam, gegen Taran'atars Verhalten zu protestieren, drang Quarks Stimme aus den Kom-Lautsprechern der Holo-Kammer. »Äh, hallo da drin? Vielleicht könnten Sie mit meiner Holo-Kammer etwas vorsichtiger umgehen? Ich will Ihnen ja nicht zu nahe treten, aber seit Rom mich im Stich gelassen hat und nach Feringinar geflogen ist, gibt es an Bord der Station niemanden mehr, der diese verflixten Dinger reparieren kann. Verstehen Sie, Herr Jem'Hadar? Hallo?«

»Es ist alles in Ordnung, Quark«, sagte Kira. »Seien Sie unbesorgt. Ich bitte Nog, sich später darum zu kümmern.«

»Ah, Colonel. Nun, äh, Sie nehmen also an dem Spaß teil. Na schön. Aber Commander Vaughn wird nicht zulassen, dass Nog ...«

»Ich rede mit Commander Vaughn«, sagte Kira. »Einverstanden?«

»Ja, Colonel. Gut. Äh. Vergnügen Sie sich ruhig da drin. Kein Problem.« Quark zögerte. »Es gibt doch kein Problem, oder?«

»Sie sind auf dem besten Weg, eins zu schaffen, wenn Sie noch länger stören.«

»Schon gut«, sagte Quark rasch und unterbrach die Verbindung.

Kira und Taran'atar musterten sich einige Sekunden lang. Schließlich beugte sich die Bajoranerin vor, zog den *Kar'takin* aus dem Boden und hielt die Waffe in beiden Händen. Sie war schwerer, als sie aussah. »Haben Sie einen Replikator programmiert, um sich dieses Ding zu beschaffen?«

»Ja.«

Kira nickte und betrachtete den *Kar'takin* anerkennend. »Übrigens ... Wie viel hat Quark für die Benutzung der Holo-Kammer verlangt?«

Erneut zeigte sich Verwirrung in Taran'atars Gesicht. Kira fühlte sich fast schuldig, weil sie ihn erneut durcheinander brachte. »Wie viel?«, wiederholte der Jem'Hadar verwundert. »Als ich von der Existenz dieser Einrichtung erfuhr, habe ich dem Ferengi mitgeteilt, dass ich sie heute benutzen würde. Er hat nichts dafür verlangt.«

»Verstehe«, sagte Kira. »Na schön. Eigentlich wundert mich das nicht. Ich richte ein Konto für Sie ein. Denken Sie beim nächsten Mal daran, dass es an Bord der Station noch andere Leute gibt, die das eine oder andere benutzen möchten, und manchmal könnten sie vor Ihnen in der Reihe stehen.« Sie reichte dem Jem'Hadar seine Waffe.

Taran'atar nahm sie entgegen.

»Was meine Bitte betrifft …«

»Sagen Sie mir einfach, was ich tun soll«, sagte Taran'atar.

»Ich möchte, dass Sie in *Erwägung* ziehen, Dr. Bashir zu einem Planeten zu begleiten, auf dem ein Mensch einen Brutplatz der Jem'Hadar unter Kontrolle gebracht hat.« Mit einigen knappen Worten berichtete Kira von Locken und seinen mutmaßlichen Absichten.

Taran'atar hörte kommentarlos zu, bis die Bajoranerin schließlich schwieg.

»Ich werde Ihren Wünschen gemäß handeln«, sagte er dann. »Die Jem'Hadar, die dem Menschen dienen, sind bereits so gut wie tot.«

Kira schüttelte den Kopf. »Ich fürchte, Sie haben nicht richtig verstanden. Ich bitte Sie nicht, all jene Jem'Hadar zu töten …«

»Aber es gibt auf dem Planeten Jem'Hadar, die darauf konditioniert sind, dem Menschen zu gehorchen«, sagte Taran'atar. »Einem Menschen, der Ihr Gegner ist. Stimmt das?«

»Ja.«

»Dann muss ich sie töten. Andernfalls werden sie den Doktor und alle anderen umbringen, die ihn bei dieser Mission begleiten.«

»Lassen Sie uns eines klarstellen«, sagte Kira. »Ihre Teilnahme an der Mission hängt davon ab, ob Sie Doktor Bashir die benötigte Hilfe leisten können. Sie neigen von Natur aus dazu, Ihre Feinde zu töten, und vielleicht wird es tatsächlich nötig, Gewalt anzuwenden. Aber so etwas kommt nur als letztes Mittel in Frage. Haben Sie mich verstanden?«

Der Jem'Hadar sah auf Kira hinab. »Es beunruhigt Sie, dass ich bereit bin, meine Artgenossen zu töten. Sie haben gegen meine Spezies gekämpft und glauben deshalb, uns zu verstehen. Sie gehen davon aus, dass wir allein von der speziellen Genetik kontrolliert werden, der wir unsere Entstehung verdanken. Nun, Colonel, begegnen Sie Dr. Bashir mit einer ähnlichen Einstellung?«

Die Frage verblüffte Kira.

»Sie haben sich damit abgefunden, dass er eine genetische Veranlagung dazu hat, anders zu handeln, anders zu denken und anders zu *empfinden* als Sie«, fuhr Taran'atar fort. »Obwohl er von Wesen geschaffen wurde, die nicht größer oder göttlicher waren als Sie selbst.«

Kira wusste, in welche Richtung diese Argumentation zielte. Aber sie sah sich außerstande, einen anderen Kurs einzuschlagen, um den metaphorischen Sandbänken auszuweichen.

»Ja«, bestätigte sie.

»Dann sollten Sie sich auch mit den Besonderheiten meiner Natur abfinden«, sagte Taran'atar mit bemerkenswerter Gelassenheit.

Kira kniff die Augen zusammen. »Sie haben gut argumentiert«, räumte sie ein. »Aber trotzdem gehen wir so vor, wie ich es für richtig halte, und deshalb frage ich Sie noch einmal: Haben Sie mich verstanden?«

Es folgte eine sehr unangenehme Stille; für Kira dauerte sie viel zu lange.

»Nein«, antwortete Taran'atar schließlich. »Aber ich werde mich Ihren Wünschen fügen.«

6

In knapp einer Stunde sollte die *Euphrat* starten. Ro Laren saß im Sicherheitsbüro und befasste sich mit den erstaunlich detaillierten Dateien, die Odo zurückgelassen hatte.

Viele Personen hatten die Raumstation bereits verlassen und außerdem waren weite Bereiche von *DS9* deaktiviert worden. Unter solchen Bedingungen fiel es wesentlich leichter, die Sicherheit an Bord zu gewährleisten. Ro hatte beschlossen, den Rest ihrer Zeit damit zu verbringen, sich einige von Morns Geschichten anzuhören, zu versuchen, Hinweise auf die neuesten illegalen Aktivitäten von Quark zu finden und sich durch die Datenbank ihres Vorgängers zu arbeiten. Morns Geschichten gefielen ihr und es war ihr gelungen, Quarks Schattengeschäfte heimlich zu sabotieren. Jetzt staunte sie über die Qualität und Quantität von Odos Aufzeichnungen. Im Sicherheitsbüro von *Deep Space Nine* gab es Informationen, die vermutlich nicht einmal dem Geheimdienst von Starfleet vorlagen.

Kurz nach ihrer Ankunft an Bord hatte Ro die ersten mehrfach verschlüsselten Dateien in einem unauffälligen Subsegment des Computers der Sicherheitsabteilung gefunden. Vielleicht wusste selbst Kira nichts von der Existenz dieser Daten. Ro hatte fünf Tage gebraucht, um herauszufinden, auf welche Weise die verborgenen Dateien geschützt waren. Anschließend dauerte es noch einmal zwölf Tage, um einen Weg zu finden, die Dateien zu öffnen, ohne dass dadurch ein elektromagnetischer Impuls ausgelöst wurde, der alle Informationen löschte. Ihre Beharrlichkeit zahlte sich aus: Jetzt konnte sie auf die Daten zugreifen. Es erfüllte sie mit Genugtuung zu wissen, dass sich einige der subtileren Fähigkeiten, die sie sich bei Starfleet und beim Maquis angeeignet hatte, auf eine so nützliche Weise kombinieren ließen.

Schon kurz nach dem Beginn der Lektüre geriet Ro in Versuchung, einen anonymen Kontakt mit einigen der mieseren Individuen herzustellen, um die es ging. Sie spielte mit dem Gedanken, ihnen den einen oder anderen Informationsbrocken hinzuwerfen, um festzustellen, wie sie darauf reagierten. Glücklicherweise gelang es ihr, dieser Versuchung zu widerstehen. Nach einigen Tagen begriff sie die Weisheit von Odos Vorbereitungen: Dieser Informationsschatz sollte ruhen, bis er irgendwann in der Zukunft besonders nützlich sein konnte. Seltsamerweise war jener Tag nie gekommen, nicht einmal während der dunkelsten Momente des Dominion-Krieges, aber es handelte sich auch nicht um *solche* Daten. Mit derartigen Informationen ließ sich kein Reich retten, kein Planet und nicht einmal eine Armee. Das eine oder andere Leben ließ sich damit bewahren, besondere Leben, die eines Tages über das Glück von Armeen, Planeten oder gar Reichen entscheiden mochten.

Wenn Quark jemals hiervon erführe … Ro lächelte bei dieser Vorstellung.

Sie sah aufs Chronometer – es wurde Zeit, zur *Euphrat* zu gehen. Sie schloss die Dateien, überprüfte noch einmal ihre Verschlüsselung und erinnerte sich daran, dass sie überlegt hatte, ob sie ein Backup der Daten anfertigen sollte. Eine gefährliche Sache – aber derzeit brachte sie dem Computerkern der Station aus nahe liegenden Gründen kein großes Vertrauen entgegen. Sie hatte sich letztendlich dagegen entschieden und stattdessen Nog gebeten, das betreffende Speichersegment aus dem Computer der Sicherheitsabteilung zu lösen und zu entfernen, falls *DS9* aufgegeben werden musste. Es war ein Risiko, Nog zu trauen, allerdings kein sehr großes. Ro mochte ihn. Er stellte eine interessante Mischung aus Boyscout und Schurke dar. Sie war mit beiden Typen vertraut und konnte ihre Reaktionen vorhersagen – für Ro Laren lief so etwas fast auf Vertrauen hinaus.

Nach der Sicherung der Daten griff Ro unter den Schreibtisch und holte ihre Reisetasche hervor. Sie brauchte nie nachzusehen, was sie enthielt, denn sie wusste ganz genau, was sich in ihrem Innern befand: Kleidung zum Wechseln; einige elementare Toilettenartikel; ein kleines Erste-Hilfe-Paket; genug Nahrungskonzentrate für drei Tage; ein Mikrofilter für Wassergewinnung; ein voll geladener Handphaser; ein Tricorder; eine kleine, aber sehr leistungsfähige Lampe; und in einem Geheimfach ein aus Porzellan bestehendes Messer mit Fraktalschneide. Bei einem Besucher an Bord von *DS9* hätte Ro einen solchen Gegenstand sofort beschlagnahmt – derartige Waffen waren in der Föderation und auf vielen unabhängigen Welten, darunter auch Bajor, verboten. Fraktalmesser dienten nur einem Zweck: Sie sollten Entsetzen verbreiten. Für etwas anderes waren ihre Klingen viel zu fragil. Dieses spezielle Messer stammte von einem cardassianischen »Informationsoffizier«, der es beim Verhör von Maquis-Gefangenen verwendet hatte – bis er es selbst zu spüren bekam. Ro wusste nicht, wer es an seinem ehemaligen Besitzer ausprobiert hatte; sie war erst eine ganze Weile nach dem Tod des Cardassianers am Ort des Geschehens eingetroffen. Seit damals hatte sie das Messer behalten, gewissermaßen als ein »Vielleicht kann ich es irgendwann einmal gebrauchen«-Werkzeug.

An der Tür blieb sie noch einmal stehen und ihr Blick glitt über die kahlen Wände des Sicherheitsbüros. *Hat es hier auch zu Odos Zeiten so ausgesehen?*, überlegte sie. *Oder brachte jemand seine Dinge fort, als er die Station verließ?* Was Ro über ihn gehört und gelesen hatte, ließ sie an der Existenz persönlicher Dinge zweifeln. Dieses Büro war nie mit irgendwelchen Objekten geschmückt gewesen, die Verbrechern irgendwelche Hinweise auf Odo geben konnten.

Ro schlang sich den Riemen der Reisetasche um die Schulter und dachte daran, dass die Wände ihres Quartiers ebenso leer waren wie diese.

Bashir, Ezri und Ro standen in der Luftschleuse des Runabout-Hangars C. Etwas mehr als acht Stunden waren vergangen, seit Bashir und Ezri der *Wayfarer* mitgeteilt hatten, sie solle ohne sie zur Erde fliegen. Taran'atar kam als Letzter und brachte einen verdächtig wirkenden zylinderförmigen Behälter mit.

»Lassen Sie mich raten«, sagte Ro. »Waffen?«

Der Jem'Hadar antwortete nicht, löste zwei Spangen und entrollte den Behälter wie einen Schlafsack. Er enthielt einen gewöhnlichen bajoranischen Handphaser mit mehreren zusätzlichen Energiepatronen, einige Photonengranaten und eine stabförmige Waffe, die Ro für Taran'atars *Kar'takin* hielt.

»Keine Wurfmesser?«, fragte sie.

Taran'atar deutete auf eine Tasche an der Außenseite.

»Oh, gut. Freut mich, dass Sie sie nicht vergessen haben.«

Taran'atar richtete einen nachdenklichen Blick auf Ro, schwieg aber weiterhin. Er rollte den Behälter wieder zu einem Zylinder zusammen, der genauso aussah wie vorher.

Als sich der Jem'Hadar aufrichtete, trat Commander Vaughn aus dem Runabout.

»Sir?«, fragte Bashir überrascht. »Wir haben hier nicht mit Ihnen gerechnet.«

»Ich habe die Bordsysteme überprüft – Sie brauchen also keine Zeit mit einer Kontrolle vor dem Flug zu verlieren«, sagte Vaughn. »Die *Euphrat* ist startklar. Bitte bringen Sie sie in einem Stück heim. Ich habe vor kurzer Zeit herausgefunden, dass *DS9* immer wieder Runabouts verloren hat – diese Tradition sollten Sie nicht fortsetzen.«

Bashir lächelte fast. »Danke dafür, dass Sie uns verabschieden.«

Vaughn nickte. »Colonel Kira wollte selbst kommen, aber sie beobachtet derzeit wie Nog und seine Crew den Fusionskern von *Empok Nor* separieren. Damit haben sie vor zwei Stunden begonnen. Beabsichtigen Sie, direkt nach Sindorin zu fliegen?«

Bashir schüttelte den Kopf. »Ich habe mit Ro darüber gesprochen und eine sehr indirekte Route gewählt. Eventuelle Beobachter sollen uns für ein uninteressantes Sondierungsschiff halten. Wir fliegen am Rand des romulanischen Protektorats entlang und gehen von der Annahme aus, dass sich getarnte Schiffe in der Nähe befinden.«

Ro reichte Vaughn einen Handcomputer mit einer Kopie ihres Flugplans. Der Commander las die Daten aufmerksam.

»In Ordnung«, sagte er schließlich. »Vermeiden Sie es nach Möglichkeit, ins Protektorat vorzustoßen. Und erstatten Sie regelmäßig Bericht, bis Sie die Badlands erreichen. Das wird auch Ihrem Anspruch gerecht, ein Sondierungsschiff zu sein.«

»Na schön«, erwiderte Bashir. »Außerdem möchten wir wissen, was hier passiert. Wenn es danach aussieht, dass Nog alles in die Luft fliegen lässt … Wäre dann vielleicht jemand so freundlich, meinen Ficus zu retten?«

Vaughn lächelte. »Ich kümmere mich darum. Nun, gute Reise.«

»Danke, Sir«, sagte Bashir und folgte den anderen zum Runabout. Vaughn wartete, bis der Arzt die Luke erreichte, bevor er rief: »Doktor? Einen Moment, bitte.«

Bashir verharrte und drehte sich um. »Commander?«

»Noch ein letzter Rat«, sagte Vaughn leise. »Versuchen Sie nicht, ein Held zu sein. Geben Sie sich nicht eine Sekunde lang der Illusion hin, Sie könnten Beweismaterial finden, um Sektion 31 zu entlarven. Erfüllen Sie nur Ihren Auftrag und kehren Sie dann zurück. Verstanden?«

»Ich verstehe, was Sie sagen«, erwiderte Bashir argwöhnisch. »Nicht aber den Grund dafür.«

»Ich möchte, dass Sie alle lebend heimkehren. Cole braucht Sie, um seine schmutzige Arbeit für ihn zu erledigen, aber mehr wird er nicht zulassen. Wenn Sie versuchen, diese Grenze zu überschreiten, kommt es garantiert zu unangenehmen Konsequenzen.« Im Anschluss an diese Worte wandte sich Vaughn ab und ging fort.

Bashir blickte dem Commander einige Sekunden lang nach und fragte sich verärgert, was er davon halten sollte. Normalerweise fand er Gefallen an geheimnisvollen Dingen, aber dies war etwas anderes. Als er den Runabout betrat, traf er eine Entscheidung: Nach ihrer Rückkehr von Sindorin wollte er diesem besonderen Geheimnis auf den Grund gehen.

7

Wie lange wird's dauern?«, fragte Ezri. – »Etwa achtzehn Stunden, damit's überzeugend wirkt«, erwiderte Ro. »Lange genug, damit alle – oder *fast* alle – ein wenig schlafen, zwei Mahlzeiten einnehmen und sich gegenseitig auf die Nerven gehen können.«

Ezri entspannte sich im Sessel des Kopiloten und schnitt eine Grimasse.

Ro bemerkte es. »Verstehen Sie mich nicht falsch. Ich habe solche Reisen oft gemacht. Man sollte dabei versuchen, sich einen Sinn für Humor zu bewahren und niemandem über den Weg zu laufen.« Über die Schulter hinweg blickte sie zu Bashir, der mit einem Handcomputer das Heckabteil des Runabouts betrat. Als er hinter der Tür außer Sicht geriet, fügte Ro hinzu: »Es sei denn, man *möchte*, dass einem jemand über den Weg läuft.«

Ezri lächelte. »Ich schätze, eine solche Möglichkeit gibt es nicht.«

»Sie wären überrascht, was an Bord eines Runabouts alles möglich ist. Als ich zum Maquis gehörte, standen uns weitaus weniger moderne Schiffe zur Verfügung. Die meisten von ihnen waren nichts weiter als große Konservenbüchsen, an denen jemand ein Triebwerk befestigt hatte. Die Besatzungsmitglieder fanden immer einen Weg, um ein wenig Privatsphäre zu genießen. So etwas war auch nötig, wenn man viel Zeit miteinander verbrachte.«

»Unsere Situation ist anders«, sagte Ezri.

»Nein, das glaube ich nicht«, widersprach Ro. »Nein, ganz und gar nicht. Soweit ich das bisher festgestellt habe, hat die Crew von *DS9* viel mehr mit dem Maquis gemeinsam als die Besatzung irgendeines Raumschiffes.«

»Sie gehören jetzt dazu«, sagte Ezri. »Sie sind ebenfalls Crewmitglied von *Deep Space Nine*.«

Ro zuckte mit den Schultern. »Ja und nein. Ich gehöre nicht zur alten Garde: Sie, Kira, Bashir, Nog. Um Missverständnissen vorzubeugen: Sie sind eine gute Gruppe. Aber Sie sind auch ein wenig isoliert. In dieser Hinsicht erinnern Sie mich an eine andere Crew.«

Ezri wusste, dass Ro nicht mehr vom Maquis sprach. »Sie meinen die *Enterprise*, nicht wahr?«, fragte sie.

Ro warf ihr einen kurzen Blick zu und sah dann wieder auf die Anzeigen. »Fließt in Ihren Adern auch betazoidisches Blut?«

»Nein«, sagte Ezri. »Ich bin nur eine Counselor. Und ich habe Ihre Personaldatei gelesen.«

»Ah, ja. Meine Personaldatei.« Ro seufzte, als wäre es nicht nötig, irgendetwas hinzuzufügen.

Ezri wollte noch nicht aufgeben. »Wie war es?«

Ro überprüfte den Kurs des Runabouts und nahm eine geringfügige Korrektur vor, während sie über die Antwort nachdachte. Dann streckte sie langsam die Hand aus, strich mit dem Finger über den Rand des Fensters und zeigte Ezri feinen grauen Staub. »Es war sehr sauber. Alles. Sogar im Maschinenraum. Seit der *Enterprise* habe ich viele Maschinenräume gesehen und weiß, wie schwer es ist, einen sauber zu halten. Außerdem war er die meiste Zeit über hell erleuchtet.« Die Kühle wich aus Ros Zügen. »Das Leben an Bord der *Enterprise* war geordnet.«

»Hat es Ihnen gefallen?«

»Ob es mir gefallen hat?«, wiederholte Ro so, als hätte sie sich diese Frage noch nie gestellt. »Ich denke schon. Zumindest für eine Weile. Es bot Sicherheit, Unverletzlichkeit. Aber dann dachte ich an all die Leute, die kein so sicheres Leben führen konnten, und daraufhin begriff ich, eine Wahl treffen zu müssen. Ich musste meinen Befehlen gehorchen – oder auf die Stimme meines Gewissens hören.« Ro schwieg einige Sekunden lang und bemerkte Ezris Gesichtsausdruck. »Sie möchten mich nach Picard fragen, nicht wahr? Schon gut. Früher oder später kommt jeder darauf zu sprechen.«

»Na schön, ich gebe es zu. Ich lasse mich nicht gern so leicht durchschauen, aber ... Wie war es, zu Picards Crew zu gehören?«

Ro lächelte, doch für Ezri sah es nach einem bittersüßen Lächeln aus. »Er war genau das, was man von einem Captain erwartet: streng aber gerecht; voller Ideale; intelligent, sogar gelehrt, aber nicht spießig. Und er benutzte ein angenehmes Eau de Cologne.«

Ezri lachte unwillkürlich.

Ro lachte ebenfalls, aber nur kurz. »Im Ernst. Es war sehr subtil, aber auch charakteristisch. Wenn man konzentriert arbeitete und hörte, wie sich hinter einem die Tür öffnete ... Man wusste sofort, dass Picard hereinkam – wegen seines Eau de Cologne. Und er hatte eine angenehme Stimme. Ach ja, und er war ein Weinliebhaber.«

»Ich glaube, seine Familie besitzt einen Weinberg.«

»Ja. Das hatte ich ganz vergessen. Aber ich kann Ihnen noch etwas über Picard sagen, etwas, das nur jemand weiß, der unter seinem Kommando gearbeitet hat ...«

»Er ist nicht so groß, wie er in den Nachrichtensendungen aussieht?«, fragte Ezri. Sie dachte daran, als sie ihn zum letzten Mal gesehen hatte, vor zwei Wochen, neben Kira auf der Promenade.

Ro warf ihr einen kurzen Blick zu. »Nun, das stimmt. Aber ich meine etwas anderes. Ich …« Sie unterbrach sich und suchte nach den richtigen Worten. »Vielleicht ist das Universum für ihn ebenso verwirrend wie für uns. Vielleicht fällt es auch ihm schwer, Entscheidungen zu treffen. Aber es sieht nie danach aus. Wie auch immer er sich verhielt, was auch immer er sagte … Es schien immer genau *richtig* zu sein.« Sie zögerte erneut und schüttelte hilflos den Kopf. »Ich weiß nicht, wie ich es sonst ausdrücken soll.« Ro sah zu Dax. »Hatten Sie es jemals mit einem solchen Kommandanten zu tun? Ich habe Geschichten über Captain Sisko gehört …«

»Benjamin?« Ezri schüttelte den Kopf. »Nein, ein solcher Mann war er nicht. Sie wissen, dass ich vor Jadzia Curzon Dax gewesen bin, nicht wahr?«

Ro nickte und sah erneut auf die Kontrollen.

»Ich kannte Benjamin … ich meine, ich *habe* ihn mehr als zwanzig Jahre lang gekannt, seit damals, als er kaum mehr als ein Junge war, bis zu dem Tag, als er … Nun, wir wissen nicht mit absoluter Gewissheit, was mit ihm geschah, oder? Sie sind Bajoranerin. Was glauben *Sie*?«

»Ich bin nicht *die* Art von Bajoranerin«, erwiderte Ro. »Wenn Sie religiöse Interpretationen möchten, sollten Sie sich an den Colonel wenden. Falls Sie meine Meinung interessiert … Ich glaube, er starb in den Feuerhöhlen.«

»Wenn es dabei um jemand anders ginge, gäbe ich Ihnen Recht«, sagte Ezri. »Doch nicht bei Benjamin. Sein Leben scheint vor allem den Zweck erfüllt zu haben, ihn wachsen und stärker werden zu lassen. Was andere Männer zerstört hätte, gab Benjamin zusätzliche Kraft. Mühsal *reinigte* ihn. Tief im Innern hörte er nie auf, seine Motivationen in Frage zu stellen, seine Wünsche und Ängste. Er glaubte nicht, ein Prophet oder Gesandter zu sein, aber er *verhielt* sich wie ein Prophet: Er versuchte, einen klaren Blick zu bewahren, indem er sich weigerte zu glauben, dass es nur einen Weg zur Wahrheit gab.« Ezri legte eine Pause ein, lauschte dem Klang der eigenen Worte und versuchte zu entscheiden, ob sie ihnen glaubte. Nach einigen Sekunden ließ sie sich von ihnen überzeugen. »Wie klang das?«, fragte sie.

Ro sah Ezri an und lächelte. »Es klang nach einer sehr schwierigen Sache.«

Im Heckabteil des Runabouts nahm Bashir einen Teller mit Kuskus und eine Brühe aus dem Ausgabefach des Replikators. Er gab sich alle Mühe, Taran'atars unerschütterlichem Schweigen keine Beachtung zu schenken, als er Teller und Tasse auf den Tisch stellte. Dann sah er zum Jem'Hadar und stellte überrascht fast, dass Taran'atar an dem Essen mehr Interesse zeigte als an allem anderen.

»Wie kommen Sie mit ihrer Nährflüssigkeit zurecht?«

Taran'atar hob den Kopf. »Sie ist adäquat.«

Kurz nach seinem Eintreffen an Bord von *DS9* hatte Taran'atar dem Arzt Gelegenheit gegeben, ihn gründlich zu untersuchen. Bashir hatte Dutzende von Scans und Analysen durchgeführt, um festzustellen, ob Taran'atar wirklich zu den wenigen Jem'Hadar gehörte, die kein Ketracel-Weiß zum Überleben benötigten. Nun, er brauchte tatsächlich keine Entzugserscheinungen zu fürchten, aber ohne die Versorgung mit Weiß fehlten ihm Nährstoffe, und das bedeutete: Er musste essen.

Nachdem der zuständige Vorta Taran'atar als einen Mutanten erkannt hatte, wurde eine Nährflüssigkeit entwickelt, die alle notwendigen Nährstoffe enthielt und dem Verdauungssystem Gelegenheit gab, sich langsam anzupassen. Der Jem'Hadar hatte sich die Formel dieser Flüssigkeit eingeprägt und war in der Lage gewesen, die Replikatoren der Raumstation entsprechend zu programmieren. Bashir hatte eine Probe davon analysiert: Zwar eignete sich ihre chemische Struktur für Taran'atars Physiologie, aber nach menschlichen Begriffen war die Flüssigkeit abscheulich.

»Ich frage mich, ob Sie für etwas anderes bereit sind als das konzentrierte Tümpelwasser, das Sie von dem Vorta bekamen«, sagte Bashir und lächelte. »Wann haben Sie zum letzten Mal etwas gegessen?«

»Vor sechs Tagen«, antwortete der Jem'Hadar. Sein überaus effizienter Verdauungstrakt wandelte jede Nahrung zu hundert Prozent in Energie um, ohne irgendwelche Abfallprodukte. Es bedeutete, dass Taran'atar nur alle vier oder fünf Tage etwas essen musste. Doch sechs Tage waren zu viel.

»Lassen Sie mich raten: Das Gebräu des Vorta schmeckt Ihnen nicht.« Bashir deutete auf den Teller. »Möchten Sie davon probieren?«

Taran'atar zögerte. »Ich weiß nicht«, erwiderte er schließlich. »Was ist das?«

»Dies ist Kuskus – Weizenmehl, Gewürze, Bohnen ...« Er deutete auf die Tasse. »Und das ist Gemüsebrühe.«

»Menschen sind omnivor. Essen Sie kein Fleisch?«

»Nur sehr selten«, sagte Bashir. »Ich bereite nie Fleisch für mich zu, esse es aber, wenn jemand anders mir eine entsprechende Mahlzeit anbietet.«

»Handelt es sich um ein kulturelles Verbot?«

Bashir zuckte mit den Achseln. »Es dürfte eher ein individueller Lebensstil sein.«

»Klingonen essen viel Fleisch«, meinte Taran'atar.

»Bei den Klingonen gibt es auch viele Dickdarmerkrankungen«, entgegnete Bashir, griff nach der Tasse und reichte sie Taran'atar. »Beginnen wir mit etwas Einfachem. Versuchen Sie das hier.«

Der Jem'Hadar nahm die Tasse entgegen, hob sie zur Nase und schnupperte. Eine Sekunde später verzog er das Gesicht. »Die Flüssigkeit riecht unangenehm.«

»Probieren Sie sie trotzdem«, sagte Bashir. Dann fiel ihm etwas ein. »Nein, warten Sie. Lassen Sie mich zuerst etwas überprüfen.« Er holte seinen medizinischen Tricorder hervor, sondierte Taran'atar damit und blickte auf die Anzeigen. »In Ordnung. Keine Allergien.«

Taran'atar nahm einen Schluck von der Brühe und erweckte einige Sekunden lang den Eindruck, die Flüssigkeit ausspucken zu wollen. Doch er behielt sie im Mund, schluckte schließlich und hob die Tasse erneut an die Lippen. Er trank wieder, dann noch einmal. Nach einer Weile gab er Bashir die leere Tasse zurück. »Danke. Woher wissen Sie so viel über unsere Biologie?«

Bashir reichte ihm den Kuskus-Teller und eine Gabel. »Sie sind nicht der erste Jem'Hadar, den ich untersucht habe. Mit einigen von Ihnen konnte ich mich sehr genau befassen. Übrigens: Das sollten Sie kauen.«

»Haben Sie Obduktionen vorgenommen?«

»Wie bitte?«

»Haben Sie tote Jem'Hadar seziert?«

Bashir schüttelte den Kopf. »Nein, natürlich nicht.«

»Vivisektion?«

»Nein.«

»Dann verstehe ich Sie nicht. Wie konnten Sie so viel über meine Spezies erfahren?«

Bashir überlegte einige Sekunden und erwiderte dann: »Ich ... wir ... fanden vor einigen Jahren ein

Jem'Hadar-Kind. Ich konnte seinen Reifeprozess beobachten und einen großen Teil davon mit meinen medizinischen Scannern aufzeichnen. Außerdem …« Der Arzt zögerte und wusste nicht recht, ob er die nächste Information preisgeben sollte. »Vielleicht ist es falsch, Ihnen dies zu sagen, aber ich habe einmal dabei geholfen, eine Gruppe Jem'Hadar-Soldaten von ihrer Weiß-Abhängigkeit zu befreien.«

Taran'atars Gesichtsausdruck änderte sich nicht, aber Bashir spürte eine plötzliche Anspannung in ihm. »Hatten Sie Erfolg?«, fragte er ruhig.

Bashir schüttelte den Kopf. »Die aktuelle Situation wies eine gewisse Ähnlichkeit mit Ihrer auf. Es handelte sich um eine seltene, zufällige Mutation.«

»Wie selten?«, fragte Taran'atar.

»Das sollten Sie eigentlich besser wissen als ich. Sie sagten doch, dass der Vorta auf Odos Geheiß hin nach Jem'Hadar wie Ihnen suchte, oder?«

»Ja, und er fand nur vier«, erwiderte Taran'atar. »Das behauptete er jedenfalls.«

»Sie klingen skeptisch.«

»Die Jem'Hadar verstehen die Vorta besser als sie uns«, sagte Taran'atar. »Wir gehorchen ihnen, weil das den Wünschen der Gründer entspricht, aber wenn sie nicht den Nachschub an Ketracel-Weiß kontrollieren würden, wenn sich irgendwann herausstellte, dass Weiß nicht unbedingt notwendig ist oder man die Abhängigkeit überwinden kann … Die meisten Jem'Hadar bekommen während ihres ganzen Lebens nie einen Gründer zu sehen, aber die Vorta sind jeden Tag präsent – sie beobachten, schnüffeln herum, *verspotten*. Für uns sehen Sie alle wie Vorta aus: Menschen, Klingonen, Romulaner, Bajoraner, Vulkanier … Einige Jem'Hadar, die im Krieg kämpften, meinten, dadurch bereitete es umso mehr Genugtuung, sie zu töten.«

»Bezaubernd«, sagte Bashir und stellte fest, dass er plötzlich keinen Appetit mehr hatte.

Taran'atar schien die Verärgerung des Arztes zu bemerken und es für notwendig zu halten, seinen Worten eine Erklärung hinzuzufügen. »Der Gründer, der mich hierher verba... der mich *hierher schickte,* sagte etwas, das ich zu jenem Zeitpunkt nicht verstand. Aber jetzt wird mir allmählich seine Weisheit klar. Er sagte: ›Bloßstellung bringt Verständnis.‹ Dann lachte der Gründer und fügte hinzu: ›Aber oft führt Vertrautheit zu Verachtung.‹«

Bashir nickte. »Das klingt nach etwas, das Odo sagen würde.«

»Er wies mich auch an, auf einen gewissen Quark zu achten. Der Grund dafür ist mir nicht ganz klar.«

Bashir lachte. »Mir schon. Aber lassen wir das. Haben Sie irgendwelche persönlichen Empfindungen in Hinsicht auf Ihre Mission im Alpha-Quadranten?«

»Der Gründer forderte mich auf, dem Colonel so zu gehorchen, wie ich auch ihm gehorchen würde. Der Colonel forderte mich auf, Ihnen zu gehorchen.« Der Jem'Hadar sah Bashir an. »Dadurch werden Sie zu meinem Vorta.«

»O nein«, erwiderte der Arzt. »Nein, nein, nein. Diese Rolle kommt für mich nicht in Frage. Ich bin der Doktor, der Mann, der Ihnen Brühe und Kuskus gibt.«

»So wie mir der Vorta Ketracel-Weiß gab.«

»Ein schlechter Vergleich. Mir geht es um Ihr Wohlergehen ...«

»Damit ich für Sie kämpfen kann«, sagte Taran'atar. »Damit ich andere Jem'Hadar töte.«

Bashir seufzte und bemühte sich, ruhig zu bleiben. »Das stimmt nicht. Ich möchte von Ihnen wissen, was die anderen Jem'Hadar unternehmen werden – damit wir einen Weg finden können, Todesfälle zu vermeiden. Ich bin Arzt. Verstehen Sie, was das in meiner

Kultur bedeutet? Unsere erste Regel – eine der ältesten Regeln seit unserer Geschichtsschreibung – lautet: ›Füge kein Leid zu.‹ Meine Aufgabe besteht darin, neue Möglichkeiten zu finden, um zu helfen, und diese neuen Möglichkeiten anderen Leuten beizubringen.« Bashir begriff, wie pedantisch er klang, und versuchte, das Gespräch zu Taran'atar zurückzulenken. »Gibt es so etwas auch im Dominion?«

»Vielleicht«, räumte der Jem'Hadar ein. »Ich weiß nicht über alle Dinge Bescheid, die im Dominion geschehen. Ich bin Soldat. *Meine* Aufgabe besteht darin, zu verteidigen und falls nötig zu töten. Glauben Sie, mir dadurch überlegen zu sein?«

Die Frage erstaunte Bashir ebenso wie Taran'atars sachlicher Ton. »Nun, wir sind dadurch nicht besser, aber vielleicht toleranter. Die Föderation ...«

»Nein, ich meine nicht die Föderation«, unterbrach Taran'atar den Arzt. »Ich meine *Sie*. Es gibt da etwas in Ihrem Gebaren ... Sie tragen die Menschlichkeit wie einen Schleier und das erinnert mich ebenfalls an den Vorta.«

Bashir fühlte sich herausgefordert und begriff, dass er die nächsten Worte mit großer Sorgfalt auswählen musste. Hier lauerte Gefahr, aber es gab auch eine Chance. »In der Vergangenheit musste ich manchmal meine wahre Natur verbergen«, sagte er langsam. »Eine solche Angewohnheit wird man nur schwer los. Ich versuche, mir neue Angewohnheiten zuzulegen.«

Mehrere Sekunden lang musterte Taran'atar Bashir aufmerksam. »Wenn Sie überlegen, was Sie als Nächstes sagen sollen, sind Sie gar nicht mehr wie ein Vorta.« Er hob den leeren Teller. »Kann ich noch etwas bekommen?«

Bashir nahm den Teller entgegen. »Ja, natürlich.« Er reichte Taran'atar eine Serviette. »Wischen Sie sich das Kinn ab.«

8

Bashirs Insignienkommunikator piepte und Ezris Stimme erklang. »Dax an Bashir.«

»Ich höre.«

»Wir haben etwas gefunden. Du solltest besser hierher kommen.« Sie zögerte und Bashir hörte Ros Stimme, ohne ihre Worte zu verstehen. »Und bring Taran'atar mit«, fügte Ezri hinzu.

Der Jem'Hadar folgte Bashir ins Cockpit des Runabouts. Ro hatte den Warptransfer unterbrochen und gab mit den Manövrierdüsen Schub, um das kleine Raumschiff näher an ein im Weltraum treibendes Wrack heranzusteuern. Weder sie noch Ezri sahen auf, als Bashir und Taran'atar hereinkamen; beide Frauen behielten die Anzeigen der Instrumente im Auge. Zwar waren sie dem fremden Schiff zu nahe, als dass Bashir seine Konfiguration hätte erkennen können, aber Taran'atar sagte sofort: »Ein romulanischer Kreuzer der N'renix-Klasse. Besatzung: fünfundvierzig Personen. Mittlere Schildkapazität, mittleres Waffenpotenzial, ausgezeichneter Tarnschirm. Maximale Geschwindigkeit: Warp neun Komma acht. Kann über sechsundzwanzig Stunden lang mit Warp neun Komma fünf fliegen. Wird hauptsächlich für den Transport hochrangiger Offiziere des Militärs und geheimer Technik eingesetzt.«

»Von dieser Klasse habe ich nie etwas gehört«, sagte Bashir und blickte auf die Sensordaten. »Ist ein solches Schiff jemals bei der Station gewesen?«

»Nein«, sagte Ezri. »Vielleicht ist dies eine Schiffsklasse, von der uns die Romulaner nichts wissen lassen wollten.«

»Das stimmt«, bestätigte Taran'atar. »Während des Krieges hat kein Schiff der N'renix-Klasse das stellare Territorium der Romulaner verlassen.«

»Woher wissen *Sie* dann davon?«, fragte Ro und zündete erneut die Manövrierdüsen. Bashir sah aus dem Fenster. Inzwischen waren sie dem Wrack so nahe, dass man die Schweißnähte zwischen den einzelnen Rumpfplatten erkennen konnte.

»Der militärische Geheimdienst des Dominion hat ein weites Informationsnetz im Alpha-Quadranten gespannt«, erklärte Taran'atar. »Ich habe mich eingehend mit den gesammelten Daten beschäftigt, bevor ich meine Mission begann.«

»Was ist mit dem Schiff passiert?«, fragte Bashir. »Gibt es Tote?«

»Die Sensoren haben sechs große Lecks in der Außenhülle entdeckt«, sagte Ezri und blickte aufs betreffende Display. »Keine Lebenszeichnen. Keine energetische Signatur. Und das Triebwerk ist weg.«

Bashir schnitt eine Grimasse. »Kern-Kollaps?«

»Nein«, widersprach Ezri. »Das Triebwerk ist *weg*. Jemand hat es entfernt. Und der Unbekannte hat dabei gute Arbeit geleistet. Augenblick, ich möchte da was überprüfen ...« Sie rejustierte die Sensoren und führte einen raschen Scan durch. »Auch die Hauptdisruptorbank fehlt. Wurde ebenfalls entfernt.«

»Gibt es fremde Triebwerksspuren? Lässt sich feststellen, wann dies geschah?«

»Vor einer ganzen Weile«, sagte Ezri. »Und nein: Fremde Triebwerksspuren gibt es nicht.«

Taran'atar beugte sich vor, sah aufs Sensordisplay und deutete dann auf die Treffer am Rumpf. »Das ist kein Jem'Hadar-Angriffsmuster, obgleich die einzelnen Schüsse gut platziert waren.«

Ro sah über die Schulter. »Bei Ihnen gibt es *Muster* für den Einsatz der Waffen?«

»Für alle feindliche Schiffe, ja. Jeder Typ hat seine eigene schwache Stelle.«

»Was ist mit Runabouts der Föderation?«

»Der hintere Schildgenerator.«

»Das reicht«, sagte Bashir scharf. »Können wir uns an Bord des romulanischen Schiffes umsehen? Gibt es dort eine Atmosphäre?«

»Augenblick.« Ezri führte einen weiteren Scan durch. »Die Frachträume und der Waffenkontrollbereich enthalten keine Luft. Die Unterkünfte der Crew sind ... verschwunden. Der Maschinenraum und die Brücke scheinen soweit intakt zu sein und ich glaube, dort könnten die Lebenserhaltungssysteme reaktiviert werden. Aber der Korridor, der die beiden Abteilungen miteinander verbindet, ist zum All hin geöffnet. Das Loch lässt sich vermutlich mit einem Kraftfeldgenerator schließen. Die Lebenserhaltung braucht etwa eine Stunde, um genug Luft für uns zu produzieren. Auf Gravitation müssen wir leider verzichten.«

Ro stöhne. »Ich hasse Schwerelosigkeit.«

»Schon gut«, sagte Bashir. »Wir brauchen Sie hier bei den Sensoren. An die Arbeit, Ezri. Taran'atar und ich treffen die notwendigen Vorbereitungen.«

»Bin schon dabei«, sagte Ezri und ihre Finger huschten über die Kontrollen.

Dem Arzt fiel etwas ein und er wandte sich an Ro. »Lieutenant, wie weit sind wir von den Verkehrsrouten dieses Sektors entfernt?«

»Das ging mir ebenfalls gerade durch den Kopf«, erwiderte die Bajoranerin. »Nicht sehr weit. Hier herrscht nicht viel Verkehr, aber wenn man den von Romulanern kontrollierten Sektor des cardassianischen Territoriums verlassen will, muss man diesen Bereich passieren.«

»Können Sie feststellen, ob das Wrack hierher geschleppt wurde?«

»Energetische Spuren ließen sich nur orten, wenn das vor kurzer Zeit geschehen wäre. Aber etwas anderes deutet tatsächlich auf eine solche Möglichkeit hin.«

»Was denn?«

»Keine Leichen. Wenn die Unterkünfte der Crew dem Vakuum des Alls ausgesetzt wurden, müssten Tote in der Nähe schweben. Aber die Sensoren orten keine.«

Bashir seufzte schwer. »Na schön«, brummte er. »Jemand wollte, dass das Wrack gefunden wird. Warum? Dient es als eine Art Vogelscheuche?«

Taran'atar musterte ihn verwundert und stumm formte sein Mund das Wort »Vogelscheuche«. »Wenn ich die Bedeutung dieses Ausdrucks richtig verstehe ... Ja, es soll abschreckend wirken.«

»Entsetzen ist eine sehr wirkungsvolle Waffe, Commander«, sagte Ro.

Bashir sah überrascht auf die Bajoranerin hinab und schwieg einige Sekunden lang, bevor er humorlos lachte. »Das habe ich schon einmal gehört, was wohl bedeutet, dass es stimmt. Zeigen die Fernbereichsensoren etwas an, Ezri?«

Dax überprüfte die Anzeigen. »Nein«, sagte sie. »Aber selbst wenn sich ein getarnter romulanischer Kreuzer im Anflug befände – wir hätten kaum die Möglichkeit, ihn zu orten.«

»Guter Hinweis. Na schön, wir haben nicht viel Zeit für diese Sache. Was ist mit dem Kraftfeld?«

»Ich könnte bessere Arbeit leisten, wenn du aufhören würdest, mir dauernd Fragen zu stellen«, erwiderte Ezri scharf. Dann sah sie auf und fügte ein »Sir« hinzu.

Bashir lächelte verlegen. »Entschuldigung. Kommen Sie, Taran'atar. Mal sehen, was Vaughn für uns eingepackt hat.«

Ezri wartete, bis Bashir und Taran'atar das Cockpit verlassen hatten. »Er versucht, es nicht zu zeigen, aber ihm gefällt dies«, sagte sie dann zu Ro.

»Ja, das habe ich ebenfalls gemerkt.«

»Auf dem Holodeck schlüpfte er häufig in die Rolle eines Spions.«

»Tatsächlich?« Ro verzog das Gesicht. »Man gehe nie mit jemandem spionieren, der das für ein Spiel hält.«

»Ich glaube, er hat sich nicht mehr mit diesem Spiel vergnügt, seit er von Sektion 31 weiß. Vielleicht hat es seine Unschuld für ihn verloren.«

»Möglicherweise«, räumte Ro ein. »Oder er verlor seine eigene Unschuld.«

»Mit dem Luftdruck scheint soweit alles in Ordnung zu sein«, sagte Bashir. Er überprüfte die Sensordaten und schloss seine Schutzkleidung. Es handelte sich um einen Anzug der Klasse B: nicht unbedingt fürs Vakuum des Weltraums bestimmt, aber für die Bedingungen an Bord des romulanischen Schiffes geeignet.

»Er ist besser, als ich gehofft habe«, erwiderte Ezri. »Wir sollten gut zurechtkommen, solange unser Vorrat an Atemluft reicht.« Sie sah zu Taran'atar, der die Ladung seines Phasers kontrollierte. »Was ist mit ihm? Kein Schutzanzug?«

»Er braucht keinen«, sagte Bashir. »Mit ihrer besonderen Physiologie sind Jem'Hadar besser auf so etwas vorbereitet. Vermutlich trägt er nur einen Augenschutz und sonst nichts weiter.«

Taran'atar bestätigte Bashirs Annahme, indem er eine dunkle Brille aus seinem Ausrüstungsgürtel zog und aufsetzte. Er hielt den Phaser schussbereit und sagte: »Beamen Sie mich zuerst an Bord des Wracks, für den Fall, dass dort etwas auf uns wartet.«

»Die Sensoren haben keine Lebenszeichen festgestellt«, meinte Ro.

»Nicht alles ist für Sensoren sichtbar.«

»Guter Hinweis.«

Der Jem'Hadar trat auf die Transporterplattform. Kurz bevor Ro Energie gab, tarnte sich Taran'atar und wurde unsichtbar. Der Transporter bestätigte den erfolgreichen Transfer und daraufhin traten Dax und Bashir auf die Plattform.

»Energie«, sagte der Arzt.

Er materialisierte in einem breiten Korridor, in dem das einzige Licht von der Notbeleuchtung stammte. Taran'atar schwebte einen Meter über dem Boden und hielt sich an der Decke fest.

»Keine Tarnung?«, fragte Ezri.

»Sie ist nicht nötig«, erwiderte Taran'atar. »Hier befindet sich niemand.«

Bashir überprüfte seinen eigenen Schutzanzug und auch den Ezris, nickte schließlich zufrieden. Dann blickte er durch den Korridor und bemerkte das blaue Glühen des Kraftfelds, das die Luft daran hinderte, ins All zu entweichen.

»Wie lange halten die Batterien das Feld stabil?«, fragte er Ezri.

»Zwei Stunden. Nicht viel länger.«

»Na schön.« Bashir deutete durch den Korridor. »Verlieren wir keine Zeit. Zur Brücke geht's dort entlang.« Er hatte sich die Struktur des Schiffes vor dem Verlassen der *Euphrat* eingeprägt. »Taran'atar, würden Sie bitte die Führung übernehmen?«

Der Jem'Hadar antwortete nicht, stieß sich wortlos von der Decke ab und schwebte geschickt durch den Korridor.

Bashir wirkte ein wenig unsicher. Dax vermutete,

dass er nicht viel Erfahrung darin hatte, sich in Schwerelosigkeit zu bewegen. »Keine Sorge«, sagte sie. »Es ist wie Schwimmen. Achte darauf, plötzliche Bewegungen zu vermeiden.« Ihr Fuß klackte kurz an die Wand, dann schwebte sie ebenfalls los.

Bashir beobachtete sie, merkte sich die Details des Korridors und flog wenige Sekunden später elegant an Ezri vorbei.

Sie rollte mit den Augen. »Vermutlich war auch dein erster Versuch beim Eislaufen ein voller Erfolg.«

»Ja.« Bashir versuchte, bescheiden zu klingen, aber es gelang ihm nicht ganz. »Das stimmt.«

Ezri hielt sich an der Wand fest und stieß Bashir mit aller Kraft fort. Er drehte sich um die eigene Achse, während er flog, erreichte die gegenüberliegende Wand mit den Füßen zuerst, stieß sich ab und glitt in Taran'atars Richtung.

»Ich hasse dich!«, rief Ezri ihm nach und lächelte. Bashir winkte und forderte sie auf, ihm zu folgen. »Ich meine es ernst!«, fügte sie hinzu.

Die geschlossene Tür der Brücke deutete darauf hin, dass sich die Brückencrew verbarrikadiert hatte, bevor der Gegner an Bord gekommen war. Als Bashir den Zugang sondierte und nach der richtigen Frequenz suchte, um die elektronischen Siegel zu lösen, legte Taran'atar die Hand aufs Display des Tricorders und vollführte eine knappe Geste, die zwei kleinen Luken dicht unter der Decke galt.

»Automatische Verteidigungseinrichtungen«, sagte er leise und beschrieb einen rechteckigen Bereich vor der Tür. »Todeszone.«

Bashir gab die Informationen an Ezri weiter, die nickte, ihren Phaser zog und sich von der gegenüberliegenden Seite des Korridors abstieß.

Der Arzt sprach kurz mit Taran'atar, bevor er Ezri

folgte. In sicherer Entfernung tarnte sich der Jem'Hadar und Bashir reaktivierte seinen Tricorder. Nach einigen Sekunden fand er die richtige Frequenz und sendete sie, woraufhin sich die Tür geräuschlos öffnete. Dahinter herrschte Dunkelheit; nicht einmal die Notbeleuchtung brannte auf der Brücke.

Die Luken dicht unter der Decke blieben geschlossen. Bashir und Dax warteten.

Zwanzig Sekunden später erschien Taran'atar wieder vor ihnen. »Ich habe das Verteidigungssystem deaktiviert«, sagte er. »Es war nicht weiter schwer, denn es enthielt kaum noch Energie. Die Brückenkontrollen funktionieren nicht mehr.«

Bashir nickte in Richtung Brücke. »Ist jemand dort drin?«

Taran'atar nickte. »Wenn wir davon ausgehen, dass sich eine vollständige Crew von fünfundvierzig Personen an Bord befand und ein Drittel bis die Hälfte von ihnen ums Leben kam, als die Lecks in der Außenhülle entstanden … Dann sind praktisch *alle* da drin.«

Bashir seufzte und machte sich an die Arbeit. Langsam und methodisch breitete er sich vor, so als ginge es darum, eine Operation durchzuführen. Er aktivierte die Lampe auf seiner Schulter, justierte den Tricorder auf automatische Aufzeichnung und befestigte ihn am Brustsegment des Schutzanzugs.

»Kommst du mit?«, fragte er Ezri, die kurz nachdachte, bevor sie nickte. »Taran'atar?«

»Ich bleibe hier und halte Wache. Ich bin nicht gern in einem Raum ohne Fluchtweg.«

»Ro kann uns in Sicherheit beamen«, sagte Ezri.

»Ja«, erwiderte Taran'atar. »Vorausgesetzt, sie ist noch da.« Er wandte sich ab, und die Luft waberte um ihn herum, als er verschwand.

Ezri schnitt eine Grimasse, widerstand aber der Versuchung, auf ihren Insignienkommunikator zu klopfen und eine Verbindung zu Ro herzustellen. Bashir bemerkte ihre Besorgnis und öffnete selbst einen Kom-Kanal.

»Lieutenant?«, fragte er.

»Hier Ro.«

»Ich wollte nur feststellen, ob alles in Ordnung ist. Wie sieht's aus bei Ihnen?«

»Genauso wie vor einer halben Stunde. Und bei Ihnen?«

»Wir nehmen uns jetzt die Brücke vor«, sagte Bashir. »Vielleicht finden wir dort etwas.«

»Ich werde mich nicht dazu hinreißen lassen, ›Seien Sie vorsichtig‹ zu sagen, denn ich habe es verabscheut, wenn mir andere Leute einen solchen Rat gaben. Aber ...«

Bashir lächelte. »Verstanden. Was ist mit dem Transferfokus?«

»Ausgerichtet und stabil.«

»Wir betreten jetzt die Brücke. Beamen Sie uns an Bord, wenn Sie in zwanzig Minuten nichts von uns hören. Wenn Sie den Transferfokus verlieren ... In dem Fall leiten Sie den Warptransit ein. Sofort.«

Ro zögerte kurz. »Verstanden. Kontakt in zwanzig Minuten. Ro Ende.«

Bashir sah zu Ezri. »Bist du so weit?«

»Ich denke schon«, sagte sie. Dann lachte sie plötzlich. »Weißt du, was seltsam ist?«

»Nein, was denn?«

Sie schüttelte den Kopf. »Was auch immer sich da drin befindet ... Ich weiß, dass ich in einem meiner Leben Schlimmeres gesehen habe. Curzon hat die Folgen mehrerer Schlachten beobachtet. Tobin wurde Zeuge, wie Romulaner eine Frau aus der Luftschleuse stießen. Audrid musste zusehen, wie ihr Ehemann fremden Parasiten zum Opfer fiel ... All das habe ich *selbst* erlebt, doch gleichzeitig fühlt es sich an, als hätte ich nur darüber gelesen …«

»›Wir sehen jetzt durch einen Spiegel in einem dunklen Wort‹«, sagte Bashir leise.

Ezri zögerte, dachte nach und nickte langsam. »Ja, ich glaube, das trifft es. Woher stammen die Worte?«

»Aus der Bibel«, antwortete Bashir und zitierte:

*Denn unser Wissen ist Stückwerk und unser Weissagen ist Stückwerk. Wenn aber kommen wird das Vollkommene, so wird das Stückwerk aufhören. Da ich ein Kind war, da redete ich wie ein Kind und war klug wie ein Kind und hatte kindliche Anschläge; da ich aber ein Mann ward, tat ich ab, was kindlich war. Wir sehen jetzt durch einen Spiegel in einem dunklen Wort; dann aber von Angesicht zu Angesicht. Jetzt erkenne ich stückweise; dann aber werde ich erkennen, gleichwie ich erkannt bin. Nun aber bleibt Glaube, Hoffnung, Liebe, diese drei; aber die Liebe ist die größte unter ihnen.**

Bashir sah ins Leere und nach einigen Sekunden kehrte sein Blick zu Ezri zurück. »Als ich ein Junge war, etwa einen Monat nach der genetischen Erweiterung, fand ich diesen Text in einem Buch – nicht in der Bibel, sondern in einer Essay-Sammlung. In der für Kinder typischen egozentrischen Art glaubte ich, dass die Worte *mich* betrafen.«

Verwundert schüttelte Bashir den Kopf. »Seit Jahren habe ich nicht mehr daran gedacht«, murmelte er.

Ezri musterte ihn einige Sekunden lang. In dem Schutzanzug konnte sie ihn nicht küssen, aber sie schlang kurz die Arme um ihn. »Immer dann, wenn

---

* Aus dem ersten Brief des Paulus an die Korinther, Kapitel 13, Vers 9–13. – *Anm. d. Übers.*

ich glaube, alles über dich zu wissen, hast du eine Überraschung für mich parat, Julian Bashir«, sagte sie.

Bashir lachte, erstaunt und erfreut. »Gut«, erwiderte er und wurde wieder ernst. »Wir sollten uns jetzt die Brücke ansehen. Bist du bereit?«

»So bereit, wie ich nur sein kann.«

Die meisten Romulaner waren schnell und sauber getötet worden, mit einem Disruptorschuss aus nächster Nähe in den Hinterkopf. Einige wenige – hochrangige Offiziere, nach den Resten der Uniformen zu urteilen – hatten ein langsameres Ende gefunden. Zwei von ihnen – der Captain sowie eine unscheinbare Frau, von der Bashir vermutete, dass sie für den Tal Shiar gearbeitet hatte – waren nach und nach umgebracht worden. Wer auch immer dahinter steckte: Er hatte die Wände teilweise geschmolzen und die beiden Romulaner ins flüssige Metall gestoßen, das anschließend um sie herum erstarrt war. Auf diese Weise hatten sie den Tod der anderen beobachten müssen, während sie selbst starben. Die Brandwunden waren tödlich gewesen, stellte Bashir auf den ersten Blick fest, aber der Tod war nicht sofort eingetreten.

Er erinnerte sich an die Schlachtfelder des Dominion-Krieges, an den Geruch von verbranntem Fleisch, an Körper, die durch die Emissionen von Schallkanonen regelrecht zerfetzt worden waren. So schrecklich das alles auch gewesen sein mochte – es gab wenigstens einen Grund dafür. Hier hingegen war einfach nur Sadismus am Werk gewesen, Lust an der Macht. Bashir dachte in diesem Zusammenhang an ein kleines Kind, das einer Fliege die Flügel ausriss, weil es niemand darauf hingewiesen hatte, dass so etwas falsch war. Er verspürte plötzlich den Wunsch, das Wrack zu verlassen und der Mission den Rücken zu kehren. Er sehnte sich danach, wieder ein Kind zu sein, jemand anders die Entscheidungen treffen zu lassen. Aber er wusste natürlich, dass so etwas nicht für ihn in Frage kam. »Da ich aber ein Mann ward, tat ich ab, was kindlich war«, kam es leise über seine Lippen. Er brachte es nicht einmal fertig, laut zu sprechen.

Ezri weckte ihn aus seinen Grübeleien. »Julian? Sieh dir das hier an.« Sie sondierte die Leiche des Captains und achtete dabei insbesondere auf die blutverkrustete Stirn.

Bashir sah auf den Romulaner hinab und gelangte zu dem Schluss, dass das Blut von einigen Schnitten in der Stirn stammte. Zuerst wollte er das Blut fortkratzen, wie bei einer Autopsie, aber dann spürte er das Gewicht des Todes im Raum und hielt sich zurück. Er löste den Tricorder vom Brustsegment des Schutzanzugs und justierte ihn auf einen epiduralen Scan.

Ein Bild erschien im Display. Bashir fluchte leise und zeigte es Ezri, die es neugierig betrachtete.

»Ich verstehe nicht ganz«, sagte sie. »Der Kreis stellt die Sonne dar?«

»Ja.«

»Und davor zeigt sich ein sichelförmiger Mond?«

»Ja.«

Ezri schüttelte den Kopf. »Was bedeutet das?«

Bashir lächelte humorlos. »Entschuldige. Wir Menschen können *tatsächlich* sehr egozentrisch sein. Wir gehen davon aus, dass jeder in diesem Quadranten alles über uns weiß und selbst jene Dinge kennt, über die er eigentlich nicht Bescheid wissen sollte. Diese Darstellung von Sonne und Mond ist ein fast vierhundert Jahre altes Zeichen für den totalitären Machtanspruch eines Mannes. Es symbolisierte die Herrschaft von Khan Noonien Singh.«

»Khan?«, wiederholte Ezri. »Aber er ist tot, nicht wahr?«

Bashir nickte. »Ja. Doch sein Geist scheint überlebt zu haben. Locken hat sich sein Zeichen angeeignet.«

»Die Menschen werden außer sich geraten«, sagte Ezri leise. Dann schien sie sich an Bashirs menschliche Natur zu erinnern und fügte lauter hinzu: »Selbst jene, die prinzipiell nichts gegen genetische Manipulationen einzuwenden haben, werden bei der Vorstellung schaudern, dass es einen neuen Khan geben könnte. Auf der Erde wird es drunter und drüber geben.«

»Ja«, pflichtete Bashir ihr bei. »Und unter solchen Umständen besteht die Gefahr, dass voreilige Entscheidungen getroffen werden. Vielleicht entspricht das Lockens Wunsch.«

Ezri dachte darüber nach. »Das wäre durchaus möglich.« Sie wandte sich von den Toten ab und streckte die Hände nach den Kontrollen aus. »Mal sehen, ob wir sonst noch etwas über die hiesigen Ereignisse herausfinden können.« Sie versuchte, die Brückenkonsolen zu reaktivieren, doch stattdessen erhellte sich der Hauptschirm und zeigte eine aufgezeichnete Mitteilung.

Eine einzelne Gestalt erschien im Projektionsfeld, ein terranischer Mann, Ende dreißig oder Anfang vierzig. Er war weder besonders groß noch physisch eindrucksvoll, obgleich in seiner Haltung etwas auf katzenhafte Eleganz hinwies. Das rote Haar war kurz geschnitten und zeigte einen spitzen Ansatz. Er trug ein schlichtes schwarzes Hemd und darüber eine Art Kittel, ebenfalls schwarz – seine Aufmachung erinnerte Bashir an die Kleidung von Ärzten in zivilen Krankenhäusern. Links oben zeigte sich ein gesticktes Emblem am Kittel, das gleiche Zeichen, das jemand in die Stirn des Romulaners geschnitten hatte. Die Augen waren seltsam für einen Mann mit so heller Haut. Sie zeigten ein dunkles Braun, wirkten fast schwarz, so als hätten die Pupillen die Iris verschlungen.

»Mein Name ist Locken«, sagte der Mann mit einer tiefen, rational klingenden Stimme. Er hörte sich nach einem Hausarzt an, nicht nach einem Eroberer. »Und Sie haben dort, wo Sie sich jetzt befinden, nichts zu suchen. Dies ist das souveräne Territorium der Neuen Föderation. Wenn Sie nicht gekommen sind, um sich zu unterwerfen, sollten Sie schleunigst verschwinden. Andernfalls droht Ihnen Vernichtung. Es wird keine zweite Warnung geben.« Er zögerte und machte noch immer einen recht umgänglichen Eindruck. Wie beiläufig fügte er hinzu: »Geben Sie sich nicht der Illusion hin, mir ebenbürtig zu sein. Sie sind es nicht.«

Ezri betätigte einige Kontrollen, aber nichts geschah. Rasch rejustierte sie ihren Tricorder und sondierte das Computersystem des Schiffes. »Das ist alles«, sagte sie. »Die Konsole war darauf programmiert, die Aufzeichnung abzuspielen, ganz gleich, welche Schaltelemente wir berührten. Alle anderen Daten sind gelöscht.« Sie sah zum Bildschirm und beobachtete den Mann. »Sein Gebaren ist irgendwie seltsam«, sagte sie. »Fast ... unmenschlich.«

»Er wandte sich nicht an Gleichrangige«, erwiderte Bashir. »Er sprach zu geringeren Wesen. Zu Geschöpfen, die mehr wie Tiere sind ...«

»Untertanen«, meinte Ezri. »Oder Sklaven.«

Bashir presste kurz die Lippen zusammen und nickte dann. »Oder Sklaven.«

»Und hast du seine Augen gesehen? Wie zwei Kohlen. Ist das normal?«

Bashir zuckte mit den Schultern. »Es könnte eine natürliche Farbe sein. Oder eine Besonderheit, die mit seiner genetischen Erweiterung in Verbindung steht. Oder er benutzte farbige Kontaktlinsen.«

Ezri wandte sich wieder den Kontrollen zu. »Wir können hier also nichts mehr tun?«

»Nur noch eine Sache.« Bashir klopfte auf seinen Insignienkommunikator. »Taran'atar, begeben Sie sich in den Maschinenraum. Ro, beamen Sie Ezri und mich an Bord zurück.«

»Bestätigung«, erwiderte die Bajoranerin.

Die Brücke des romulanischen Schiffes erschimmerte und verschwand, wich dem Cockpit des Runabouts. »Warum hast du Taran'atar in den Maschinenraum geschickt?«, fragte Ezri.

Bashir schenkte ihr keine Beachtung und sah zu Ro. »Lieutenant, bitte bringen Sie uns auf eine Entfernung von tausendfünfhundert Kilometern und halten Sie die Position.«

Ro drehte den Kopf. »Was ist los?«

»Bevor Taran'atar die Brücke betrat, bat ich ihn, auf meinen Befehl hin eine Überladung des Warpkerns zu initiieren.«

Dax und Ro wechselten einen Blick. »Sind wir zu so etwas autorisiert?«, fragte Ezri. »Sollten wir uns nicht mit Starfleet in Verbindung setzen und dafür sorgen, dass die Romulaner eine Nachricht erhalten?«

Bashir schüttelte den Kopf. »Die Romulaner würden uns nicht glauben. Sie kämen hierher und würden feststellen, dass ein Mensch für das Massaker verantwortlich ist. Vielleicht fänden sie sogar Hinweise darauf, dass wir an Bord gewesen sind, und dann müssten sie eine Verbindung zu Starfleet vermuten. Es ist besser, das Schiff zu vernichten, ohne den Einsatz von Waffen, die eine energetische Signatur der Föderation hinterlassen.«

»Dir ist doch klar, dass dies genau die Art von Maßnahme ist, die Sektion 31 ergreifen würde, nicht wahr?«, fragte Dax. »Man hinterlasse keine Hinweise und verwische alle Spuren, damit niemand etwas erfährt ... Die toten Romulaner hatten Familien und Freunde. Jemand sollte ihnen mitteilen, was geschehen ist.«

»Mir ist klar, dass es gewisse Parallelen gibt, Ezri«, erwiderte Bashir. »Aber ich glaube, wir dürfen kein Risiko eingehen.«

Der Insignienkommunikator des Arztes piepte. »Taran'atar an Bashir.«

»Ich höre. Sprechen Sie.«

»Ich bin bereit zur Rückkehr.«

Ro betätigte die Transporterkontrollen und Taran'atar materialisierte hinter ihnen. »Es ist alles in die Wege geleitet. Die Überladung erfolgt in sechs Minuten.«

Ro aktivierte das Manövriertriebwerk und gab Schub. »Ich bringe uns auf eine Entfernung von tausendfünfhundert Kilometern«, sagte sie. Kurze Zeit später drehte sie den Bug des Runabouts so, dass er zum Wrack des romulanischen Raumers wies, der zu einem Punkt auf dem Bildschirm geschrumpft war.

»Möchte jemand einige Worte sprechen?«, fragte die Bajoranerin.

Niemand antwortete und die Stille dauerte an. Schließlich blitzte es im All. Grelles weißes Licht flutete durch die Fenster ins Cockpit des Runabouts und verblasste innerhalb weniger Sekunden. Bashir wies Ro an, den Flug mit dem ursprünglichen Kurs fortzusetzen, drehte sich dann um und suchte das Heckabteil auf.

Es war nicht notwendig gewesen, die Explosion zu beobachten, aber Dax begriff, was Bashir dazu veranlasst hatte. Er hatte sich der Realität seiner Entscheidung stellen wollen, die Methoden des Gegners zu verwenden, um ihn zu schlagen, in dem Wissen, dass er für den Rest seines Lebens mit dieser Entscheidung leben musste.

Es geschah nicht zum ersten Mal, dass ihn die Umstände zwangen, eine solche Wahl zu treffen. Auf eine ähnliche Weise war er aktiv geworden, als er beschlossen hatte, in das Bewusstsein des sterbenden Luther

Sloan einzudringen und ihm das Gegenmittel für die von Sektion 31 entwickelten Krankheitserreger zu entnehmen, die alle Gründer töten sollten. Er hatte sich zu dieser Maßnahme entschieden, um Odos Leben zu retten. Ein Teil von Bashir war an jenem Tag gestorben und Ezri begriff, dass sie gerade den Tod eines weiteren Teils beobachtet hatte.

Dieser Gedanke schuf einen stechenden Schmerz in ihrem Innern. Nein, es geschah nicht zum ersten Mal, dass Julian eine solche Entscheidung treffen musste, und sie fürchtete, dass es auch nicht zum letzten Mal passierte.

9

Taran'atar behielt die Instrumentenanzeigen im Auge und einige Stunden später meldete er: »Die Fernbereichsensoren haben etwas erfasst.«

»Jem'Hadar?«, fragte Ro.

»Nein. Die Triebwerkssignatur ist anders. Ein Raumschiff der Föderation, wahrscheinlich eins von Vulkan.«

»Mit ziemlicher Sicherheit ein Erkundungsschiff. Während der letzten beiden Jahrzehnte hat die Föderation nur unter großen Schwierigkeiten Raumschiffe hierher schicken können. Es dürfte den Romulanern nicht gefallen, dass sich Vulkanier hier umsehen, aber sie haben wohl kaum die Möglichkeit, sie fortzuschicken.«

Dax trat neben Taran'atar und sah ebenfalls auf die Anzeigen. »Wir brauchen uns also keine Sorgen zu machen?«

»Doch, wir *sollten* uns welche machen. Uns kann nicht daran gelegen sein, dass irgendjemand von unserer Präsenz in diesem Sektor erfährt, und *erst recht keine* Vulkanier. Wenn die Romulaner sie später fragen: ›Haben Sie einen Runabout der Föderation in der Nähe gesehen?‹ …«

»Dann antworten sie ›ja‹«, sagte Dax.

»In der Tat.« Ro setzte sich mit Bashir in Verbindung.

»Ja?«, meldete er sich.

»Wir haben Gesellschaft, Doktor. Ich ändere den

Kurs und halte direkt auf die Badlands zu. Es könnte ein wenig ungemütlich werden. Die Plasmastürme verursachen starke Turbulenzen, manchmal lange bevor man sie überhaupt entdeckt hat.«

»Könnten sie den Runabout beschädigen?«

»Nur dann, wenn mir ein Fehler unterläuft.«

»Na schön«, sagte Bashir. »Verstanden.« Er unterbrach den Kom-Kontakt.

Bashirs brüske Art besorgte Ro. Sie sah Dax an und deutete zum Heckabteil. »War es schlimm an Bord des Wracks?«

»Schlimm genug«, erwiderte Ezri, nahm neben der Bajoranerin Platz und betätigte Schaltflächen. »Ich weiß, dass die Jem'Hadar sehr tüchtig und erbarmungslos sind. Aber in diesem Fall ... Es war Sadismus. Oder es sollte danach aussehen.«

»Wie meinen Sie das?«

Dax dachte über die Frage nach. »Alles schien darauf ausgerichtet sein, einen maximalen Effekt zu erzielen. Man hätte meinen können, die Szene eines Holoromans zu sehen: alles sehr düster, alles bestens strukturiert. Es fehlte nur die Musik.«

Ro lächelte schief. »Bitte verzeihen Sie mir diese Bemerkung, aber auch *das* klingt irgendwie kalkuliert. In solchen Situationen schreibt jeder seine eigene kleine Erzählung im Kopf – jene Geschichte, die man erzählen will, wenn man heimkehrt.«

»*Falls* man heimkehrt«, sagte Dax.

»Nein, nicht *falls*«, widersprach Ro. »Wenn man an den eigenen Tod denkt, hört man auf, die Geschichte im Kopf zu schreiben. Sobald man feststellt, dass man mit dem mentalen Schreiben aufgehört hat, wird's Zeit, sich Sorgen zu machen.«

»Sie übersehen dabei, dass ich schon acht solche Geschichten geschrieben habe«, sagte Dax. »Ich weiß, wie es ist zu sterben.«

»Tut mir Leid, aber ich glaube, das stimmt nicht ganz«, erwiderte Ro. »Sie wissen, wie es ist, wenn ein Leben zu *Ende* geht. Aber das ist nicht gleichbedeutend mit Sterben und Tod. Wenn einer der früheren Wirte vor der Transplantation von Dax gestorben wäre, hätten wir wohl kaum dieses Gespräch.«

Dax sah Ro an. »Worauf wollen Sie hinaus?«, fragte sie kühl.

»Man sollte nie ›falls‹ sagen, wenn man leben und überleben will«, antwortete Ro.

Dax akzeptierte diesen Hinweis und wirkte gleichzeitig ein wenig besorgt.

»Gibt es sonst noch etwas?«, fragte Ro.

Dax zögerte. »Wir haben Locken gesehen, in einer Aufzeichnung, die er zurückließ. So wie er sich verhielt … Sein Bild schien überhaupt nicht zu dem Gemetzel zu passen.«

»Vielleicht hat er die Kontrolle über die Jem'Hadar verloren.«

»Vielleicht … Aber eigentlich glaube ich das nicht. Er sagte ihnen, wie sie vorgehen sollten. Er wollte alles genau *richtig* inszenieren. Es ging ihm darum, eine bestimmte Wirkung zu erzielen, und er wusste, worauf es dabei ankam.«

»Dadurch wird es nicht weniger entsetzlich«, sagte Ro.

»Nein«, bestätigte Dax. »Es wird sogar noch *grässlicher.* Ich schätze, das dürfte einer der Gründe dafür sein, warum Julian so zornig ist. Vielleicht glaubt er, dass es seine Schuld ist, dass er irgendetwas hätte unternehmen sollen. Vielleicht wirft er sich vor, Locken nicht aufgehalten zu haben, *bevor* er so etwas anstellen konnte.«

»Und das bedeutet was? Fühlt er sich für die Aktivitäten aller genetisch erweiterten Personen in diesem

Quadranten verantwortlich? Das ist eine ziemlich große Last. Eigentlich halte ich nicht viel davon, gemeinsam mit einem Märtyrer an einer Mission teilzunehmen. Ich habe es schon früher mit Märtyrern zu tun gehabt – beim Maquis wimmelte es von ihnen –, und wissen Sie was?«

»Ja?«

»Sie bekommen immer das, was sie sich wünschen – sie sterben.«

Dax schüttelte den Kopf. »Julian ist kein Märtyrer. Er möchte nur für Gerechtigkeit im Universum sorgen.«

»Oh, großartig«, sagte Ro. »Er ist also kein Märtyrer – er hat nur den Verstand verloren. Und was ist mit Ihnen, der Trill, die ein halbes Dutzend Leben hinter sich hat?«

»Acht«, korrigierte Dax.

»Na schön, acht. Was wünschen Sie sich?«

»Ich möchte, dass alle gesund heimkehren«, erwiderte Dax.

Ro nickte. »Na schön. Zumindest in diesem Punkt sind wir einer Meinung.«

Nach vier Stunden unterbrach Ro den Warptransfer, und daraufhin machten sich die ersten Turbulenzen bemerkbar. Die Bajoranerin überließ den Pilotensessel Dax und suchte das Heckabteil auf, um zu schlafen.

Dax verglich den Flug damit, über ein stürmisches Meer zu segeln: Die Situation war nicht lebensbedrohend, erforderte aber die volle Aufmerksamkeit des Piloten. Sie versuchte, die Erschütterungen auszugleichen, doch die Trägheitsabsorber konnten mit dem unregelmäßigen Krängen des Runabouts kaum fertig werden. Zwanzig Minuten später traf die *Euphrat* auf einen Sturmausläufer, der Ro aus ihrer Koje warf. Sie landete auf allen vieren, stemmte sich hoch und lief zum Cockpit, als Dax rief: »Ro!«

»Bin schon da«, sagte sie und nahm in ihrem Sessel Platz.

»Ich habe maximale Energie in die Schilde geleitet und unsere Geschwindigkeit auf ein Viertel Impulskraft gesenkt.«

»Lassen Sie uns ein wenig schneller werden – dann sind die Erschütterungen nicht mehr so stark.«

Dax kam der Aufforderung nach, und tatsächlich: Der Runabout neigte sich nicht mehr so abrupt von einer Seite zur anderen. Sie transferierte die Navigationskontrollen zu Ros Konsole, wagte dann einen Blick aus dem Fenster und sah einen gewaltigen Plasmasturm, der einen Trichter bildete. Ein rotes und goldenes Band kam daraus hervor, dehnte sich immer weiter ins All.

»Meine Güte«, hauchte Dax und einige Sekunden später wurde der Runabout von einer neuen Turbulenz erfasst. Wenn sie nicht angeschnallt gewesen wäre, hätten die Erschütterungen sie sicher aus dem Sessel geworfen. Hinter ihr fluchte Bashir, als er und Taran'atar die Sicherheitsgurte anlegten.

»Halten Sie sich gut fest«, sagte Ro. »Es kommt noch schlimmer.« Das kleine Raumschiff gierte, als bunte Plasmabänder nach ihm tasteten. Ihr Flackern und Gleißen hinterließ rote und grüne Nachbilder auf Dax' Netzhaut.

»Wie ist unser Kurs?«, fragte sie und versuchte, den Displays ihrer Konsole nützliche Informationen zu entnehmen.

»Schalten Sie die Sensoren aus«, sagte Ro und blinzelte, um die bunten Schlieren vor ihren Augen zu vertreiben. »Derzeit nützen sie uns nichts.«

Der Runabout geriet in einen Mahlstrom aus Licht und Energie. Ros Finger huschten über die Navigationskontrollen und sie steuerte das kleine Raumschiff im Zickzackkurs, wich Kugeln aus funkelnder Energie und Bändern aus superheißem Plasma aus. Die Trägheitsabsorber konnten mit solchen Belastungen nicht fertig werden, was für die Crew bedeutete: Ohne die Sicherheitsharnische wären sie so heftig hin und her geworfen worden, dass sie innerhalb weniger Sekunden das Bewusstsein verloren hätten.

Dax ließ die Sensoren eingeschaltet und behielt ihre Anzeigen im Auge, obgleich sie nicht damit rechnete, dass sie nützliche Informationen lieferten. Nach einigen Sekunden rief sie überrascht und triumphierend: »Steuerbord, fünfzehn Komma sieben.« Ro bemerkte es fast im gleichen Augenblick und Dax hatte ihre Worte kaum ausgesprochen, als der Runabout in einen ruhigen Raumbereich gelangte.

Ro drehte den Kopf und sah zu ihren Begleitern. »Alles in Ordnung?«

Taran'atar lehnte sich in seinem Sitz nach vorn, überhörte die Frage, blickte aus dem Fenster und schien nach Gefahren Ausschau zu halten. Dax wirkte aufgeregt. Ro erinnerte sich daran, dass ihr jemand erzählt hatte, Ezri litte häufig an der Raumkrankheit, aber derzeit zeigte sie keine entsprechenden Symptome. Sie schien den unruhigen Flug sogar zu genießen. Bashir hingegen war blass, hob einen Injektor und presste ihn an den entblößten Unterarm. »Seit einer halben Stunde versuche ich, mir diese Injektion zu verabreichen.« Er sah Ro an. »Und der Maquis hat sich hier versteckt?«

»Ja«, bestätigte Ro und war versucht, es dabei zu belassen. Es konnte manchmal recht nützlich sein, als tollkühn und verwegen zu gelten. Andererseits: Sie wollte nicht, dass man sie für verrückt hielt. »Aber *so etwas* habe ich noch nie erlebt. Unsere Schiffe hätten das nicht ausgehalten. Was auch immer Locken mit seinen Jem'Hadar angestellt hat – offenbar können sie einiges ertragen.«

Ro überprüfte die Sensoren und gab dann den neuen Kurs zu ihrem Ziel ein.

Sindorin war ein kleiner Planet, von der Größe her dem Mars ähnlicher als der Erde: eine blaugrüne Kugel mit grauweißen Wolkenbändern. Das kleine Raumschiff hing über der nördlichen Eiskappe, die kaum mehr war als ein weißer Tupfer im glänzenden Blau.

»Wie ist unser Anflugvektor?«, fragte Bashir und sah aufs Sensordisplay.

»Die Landmasse, die unser Ziel darstellt, befindet sich auf der südlichen Hemisphäre, ist von hier aus also nicht zu sehen. Was hoffentlich bedeutet, dass man uns von dort aus nicht entdeckt. Ich habe vor, uns mit hoher Geschwindigkeit über die Eiskappe hinwegzubringen und den Flug dann in geringer Höhe über dem Meer fortzusetzen. Einverstanden?«

»Sie sind der Pilot«, sagte Bashir.

»Stimmt«, erwiderte Ro.

Weniger als zwei Minuten später meldete Dax: »An Backbord wird ein Tarnschirm deaktiviert. Entfernung zweihundert Meter. Ein großes Objekt. Meine Güte, eine cardassianische Waffenplattform!«

Ro aktivierte das Manövriertriebwerk und der Runabout kippte nach Steuerbord. Weiter hinten stöhnte Bashir.

»Sie versucht, den Zielerfassungsfokus auf uns zu richten. Unsere Schilde sind aktiv, aber …«

Eine heftige Erschütterung erfasste das kleine Raumschiff und es neigte sich abrupt nach Backbord. Einmal mehr waren die Trägheitsabsorber überfordert. Ro versuchte, die Fluglage des Runabouts zu stabilisieren, konnte aber nicht verhindern, dass der Bug weiterhin nach unten wies.

»Das war ein direkter Treffer bei der heckwärtigen Energiekupplung!«, rief Dax, um das lauter werdende Heulen zu übertönen, das beim Eintritt des kleinen Raumschiffs in die Atmosphäre des Planeten entstand. »Wir haben die Deflektoren verloren, den Traktorstrahl, die ambientalen Systeme ... alles. Ich brauche Energie!«

Bashir betätigte die Schaltflächen der technischen Konsole. »Ich besorge welche!« Wenige Sekunden später leuchteten Ros Kontrollen grün auf und sofort leitete sie Energie in die Schilde und Stabilisatoren. Der Bug des Runabouts kam wieder nach oben und die Erschütterungen ließen nach. Die Luftumwälzungsanlage funktionierte wieder und begann damit, die Atemluft zu reinigen.

Ein Energiestrahl zischte übers Heck. Der Runabout schüttelte sich kurz, geriet aber nicht wieder außer Kontrolle.

»Wir sind außerhalb der Waffenreichweite«, sagte Ro. »Lieber Himmel, woher hat Locken eine cardassianische Waffenplattform?«

»Ich schätze, die Schäden an Bord des romulanischen Schiffes geben uns einen guten Hinweis«, erwiderte Bashir. »Locken nimmt sich jede fremde Technik, die er bekommen kann. Die Plattform stammt vermutlich von einem interstellaren Schlachtfeld irgendwo am Rand des cardassianischen Raums.«

»Großartig«, kommentierte Ro. »Nun, jetzt weiß Locken, dass wir hier sind. Brechen wir unsere Mission ab?«

»Ich schätze, die Möglichkeit haben wir gar nicht.« Bashir deutete aus dem Fenster.

Drei in Formation fliegende Raumschiffe kamen aus einer Wolkenbank und eröffneten sofort das Feuer.

Unmittelbar bevor der Runabout getroffen wurde, sah Ro, dass Bashir Recht hatte. Keines der drei Schiffe zeigte eine bekannte Konfiguration, aber jedes von ihnen präsentierte vertraute Elemente. Eines wies den Rumpf eines Kampfschiffes der Jem'Hadar auf, war aber mit romulanischen Disruptoren und Breen-Waffen ausgerüstet. Beim zweiten Schiff handelte es sich um einen schwingenlosen klingonischen Bird-of-prey, ausgestattet mit Warpgondeln aus der Föderation. Der dritte Raumer bestand aus so vielen unterschiedlichen Komponenten, dass sich seine Herkunft nicht mehr bestimmen ließ. *Solche Schiffe sollten eigentlich gar nicht fliegen können,* dachte Ro. *Wie ist es Locken und seinen Leuten nur gelungen, völlig unterschiedliche technische Systeme miteinander zu verbinden?* Sie leitete die gesamte Reserveenergie ins Triebwerk und gab vollen Schub. Der Andruck presste sie tief ins Polster des Sessels.

Die erste Salve der drei Angreifer durchdrang die Schilde des Runabouts so mühelos, als bestünden sie aus Gaze. Bevor Ros Kontrollen ausfielen, justierte sie die Stabilisatoren auf Gleitflug und verankerte sie in dieser Position. »Wir müssen das Schiff aufgeben!«, rief sie, löste den Sicherheitsharnisch und griff unter den Sitz, um ihre Reisetasche hervorzuholen. Im gleichen Augenblick erreichte der Runabout die erste Wolkenbank.

Taran'atar stand bereits auf der Transporterplattform, den Waffensack über die Schulter geschlungen. Ro brachte die drei Schritte vom Pilotensessel zum Transporter hinter sich, nahm eine Medo-Tasche aus einem Ausrüstungsfach und befestigte sie an ihrem Gürtel. Dann sah sie sich nach Bashir um. Der Transfer des Arztes war besonders wichtig, und sie wusste nicht, ob die Batterien genug Energie enthielten, um den Transporter zweimal zu verwenden. Doch Bashir saß noch immer an der technischen Konsole und unterbrach seine Arbeit gerade lange genug, um einen kurzen Blickkontakt herzustellen. »Beamen Sie sich auf den Planeten!«, rief er. »Die Programmierungen sind hinüber. Ich muss das energetische Niveau der Trägheitsabsorber und der Kompensatoren des Transporters stabilisieren, wenn Sie vermeiden möchten, dass sich Ihre Körpermasse über zwanzig Kilometer auf der Oberfläche von Sindorin verteilt.«

»Sie sollten den Runabout als Erster verlassen!«

Bashir schüttelte den Kopf und betätigte die Kontrollen. Seine Hände huschten so schnell über die Schaltflächen, dass Ro nur schemenhafte Bewegungen sah.

»Sie wären hierzu nicht imstande.«

»Wir nähern uns der Küste«, sagte Dax, ohne von den Anzeigen aufzusehen. Offenbar vertraute sie darauf, dass Bashir die richtigen Entscheidungen traf. »Wir sind fast in Reichweite. Auf die Plattform!«

Ro murmelte einen Fluch und trat neben Taran'atar aufs Transferfeld. »Lassen Sie sich nicht zu viel Zeit!«, rief sie. Bashir winkte beruhigend und dann löste sich das Cockpit in einem energetischen Schimmern auf.

Einige Sekunden später materialisierten sie auf einem niedrigen Hügel, den tropische Vegetation säumte.

Als Ro festen Boden unter sich spürte, reckte sie sofort den Hals und hielt nach dem abstürzenden Runabout Ausschau. Die Sonne versank im westlichen Meer, schuf am Horizont ockergelbe, orangefarbene und scharlachrote Bänder. Im Zenit war der Himmel fast schwarz und es verblüffte Ro, dass sich nur wenige Sterne zeigten – obgleich sie es eigentlich besser wissen sollte. Nur das Licht besonders hell leuchtender Sonnen konnte die dicken Plasmawolken durchdringen.

Taran'atar klopfte Ro auf die Schulter und zeigte nach Osten, wo die Bajoranerin einen dünnen Streifen aus silbrigem Licht bemerkte.

»Der Runabout«, sagte Ro und begann, lautlos zu zählen. Bei »sechzig« blickte sie sich auf der Lichtung um und rechnete damit, zwei schimmernde Säulen zu sehen. Als nichts geschah, zählte sie noch einmal bis sechzig, doch wieder blieb ein Transfer aus. Sie klopfte auf ihren Insignienkommunikator. »Team eins an Team zwei. Team eins an Team zwei. Bitte melden Sie sich.«

Alles blieb still.

Sie hielt den Kom-Kanal geöffnet, obwohl mit jeder verstreichenden Sekunde ihre Hoffnung schrumpfte, doch noch Antwort zu bekommen. Kurz bevor der silberne Streifen am östlichen Horizont verschwand, nahm Ro den Riemen des Tricorders von der Schulter, überprüfte die Koordinaten und gab sie in den Insignienkommunikator ein.

»Nein«, flüsterte Taran'atar, stieß Ro auf den weichen Boden und hielt ihr mit der einen Hand den Mund zu. Er drehte ihren Kopf zur Seite und die Bajoranerin befürchtete schon, dass er ihr auf diese Weise das Genick brechen wollte. Stattdessen richtete er ihre Aufmerksamkeit auf eine bestimmte Stelle in der Vegetation am Fuß des Hügels. In der Düsternis ließen sich kaum Einzelheiten erkennen, aber Ro glaubte zu sehen, wie sich Blätter bewegten, obwohl gar kein Wind wehte. Außerdem bemerkte sie ein vages Wabern in der Luft.

Taran'atar nahm die Hand von ihrem Mund. »Haben sie uns gesehen?«, flüsterte Ro.

Der Jem'Hadar schüttelte den Kopf und deutete zu einigen Bäumen, die sich außerhalb des Blickfelds ihrer Verfolger befanden. Dann tarnte sich Taran'atar und verschwand.

Ro seufzte, nahm ihren Phaser zur Hand und schlich geduckt zu den Bäumen.

Hinter ihr, jenseits der Hügelkuppe und weit im Westen, sank Sindorins Sonne hinter den Horizont – das Meer schien sie zu verschlingen. Die Nacht begann, ohne einen Mond und mit dem Licht nur weniger Sterne.

10

»Sie sind auf dem Planeten!«, rief Ezri und einen Sekundenbruchteil später wurde der Runabout erneut von einer Disruptorentladung getroffen. Ein flaues Gefühl entstand in ihrer Magengrube, als das kleine Raumschiff nach Steuerbord kippte. Julian gelang es, von irgendwoher Energie umzuleiten und die Fluglage erneut zu stabilisieren, bevor ein unkontrollierter Absturz begann.

Ezri überprüfte die Sensoren, in der Hoffnung, den Transferfokus neu auszurichten, damit Julian und sie höchstens einige Kilometer von Taran'atar und Ro entfernt materialisieren konnten. Doch das Display zeigte nichts an. »Die Sensoren sind ausgefallen!«, rief sie, um das lauter werdende Heulen zu übertönen. Viel zu schnell stürzte der Runabout der Oberfläche des Planeten entgegen.

»Das gilt auch für den Transporter!«, erwiderte Julian. »Nimm im Pilotensessel Platz. Wir müssen versuchen, möglichst weich zu landen.«

Ezri kam der Aufforderung nach und nahm sich gerade genug Zeit, den Sicherheitsharnisch anzulegen und ein Gebet zu murmeln. Wenige Sekunden später leuchteten die Navigationskontrollen auf, gingen wieder aus und flackerten erneut. Irgendwie gelang es Bashir, den Rest der Batterieenergie in das einzige System zu leiten, das noch vollständig funktionierte: in die Antigravgeneratoren, die für gewöhnlich beim Start und bei der Landung verwendet wurden. Der

Runabout befand sich nicht mehr im freien Fall, aber man brauchte eine Menge Phantasie, um zu behaupten, dass er *flog*. Das Problem war: Einer solchen Belastung konnten die Antigravgeneratoren nicht lange standhalten. Sie würden durchbrennen, wenn Julian weiterhin so viel Energie in sie leitete. Und sie waren noch immer zehn Kilometer hoch und viel zu schnell.

Es gab eine einfache Lösung für das Problem, doch in Ezri verkrampfte sich etwas, als sie daran dachte. »Verstehst du, was ich vorhabe?«, fragte Julian über die Schulter hinweg.

»Ja.«

»Wirst du damit fertig?«

Ezri antwortete nicht sofort. Bashir wollte die Antigravgeneratoren – und alle anderen Systeme des Runabouts – deaktivieren. Dann fiel das kleine Raumschiff wie ein Stein, während die Antigravspulen abkühlten und sich wieder aufluden. Anschließend würde Julian die Generatoren erneut aktivieren, lange genug, um die Geschwindigkeit des Runabouts so weit zu senken, dass sie die »Landung« überleben konnten.

»Wie oft willst du die Energiezufuhr unterbrechen?«, rief Ezri und behielt dabei die Anzeigen im Auge.

»Dreimal. Nach dem dritten Bremsmanöver sollten wir uns etwa hundert Meter über dem Blätterdach befinden.«

Ezri schloss die Augen und etwas in ihr wollte Bashir darauf hinweisen, dass sie keine Pilotin war. Doch etwas anderes hinderte sie daran, solche Worte zu formulieren. Sie hob die Lider wieder, blickte auf ihre Hände hinab und stellte erstaunt fest, dass sie die Navigationskontrollen auf sehr geschickte Weise betätigten.

Ich bin *Pilotin*, dachte sie. *Weil Torias und Jadzia Piloten waren.* Das Wissen dieser früheren Wirte stand ihr zur Verfügung; sie brauchte ihm nur die eigene Willenskraft hinzuzufügen.

»Ich bin so weit«, sagte sie.

»Gut«, erwiderte Bashir und Ezri hörte die Erleichterung in seiner Stimme. »Wenn ich die Energie abschalte ... Zähl bis zehn und reaktiviere dann die Antigravgeneratoren. Versuch den Bug oben zu halten ...«

»Und du solltest darauf achten, die Energie gleichmäßig zu verteilen, denn sonst geraten wir ins Trudeln.«

Julian lachte humorlos. »Du bist der Pilot. Also gut, es geht los.«

Das Licht ging aus. Plötzlich war nur noch zu hören, wie die Luft über den Rumpf des Runabouts pfiff.

1 ... 2 ... 3 ...

Ezri hatte gar nicht gewusst, wie viele unterschiedliche Geräusche es an Bord eines Runabouts gab: das leise Zischen der Luftumwälzungsanlage, das Summen der Sensoren, das Brummen des Triebwerks und so weiter. Jetzt stammte das einzige Geräusch von der Gravitation, die ihren Job erledigte.

... 4 ... 5 ... 6 ...

Wenn sich die Antigravgeneratoren nicht reaktivieren ließen, wenn der freie Fall andauerte ... Dann prallten sie in fünfundsiebzig Sekunden auf die Oberfläche des Planeten und zerschellten. *Warum denke ich daran?*

Julian stellte die Energieversorgung wieder her und Ezri reaktivierte das Antigravsystem. Ihr Kopf ruckte nach vorn und sie spürte einen stechenden Schmerz in der linken Seite. Das Licht ging an und der Runabout vibrierte heftig.

Licht aus. Zählen. Der Runabout kippte nach Backbord. *Vermutlich sind wir in eine starke Turbulenz geraten.* Das ergab durchaus einen Sinn. Eine tropische Region bei Sonnenuntergang. Große Luftmassen gerieten in Bewegung, wenn der Kontinent abkühlte …

… 7 … 8 … 9 …

Licht an. Diesmal war die Veränderung des Bewegungsmoments nicht so stark, was bedeutete, dass sich die Geschwindigkeit des Runabouts reduziert hatte. Entweder das, oder Ezri war besser vorbereitet. Sie leitete den größten Teil der zur Verfügung stehenden Energie in die Antigravgeneratoren und wartete darauf, dass das Licht wieder ausging. Ezri wusste, dass es dann nur zwei oder drei Sekunden dauerte, bis sie das Blätterdach erreichten, und dann konnten sie nur noch hoffen, dass sich nichts zu Hartes darunter befand. Sie wischte sich etwas aus den Augen, etwas Warmes und Klebriges. *Blut?*, fragte sie sich überrascht. *Wieso blute ich?*

Die Antigravgeneratoren stellten ihren Dienst ein. Ezri sah zu Bashir, dessen Finger noch immer über die technischen Kontrollen flogen …

Und dann ging das Licht zum letzten Mal aus.

Die Station stöhnte und ächzte unter Kiras Füßen. Tief unter der Promenade riss Nog etwas los und er ging dabei so entschlossen vor, dass sich die Vibrationen in der ganzen Raumstation bemerkbar machten. Kira sah sich in der halbdunklen Promenade um und rechnete fast damit, dass die Wände einstürzten. Manchmal stellte sie sich vor, dass ein besonderer Nerv von ihrem Innenohr ausging und durch die Füße ins Herz von *Deep Space Nine* reichte. Oft gewann sie den Eindruck, die Geräusche der Station mit größerer Sensibilität wahrzunehmen als andere Personen.

Shar hatte gerade gute Fortschritte bei dem Bemühen gemeldet, den neuen Kern zu installieren. Strukturelle Verbindungen, die bei der Separation des alten

Kerns beschädigt worden waren, mussten ganz entfernt und durch neue ersetzt werden.

Vom Beobachtungsraum im unteren Andockmast zwei aus gesehen hatte der Kern von *Empok Nor* sehr imposant gewirkt. Kira erinnerte sich an die Techniker in Schutzanzügen und die automatischen Mechanismen, deren komplexe Aufgabe darin bestand, die unteren Segmente vom Rest der Raumstation zu lösen. Anschließend wurden sie von den beiden Runabouts *Rio Grande* und *Sungari* abgeschleppt und unter *DS9* positioniert, damit Phase drei des Transfers beginnen konnte. Dr. Tarses hatte den Vorgang mit einer Herztransplantation verglichen; man konnte es durchaus auf diese Weise sehen. *Eine Wunde wird geschlossen, die ich geschaffen habe,* dachte Kira.

Sie bemerkte, wie jemand aus den Schatten des geschlossenen klingonischen Restaurants kam, einer von Ros Sicherheitswächtern, die an Bord geblieben waren, um in der Station zu patrouillieren. Kira nickte dem Mann zu und erkannte ihn als jemanden, den sie bei Messen im Tempel gesehen hatte. Er sah fort und vermied es, offene Respektlosigkeit zu zeigen, als er an ihr vorbeiging.

Er lehnt mich ab, dachte Kira. Aus einem Reflex heraus hob sie die Hand zum Ohr, fühlte aber nur bloße Haut und nicht den Ring, den sie so lange getragen hatte. *Dies muss hier und jetzt aufhören.* Sie blieb mitten auf der Promenade stehen und drehte sich um. »Haben Sie ein Problem, Corporal?«, fragte sie mit lauter, strenger Stimme.

Der Sicherheitswächter verharrte abrupt und nahm Haltung an. »Nein, Sir«, erwiderte er und mied noch immer einen Blickkontakt mit Kira.

Das genügt nicht. »Vielleicht haben Sie vergessen, wie man dem kommandierenden Offizier Respekt zeigt.«

Der Klang von Kiras Stimme ließ den Corporal leicht zusammenzucken. »Sir! Nein, Sir!«

»Falls Sie aus irgendeinem Grund vergessen haben, wer diese Raumstation kommandiert ... Ich schätze, ich kann jemand anders finden, der Ihre Arbeit erledigt.«

Der Corporal schluckte. »Das ist nicht nötig, Sir!«

Einige Sekunden lang durchbohrte sie ihn mit ihrem Blick und ließ den Mann leiden. Dann fügte sie in einem normaleren Tonfall hinzu: »Weitermachen.«

»Ja, Sir! Danke, Colonel.« Der Corporal eilte fort.

Kira verfluchte Yevir und die Vedek-Versammlung, als sie ihre Wanderung durch die Promenade fortsetzte. Ihre Verbannung aus der geistlichen Gemeinschaft der Bajoraner hatte sie bei den Gläubigen zu einer Paria gemacht, selbst bei denen, die unter ihrem Kommando arbeiteten. Sie verfügte noch immer über die volle Autorität eines Colonels der Miliz und man gehorchte ihren Befehlen, ohne sie in Frage zu stellen. Aber ihre Verbindung zu den anderen Bajoranern existierte nicht mehr. Niemand von ihnen sprach mit ihr außerhalb des Dienstes und ein Blickkontakt wurde nur hergestellt, wenn es sich absolut nicht vermeiden ließ. Die Zivilisten zeigten ihre Verachtung ganz deutlich, ebenso wie die Vedeks und Mönche. Sogar Vedek Capril brachte es nicht mehr fertig, Kira anzusehen. Für ihn – für alle – war sie *befleckt*.

Ro ist die einzige Ausnahme, dachte Kira. Zwar war Ro ohne Glauben, aber sie schien besser als sonst jemand zu verstehen, was es für Kira bedeutete, befleckt zu sein. Sie hatte ganz offen darauf hingewiesen, dass sie nicht verstand, warum sich Kira mit Yevirs Urteil abfand. Das überraschte Kira nicht. Ro war eine Außenseiterin, und zwar aufgrund ihrer eigenen Wahl. Die Ablehnung des bajoranischen Glaubens kam für sie einem ehrenden Abzeichen gleich, wie der Ohrring, den sie ganz bewusst auf die falsche Weise trug.

Aber Kira war nicht Ro. Sie konnte sich dem Urteil der Vedek-Versammlung nicht widersetzen, obgleich es auf Entscheidungen basierte, die von ihr mit den besten Absichten getroffen worden waren und sich als richtig erwiesen hatten. Zu einer Glaubensgemeinschaft zu gehören, bedeutete für Kira, ihr treu zu sein, selbst wenn die gleiche Gemeinschaft sie verstieß. Sie musste sich ihrem Urteil fügen und den Ohrring ablegen, durfte keine Tempel mehr besuchen. Es blieb ihr nichts anderes übrig, als die Bücher der Prophezeiung zu schließen und den Tränen der Propheten fern zu bleiben.

Selbst wenn Yevir mir alles wegnimmt – ich kann mich damit abfinden, denn mir bleibt der Glaube.

»Guten Abend, Colonel.«

Kira sah auf und erkannte ein weiteres Mitglied von Ros Sicherheitsgruppe auf dem Balkon der zweiten Ebene: Sergeant Shul Torem, einer der ersten Männer, die Odo nach der Besatzung in seine Dienste genommen hatte. Shul galt als barscher, schroffer Einzelgänger, der es vorzog, spät zu arbeiten, wenn nur noch wenige Leute auf der Promenade unterwegs waren. Odo hatte ihn immer gelobt, vielleicht deswegen, weil sich Shul nicht darum scherte, ob Odo ihn mochte oder nicht.

Kira blieb stehen und lächelte. »Guten Abend, Shul.«

Shul lehnte sich aufs Geländer und nickte. »Dachte mir schon, dass ich Sie gehört habe.«

Kira lachte. »Woher wussten Sie das?«

Shul erwiderte das Lächeln. »Das mit Corporal Hava tut mir Leid. Ich werde ihm eine ordentliche Standpauke halten.«

Kira nickte. »Das würde ich sehr zu schätzen wissen. Ansonsten ist es ruhig heute Abend, nicht wahr?«

»Solange sich die Jungs dort unten keinen Spaß daraus machen, auf irgendetwas herumzuhämmern.«

In Kiras Mundwinkeln zuckte es kurz. *Ich bin also nicht die Einzige, die es merkt,* dachte sie. »Sie müssen bald fertig sein. Und dann bekommen wir wieder zu tun.«

Der Wachmann zuckte mit den Schultern. »Von mir aus könnte es noch eine Zeit lang so bleiben. Je weniger Leute, desto weniger Probleme.«

Dem kann ich nicht widersprechen. »Wenn Sie so denken ... Warum sind Sie dann nicht auf Bajor geblieben? Dort gibt es bestimmt Orte, wo Sie arbeiten könnten, ohne ... jemanden zu sehen. Auf einem Bauernhof, zum Beispiel.«

Shul neigte den Kopf von einer Seite zur anderen, reckte den Hals und versuchte offenbar, müde Muskeln zu entspannen. »Ich bin lange genug Bauer gewesen, herzlichen Dank. Und außerdem, Colonel: Wenn ich auf dem Planeten wohne, müsste ich dauernd hin und her fliegen, um die Alte zu besuchen, und eigentlich bin ich nicht sehr reisefreudig.«

»Die Alte?«

»Meine Frau.«

»Oh«, sagte Kira. »Sie sind verheiratet?« Eigentlich hatte es nicht nach einer Frage klingen sollen, aber ihre Überraschung war zu groß. Sie hatte Shul nie für den Typ Mann gehalten, der heiratete.

»Seit zweiunddreißig Jahren«, antwortete Shul. »Im letzten Monat.«

»Oh«, sagte Kira noch einmal. »Herzlichen Glückwunsch.«

Er hob und senkte die Schultern. »Es erfordert kein besonderes Geschick, verheiratet zu sein und zu bleiben. Man muss nur geduldig und vernünftig genug sein, um zu wissen, was man besser schweigt und zuhört.«

Kira lachte. »Das muss ich mir merken. Ihre Frau arbeitet also hier an Bord der Station? Was macht sie?«

Die Frage schien Shul zu überraschen. »Sie ist drüben beim Tempel tätig, Colonel. Sie kennen sie: Aba. Macht nach den Messen sauber und achtet darauf, dass die Kerzen nicht ausgehen. Bereitet Frühstück und Mittagessen für die Vedeks zu.«

»Ja«, sagte Kira und hatte sofort eine fröhliche Frau mit roten Wangen vor Augen. »Ich kenne sie.« Sie hob die Hand zum Nasenrücken. »Etwa so groß. Lacht oft.«

»Das ist sie.« Shul nickte und lächelte fast.

Es fiel Kira schwer, sich diese beiden Personen als Paar vorzustellen. Wenn sie sich recht entsann, redete Aba immer dann wie ein Buch, wenn jemand in Hörweite geriet. Bei mehreren Gelegenheiten hatte Kira nicht rechtzeitig fliehen können und den Eindruck gewonnen, dass Aba nicht etwa ein neues Gespräch mit ihr begann – beziehungsweise einen neuen Monolog –, sondern eines fortsetzte, das sie bei einem vorherigen Opfer unterbrochen hatte. »Nun«, sagte Kira, »bitte richten Sie ihr einen Gruß von mir aus.«

Shul nickte, aber etwas in seinem Gesicht wies darauf hin, dass er Kiras Gruß nicht weiterleiten würde. Aba gehörte zu den Gläubigen.

»Einen schönen Abend noch.« Kira setzte sich wieder in Bewegung, aber schon nach drei Schritten blieb sie stehen und sah zurück. Shul stand noch immer am Geländer. »Sie wissen, dass ich befleckt bin, nicht wahr?«, fragte sie offen.

Shul nickte und schien dann zu dem Schluss zu gelangen, dass dies als Antwort nicht genügte. »Ja, Colonel.«

»Es gefällt Aba bestimmt nicht, wenn Sie mit mir reden.«

»Nun, ich erzähle ihr einfach nichts davon«, erwiderte der Wachmann.

»Aber Sie stört es nicht?«

Er runzelte die Stirn. »Ob es mich stört? Natürlich stört es mich. Mir scheint, die Vedeks benutzen manchmal einen ziemlich großen Stock, um die Leute in Reih und Glied zu halten. Ich halte das nicht für sehr klug. Als Junge habe ich geholfen, eine Herde *Batos* zu hüten. Kennen Sie *Batos*? Es sind ziemlich große Biester. Riechen nicht sehr angenehm.«

Kira nickte. »Ja, ich kenne *Batos*.«

»Man muss sie anstoßen, damit sie sich bewegen. Als Siebenjähriger fand ich etwas Interessantes über sie heraus. Wenn man sie zu fest schlägt, erwachen sie gewissermaßen. Dann hat es den Anschein, dass sie gar nicht so dumm sind und einem nur deshalb keine Beachtung geschenkt haben, weil sie an etwas anderes dachten. Und dann gerät man plötzlich in Schwierigkeiten.«

Kira nickte und fragte sich, worauf Shul hinauswollte.

»Ich glaube, kaum ein Vedek hat *Batos* gehütet, Colonel. Was mit Ihnen geschah … In gewisser Weise kann man es damit vergleichen, einen *Bato* zu fest zu schlagen. Vielleicht war der Schlag nicht hart genug, um ihn zu wecken und zu veranlassen, seine bisherigen Überlegungen zu unterbrechen, aber er genügte *fast*. Verstehen Sie, was ich meine?«

Kira nickte und verspürte eine Dankbarkeit, die ihr zum Teil rätselhaft blieb. »Ja, ich glaube schon«, erwiderte sie. »Danke, Shul. Es war mir ein Vergnügen.«

»Ganz meinerseits, Colonel. Oh, da fällt mir ein … Man munkelt, dass Sie vor kurzer Zeit vom Constable gehört haben. Stimmt das?«

Odos Nachricht, von Taran'atar überbracht. »Ja«, sagte sie. »Ja, das stimmt, Shul.«

»Wenn Sie mir die Frage gestatten ... Geht es ihm gut?«

»Ich denke schon.«

»Falls Sie ihn wiedersehen ... Bitte übermitteln Sie ihm meine besten Wünsche.«

Kira lächelte. »Gern.«

Shul nickte noch einmal und setzte dann seinen Patrouillengang fort.

Kira ging ebenfalls weiter und fragte sich, ob sie Quark einen Besuch abstatten sollte, als ihr Insignienkommunikator piepte. »Ops an Colonel Kira.«

Hat niemand das »Wegen Reparatur geschlossen«-Schild gesehen? Sie klopfte auf das kleine Kom-Gerät. »Ich höre, Shar.«

»Der Erste Minister Shakaar hat sich per Subraum-Kommunikation mit uns in Verbindung gesetzt, Colonel. Er wartet darauf, mit Ihnen zu sprechen.«

Kira schloss die Augen und stöhnte innerlich. Es war ein schlechtes Zeichen gewesen, dass sich Shakaar nach dem Ende der Dominion- und Avatar-Krisen nicht sofort mit ihr in Verbindung gesetzt hatte. Der Erste Minister war im Auftrag Bajors in der Föderation unterwegs gewesen, um wichtige Welten zu besuchen, und das erklärte zunächst, warum Kira nichts von ihm hörte. Aber als sein Schweigen andauerte, begriff sie: Bestimmt erwartete sie kein angenehmes Gespräch, wenn er schließlich einen Kontakt herstellte.

Shars Wortwahl wurde diesen Erwartungen gerecht. Shakaar »bat« nicht darum, mit ihr zu sprechen, er »freute« sich auch nicht auf die Gelegenheit eines Gesprächs – er *wartete* darauf, mit Kira zu reden. *In den letzten drei Jahren hat sich viel verändert, nicht wahr, Edon?*, dachte sie. Früher einmal hätte es sie mit Aufregung erfüllt, einen Anruf von Shakaar zu bekommen; jetzt war sie vor allem besorgt.

»Ich nehme das Gespräch in meinem Büro entgegen«, sagte Kira. »Weisen Sie ihn darauf hin, dass ich einige Minuten brauche, um es zu erreichen. Die Turbolifte sind derzeit ohne Energie.«

»Ja, Colonel. Shar Ende.«

Kira erreichte ihr Büro nach einer knappen Minute und befreite sich von einem Teil ihrer Anspannung, indem sie die Treppe hocheilte. Sie nahm hinterm Schreibtisch Platz und öffnete sofort den Kom-Kanal. »Erster Minister ...«, sagte sie und versuchte, freundlich zu klingen. »Danke dafür, dass Sie gewartet haben. Derzeit sind wir hier mit einigen technischen Problemen konfrontiert, die jedoch gelöst sind, sobald der neue Kern installiert ist.«

Shakaar sah von einem Handcomputer auf, dessen Display er betrachtet hatte. Die Einrichtung des Raums, in dem er sich befand, deutete darauf hin, dass er an Bord seines Raumschiffes weilte, der *Li Nalas*. »Hallo, Nerys«, sagte er und ging nicht darauf ein, dass sie seinen Titel genannt hatte. »Ja, ich weiß über den neuen Kern Bescheid. Meine Mitarbeiter auf Bajor schicken mir regelmäßige Berichte.« Er griff nach einem anderen Handcomputer und sah auf die Anzeigen. »Übrigens, der junge Offizier, der mich mit Ihnen verband ... Fähnrich ch'Thane, nicht wahr?«

»Ja.«

»Ah.« Shakaar schrieb eine kurze Notiz und sah auf. »Beim Föderationsrat habe ich einige Andorianer kennen gelernt. Interessante Leute. Sehr ... politisch. Ich glaube, Ihr Offizier könnte mit dem ranghöchsten andorianischen Repräsentanten beim Rat verwandt sein.«

Das weiß ich längst, dachte Kira. Shars familiäre Verhältnisse hatten sich schnell an Bord der Station herumgesprochen und es war auch bekannt, dass Shar mit Unbehagen reagierte, wenn jemand dieses Thema anschnitt.

»Während wir miteinander sprechen, bin ich auf dem Rückweg nach Bajor«, fügte Shakaar hinzu.

»Das sind gute Neuigkeiten, Sir«, sagte Kira und fragte sich, wann Shakaar zur Sache kommen wollte. »Ich hoffe, Sie haben eine gute Reise hinter sich.«

»Ich glaube, ich konnte Bajors Antrag auf Mitgliedschaft in der Föderation angemessenen Nachdruck verleihen. Mit ein wenig Glück sollten wir bald etwas hören. Aber unter uns gesagt: All diese Politik bereitet mir Kopfschmerzen.«

Kira lächelte fast gegen ihren Willen. Sie wusste, dass Shakaar lieber einen Acker gepflügt hätte, anstatt Reden zu halten und diplomatische Empfänge zu besuchen.

»Da wir gerade bei Politik sind: Wie geht es dem Jem'Hadar-Botschafter?«

Botschafter?, wiederholte Kira in Gedanken. Doch sie hielt den Zeitpunkt nicht für geeignet, um darauf hinzuweisen, dass dieser Titel falsch war. »Es geht ihm gut, Erster Minister.« *Ich habe ihn gerade auf eine geheime Mission geschickt, die er vielleicht nicht überlebt, aber ansonsten geht es ihm prächtig.*

»Wie ist er?«

Diese Frage überraschte Kira. »Er ist ... alt. Zumindest nach den Maßstäben der Jem'Hadar. Man könnte ihn sogar als weise bezeichnen.« *Das klingt gut,* fand sie und stellte überrascht fest, dass sie selbst daran zu glauben begann.

»Nun«, sagte Shakaar, »vielleicht bekomme ich bald Gelegenheit, ihn kennen zu lernen.«

Kira spürte, wie ihre Anspannung zurückkehrte. Sie fragte sich, wie lange der Erste Minister die Plauderei fortsetzen wollte, bevor er auf die Dinge zu sprechen kam, um die es ihm wirklich ging. Sie kannte Shakaar gut genug, um zu wissen: Er wollte sie verunsichern, bevor er zuschlug.

»Das mit Vedek Yevir lief nicht sehr gut, oder?«, fragte Shakaar.

Ah, es geht los, dachte Kira. »Ich schätze, es kommt darauf an, aus welchem Blickwinkel man es sieht.«

»Nerys ...« Anteilnahme erklang in Shakaars Stimme. »Ich bin's, Edon. Solche Spielchen brauchen Sie nicht mit mir zu treiben.«

Ach, aber du erlaubst dir Spielchen mit mir, wie? »Es ist mein Problem, Erster Minister. Ich werde damit fertig.«

»Ich fürchte, da bin ich anderer Meinung, Nerys. Es ist nicht nur *Ihr* Problem. Diese Angelegenheit beeinflusst das Verhalten aller Bajoraner in und außerhalb der Raumstation Ihnen gegenüber.«

Nicht alle Bajoraner sind davon betroffen, dachte Kira, erinnerte sich dabei an Ro und Shul. »Ich glaube, ich habe mir das Recht verdient, mich selbst um diese Sache zu kümmern, Erster Minister«, sagte sie.

»Verdient?«, wiederholte Shakaar und seine Stimme klang schärfer. Kira glaubte, dass seine Entrüstung zum größten Teil gespielt war. »Dies hat nichts damit zu tun, was Sie sich verdient haben, Colonel. Es geht dabei vielmehr um Dinge, zu denen Sie *verpflichtet* sind. Um Maßnahmen, die Sie ergreifen sollten, um das andauernde Chaos an Bord von *Deep Space Nine* unter Kontrolle zu bringen.«

Chaos?, dachte Kira und fragte sich, von wem die Berichte stammten, die Shakaar gelesen hatte. »Erster Minister«, sagte sie und gab sich alle Mühe, ruhig zu bleiben, »vor zwei Wochen griffen außer Kontrolle geratene Jem'Hadar meine Station an. Es gelang ihnen, ein Raumschiff der Nebula-Klasse zu vernichten und den Energiekern der Station zu sabotieren. Seit jenem Zwischenfall arbeiten wir jeden Tag rund um die Uhr, um das volle Funktionspotenzial der Station wiederherzustellen. Und vielleicht haben wir tatsächlich eine Lösung gefunden, obwohl wir kaum zu hoffen wagten …«

»Dieser Angriff, Colonel …«, warf Shakaar ein und sah auf den Handcomputer. »Ihm fielen Ihr Erster Offizier, fast siebzig Besatzungsmitglieder und Bewohner von *DS9* sowie über neunhundert Crewmitglieder der U.S.S. *Aldebaran* zum Opfer, nicht wahr? Weil Sie den Zeitplan für die Modernisierung der Raumstation nicht einhielten, wodurch *DS9* verwundbar wurde.«

»Wir hatten zu wenig Leute und waren nicht ausreichend geschützt. Weder Starfleet noch die Miliz nahmen meine Beschwerden ernst …«

»Und anschließend gelang es nicht weniger als fünf Jem'Hadar-Soldaten, die Station zu infiltrieren. Stimmt das?«

»Getarnte Jem'Hadar sind schwer zu entdecken …«

»Aber es ist nicht unmöglich. Und Sie *hatten* gerade einen Angriff hinter sich, mussten also mit der Möglichkeit einer Infiltration rechnen, nicht wahr?«

»Es wurden alle Schiffe zerstört, selbst jenes, das versuchte, uns zu helfen. Es gab zu viele Schäden bei unseren …«

»Und kurz vor dem Angriff kam eine Prylar auf der Promenade ums Leben.«

»Sie wurde *ermordet*.«

»Danach entdeckten Ihre Leute ein kostbares historisches Dokument mit, gelinde gesagt, potenziell explosiven Informationen …«

»Beweismaterial bei den Mordfall-Ermittlungen meines Sicherheitsoffiziers …«

»Das Sie aus eigener Initiative im bajoranischen Kom-Netz veröffentlichten, ohne dazu autorisiert zu sein …«

»Weil die Vedek-Versammlung es geheim halten wollte …«

»Und der eine Jem'Hadar, den Sie gefangen nahmen, entkam und sabotierte die Fusionsreaktoren. Und Ihre Lösung des Problems bestand darin, den ganzen unteren Kern zu separieren, woraus sich die derzeitigen Schwierigkeiten der Station ergaben. Habe ich irgendetwas übersehen, Colonel?«

Ein Teil von Kira wünschte sich, Shakaar an die Gurgel zu fahren. »Ihre Informationen scheinen sehr einseitig zu sein, Erster Minister«, erwiderte sie kühl. »Die Berichte Ihrer Mitarbeiter ... Gehen irgendwelche davon auf Personen zurück, die die betreffenden Ereignisse tatsächlich beobachtet haben? Wenn das nicht der Fall ist, möchte ich Sie, Ihre Minister und die Vedek-Versammlung respektvoll auffordern, *auf irgendwelche Kommentare zu verzichten.*«

Shakaar war nicht im Geringsten beeindruckt oder eingeschüchtert. »Verstehen Sie jetzt, warum dies nicht nur Ihr Problem ist, Nerys?«, fragte er sanft. »Sie haben Recht in Hinsicht auf die Berichte. Sie *sind* einseitig. Und während der letzten beiden Wochen habe ich nicht einen einzigen Bericht von der Station erhalten. Halten Sie mich für dumm genug, das nicht zu bemerken? Ich versuche, Sie darauf hinzuweisen, dass Sie sich in einer gefährlichen Situation befinden. Sie haben sich Feinde gemacht, Nerys, in der Vedek-Versammlung, in der Miliz, auch in meiner Regierung. Feinde, die alles daransetzen werden, Sie zu vernichten, erst recht jetzt. Immerhin sind Sie ...«

»Befleckt«, beendete Kira den Satz, als Shakaar zögerte und nicht weitersprach. »Sagen Sie es ruhig, Erster Minister. Ich bin *befleckt.*« Das Schweigen des Ersten Ministers schockierte sie. In gewisser Weise schien selbst er sie für eine Paria zu halten.

Shakaar atmete tief durch und stellte die entscheidende Frage. »Glauben Sie, noch immer fähig zu sein, die Raumstation zu kommandieren, Colonel? Nicht *Ihre* Station, sondern *die* Station. Die Station *des bajoranischen Volkes.*«

»Ja, Erster Minister«, erwiderte Kira. »Ich glaube, dazu bin ich noch immer fähig.«

»Ich habe mit einem Admiral bei Starfleet Command gesprochen«, fuhr Shakaar fort. »Er erwähnte einen Captain, der sich angeblich bestens für Ihren Posten eignet. Außerdem betonte er, es sei eine gute Idee, zur ursprünglichen Kommandostruktur zurückzukehren ...«

»*Erster Minister*«, brachte Kira zwischen zusammengebissenen Zähnen hervor, »ich bin in Ordnung. Es ist alles unter Kontrolle. Bitte vergeuden Sie keine Energie damit, sich Sorgen um uns zu machen.«

»Ich bin nicht ›besorgt‹, Colonel. Ich plane für die Zukunft. Meine Aufgabe besteht darin, vorauszudenken und festzustellen, was Bajor im nächsten Jahr, in fünf Jahren oder im nächsten Jahrtausend braucht. Bajor *benötigt DS9,* Colonel. Aber für Bajor ist es vielleicht *nicht* notwendig, dass Sie den Befehl über die Raumstation führen. Habe ich mich klar genug ausgedrückt?«

»Ja, Erster Minister.«

»Mir wäre es lieber, wenn Sie das Kommando über *DS9* behielten«, sagte Shakaar, änderte erneut Tonfall und Taktik. »Sie wissen, worauf es ankommt. Sie kennen die Leute. Aber Sie könnten auch ein wenig Nachhilfeunterricht in Diplomatie gebrauchen. Wie ich schon sagte: Sie neigen dazu, sich mächtige Feinde zu machen ...«

»Sind Sie einer von ihnen, Edon?«

Shakaar wirkte verletzt. »Ich weiß nicht, ob Ihnen klar ist, wie sehr manche Leute gegen Sie arbeiten, Nerys«, erwiderte er schließlich. »Dies ist nur der Anfang. Bis zu einem gewissen Maß kann ich die Sache ignorieren und hoffen, dass sie von ganz allein ein Ende findet. Aber wenn das nicht der Fall ist …«

»Und wenn das nicht der Fall ist?«, hakte Kira nach.

»Ich befinde mich in einer schwierigen politischen Situation, Nerys. Und das gilt auch für Bajor. Wir stehen kurz davor, unsere Ziele zu erreichen, aber gleichzeitig besteht die Gefahr, dass alles ruiniert wird – insbesondere dann, wenn Ihre Feinde zu dem Schuss gelangen, dass ich auf Ihrer Seite stehe. Verstehen Sie, was ich meine?«

»Ja«, sagte Kira. »Ich denke schon.« *Sie möchten, dass ich meinen Posten aufgebe. Das würde dieses ganz besondere politische Problem lösen, nicht wahr? Nun, so einfach werde ich es Ihnen nicht machen, Edon.*

»Es ist mir wie immer eine Ehre und ein Privileg gewesen, von Ihnen zu hören, Erster Minister«, sagte sie förmlich. »Gibt es sonst noch etwas?«

Shakaar konnte seine Mischung aus Ärger und Enttäuschung nicht länger verbergen. »Warum müssen Sie immer so verstockt sein?«

»*Ich bin die Kommandantin von* Deep Space Nine«, erwiderte Kira und betonte jedes einzelne Wort. Shakaar sollte begreifen, dass sie nie freiwillig gehen würde. »Es gehört zu meinem Job.«

Einige Sekunden lang sahen sie sich schweigend an, und dann wiederholte Kira ihre Frage. »Gibt es sonst noch etwas, Erster Minister?«

Shakaar musterte sie weiterhin. Schließlich lächelte er; diesmal steckte keine Politik dahinter. Es war jene Art von Lächeln, an die sich Kira erinnerte – er schien sich darüber zu freuen, dass sie an ihrer Entschlossenheit festhielt. »Nein, das ist alles. Lassen Sie es sich gut gehen, Nerys. Wir sprechen uns bald wieder.« Er unterbrach die Verbindung und verschwand vom Schirm.

Kira brauchte einige Sekunden, um zu begreifen, dass Shakaar sie nicht ihres Kommandos enthoben hatte – so etwas war überhaupt nicht seine Absicht gewesen. Er warnte sie nur, auf seine eigene Art und Weise. Er gab ihr zu verstehen, dass schwierige Zeiten auf sie warteten und dass sie mit allen Problemen allein fertig werden musste.

Mit anderen Worten: alles wie gehabt. Kira schob den Sessel vom Schreibtisch zurück, rieb sich die Augen und merkte, wie müde sie war. *Seit wie vielen Stunden bin ich auf den Beinen?* Es fiel ihr schwer, eine Antwort auf diese Frage zu finden. In vielen Bereichen der Raumstation herrschte Dunkelheit und dadurch geriet Kiras innere Uhr durcheinander. Selbst das Chronometer auf dem Schreibtisch zeigte die falsche Uhrzeit an – während der vergangenen zwei Wochen war die Energieversorgung zu oft unterbrochen worden. Sie kannte nur eine Person, die ihr präzise Auskunft über die aktuelle Uhrzeit geben konnte. Mit einem raschen Tastendruck aktivierte sie das Kom-Gerät. »Kira an Quark.«

»Wie schön, von Ihnen zu hören, Colonel. Was kann ich heute für Sie tun?«

»Wie spät ist es, Quark?«

»Es ist genau die richtige Zeit für einen Drink, Colonel«, erwiderte der Ferengi.

Kira lächelte. »Natürlich«, sagte sie, schaltete ab und lauschte der Stille im Büro. »Natürlich.«

11

»Habe ich schon erwähnt, dass ich es verabscheue, nass zu werden?«, fragte Ro und wischte sich Wasser aus den Augen.

»Ja«, brummte Taran'atar. »Das haben Sie. Mehrmals. Bitte weisen Sie nicht noch einmal darauf hin.«

Zehn Minuten nach Sonnenuntergang waren Wolken vom Meer herangezogen und brachten sintflutartigen Regen. Ro kannte die Regenfälle vor dem Morgengrauen und nach der Abenddämmerung von ihrem früheren Aufenthalt auf Sindorin, aber ihr erster Besuch auf dem Planeten musste während der Trockenzeit stattgefunden haben, oder während einer *trockeneren* Zeit, denn *so etwas* hatte sie damals nicht erlebt. Der Vorteil des Wolkenbruchs bestand darin, dass er alle ihre Spuren verwischte. Wer sie verfolgen wollte, musste über sehr leistungsfähige Nahbereichsensoren verfügen.

Aber nach Ros Meinung überwogen die Nachteile: Sie waren völlig durchnässt und befanden sich in einem dunklen Regenwald, in dem es Geschöpfe gab, die den meisten Humanoiden – auch Jem'Hadar – gefährlich werden konnten. Ein Feuer hätte ihre Chancen verbessert, vorausgesetzt natürlich, dass sie in der Lage gewesen wären, eins anzuzünden. Aber wenn Lockens Jem'Hadar noch immer nach ihnen suchten ... Genauso gut hätten sie ihnen ein Leuchtsignal geben können.

Von Vor- und Nachteilen einmal abgesehen: Derzeit

konnten sie den Weg nicht fortsetzen. Regen strömte von den Baumwipfeln herab und verwandelte die schmalen Pfade in Wildbäche. Ro vermutete, dass Taran'atar selbst unter diesen schwierigen Bedingungen auf den Beinen geblieben wäre, aber sie hätte damit rechnen müssen, schon nach wenigen Schritten in den Schlamm zu stürzen.

Ein Blitz flackerte über den Himmel und Ro versuchte, in seinem kurzlebigen Schein einen Eindruck von der Umgebung zu bekommen. Sie sah nur die Silhouetten von aufragender Vegetation und Vorhänge aus strömendem Regen. Krachender Donner folgte dem Blitz, laut genug, um Ros Zähne vibrieren und ihre Magengrube wie eine Kesselpauke nachhallen zu lassen.

»Können Sie irgendetwas sehen?«, wandte sie sich an Taran'atar. Ro vermutete, dass Jem'Hadar in der Nacht besser sahen als Bajoraner.

»Ja.«

»Was denn?«

»Ich sehe Regen.«

»Und sonst?«

»Bäume. Viele Bäume. Und Gebüsch. Was noch wichtiger ist: Ich sehe keine Jem'Hadar. Aber wenn Sie ›Sehen Sie etwas Nützliches?‹ fragen wollten, so lautet die Antwort ›nein‹.«

Ro schwieg.

Sie wartete auf ein Ende des Unwetters, auf eine Pause zwischen Blitz und Donner, doch dazu kam es nicht. Hundert Meter weiter im Westen explodierte ein Baumwipfel und der Regen löschte die Flammen innerhalb weniger Sekunden. *Es hätte auch diesen Baum treffen können,* dachte sie und stellte sich vor, wie Taran'atar und sie selbst zu Aschehaufen wurden, vom Regenwasser über den Hügelhang gespült. Bevor die Flammen ganz verschwanden, sah sie zu

Taran'atar, der etwas näher rückte und durch zusammengebissene Zähne hervorbrachte: »Wann können wir weiter?«

»Bald. Wenn der Regen aufhört. Nach dem Ende des Regens rührt sich eine halbe Stunde lang nichts. Abgesehen natürlich von den Jem'Hadar.«

Taran'atar nickte zustimmend. »Wir werden ihnen ausweichen, wenn sie noch in der Nähe sind. Es mögen geborene Jem'Hadar sein, aber sie haben nie eine richtige Ausbildung bekommen. Haben Sie gesehen, auf welche Weise sie uns verfolgten, bevor der Regen begann?«

»Nein«, sagte Ro. »Ich meine, ich habe beobachtet, wie sich hier und dort Grashalme bewegten, wenn wir durch einen offenen Bereich eilten ...«

»Jämmerlich«, kommentierte Taran'atar. »Und ihre Uniformen. Haben Sie sie gesehen?«

»Vielleicht für eine Sekunde, wenn sie nicht getarnt waren. Rot und mit silbernen Verzierungen, nicht wahr?«

»*Eitelkeit.*«

Ro fühlte sich versucht zu lachen, spürte aber, dass Taran'atar kaum etwas davon gehalten hätte.

Und dann, so plötzlich wie er begonnen hatte, hörte der Regen auf. Die dunklen Wolken wichen fort und Ro fühlte, wie sich ihr die Nackenhaare aufrichteten, als Wind aufkam. Von den Plasmastürmen stammende Leuchterscheinungen zeigten sich im Süden.

Taran'atar stand auf. »Ich bin bald zurück«, sagte er und tarnte sich. Nicht ein einziges Blatt geriet in Bewegung und Wassertropfen fielen nur dort, wo sich Gravitation oder Wind auswirkten. Taran'atar schien nie existiert zu haben.

Einige Minuten verstrichen. Ro fröstelte in ihrer nassen Uniform, als der Wind stärker wurde. Langsam stand sie auf und versuchte, durchs Dickicht zu sehen, aber das Flackern und Glühen am südlichen Himmel spendete kaum Licht. »*Taran'atar*«, flüsterte sie und fröstelte erneut. »Wo sind Sie, verdammt?«

»Jemand ist dort draußen«, erklang eine körperlose Stimme.

Ro zuckte heftig zusammen und hätte fast ihren Phaser abgefeuert. Nur mit großer Mühe widerstand sie der Versuchung, »Hören Sie auf damit!« zu rufen. Stattdessen holte sie ihr Fraktalmesser hervor, befestigte es am Gürtel und überprüfte die Ladung des Phasers. »*Wer* ist dort draußen?«, fragte sie leise. »Jem'Hadar?«

»Nein«, antwortete Taran'atar. »Wer auch immer sie sind: Sie bewegen sich schneller und nutzen die Deckung besser aus. Sie kennen diesen Wald.«

Ro schöpfte Hoffnung. »Aber Sie haben die Fremden nicht gesehen?«

»Nein«, erwiderte Taran'atar. Seine Stimme kam jetzt von rechts. »Sie sind vor uns und in die gleiche Richtung unterwegs wie wir. Wenn ich ihre Aufmerksamkeit wecke ... Ich glaube, ich könnte sie alle töten.«

»Nein!«, sagte Ro ein wenig zu laut. »Warten Sie! Ich meine ... Vielleicht sind es keine Feinde.«

Taran'atar enttarnte sich direkt vor ihr und Ro blickte in die Augen eines sehr argwöhnischen Jem'Hadar. »Was soll das heißen?«, fragte er. »Ich dachte, alle Leute auf diesem Planeten sind Feinde. Was hat mir der Doktor verschwiegen?«

»Nichts«, erwiderte Ro schnell. »Er hat Ihnen alles gesagt, was er wusste. Äh, es ist schwer zu erklären. Ich habe gehofft, dass sich diese Sache vermeiden ließ. Verdammt.« Sie aktivierte ihren Tricorder und sondierte nach Lebensformen. Die besonderen ambientalen Bedingungen Sindorins führten zu ungenauen Anzeigen, aber die Daten ließen trotzdem einen eindeutigen Schluss zu. Ro deutete nach Südwesten. »Sie sind dort, etwa hundert Meter von uns entfernt.«

»Ein Pfad führt in jene Richtung«, teilte ihr Taran'atar mit. »Wenn Sie vorsichtig sind, verursachen Sie nicht viele Geräusche.« Es missfiel ihm ganz offensichtlich, dass Ro ihm Informationen vorenthielt, aber er war trotzdem bereit, ihre Führung zu akzeptieren.

»Kommen Sie nicht zu nahe heran«, sagte die Bajoranerin und streckte sich, um die Muskeln zu lockern. »Und versuchen Sie, auf der windabgewandten Seite zu bleiben – ihr Geruchssinn ist außerordentlich gut ausgeprägt. Und tarnen Sie sich nicht. Dies ist auch so schon schwer genug zu erklären, ohne dass Sie einfach so aus dem Nichts erscheinen.« Ro überprüfte noch einmal die Anzeigen. »Sind Sie sicher, dass keine Jem'Hadar in der Nähe sind.«

»Wenn man berücksichtigt, wie laut Sie sprechen ... Wenn sich Jem'Hadar in der Nähe befänden, wären wir bereits tot.«

»Na schön, ich bin still«, erwiderte Ro. »Also los.«

Taran'atar drehte sich um und ging den Hang hinunter. Er war recht schnell und doch völlig lautlos. Ro versuchte, dicht hinter ihm zu bleiben, hatte aber noch keine zehn Meter zurückgelegt, als sie ausrutschte. Es gelang ihr, auf den Beinen zu bleiben, indem sie sich an einem überhängenden Zweig festhielt – was dazu führte, dass ein Schauer Regenwasser auf sie herabspritzte.

»Wundervoll«, prustete Ro. »Von jetzt an melde ich mich für *alle* Missionen freiwillig.«

Kurz darauf erreichten sie ebenes Gelände und der Wald wurde immer dichter. Es begann nicht erneut zu regnen, aber Ro hörte das Flüstern des Winds in den Baumwipfeln. Das hohe Blätterdach erzitterte immer wieder und gelegentlich fielen große Tropfen herab. Es wurde so dunkel, dass Ro nicht mehr sah, wohin sie ihren Fuß setzte. Ihr blieb nichts anderes übrig, als die kleine Lampe hervorzuholen und ihren Lichtschein auf den Boden zu richten. Wenn eventuelle Jem'Hadar das Licht bemerkten, war sie so gut wie tot, aber entweder benutzte sie die Lampe oder sie wartete bis zum nächsten Morgen. Und wenn sie tatsächlich stehen geblieben wäre, hätte Taran'atar den Weg vermutlich ohne sie fortgesetzt – eine Vorstellung, die ihr ganz und gar nicht gefiel. Es war anstrengend und nervenaufreibend, durchs finstere, schlammige Dickicht zu stapfen und sich dabei ständig zu fragen, wann das Fauchen von Strahlwaffen die Stille der Nacht beenden würde.

Zwei Stunden später war Ro so erschöpft, dass sie mit dem Gedanken spielte, sich einfach auf den Boden sinken zu lassen, um ein wenig auszuruhen – sollte Taran'atar glauben, sie wäre gefallen. Bevor sie Gelegenheit dazu kam, blieb der Jem'Hadar plötzlich stehen und betrachtete einen alten Baum. Ro richtete das Licht der Lampe auf den Stamm und sah, dass jemand eine Energiewaffe verwendet hatte, um einen hundert Zentimeter breiten Streifen der Rinde zu verbrennen. Der Baum war bereits abgestorben und wurde nur noch von einem Netz aus Ranken und Zweigen aufrecht gehalten, die seine Krone mit den Nachbarbäumen verbanden.

»Wer ist hierfür verantwortlich?«, fragte Taran'atar. »Diejenigen, denen wir folgen?«

Ro schüttelte den Kopf. »Sie haben keine Energiewaffen. Was glauben Sie?«

Taran'atar beugte sich vor, untersuchte die Brandspuren sorgfältiger und schnüffelte dann an der verkohlten Rinde. Ein großes Insekt kroch unter einem gelösten Teil der Borke hervor und krabbelte über den Stamm. Der Jem'Hadar beobachtete es einige Sekunden lang, ohne darauf zu reagieren.

»Romulanische Disruptoren«, sagte er und sah zu den anderen Bäumen in der Nähe. Bei einigen von ihnen zeigten sich ähnliche Brandspuren. Taran'atar deutete darauf und sagte: »Breen. Föderationsphaser. Wenn wir davon ausgehen, dass der feindliche Mensch einen großen Teil seiner Ausrüstung stiehlt, so dürften seine Jem'Hadar auf ähnliche Weise bewaffnet sein.« Es gab auch Löcher im Boden. Jemand schien sich große Mühe gegeben zu haben, Wurzelsysteme zu zerstören. »Aber worauf haben sie geschossen?«, fragte Taran'atar.

»In einer halben Stunde dürften wir eine Antwort bekommen«, sagte Ro. »Vorausgesetzt, es sind nicht alle getötet worden.«

»Nein«, erwiderte Taran'atar. »Jemand hat diesen Bereich vor kurzer Zeit passiert. Die Fremden verharrten für einige Minuten, aus mir unbekannten Gründen.«

Ro sah an den abgestorbenen Bäumen hoch, jeder von ihnen riesig und uralt. Jetzt kamen sie Grabsteinen gleich. »Ich kenne den Grund«, sagte sie. »Um Ehrerbietung zu erweisen. Um zu gedenken.«

Taran'atar starrte Ro groß an und wartete auf eine Erklärung. Als sie ihm keine anbot, wandte er sich ab und ging fort. Die Bajoranerin blieb eine halbe Minute lang stumm stehen und lauschte nach Stimmen, die sie nie wieder zwischen den Baumwipfeln hören würde. Dann setzte sie sich ohne ein weiteres Wort in Bewegung und folgte dem Jem'Hadar tiefer in den Regenwald hinein.

Als sie die nächste Gruppe alter Bäume erreichten, brauchte Ro nicht auf die Anzeigen ihres Tricorders zu sehen, um zu wissen, dass sie sich am richtigen Ort befanden. Hier zeigten sich keine Brandspuren an der Rinde und die Wurzelsysteme waren unbeschädigt, doch abgesehen davon sah dieser Ort genauso aus wie der, den sie vor fünfundvierzig Minuten verlassen hatten.

»Treten Sie an meine Seite«, wandte sich Ro an Taran'atar. »Und senken Sie die Waffe.«

Taran'atar richtete einen skeptischen Blick auf sie.

»Wir wissen beide, dass Sie wahrscheinlich in der Lage wären, diese Geschöpfe mit bloßen Händen umzubringen«, sagte die Bajoranerin. »Es dürfte für Sie also kaum einen Unterschied machen, wenn Sie den Phaser fünf Sekunden lang gesenkt halten.«

Taran'atar starrte sie an und Ro fragte sich, wie lange sie seine Geduld noch auf die Probe stellen konnte. Ein jüngerer Jem'Hadar hätte sie vermutlich bereits getötet. Vielleicht hatte Odo *deshalb* gerade diesen gewählt. Taran'atar war älter geworden als die meisten seiner Art und er wusste, dass es falsch sein konnte, voreilige Schlüsse zu ziehen. Er zögerte noch einige Sekunden länger und ließ dann tatsächlich den Phaser sinken.

Ro schob ihre eigene Waffe ins Halfter, wölbte die Hände trichterförmig vor dem Mund und gab einen dumpfen, stakkatoartigen Schrei von sich. Sie bekam keine Antwort, aber im Regenwald, der bisher voller leiser Geräusche gewesen war, herrschte plötzlich Stille. Ro drehte sich nach Osten und wiederholte den Schrei. Als erneut eine Antwort ausblieb, wandte sie sich nach Süden, hob die Hände und holte tief Luft. Bevor sie erneut schreien konnte, erklang eine schrille Stimme. »Warum bist du hier? Warum ist *er* hier?« Die Stimme kam direkt von oben und es konnte kein Zweifel daran bestehen, wen sie mit »er« meinte.

»Er begleitet mich«, sagte Ro. »Er wird euch nichts tun.«

Der fremde Sprecher – er befand sich jetzt höher und auf der linken Seite – gab ein nach *Ack-ack-ack* klingendes Geräusch von sich. Ro erkannte es als ein Lachen, aber sie hörte keinen Humor darin. Kurz darauf vernahm sie ein leises Zischen, so als atmete jemand tief durch, und eine Sekunde später fiel ein Schleimhaufen neben ihr auf den Boden. Sie entschied, ihm keine Beachtung zu schenken.

»Erinnert ihr euch an mich?«, fragte sie. »Gibt es jemanden, der mich kennt?«

»Ja«, erwiderte die Stimme. Sie ertönte jetzt weiter unten und hinter Ro. Die Bajoranerin wünschte sich endlich einmal einen Gesprächspartner, der mindestens zehn Sekunden lang an einem Ort blieb. »Ich erinnere mich an dich. Deshalb hat man mich aufgefordert, mit dir zu reden. Du entsinnst dich vielleicht nicht an mich, denn ich war ein junger Mann, als du uns zum letzten Mal besucht hast, und jetzt bin ich sehr alt.«

Dieser Hinweis verwirrte Ro. »Es sind weniger als drei Jahre vergangen«, sagte sie.

»Die Zeit eines Lebens«, betonte die Stimme. Es raschelte in den Zweigen über Ro und etwas landete vor ihr auf dem Boden. Aus einem Reflex heraus ging Taran'atar in die Hocke, hob seinen Strahler, zielte …

Ro trat vor ihnen. »*Weg* damit«, zischte sie.

Taran'atar kniff die Augen zusammen, die Mündung des Phasers nur wenige Zentimeter von Ros Unterleib entfernt. Die Bajoranerin zweifelte nicht daran, dass der Strahler auf tödliche Emissionen justiert war, aber trotzdem wich sie nicht beiseite. Schließlich ließ der Jem'Hadar den Phaser sinken.

Langsam drehte sich Ro zu dem Geschöpf um, das vor Schrecken am ganzen Leib bebte. Es hockte im Schatten, klein und alles andere als bedrohlich.

»Ich entschuldige mich für das Verhalten meines Begleiters und auch dafür, dass wir euch hier stören«, sagte Ro. »Wir gehen, wenn das eurem Wunsch entspricht. Wir sind nicht gekommen, um euch weitere Probleme zu bescheren …«

»Aber ihr habt bereits Probleme gebracht«, entgegnete das Wesen. »Die im Wald umherstreifenden Jem'Hadar suchen ganz offensichtlich nach jemandem. Nicht nach uns – sie halten uns alle für tot. Jetzt sind sie fort, weil sie den Regen nicht mögen, aber sie kehren bestimmt zurück.«

Ro glaubte zu hören, wie Taran'atar hinter ihr mit den Zähnen knirschte. Offenbar hielt er nicht viel von Jem'Hadar, die es vermieden, nass zu werden.

»Ich frage noch einmal: Warum bist du hier?«, wiederholte das Geschöpf. »Und warum hast du *ihn* mitgebracht?« Es streckte den Arm aus und deutete mit einer langfingrigen Hand auf Taran'atar. »Er will uns töten. Das wollen sie alle.«

»Nein, er nicht. Ich versichere dir, dass er sich von den anderen unterscheidet. Er hat nur noch nicht verstanden, dass du keine Bedrohung für ihn bist. Es ist eine komplizierte Geschichte.« Ro setzte sich auf die Fersen, um ihr Gesicht auf eine Höhe mit dem des Wesens zu bringen. »Ich bin gern bereit, dir alles zu erklären, aber nicht hier. Gibt es einen sicheren Ort, an dem wir uns unterhalten können?«

Wieder ertönte das humorlose *Ack-ack-ack*. »Ein sicherer Ort?«, fragte das Wesen. »Dies ist Sindorin. Hier gibt es keine Sicherheit, nicht mehr. Aber vielleicht können wir einen Ort aufsuchen, der ein wenig mehr Schutz bietet.« Das Geschöpf kratzte sich wie beiläufig am Hinterkopf. »Außerdem möchten auch andere hören, was du zu sagen hast.« Es beugte sich ein wenig vor. »Warte hier, bis ich zurück bin.«

Das Wesen stieß sich mit den Beinen ab und sprang geradewegs nach oben, mindestens vier Meter hoch, griff nach einer niedrig hängenden Ranke und hangelte sich lautlos zum hohen Blätterdach empor. Ro lauschte aufmerksam, um herauszufinden, in welche Richtung sich das Geschöpf wandte, aber sie hörte nichts. Mit langsamen, möglichst leisen Schritten ging sie zu Taran'atar. »Können Sie feststellen, wohin er verschwunden ist?«

Der Jem'Hadar deutete nach rechts. »Er brachte etwa zweihundert Meter in südsüdwestlicher Richtung hinter sich und spricht jetzt mit drei anderen seiner Art. Wer ist er?«

»Nun, seinen Namen kenne ich nicht. Aber er ist ein Ingavi.«

Der Jem'Hadar schüttelte den Kopf. »Diese Bezeichnung sagt mir nichts. Ich dachte, auf diesem Planeten gäbe es keine einheimische intelligente Spezies.«

»Eine *einheimische* Intelligenz gibt es hier tatsächlich nicht«, erwiderte Ro. »Hören Sie, ich möchte Ihnen für Ihre Nachsicht und Ihr Vertrauen danken. Es ist sicher nicht leicht für Sie.«

Taran'atar akzeptierte ihre Worte, indem er den Kopf neigte. »Sie leben gefährlich«, sagte er. »Aber Sie sind nicht leichtsinnig. Ich werde Ihre Autorität nicht in Frage stellen. Doch wenn Sie weitere ... Missverständnisse vermeiden möchten, sollten Sie die bisher zurückgehaltenen Informationen über diesen Planeten mit mir teilen.«

Ro stellte erstaunt fest, dass sie sich in keiner Weise bedroht fühlte. Taran'atar versuchte nicht, sie einzuschüchtern. Es ging ihm nur darum, Informationen zu bekommen – wie er sie verwenden würde, stand auf einem ganz anderen Blatt.

»Ich weiß Folgendes«, begann Ro. »Die Ingavi entwickelten sich auf einer Welt, die vor etwa fünfundsiebzig Jahren unter die Kontrolle der Cardassianer geriet. Damals begann die Cardassianische Union mit der Expansion, die schließlich auch Bajor erreichte. Die Ingavi waren zu jener Zeit eine junge

Warp-Kultur – sie beherrschten die interstellare Raumfahrt erst seit fünfzig Jahren –, und etwa zweitausend von ihnen verließen den Planeten, bevor ihn die Cardassianer vollständig annektierten. Um den Verfolgern zu entkommen, flohen sie in die Badlands, verloren dort ihren primären Antrieb und hatten das Glück, halbwegs unbeschadet Sindorin zu erreichen. Nach der Notlandung gelang es ihnen, einige Dinge von Bord zu bringen, bevor das Schiff im Meer versank.

Die Ingavi-Familie, bei der ich während meines letzten Besuchs zu Gast war, erzählte mir, dass zwölfhundert Flüchtlinge den ersten Monat nach dem Absturz überlebten. Als der anfängliche Schock nachließ, begriffen sie, großes Glück gehabt zu haben. Sindorin ähnelt ihrer Heimatwelt und viele Überlebende glaubten an eine fast mystische Verbindung zwischen ihnen und ihrer neuen Heimat.«

»Die Ingavi kamen also von einem technisch entwickelten Planeten?«, fragte Taran'atar.

Ro nickte. »In technischer Hinsicht ähnelte Ingav Bajor, als die Cardassianer eintrafen. Aber Ingavs Besetzung fand kein Ende. Mehr weiß ich leider nicht. Ich habe nie Gelegenheit bekommen, Nachforschungen in Hinsicht auf die Heimatwelt der Ingavi anzustellen.«

»Doch das Wesen, mit dem wir sprachen, roch nicht so, als käme es aus einer technischen Gesellschaft«, sagte Taran'atar.

Die Aufmerksamkeit des Jem'Hadar beeindruckte Ro. »Das stimmt – die Ingavi sind nicht mehr technisch orientiert. Nach dem, was ich in Erfahrung bringen konnte, gaben sie so viel Technik wie möglich auf, als sie sich in das hiesige Ambiente integrierten. Sie wussten, dass gewisse von technischen Apparaturen verursachte Emissionen aus größerer Entfernung geortet werden können – auf diese Weise hatten die Cardassianer sie gefunden. Sie fürchteten eine neuerliche Entdeckung und ihr Wunsch, sich vor Fremden zu verbergen, grenzte an Besessenheit. Und wie ich bereits erklärt habe: Durch die besonderen Bedingungen auf Sindorin ist es ohnehin schwer, etwas oder jemanden zu finden.«

Taran'atar runzelte die Stirn. »Die Ingavi gaben ihre Technik aus Furcht auf.«

»Das ist verständlich«, sagte Ro. »Sie hatten eine Menge hinter sich. Ihr Raumschiff fiel ins Meer. Wahrscheinlich gelang es ihnen, einige Ausrüstungsmaterialien von Bord zu bringen, bevor es versank, aber nicht viel. Außerdem erlitten sie einen Schock: Zuerst waren sie gezwungen, ihren Heimatplaneten zu verlassen, und dann mussten sie auf einer fremden Welt notlanden. Es grenzt an ein Wunder, dass sie nicht in die Barbarei zurückfielen. Nach dem, was ich gesehen habe, schafften es die Ingavi während ihrer fünfundsiebzig Jahre auf Sindorin, eine recht stabile Zivilisation zu entwickeln. Sie verfügen über eine gewisse Technik und machen sehr klugen Gebrauch davon. Sie leben auf Bäumen, bauen hoch oben im Blätterdach Obst und Getreide produzierende Ranken an. Sie kommen nur selten auf den Boden.«

»Und die Kreise aus großen Bäumen?«, fragte Taran'atar.

»Die Ingavi neigen dazu, dort ihre Siedlungen zu errichten. Die älteren Bäume sind stabiler und stürzen nicht so leicht, wenn sie vom Blitz getroffen werden oder es auf dem Boden zu einem Feuer kommt.«

»Deshalb haben es die Jem'Hadar darauf abgesehen.« Es war eine Feststellung, keine Frage. »Zielschießen.«

Ro schwieg.

»Aber das erklärt noch immer nicht, warum Sie so

viel über die Ingavi wissen«, sagte Taran'atar und sah sich auf der Lichtung um.

»Darauf wollte ich gerade zu sprechen kommen.« Ro sah über die Schulter. »Sind sie noch immer da oben?«

Taran'atar schüttelte den großen, gehörnten Kopf. *Für die Ingavi muss er riesenhaft sein,* dachte Ro.

»Sie haben sich weiter von uns entfernt. Ich höre sie jetzt nicht mehr. Sie bewegen sich sehr schnell durch die Baumwipfel. Ich glaube, selbst ein gut ausgebildeter Jem'Hadar wäre nicht imstande, ihnen zu folgen.«

»Das erklärt, warum einige von ihnen am Leben geblieben sind.«

»Ja«, sagte Taran'atar und wandte sich wieder der Bajoranerin zu. »Fahren Sie fort.«

»In Ordnung.« Ro seufzte. »Der Maquis hielt nach einem neuen Stützpunkt Ausschau und Sindorin schien dafür in Frage zu kommen. Deshalb flog ich mit zwei anderen Maquisarden hierher, um nach einem geeigneten Ort zu suchen. Was ich bisher nicht erwähnt habe ... Nun, es kam zu einem Murenabgang. So etwas geschieht hier recht oft. Die starken Regenfälle und der lockere Boden können recht gefährlich werden. Meine beiden Begleiter kamen ums Leben – sie erstickten oder ertranken in den Schlammmassen –, und ich war in ziemlich schlechter Verfassung. Die Ingavi fanden mich und brachten mich zu ihrem Dorf. Ihrer Pflege verdanke ich mein Leben. Etwa drei Wochen blieb ich bei ihnen, bis ich kräftig genug war, zum Raumschiff zurückzukehren.« Ro seufzte erneut und blickte zum hohen Blätterdach empor, obwohl es in der Finsternis überhaupt nicht zu sehen war. »Während meiner Genesung erfuhr ich fiel über die Ingavi, aber ich versprach ihnen, niemandem von ihnen zu erzählen.« Sie zögerte und schüttelte bitter den Kopf. »Was allerdings nicht verhindern konnte, dass das Dominion hierher kam. Und dann Sektion 31. Ich hielt mein Versprechen, aber es nützte nichts. Es nützte nichts.«

Taran'atar neigte den Kopf ein wenig zur Seite. »Ich verstehe nicht. Die Ingavi waren schwächer als der Maquis. Was spielten ihre Wünsche für eine Rolle?«

»Wie meinen Sie das? Hätten wir sie einfach töten sollen, um ihre Welt zu übernehmen?«, fragte Ro kühl.

»Der Maquis führte einen Krieg und brauchte diesen Planeten.«

»Das genügt nicht«, erwiderte Ro scharf. »Ich wollte nicht dafür verantwortlich sein, dass sich auf Sindorin das wiederholte, was die Cardassianer erst mit Ingav und dann mit Bajor anstellten. Die Ingavi haben genug gelitten.«

»Ja, das haben wir«, erklang eine vertraute Stimme direkt über ihnen. Ro richtete den Lichtschein ihrer Lampe nach oben und sah die großen runden Augen des Ingavi, mit dem sie zuvor gesprochen hatten. Er hing mit dem Kopf nach unten und schreckte vor dem Licht zurück, ließ dann die Ranke los, an der er sich festgehalten hatte, und landete vor Ro auf dem Boden. Diesmal blieb er nicht geduckt hocken, sondern richtete sich zu seiner vollen Größe auf – er reichte Ro etwa bis zur Mitte des Brustbeins – und winkte mit einem Arm.

»Mein Name ist Kel. Ich bin euer Führer, so lange ihr hier seid. Jene von uns, die sich an Ro Laren erinnern, sprechen mit Ehre und Zuneigung von dir. Die Oberhäupter der Familien meinen, du schuldest uns eine Erklärung für deine Rückkehr, aber wir haben entschieden zu glauben, dass du uns nicht schaden willst.«

Er wandte sich an Taran'atar. »Was dich betrifft … Alle wollten dich töten, aber ich habe darauf hingewiesen, dass du deine Waffe gesenkt hast, als Ro Laren dich dazu aufforderte. Deshalb gehen die anderen davon aus, dass ich mich für dich eingesetzt habe, Jem'Hadar. Wenn dies ein Trick ist und du vorhast, uns umzubringen … In dem Fall bitte ich dich, mich zuerst zu töten. Andernfalls könnte ich die Schande nicht ertragen.«

Taran'atar hörte aufmerksam zu und nickte knapp.

Ro nutzte die Gelegenheit, um sich Kel genauer anzusehen – sie erkannte ihn tatsächlich nicht. Wie bei den anderen Ingavi bedeckte kurzes, dichtes und grünes Haar Kopf, Arme und Beine. Es war nicht die natürliche Farbe, sondern das Ergebnis von Mikroorganismen, die sich im Pelz der Ingavi eingenistet hatten – harmlose Parasiten, die ihnen zu einer besseren Tarnung im Regenwald verhalfen. Kel trug eine kurze, gefleckte grüne Hose und eine knapp sitzende Weste in der gleichen Farbe, die unterschiedlich große Taschen aufwies. Auf Schuhe verzichtete er, denn beim Klettern setzten die Ingavi nicht nur ihre Hände, sondern auch ihre langen Greifzehen ein.

Wie die meisten Ingavi-Männer, denen Ro bei ihrem ersten Besuch begegnet war, hatte Kel große Augen, eine flache Nase und einen breiten Mund, dessen Winkel sich nach unten neigten. Sein Gesichtsausdruck ließ Ro an einen gutmütigen Beamten denken, der immer wieder ausgenutzt wurde, und Kels Ausstrahlung verstärkte diesen Eindruck.

Der Ingavi hob einen langen Arm und deutete in den Wald. »Wir haben einen Unterschlupf in der Richtung. Einige meiner Freunde versuchen, die Jem'Hadar abzulenken – die *anderen* Jem'Hadar, die im Wald nach euch suchen. Wir sollten uns beeilen.«

Taran'atar warf einen Blick über die Schulter und schien mit dem Gedanken zu spielen, die anderen Jem'Hadar zum Kampf zu stellen. Doch dann schüttelte er den Kopf und sah Kel an. »Führe uns.«

Der Ingavi wandte sich an Ro. »Sprich mit mir, während wir unterwegs sind. Ich muss den anderen erklären, warum du zurückgekehrt bist.« Er sah zu Taran'atar. »Und warum wir glauben sollen, dass sich dieser Jem'Hadar von den anderen unterscheidet.«

»Taran'atar gehört nicht zu denen, die euch bedrohen«, sagte Ro. »Er ... arbeitet mit mir zusammen und begleitete mich nach Sindorin, weil das, was euch gefährdet, auch eine Gefahr für unsere Welten darstellt.« Mit knappen Worten schilderte Ro den Grund für ihre Rückkehr nach Sindorin.

Als sie ihren kurzen Bericht beendet hatte, fragte Kel: »Du glaubst also, dass deine Freunde ums Leben gekommen sind?«

Ro schnaufte, als sie einen steilen Hang emporkletterten. »Ich weiß es nicht«, brachte sie hervor. »Vielleicht sind sie tatsächlich tot, aber ich bezweifle es. Soweit wir das feststellen konnten, kam es beim Absturz unseres Schiffes nicht zu einer Explosion. Und Bashir und Dax sind sehr einfallsreich.«

»Das ist keine Begründung, sondern eine Meinung«, kommentierte Taran'atar und stapfte mühelos über den Hang.

»Das stimmt«, bestätigte Kel, der in einem gleichmäßigen Rhythmus hüpfte. »Aber ich hoffe, du hast Recht, Ro. Wenn der Verrückte namens Locken für die jüngsten Gräuel verantwortlich ist, so würde ich mich freuen, wenn deine Freunde ihm das Handwerk legen.«

»Ich glaube, Bashir ist dazu imstande«, sagte Ro und verharrte, um nach Luft zu schnappen, als sie die Kuppe des Hügels erreichten. »Zumindest hat er eine bessere Chance als sonst jemand. Und Taran'atar und ich werden versuchen, ihm zu helfen. Es ist das Wenigste, das wir tun können.«

»Das Wenigste, das ihr tun könnt, ist gar nichts«, erwiderte Kel. »Alles, was darüber hinausgeht, ist willkommen.«

»Erzähl mir von euch, Kel«, sagte Ro. »Wie ist es den Ingavi ergangen, seit ich zum letzten Mal hier war?«

Kel blickte zu ihr auf und sein Gesicht wirkte kummervoll. »Es sind kaum erfreuliche Dinge geschehen, Ro. Wir haben ausgehalten, aber das ist auch schon alles – obwohl meine Frau meint, dass ich die Dinge zu schwarz sehe. Kommt jetzt«, fügte er hinzu und deutete über den Hang auf die anderen Seite des Hügels. »Wir sollten uns besser nicht über dem Boden befinden, wenn die Sonne aufgeht.«

Es gab Höhlen, wo es eigentlich gar keine geben sollte. Ro kannte sich gut genug mit Geologie aus, um zu wissen, dass in den meisten Regenwäldern nur eine dünne Schicht aus Mutterboden existierte, nicht annähernd dick genug für die Höhlen, in denen sich die Ingavi versteckten. Eine heimliche Sondierung mit dem Tricorder enthüllte die Wahrheit: Sie befanden sich nicht im Innern einer Höhle, sondern in den ausgehöhlten Resten eines riesigen versteinerten Wurzelsystems. Irgendwann in Sindorins ferner Vergangenheit mussten gewaltige Bäume zum Ökosystem des Planeten gehört haben. Ros botanische Kenntnisse reichten nicht aus, um ganz sicher zu sein, aber sie spürte plötzliche Aufregung bei der Vorstellung, mit einem wissenschaftlichen Starfleet-Team zurückzukehren und Untersuchungen anzustellen.

Dann fühlte sie sich von Verlegenheit erfasst. *Noch* eine Gruppe von Außenweltlern, um die Ingavi zu stören und zu belästigen? Nein, ausgeschlossen. Dieser Versuchung würde sie nicht nachgeben. Es überraschte sie, dass ihr Forschungseifer noch immer existierte – sie hatte geglaubt, ihn nach dem Verlassen der *Enterprise* verloren zu haben. Seltsam.

Kel stellte Ro seiner erweiterten Familie vor, die offenbar schon von ihr gehört hatte. Dann deutete er widerstrebend auf Taran'atar, der daraufhin in einer Ecke Platz nahm, den Zugang im Auge behielt und ganz offensichtlich versuchte, möglichst harmlos zu wirken. Doch die Ingavi blieben nervös und zuckten immer zusammen, wenn sich der Jem'Hadar ein wenig bewegte. Es schmerzte Ro, diese Reaktionen zu sehen, auch deswegen, weil die Ingavi wissen mussten: Sie hatten nicht die geringste Chance, wenn es Taran'atar in den Sinn kam, auf sie zu schießen.

Es befanden sich etwa zwanzig Ingavi in dem Unterschlupf. Zwar schienen sie sich so bequem wie möglich eingerichtet zu haben, aber es stand außer Zweifel, dass es ihnen hier schlecht ging. Sie wollten sich in den hohen Baumwipfeln hin und her schwingen, doch die Umstände zwangen sie, in diesen dunklen, feuchten Löchern Zuflucht zu suchen.

»Seit wann seid ihr hier unten?«, fragte Ro und nahm einen Napf von Kels Frau Matasa entgegen. Er enthielt Nahrung, die nach einer Mischung aus Würmern und Sägemehl aussah, aber Ro aß dankbar. Von ihrem früheren Besuch her wusste sie, dass ihr Verdauungssystem mit Ingavi-Nahrung fertig werden konnte. Außerdem war ihr klar, dass sie eine nach den Maßstäben der Ingavi recht großzügige Portion erhalten hatte. Diese Geschöpfe nahmen im Lauf des Tages viele kleine Mahlzeiten zu sich und normalerweise wurde das Essen zu Gesprächen genutzt.

»Seit einer trockenen Periode und einer Regenzeit«, antwortete Kel.

Fast ein Jahr, dachte Ro. »Und vor diesen Jem'Hadar waren andere hier?«

Kel nickte. »Die anderen waren in vielerlei Hinsicht

schlimmer. Sie sahen so aus und verhielten sich mehr wie er.« Er deutete auf Taran'atar, der stumm einen angebotenen Napf zurückwies.

Kels Familie beendete ihre Mahlzeit, führte Ro und Taran'atar dann in einen runden Raum, in dem die Luft frischer war. Ro sah zur Decke hoch und stellte fest, dass die Ingavi eine lange Röhre durch den lockeren Boden getrieben hatten – Luft strömte darin von oben herab. Jemand zündete eine kleine Öllampe an und Ro schaltete ihre Lampe aus. An der gegenüberliegenden Wand bemerkte sie eine Bewegung – ein älterer Ingavi saß dort, in eine dicke Decke gehüllt. Er hatte fast keine Haare mehr auf dem Kopf und nur noch wenige an Armen und Beinen. Ein dünner weißer Film bedeckte seine Augen: grauer Star, ein ernstes Handikap bei einer auf Bäumen lebenden Spezies.

»Hallo, Ro«, sagte der alte Ingavi. »Ich hoffe, die Jahre sind freundlich zu dir gewesen.«

Ro war überrascht und erfreut, als sie die Stimme erkannte. »Hallo, Tan Mulla«, erwiderte sie und verbeugte sich. »Ja, die Jahre waren einigermaßen freundlich zu mir, hoffentlich auch zu dir. Ich bedauere, dass unsere zweite Begegnung unter solchen Umständen stattfindet.« Sie wandte sich an Taran'atar und erklärte ihm, dass Tan einer der Ingavi gewesen war, die sie nach dem Murenabgang gerettet hatten.

»Ja, das stimmt«, pflichtete Tan Mulla der Bajoranerin bei. »Ich habe es nie bereut, obwohl ich eingestehen muss, dass ich der Verzweiflung nahe war, als ich erfuhr, dass du in der Begleitung eines Jem'Hadar zurückgekehrt bist. Aber mein Neffe …« Er nickte in Kels Richtung. »… meint, dass du dich für ihn verbürgst.«

»In der Tat«, bestätigte Ro und versuchte, selbstsicher zu klingen. »Wir haben ein gemeinsames Ziel. Er ist nicht wie die anderen Jem'Hadar und unser Anführer hat ihn angewiesen, uns beim Kampf gegen sie zu helfen.« *Das kommt der Wahrheit nahe genug, ohne dass es zu kompliziert wird.*

»Ich glaube, wir verstehen«, sagte der Tan. Doch dann schüttelte er wie ungläubig den Kopf. »Bitte verzeih uns, wenn wir misstrauisch sind. Kurz nachdem du uns verlassen hast, kamen die ersten Jem'Hadar und die Blassen, die so gut sprechen und so schlecht riechen.«

»Vorta«, warf Taran'atar ein. Der Klang seiner Stimme ließ mehrere Ingavi zusammenzucken.

»Ja«, bestätigte der Tan. »Wir mochten sie nicht, aber sie versicherten uns, dass sie uns kein Leid zufügen wollten, und wir glaubten ihnen – für einige Zeit. Dann begannen sie damit, uns zu sagen: ›Nein, hierhin dürft ihr nicht‹ und ›Dort ist euch der Aufenthalt nicht erlaubt‹. Angeblich hatten die Fremden nur unser Wohl im Sinn. Wir gaben uns Mühe, ihre Wünsche so gut wie möglich zu respektieren, doch dann verletzten sie die Bäume.« Er legte eine kurze Pause ein, atmete tief durch und schnaufte – die Luft in der Höhle schien ihm nicht sonderlich zu gefallen. »Wir sahen Unheil kommen, ergriffen die Flucht und versteckten uns.«

»Wir haben einige der Bäume gesehen«, sagte Ro.

»Es gibt schlimmere Bereiche, Orte, wo der Waldboden dem Himmel ausgesetzt ist, so weit mein Blick reichte.« Tan Mulla deutete auf seine Augen. »Als ich noch sehen konnte. Die Fremden errichteten ein großes Gebäude und umgaben es mit einem Zaun. Anschließend drangen sie in den Wald vor und jagten uns. Meine Familie – sie ist hier versammelt – bestand einst aus Dutzenden von Personen. Jetzt sind nur noch diese übrig. Bei den anderen Familien ist es ebenso; teilweise sind sie sogar noch schlimmer dran. Wir hatten Glück, diesen Ort zu finden. Die Jem'Hadar entdeckten nie, dass wir uns im Boden vor ihnen verbergen.«

»Und dann verschwanden die Jem'Hadar?«, fragte Ro.

»Ja, ganz plötzlich. Doch ihr Stützpunkt blieb nicht lange leer. Andere kamen, Männer und Frauen, die dir ähnelten, aber mit glatteren Nasen. Sie begannen damit, neue Jem'Hadar zu erschaffen, doch die neuen scheinen … weniger tüchtig zu sein als die vorherigen. Und brutaler. In gewisser Weise könnte man sie als schwerfälliger bezeichnen.«

»Weißt du, wie viele es sind?«, fragte Taran'atar.

»Etwa zweihundert, glauben wir. Doch ihr Schöpfer, den sie Khan nennen, stellt weitere her. Wir haben uns alle Mühe gegeben, verborgen zu bleiben. Doch unter uns sind Stimmen laut geworden, die den Kampf befürworten, selbst wenn er unseren Tod bedeutet; unser Leben ist unerträglich geworden.«

»Ich verstehe«, sagte Ro. »Wie ich euch schon sagte, als wir uns zum ersten Mal Geschichten erzählten: Jene Fremden, die Ingav eroberten, haben einst auch meine Heimatwelt unterjocht. Ich verstehe den Schmerz, den ihr damals empfunden habt und den ihr jetzt noch einmal empfindet.«

»Ich erinnere mich. Du hast deinen Kampf gegen die Cardassianer erwähnt. Bist du erfolgreich gewesen?«

»Nein«, gestand Ro. »Ich habe verloren.«

»Was geschah?«

»Die Cardassianer verbündeten sich mit den Jem'Hadar und führten Krieg gegen den ganzen Quadranten. Zum Schluss wurden sie besiegt, vor allem deswegen, weil sie sich gegeneinander wandten. Aber viele starben auf beiden Seiten des Konflikts und die Sache, um die es mir ursprünglich ging, spielte keine Rolle mehr.

Letztendlich litten die Cardassianer am meisten von allen.« Ro fragte sich, ob diese Neuigkeiten den Ingavi Trost spendeten. Sie bezweifelte es.

»Aber wenn jetzt Frieden herrscht ...«, sagte Kel. »Warum ist dann dieser Schrecken nach Sindorin gekommen? Hast du deinen Schwur gebrochen, nichts zu verraten?«

»Nein!«, erwiderte Ro mit Nachdruck. »Jene Leute, die neue Jem'Hadar erschaffen, sind Renegaten und Terroristen. Sie verstoßen gegen die Gesetze meiner Heimat und bedrohen nicht nur Sindorin, sondern auch viele andere Welten. Wir sind gekommen, um sie aufzuhalten, um zu verhindern, dass sie weiteres Unheil anrichten. Es tut mir sehr, sehr Leid, dass ihr hier zwischen alle Fronten geraten seid. Es ist einfach nicht richtig ...« Plötzlich fehlten ihr die Worte, um das ganze Ausmaß ihres Kummers zum Ausdruck zu bringen.

Taran'atar brummte etwas, das Ro nicht verstand – es klang nach einem Fluch. Dann stand der Jem'Hadar auf und verließ den Raum. Die überraschten Ingavi sahen ihm nach, doch niemand von ihnen fragte, wohin er ging. Ro entschuldigte sich, folgte Taran'atar und fragte sich besorgt, was ihn zu seinem seltsamen Verhalten veranlasst hatte. Sie fand ihn im nächsten Raum. Dort stand er neben dem Höhleneingang und überprüfte den Inhalt seines Waffensacks.

»Stimmt was nicht?«, fragte Ro.

Der Jem'Hadar antwortete nicht und kontrollierte die Ladung seines Phasers.

»Taran'atar?«

»Es ist alles in Ordnung«, sagte er. Nachdem er festgestellt hatte, dass der Phaser voll geladen war, überprüfte er die Klingen der Wurfmesser. Er sah nicht auf, als er fortfuhr: »Und gleichzeitig ist alles verkehrt. *Sie* sind verkehrt. Dies ergibt keinen Sinn. Der Gründer –

wie soll ich es ausdrücken? – muss krank sein. Vielleicht hat ihn das Leben bei Ihnen verwirrt. Oder er ist ein Psychopath. Warum bin ich hier? Warum sollte mir etwas gelegen sein an diesen ...« Er wiederholte das Wort, das er im anderen Raum gebrummt hatte. »Warum kümmert *Sie* das Schicksal der Ingavi? Sie sind schwach. Wenn sie jetzt sterben – *was spielt es für eine Rolle*?«

Ro wusste, dass die philosophische Kluft zwischen ihnen zu tief war, um in nur einem Gespräch überbrückt zu werden, und deshalb verzichtete sie auf einen entsprechenden Versuch. Sie bemühte sich, die komplexe Angelegenheit möglichst einfach darzustellen. »Sie möchten leben.«

»Auch ich möchte leben«, erwiderte Taran'atar. »Alle lebenden Wesen teilen diesen Wunsch. Aber was hat das mit unserer Mission auf dieser Welt zu tun?« Taran'atar hob den Kopf und schlang sich den Waffensack auf den Rücken. »Wenn wir beim Kampf gegen Locken sterben, so sterben wir. Ich bedauere es nicht, mein Leben der Pflicht zu opfern, Lieutenant. Aber ich verstehe noch immer nicht, woraus meine Pflicht besteht.«

»Wir sind hier, um Locken aufzuhalten.«

»*Dann lassen Sie uns endlich damit beginnen!*«, zischte Taran'atar.

Ro seufzte. »Na schön. Ich frage Sie: Was können wir unter den gegebenen Umständen unternehmen? Was würden Sie tun, um Locken aufzuhalten?«

Die Anspannung wich aus Taran'atars Schultern und er dachte nach. »Ein Feldzug?«

»Nennen Sie es, wie Sie wollen.«

»Wenn ich einen Feldzug führen soll, brauche ich Ausrüstung und Truppen.«

»Ich glaube, ich kann Ihnen Truppen besorgen«, sagte die Bajoranerin. »Die Ingavi sind bereit zu kämpfen. Und nicht für uns. Sie wollen kämpfen, um ihre Welt zurückzubekommen.«

»Diese Geschöpfe können es nicht mit Jem'Hadar aufnehmen«, sagte Taran'atar kategorisch. »Nicht einmal mit *diesen* Jem'Hadar.«

»Das galt auch für die Menschen«, erwiderte Ro. »Und für Bajoraner. Und Klingonen. Und Romulaner. Und alle anderen Völker im Alpha-Quadranten. Davon war das Dominion zu Anfang überzeugt, nicht wahr?«

Taran'atar starrte sie an und Falten bildeten sich in seiner höckerigen Stirn. Schließlich nahm er mit überkreuzten Beinen Platz, stützte die Ellenbogen auf die Knie und hielt die Hände so, dass ihre Innenflächen nach oben zeigten. In dieser Haltung sah er aus wie ein meditierender bajoranischer Mönch. »Wir brauchen mehr Ausrüstung«, sagte er. »Und Waffen. Ich habe nicht genug für eine ganze Streitmacht, nicht einmal für *diese*.«

»Dann müssen wir uns eben mehr beschaffen.« Ro spürte, wie Hoffnung in ihr entstand, zum ersten Mal seit dem Transfer. Wann hatten sie sich aus dem Runabout auf den Planeten gebeamt? Vor Stunden oder Tagen? *Ich habe völlig das Zeitgefühl verloren,* dachte sie.

»Was ist mit dem Schiff?«, fragte Taran'atar.

»Was soll damit sein?«

»Sie haben es für unwahrscheinlich gehalten, dass der Runabout zerstört wurde, und ich neige dazu, Ihnen zuzustimmen. Ich habe darüber nachgedacht, seitdem Sie dieses Thema zum ersten Mal anschnitten. Das kleine Raumschiff stellte praktisch nur ein Transportmittel dar und war keine echte Gefahr, nicht einmal für Lockens begrenzte Streitmacht. Und seine Streitmacht *ist* begrenzt. Immerhin musste er auf Wrackteile zurückgreifen, um seine Raumschiffe zu konstruieren.«

Ro begriff, worauf Taran'atar hinauswollte. »Es ging Locken gar nicht darum, den Runabout zu zerstören«, sagte sie. »Er wollte ihn nur außer Gefecht setzen, um ihn anschließend zu bergen.«

»Genau«, bestätigte Taran'atar. »Und wenn er ihn noch nicht gefunden hat …«

»Das hat er nicht«, erklang eine Stimme. Kel stand in der Öffnung zwischen den beiden Räumen im ausgehöhlten Wurzelsystem. Ro vermutete, dass er dort schon seit einer ganzen Weile wartete und ihr Gespräch mit Taran'atar gehört hatte. »Ich glaube, es gibt noch genug Zeit, um euer Raumschiff zu finden«, fügte er hinzu. »Und wir können euch dabei helfen.«

12

Die wie vielte Bruchlandung ist das für dich?«, fragte Ezri.

Bashir rutschte zum Rand der Koje und sah zu Ezri, die einen Meter unter ihm auf ihrem Bett lag. Er überlegte kurz. »Die vierte.«

»Insgesamt nur vier?«, erwiderte Ezri erstaunt. »Ich hätte gedacht, es wären mehr.«

»Bruchlandungen, bei denen es zu einem Kontakt zwischen dem Schiff und der Oberfläche des Planeten kam? Nein, nur vier: die *Yangtzee Kiang*; die *Rubicon*; das gestohlene Jem'Hadar-Schiff; und jetzt die *Euphrat*.«

»Hm. Ich habe geglaubt, dass es mehr gewesen sind. Immerhin bist du ein sehr abenteuerlustiger Typ.«

»Ich bin abenteuerlustig, aber auch vorsichtig«, erwiderte Bashir.

»Ah. Nun, das ist natürlich ein großer Unterschied.« Ezri rollte von ihre Koje herunter, stand auf und streckte sich, rollte die Schultern dabei von einer Seite zur anderen.

»Was macht dein Schlüsselbein?«, fragte Bashir.

»Es ist ein wenig steif, ansonsten aber in Ordnung.« Ezri hatte es sich beim Absturz gebrochen – die schlimmste ihrer Verletzungen. Bashir hatte die Erlaubnis bekommen, nicht nur das gebrochene Schlüsselbein zu behandeln, sondern auch diverse Schnittwunden und Quetschungen. Anschließend hatten ihm die Jem'Hadar seine Ausrüstung abgenommen: Kommunikator, medizinischer Tricorder, Injektor, alle Arzneien. Ohne diese Dinge fühlte er sich fast nackt.

»Wie geht es dir?«, fragte Ezri.

Bashir seufzte, setzte sich auf und stieß fast mit dem Kopf an die Decke. »Ich bin verärgert und zornig. Außerdem mache ich mir Sorgen um …« Er hätte fast »Ro und Taran'atar« gesagt, ersetzte diese beiden Namen aber durch »die Zukunft«. Es wäre falsch gewesen, über die Bajoranerin und den Jem'Hadar zu reden, denn mit ziemlicher Sicherheit gab es Überwachungsgeräte in der Zelle. Die kleine schwarze Kuppel in der Deckenmitte sollte vermutlich nur ablenken. Bashir nahm an, dass die Abhör- und Beobachtungsapparate in dem unnötig komplex wirkenden Leuchtkörper versteckt waren, der sich in einer Ecke auf der anderen Seite des Raums befand. Er verhielt sich ganz bewusst so, als kümmerte ihn eine eventuelle Überwachung nicht. Wenn er sich umsah, schenkte er allen Bereichen des Raums die gleiche Beachtung. Die Zelle bot sogar einen gewissen Komfort. Fließendes warmes und kaltes Wasser. Eine kleine Trennwand vor der Toilette, um eine gewisse Privatsphäre zu gewährleisten.

Seitdem Bashir und Ezri in diesem Raum untergebracht worden waren, hatten sich keine Jem'Hadar mehr gezeigt. Vielleicht ließ man sie allein, um sie zu verunsichern und zu zermürben.

Bashir senkte die Stimme und fragte: »Hast du deinen Insignienkommunikator gefunden?« Die Jem'Hadar hatten sie gründlich durchsucht, ohne Ezris Insignienkommunikator zu entdecken.

»Nein«, sagte sie reumütig. »Er muss während der Erschütterungen an Bord abgefallen sein.«

»Schade. Hast du den Status des Runabouts feststellen können, bevor die Jem'Hadar erschienen?« Dies war ein sicheres Thema, denn der Gegner wusste bestimmt mehr über den aktuellen Zustand des kleinen Raumschiffs als sie.

»Nein«, antwortete Ezri. »Ich glaube, der Rumpf blieb intakt, und ich habe auch keinen Alarm in Bezug auf die Warpmodule oder das Kühlsystem gehört. Es kann also kaum zu einem Leck gekommen sein. Abgesehen davon erinnere ich mich nur daran, dass meine Konsole unmittelbar vor dem Absturz ein sonderbares Geräusch von sich gab. Es erfolgte eine seltsame Art von Energieschub, bevor die Sicherheitsautomatik alle Systeme deaktivierte. Ist dir etwas aufgefallen?«

Bashir schüttelte den Kopf. »Nein, nichts. Hast du eine Ahnung, was den Energieschub ausgelöst haben könnte?«

Ezri hob und senkte die Schultern. »Nein. Aber ich glaube, durchgebrannte Schaltkreise kommen dafür nicht in Frage.«

Bashir hatte einen Verdacht, beschloss aber, ihn nicht in Worte zu fassen. Er wechselte das Thema und fragte: »Konntest du einen Blick aus dem Fenster werfen, bevor die Jem'Hadar eintrafen? Weißt du, wo wir abgestürzt sind?«

Ezri öffnete den Mund, kam aber nicht dazu, eine Antwort zu geben. Eine ruhige, klare und vernünftig klingende Stimme ertönte. »Sie hatten erstaunliches Glück«, sagte jemand.

Dr. Ethan Locken stand vor der Zelle und strahlte. Er trug die gleiche Kombination aus Hemd und Kittel, in der sie ihn an Bord des romulanischen Schiffes gesehen hatten, wirkte aber weitaus weniger bedrohlich als in der Aufzeichnung. Er schien sogar ein wenig nervös zu sein und kratzte unbewusst an der Nagelhaut des linken Daumens. »Dr. Julian Bashir«, brachte er mit offener Bewunderung hervor. »Ich kann Ihnen gar nicht sagen, wie sehr ich mich freue, Sie endlich kennen zu lernen. Nicht einmal in meinen kühnsten

Träumen hätte ich Sektion 31 für dumm genug gehalten, Sie zu mir zu schicken.«

Bashir stand auf. »Warum dumm?«

»Weil Sie wahrscheinlich die einzige Person sind, die wirklich verstehen kann, was ich zu bewerkstelligen versuche.«

»Und das wäre?«

»Ich möchte Leben retten«, erwiderte Locken schlicht, ohne dass sein Lächeln verblasste.

»Sie meinten eben, wir hätten Glück gehabt«, warf Dax ein, bevor Bashir weitere Fragen stellen konnte. »In welcher Hinsicht?«

»Hundert Meter nördlich des Absturzortes erstreckt sich ein Salzsumpf«, erklärte Locken und sprach noch immer zu Bashir. »Dort wären Sie versunken. Selbst wenn sich keine Risse in der Außenhülle gebildet hätten – es wäre sehr schwer gewesen, Sie herauszuholen. Nordwestlich des Absturzortes sind die Bäume viel größer und stabiler; dort wären Sie mit großer Wahrscheinlichkeit zerschellt. Stattdessen gingen Sie in einem Wald mit kleineren, flexibleren Bäumen nieder, die als eine Art Abfangnetz für Sie fungierten. Das ist ein alter Begriff: Abfangnetz. Können Sie etwas damit anfangen?«

Bashir nickte. »Wir verwendeten sie auf der Raumstation, wenn der Traktorstrahl ausfiel und sich ein Raumschiff zu schnell näherte. Unser früherer Chefingenieur installierte sie.«

»Ja, natürlich«, entgegnete Locken. »O'Brien fand Gefallen an Lowtech-Lösungen, nicht wahr?«

Bashir spürte, wie er zusammenzuckte, als er den Namen seines alten Freunds hörte. Lockens Gesichtsausdruck wies darauf hin, dass er wusste, ins Schwarze getroffen zu haben.

»Keine Sorge, Doktor. Ich habe mich nur darum bemüht, auf dem Laufenden zu bleiben. Irgendwann *müssen* wir einmal über Ihre kleine Besessenheit in Hinblick auf den Kampf um Alamo sprechen.«

Ezri lächelte fast.

»Es interessiert Sie vielleicht zu hören, dass ich von der Schlacht bei den Thermopylen fasziniert bin«, fuhr Locken fort.

»Dreihundert Spartaner des Königs Leonidas gegen das persische Heer von Xerxes I.«, sagte Bashir.

»Ausgezeichnet, Doktor.« Lockens Lächeln wuchs in die Breite. »Es ist immer eine angenehme Überraschung, einem gebildeten Gelehrten zu begegnen. Habe nur ich diesen Eindruck gewonnen, oder sind Sie ebenfalls der Meinung, dass viele Mediziner kaum Interesse für die Geisteswissenschaften aufbringen?« Er breitete die Arme aus. »Sie übertreffen noch meine kühnsten Erwartungen. Ich spüre bereits eine Verbindung zwischen uns.«

»Selbst durch das Kraftfeld im Zugang der Zelle?«, fragte Ezri spitz.

Locken gab keine Antwort, wandte sich ab und ging fort. Wenige Sekunden später verschwand das Kraftfeld und der Mann mit dem schwarzen Kittel betrat die Zelle. Er verbeugte sich kurz und fragte: »Würden Sie mich bitte zu meiner Unterkunft begleiten? Ich habe eine leichte Mahlzeit vorbereitet.«

»Gut«, sagte Ezri und schritt zum Ausgang. »Ich bin halb verhungert.« Ein oder zwei Sekunden lang glaubte Bashir, dass Locken nicht beabsichtigt hatte, auch Ezri einzuladen, aber dann nickte ihr »Gastgeber«, hob die Hand und erlaubte der Trill, die Zelle zu verlassen. Ezri lächelte kurz, trat in den Korridor und wartete dort auf die beiden Doktoren.

Bashir bemerkte nur einen einzigen Jem'Hadar am Ende des Korridors. Nichts deutete auf Überwachungsgeräte hin, woraus sich der Schluss ziehen ließ, dass Lockens Ressourcen Grenzen gesetzt waren und er noch nicht mit einer groß angelegten Truppenproduktion begonnen hatte.

Zwar zeichnete sich der Stützpunkt durch eine allgemeine »Dominion-Standard-Atmosphäre« aus, aber Bashir bemerkte, dass Bilder und andere Kunstobjekte die Wände zierten. Offenbar stammten sie alle von dem gleichen Künstler: Locken. Zwei riesige, aber gut ausbalancierte und ästhetisch schöne Vasen standen zu beiden Seiten der Tür von Lockens Quartier. Als Bashir stehen blieb, um sie aus der Nähe zu betrachten, lächelte Locken und sagte: »Berühren Sie sie nicht, Julian. Die Glasur ist noch nicht ganz trocken.«

Das überraschte Bashir. Er kannte sich ein wenig mit Töpferei aus und wusste, wie schwer es war, so große Objekte herzustellen. Er hatte den Einsatz eines Replikators vermutet. »Sie haben die Vasen getöpfert?«

»Ja. Ein Hobby.«

»Ich bin beeindruckt.« *Ein wenig Kunst, ein wenig galaktische Unterdrückung,* dachte Bashir. *Wann findet er Zeit zum Schlafen?* Dann erinnerte er sich an die eigenen häufigen Phasen von Schlaflosigkeit und wusste, wie die Antwort lautete: *Er schläft nicht.* Er beschloss, später genauer darüber nachzudenken.

Lockens private Zimmer präsentierten eine dezente Mischung aus Opulenz und Funktionalität. Der Salon war sehr groß, mit einer Seitenlänge von fast fünfzehn Metern. Bashir vermutete, dass es sich dabei einmal um den Aufenthaltsraum der Basis gehandelt hatte. Vermutlich war dies der Ort, an dem sich erst Vorta und dann die Agenten der Sektion 31 zu Besprechungen getroffen hatten. Jetzt gab es keine derartigen Gruppen mehr, und deshalb erhob Locken allein Anspruch darauf.

Ein großes Computerterminal dominierte die eine Wand und stellte wahrscheinlich die primäre Verbindung zum Computerkern der Basis dar. Bashir machte sich eine entsprechende gedankliche Notiz. Auf der gegenüberliegenden Seite stand ein langer Esstisch, für eine Person gedeckt, und eine nahe Tür führte in die kleine, aber gut ausgestattete Küche. *Hier gibt es keine Replikatoren,* stellte Bashir fest und hielt vergeblich nach Dingen Ausschau, die den Bewohner dieses Quartiers als größenwahnsinnigen Diktator auswiesen. Nirgends gab es lebensgroße Porträts oder Skulpturen. Eins der auffälligsten Merkmale des Salons bestand aus seinem Mangel an persönlichen Noten, abgesehen von einem kleinen Tisch mit Kunstwerken, von Kindern unterschiedlichen Alters geschaffen, von Vorschulkindern bis hin zu Teenagern kurz vor der Pubertät. Die meisten waren »Doktor Ethan« gewidmet. Viele Bilder wiesen Wasserschäden oder Brandspuren auf, und Bashir schauderte innerlich, als er daran dachte, dass die Kinder vermutlich tot waren, auf Neu Peking umgebracht.

Bei den Kunstwerken der Kinder entdeckte Bashir eine Holo-Aufnahme: Sie zeigte mehrere Männer und Frauen, die Laborkittel trugen und nervös lächelten. Locken war in der Gruppe leicht zu erkennen. Neben ihm stand ein blonder Mann, der ihm wie ein wohlwollender Patriarch den Arm um die Schultern gelegt hatte.

»Interessant«, sagte Bashir. »Ihre Mitarbeiter in der Klinik?«

Ein Teil der Wachsamkeit wich aus Lockens Zügen und seine Lippen formten ein Lächeln. »Ja«, sagte er. »Meine Kollegen.«

»Offenbar haben Sie sich mit diesem Mann prächtig verstanden.« Bashir deutete auf den Blonden.

»Dr. Murdoch«, erwiderte Locken. »Er war mein bester Freund, mein ... mein Mentor. Ich kannte die *Methoden*. Es war alles hier drin.« Er klopfte sich an die Stirn. »Aber ich wusste nicht, wie man Patienten behandelt. Die Kinder … Viele von ihnen fürchteten mich aus irgendeinem Grund. Murdoch zeigte mir, wie man sie beruhigt.«

»Es ist sehr schwer, sich eine solche Fähigkeit anzueignen«, sagte Bashir. »Insbesondere wenn es dabei um Kinder geht.«

»Ich nehme an, Sie sind Dr. Murdoch nie begegnet.« Lockens Stimme klang fragend.

Bashir schüttelte den Kopf. »Nein, nie.«

Locken schien nicht genau zu wissen, wie er das Gespräch fortsetzen sollte. Ungelenk holte er eine kleine Kontrolleinheit hervor, die einem Tricorder ähnelte. »Ich habe Ihnen ein Essen versprochen, nicht wahr?« Er betätigte einige Schaltelemente und die Lampe über dem Esstisch leuchtete auf. Wenige Sekunden später rollte eine Art Teewagen mit mehreren abgedeckten Tellern herein und hielt am Tisch an.

»Ich habe einige Speisen vorbereitet«, sagte Locken scheu und deutete dorthin, wo Bashir und Dax Platz nehmen sollten. Dann merkte er, dass zwei Gedecke fehlten. »Ich hole Besteck und Servietten«, sagte er entschuldigend und eilte in die Küche. Kurze Zeit später kehrte er zurück und fügte hinzu: »Bedienen Sie sich vom Wagen. Kellner gibt es hier nicht – selbst ich würde es nicht wagen, Jem'Hadar für solche Zwecke einzusetzen.«

»Aber Sie sind ein Gott, oder?«, fragte Ezri, nahm die Deckel von einigen Tellern und entschied sich für Salat und Brötchen. »Bedeutet das nicht, dass die Jem'Hadar eine Schürze tragen würden, wenn Sie es von ihnen verlangen?«

»Ich habe sie nie danach gefragt«, sagte Locken. »Sie sind Vegetarier, nicht wahr, Julian?«

»Mehr oder weniger«, erwiderte Bashir, griff nach einer Schüssel und schnupperte. »*Plomeek*-Suppe?«

»Ja.« Locken nahm den Deckel von einem Teller mit Lammkeulen.

»Repliziert oder selbst gekocht?«

»Oh, natürlich selbst gekocht.« Locken kehrte zum Tisch zurück. »Repliziert schmeckt sie grässlich. Die Kräuter sind nie so, wie sie sein sollten.«

»Ja, ich weiß«, sagte Bashir. »Ich habe es versucht. Diese Suppe … Sie riecht gut.«

»Danke. Ich habe viele Jahre gebraucht, um das Rezept zu verbessern. Ein Vulkanier, den ich während meines weiterführenden Studiums kennen lernte, betonte, meine *Plomeek*-Suppe sei besser als die seiner Mutter.«

»Da sind Sie sicher sehr stolz gewesen«, kommentierte Ezri und setzte sich an den Tisch.

Locken antwortete nicht, aber als Bashir neben Ezri Platz nahm, sah er, wie es in seinen Mundwinkeln zuckte.

Die Suppe war köstlich. Locken aß langsam und schweigend, was Bashir überraschte. Nach seiner Erfahrung aßen Personen, die ihre Mahlzeiten meistens allein einnahmen, zu schnell und neigten zum Schwatzen, wenn sie Gesellschaft hatten. Unglücklicherweise schlüpfte Ezri in diese Rolle: Sie plapperte die ganze Zeit, sprach über die Dinge, die ihr in den Sinn kamen, und unterbrach sich nur, um Luft zu holen.

Als Locken die Teller in die Küche brachte, fragte Bashir: »Warum machst du das?«

»Was meinst du?«

»Warum spielst du die Alleinunterhalterin?«

»Um Locken aus dem Konzept zu bringen«, erklärte Ezri. »Um zu verhindern, dass er dich in ein Gespräch verwickelt. Er will dich für sich gewinnen.«

Bashir schüttelte konsterniert denn Kopf. »Er wird mich nicht ›für sich gewinnen‹. So leicht lasse ich mich nicht überzeugen.«

»Er ist sehr charmant«, sagte Ezri. »Du hast eine Schwäche für Charme, Julian.«

Bashir ärgerte sich über diese Bemerkung und erwiderte schärfer als beabsichtigt: »Offenbar kennst du mich nicht so gut, wie du glaubst.«

»Ich erinnere mich an deine erste Begegnung mit Garak …«

»Garak?«, wiederholte Bashir. »Ich habe Garak immer für geheimnisvoll gehalten und nicht unbedingt für *charmant.*«

»Er war beides. Das ist eine gefährliche Mischung – Charme und eine geheimnisvolle Aura –, insbesondere für dich.«

»Darum geht es hier nicht«, behauptete Bashir. »Und außerdem stimmt es überhaupt nicht. Aber darüber reden wir später. Wichtig ist derzeit, dass ich ein Gespräch mit Locken führen *möchte.* Um zu versuchen, ihn zu *verstehen.* Wie soll ich mich in ihn hineinversetzen, wenn du ihn überhaupt nicht zu Wort kommen lässt?«

»Was soll das heißen?« Ezri kniff die Augen zusammen. »Ich bin eine ausgebildete Counselor …«

»Was sicher ein großer Vorteil für uns wäre, *wenn* wir es mit jemandem zu tun hätten, der psychologische Hilfe braucht, weil er einen mentalen Zusammenbruch oder dergleichen hinter sich hat. Aber in diesem Fall handelt es sich um eine ganz andere Person.«

»Oh, natürlich, Julian«, sagte Ezri eisig. *»Er ist genau wie du.«*

Bashir starrte sie mit offenem Mund an, bestürzt von ihren Worten. Genau in diesem Augenblick kam Locken aus der Küche zurück und trug eine Schüssel mit Obst. »Stimmt was nicht?«, fragte er. »Ich möchte nicht stören …«

»Schon gut«, sagte Bashir. »Es ist nichts Ernstes. Nur eine Meinungsverschiedenheit.«

»Oh, so etwas kommt vor.« Locken griff nach einer birnenförmigen Frucht mit gefleckter, purpurner Schale. »Selbst bei Personen, die viel gemeinsam haben.« Er sah Bashir an, lächelte und löste die Schale der Frucht mit den Daumen. »Probieren Sie dies. Schmeckt wundervoll. Hinter dem Stützpunkt habe ich einen ganzen Hain davon gefunden.«

Bashir nahm die Frucht entgegen und versuchte sich vorzustellen, wie der neue Khan Obst pflückte, nachdem er die Agenten von Sektion 31 neutralisiert hatte. Es stimmte: Die birnenförmige Frucht erwies sich als köstlich. Ezri wies sie zurück und gab vor, keinen Appetit mehr zu haben.

Locken nahm eine Serviette, wischte sich Hände und Mund ab. »Ich schätze, jetzt wird's Zeit für die Besichtigungstour. Es macht keinen Spaß, eine geheime Basis zu besitzen, wenn man nicht damit angeben kann, oder?«

Locken musterte Bashir und Ezri, erwartete vermutlich ein Lächeln. »Ihr Starfleet-Typen habt keinen großen Sinn für Humor, stimmt's?«

Bashir spürte, wie er gegen seinen Willen schmunzelte. Ezri hatte Recht: Charme und eine geheimnisvolle Aura waren tatsächlich eine gefährliche Mischung.

Locken war ganz offensichtlich stolz auf seinen Stützpunkt – zu Recht, wie Bashir fand, denn er erwies sich als elegant eingerichtet und gut gewartet. Während ihrer Wanderung machte Locken sie auf besonders interessante Bereiche oder spezielle Kunstwerke aufmerksam, die natürlich von ihm selbst stammten. Bei ihrem Gespräch spielten Bashir und Locken ein subtiles Katz-und-Maus-Spiel: Jeder von ihnen versuchte, möglichst viel herauszufinden und möglichst wenig preiszugeben. Ezri ging einen halben Schritt hinter den beiden Männern.

»Sind Sie immer an Kunst interessiert gewesen?«, fragte Bashir.

»Interessiert? Ja, ich denke schon. Seit der genetischen Erweiterung. Allerdings habe ich erst vor kurzer Zeit damit begonnen, mich auf diesem Gebiet zu betätigen. Der Gedanke, zu viel Aufmerksamkeit zu erregen, hat mich immer beunruhigt. Durch zu gute Leistungen auf zu vielen Gebieten aufzufallen … Das schien gefährlich zu sein. Es gab nichts dagegen einzuwenden, ein guter Arzt zu sein – solange ich den Eindruck erweckte, mir große Mühe zu geben. Verstehen Sie, was ich meine?«

Bashir nickte und dachte an die Abende in der Bibliothek der medizinischen Fakultät. Damals hatte er sich den Anschein geben, mehrmals die gleiche Seite zu lesen, obgleich er sich bereits das ganze Lehrbuch eingeprägt hatte.

»Wenn mich meine Eltern ermutigt hätten, wäre es vielleicht anders gewesen«, fuhr Locken fort. »Aber ihnen ging es vor allem darum, meine Behandlungen geheim zu halten. Es war sehr schwer. Sie fürchteten so sehr die möglichen Konsequenzen für sich selbst, dass sie gar nicht daran dachten, was ich durchmachen musste.«

Bashir blieb stehen, um sich eine holographische Skulptur anzusehen, aber nach einigen Sekunden merkte er, dass er sie eigentlich gar nicht wahrnahm. Stattdessen dachte er an einen Rat, den ihm sein Vater gegeben hatte, als er dreizehn gewesen war. *Lass die anderen Jungen bei Spielen manchmal gewinnen. Gib bei Prüfungen gelegentlich falsche Antworten. Niemand soll etwas ahnen.* »Das geheime Leben von Jules Bashir«, hatte er es insgeheim genannt. Und jetzt sprach er mit jemandem der verstand, der *wirklich* verstand.

»Ich beschloss, das Beste aus allem zu machen und ein bedeutungsvolles Leben für mich zu schaffen«, sagte Locken. »Nach dem Medizinstudium nahm ich eine Stelle im Pädiatrischen Zentrum auf Neu Peking an. Dort fanden interessante Arbeiten in Hinsicht auf die Korrektur pränataler mikrozellularer Schäden statt. Haben Sie darüber gelesen?«

Bashir nickte geistesabwesend. »Ein wenig. Aber Geburtshilfe war an Bord von *DS9* kein Thema. Die Raumstation ist kein Ort für Neugeborene.«

Locken lächelte so, als wüsste er es besser. »Ich bin sicher, dass Colonel Kira und Captain Yates anderer Meinung wären. Oh, und vergessen wir nicht Lieutenant Vilix'pran. Ganz gleich, was mir hier gelingt: Ich kann guten Gewissens sagen, dass ich meine beste Arbeit auf Neu Peking geleistet habe. Wir halfen Müttern, neues Leben auf die Welt zu bringen ...«

Bashir sah, wie Ezri mit den Augen rollte.

Locken bemerkte es ebenfalls. »Verspotten Sie mich ruhig, Lieutenant«, sagte er. »Doch einer der Gründe, warum Siedler nach Neu Peking kamen, war unsere Arbeit im Pädiatrischen Zentrum. Ich habe dort auch einige Trill behandelt, woraus sich die Frage ergibt: Warum fanden sie das, was sie brauchten, nicht bei sich zu Hause? Wissen *Sie* die Antwort?«

Ezri blieb stumm.

»Dachte ich mir«, sagte Locken und Bashir nahm die Veränderung in seiner Stimme zur Kenntnis. Vielleicht waren Scheu und Demut in erster Linie gespielt. Oder Lockens Persönlichkeit war weitaus komplexer als bisher angenommen ...

»Ich befände mich noch immer dort«, fuhr Locken fort und hob die Stimme. »Wenn nicht der verdammte Krieg gewesen wäre. *Starfleets* Krieg.«

»Starfleet hat den Krieg nicht begonnen«, erwiderte Ezri.

»Oder der Krieg des Dominion«, sagte Locken. »Oder der Romulaner. Oder der Breen. Es spielt keine

Rolle. Wichtig ist nur: Er kam nach Neu Peking, obwohl wir ihn nicht wollten. Wir *verdienten* ihn nicht. Aber plötzlich war er da.«

»Wissen Sie, *warum* das Dominion Neu Peking angriff?«, fragte Bashir. Er versuchte, einen Teil der Spannung zu vertreiben und gleichzeitig dafür zu sorgen, dass Locken auch weiterhin sprach. »Starfleet hat den Grund dafür nie herausgefunden.«

»Warum?«, wiederholte Locken und seine Verbitterung wuchs. »Offenbar war es ein Fehler. Falsche Informationen führten zu dem Angriff.«

Bashir runzelte die Stirn. »Wie meinen Sie das?«

»Aus irgendeinem Grund glaubte das Dominion, auf Neu Peking würden biogene Waffen hergestellt. Während ich mich vor den Angreifern versteckte, gelang es mir, einen Vorta zu überwältigen. Wir ... *unterhielten* uns, und er erklärte mir, das Dominion hätte von pathogenen Keimen erfahren, die wir als Waffe gegen die Jem'Hadar entwickelten. Damals war ich mir nicht sicher, aber heute weiß ich, wie lächerlich eine solche Vorstellung ist. Pathogene Keime, die gefährlich genug sind, um Jem'Hadar zu töten, würden in einem planetaren Ambiente alle Lebensformen umbringen, die mit ihnen in Kontakt geraten.«

»Da bin ich ganz Ihrer Meinung«, sagte Bashir.

»Ah, ja«, sagte Locken. »Sie wissen, wovon ich rede, nicht wahr? Vor einigen Jahren konnten Sie die Entwicklung eines Jem'Hadar-Babys beobachten, vom Neugeborenen bis hin zum Erwachsenen. Dadurch gewannen Sie einen vollständigen genetischen Überblick. Beeindruckend, nicht wahr?«

»Die Gründer sind hervorragende Gentechniker«, erwiderte Bashir und dachte dabei: *Er weiß nichts von Taran'atar. Was bedeutet, dass er und Ro noch frei sind.*

»Erinnern Sie mich daran, Ihnen einige Notizen für einen Artikel zu zeigen, der davon ausgeht, dass die

Gründer einmal Feste gewesen sein könnten, die sich durch Gentechnik veränderten.«

»Die würde ich gern sehen«, sagte Bashir. »Später. Fahren Sie mit Ihrer Geschichte fort.«

Locken blieb vor einem großen Fenster stehen und sah in die Nacht hinaus. Bashir stellte fest, dass sie sich im zweiten oder dritten Stock befanden. Das Fenster gewährte Blick auf einen schlammigen Rasen, der sich bis zum Zaun erstreckte, hinter dem Laternenpfähle aufragten. Das von ihnen ausgehende Licht erhellte auch einen Teil des Korridors. »Es war ein Albtraum«, sagte Locken mit rauer Stimme. »Die automatischen Verteidigungseinrichtungen der Kolonie fielen schon nach kurzer Zeit aus, und Starfleet konnte – oder wollte – uns keine Hilfe schicken.«

»Starfleet hätte Ihnen Hilfe geschickt, wenn das möglich gewesen wäre«, entgegnete Bashir. »Das sollte Ihnen eigentlich klar sein.«

Locken lächelte spöttisch, ging aber nicht darauf ein. »Und dann beamten sich die Jem'Hadar zu uns«, fuhr er fort. »Sie erschienen überall: in Wohnungen, Büros, Kliniken, Parks, in der Kinderabteilung ... Es gab keine Warnung und wir wurden auch nicht zur Kapitulation aufgefordert. Die Jem'Hadar kamen nicht als Besatzungsmacht, sondern als *Schlächter*. Haben Sie sie jemals im Kampf erlebt? Ich meine nicht gegen Starfleet-Truppen oder klingonische Krieger. Haben Sie jemals beobachtet, wie Jem'Hadar gegen eine zivile Bevölkerung vorgehen?«

»Nein«, sagte Bashir und ein Kloß entstand in seinem Hals. »Nein, das habe ich nicht. Und ich lege auch keinen Wert auf eine solche Erfahrung.«

»Da kann ich Sie gut verstehen«, erwiderte Locken. »Und wenn es nach mir geht, brauchen Sie so etwas nie zu sehen. Weder Sie noch sonst jemand.«

»Wie haben Sie überlebt?«, fragte Dax.

Locken wandte sich ihr zu und es schien ihn zu überraschen, dass sie noch immer zugegen war. Nach kurzem Zögern antwortete er: »Indem ich einen kühlen Kopf bewahrte, Lieutenant. Ich habe mich versteckt, wenn das möglich war, und ich habe gekämpft, wenn es sich nicht vermeiden ließ.«

»Gegen die Jem'Hadar?«

»Jem'Hadar sind sterblich. Sie können getötet werden, wenn man weiß, wo man zuschlagen muss. Auf Neu Peking habe ich unter anderem herausgefunden, dass ich auf recht effiziente Weise töten kann, wenn mir keine Wahl bleibt.«

Auch das Gefühl kenne ich, dachte Bashir.

»Aber Sie waren nicht in der Lage, den anderen zu helfen?«, fragte Ezri. »Ihren Kollegen? Den Patienten?«

Locken neigte den Kopf ein wenig zur Seite und strich sich nachdenklich über die Stirn. »Wissen Sie, Lieutenant«, sagte er in einem besonders sanften Tonfall, »mir scheint, Sie sind bestrebt, Disharmonie zu säen. Ich wünschte, Sie würden damit aufhören. Es ist eine ärgerlicher Sache, die nicht die geringste Aussicht auf Erfolg hat. Aber um Ihre Frage zu beantworten: Nachdem ich mich vom Schock des Angriffs erholt hatte, waren meine Kollegen und die Patienten alle tot. Es befand sich eine Waffenplattform im Orbit.«

»Wie jene, die uns abschoss«, warf Bashir ein.

»Ja«, bestätigte Locken. »Da fällt mir ein: Bei Ihrem Anflug auf Sindorin wäre es überhaupt nicht zu Problemen gekommen, wenn Sie sich früher angekündigt hätten. Sie *wollten* sich doch ankündigen, nicht wahr?«

»Sofort nach dem Abfeuern der Quantentorpedos«, sagte Dax.

»Ezri«, stieß Bashir zwischen zusammengebissenen Zähnen hervor. »Ich glaube, es reicht jetzt.«

Die Trill schwieg, warf ihm aber einen bösen Blick zu.

»Ja, das finde ich auch«, sagte Locken. »Möchten Sie den Rest des Stützpunktes sehen?«

»Ja«, erwiderte Bashir. »Und ich möchte mehr darüber erfahren, warum sich Sektion 31 an Sie wandte. Ich muss zugeben, es erstaunt mich ein wenig, dass Sie sich auf eine Zusammenarbeit mit jener Abteilung einließen.«

»Ich habe so lange mit ihr zusammengearbeitet, wie es meinen Interessen entsprach«, sagte Locken. Er ging durch einen kurzen Korridor und blieb vor einer breiten, schlichten Tür stehen. »Hier geht's zu den Baracken der Jem'Hadar«, erklärte er und presste die Hand auf die Sensorfläche eines ID-Scanners. »Sie können uns nicht sehen, aber ich möchte Sie trotzdem bitten, keine zu lauten Geräusche zu verursachen. Es gibt hier auch einige junge Exemplare und manchmal können sie recht … gereizt sein.« Der Scanner piepste und die Tür öffnete sich langsam. Dahinter kam ein langer, dunkler Korridor zum Vorschein. Bashir sah zu Ezri, aber sie mied seinen Blick.

»Ich werde daran denken«, sagte er. »Sie wollten mir gerade von Sektion 31 erzählen …«

»Nein, eigentlich wollte ich das nicht«, erwiderte Locken. »Aber da Sie so sehr daran interessiert sind …« Er wartete, bis sich die Tür geschlossen hatte, holte dann wieder die kleine Kontrolleinheit hervor und richtete sie auf eine Reihe dunkler Glasflächen, aus denen die eine Wand des Korridors bestand. Als er eine Schaltfläche berührte, wurde das Glas transparent.

»Als die Streitkräfte des Dominion Neu Peking verlassen hatten, kamen Einsatzgruppen der Föderation und halfen den Überlebenden«, erklärte Locken. »Sie begruben die Toten und räumten Trümmer beiseite. Als sie begriffen, wer ich war, baten sie mich, zu bleiben und Hilfe zu leisten.« Er zuckte mit den Schultern.

»Was sollte ich sagen? Ein Teil von mir wünschte sich nichts sehnlicher, als den Planeten zu verlassen. Aber er war meine Heimat und deshalb blieb ich. Ich schloss Freundschaft mit Merra, einer Angehörigen der Hilfsgruppen. Oft arbeiteten wir im gleichen Team zusammen. Nach einer Weile begriff ich, dass kein Zufall dahinter steckte.«

»Sie war eine Agentin von Sektion 31«, vermutete Bashir.

»Ja«, pflichtete ihm Locken bei. »Aber sie war auch meine Freundin. Ich vermisse sie noch immer.«

»Was geschah dann?«

»Als die letzten Toten begraben waren, erzählte mir Merra von Sektion 31. Besser gesagt: Sie präsentierte mir ihre Version davon. Sie beschrieb mir ihren Auftrag – sie sollte mich beobachten, mehr über mich herausfinden. Ich glaube, Merra war wirklich von ihrer Arbeit überzeugt. Sie glaubte felsenfest an die Richtigkeit der Mission von Sektion 31 und vermutlich hofften ihre Vorgesetzten, dass es ihr gelingen würde, auch mich zu überzeugen.«

»Gelang es ihr?«

Locken lächelte. »Ich bin der Ansicht, dass es eine einzelne, intelligente und vereinigende Kraft geben sollte, die im Quadranten Ordnung schafft«, sagte er langsam. »Die Sektion 31 kommt gerade aufgrund ihrer Natur nicht dafür in Frage, aber ich bewundere die Organisation und ihre Fähigkeit, Ressourcen zu finden. Ich habe viel von ihr gelernt.«

»Wenn Sie mir die Frage gestatten …«, sagte Bashir. »Wo sind die Agenten, die Sie hierher begleiteten? Ich habe hier keine anderen Menschen gesehen.«

»Meine früheren Kollegen sind jetzt meine Gäste«, antwortete Locken. »Wenn Sie ihnen später begegnen möchten … Es lässt sich bestimmt ein Treffen arrangieren. Ich bin kein Mörder, Julian.«

»Kein Mörder?«, entfuhr es Ezri. »Was ist mit der Besatzung des romulanischen Schiffes? War das kein Mord?«

Locken wandte sich ihr zu und rote Flecken entstanden auf seinen Wangen. »Es war Krieg, Lieutenant. Der Beginn eines Krieges, der permanenten Frieden bringen wird.«

»Nein, von Krieg kann dabei wohl kaum die Rede sein«, zischte Ezri. »In einem Krieg macht der Sieger Gefangene, wenn er seinen Gegner schlägt. Was ich gesehen habe, war totale Missachtung aller allgemein anerkannten Regeln und Konventionen. Was ich gesehen habe, war *Sadismus*.«

»Sie sprechen von *Ihren* Regeln und Konventionen, Lieutenant«, sagte Locken. »Sie meinen Ihr beschränktes Konzept von Richtig und Falsch. Ich bin längst über Ihre veraltete Ethik hinaus. Ich sehe das Universum, wie es wirklich ist, und ich erkenne meinen Platz darin. Als die beschränkte Person, die Sie sind, können Sie nicht verstehen, was ich sage, aber Julian versteht mich.« Er drehte den Kopf und sah Bashir an. »Das stimmt doch, nicht wahr?«

Bashir fühlte sich von der Verwandlung bestürzt, die er gerade gesehen hatte. Bisher war ihm Locken als jemand erschienen, der ein Trauma erlitten hatte und sich Illusionen hingab. Aber jetzt wurde der Größenwahn sichtbar, der in den jüngsten Aktionen des neuen Khans zum Ausdruck kam. Locken und Ezri sahen Bashir so an, als käme seinen nächsten Worten enorme Bedeutung zu. Der Puls der Welt schien sich zu verlangsamen, als die Sekunden verstrichen, und schließlich sagte Bashir: »Ich glaube, ich möchte den Rest des Stützpunkts sehen.« Dax starrte ihn groß an. Und Locken schlüpfte wieder in die Rolle des freundlichen, wohlmeinenden Gastgebers, als er auf die Fenster deutete.

»Sehen Sie sich das an«, sagte er. »Sie finden es bestimmt interessant.«

Durch eine transparente Decke blickten sie in mehrere niedrige Zimmer. In dem Raum direkt vor und unter ihnen waren drei erwachsene Jem'Hadar damit beschäftigt, einer Gruppe von Heranwachsenden den Umgang mit Waffen beizubringen.

»Ich sorge dafür, dass die Geburtsgruppen zusammen bleiben, wann immer es möglich ist«, erklärte Locken. »Es fördert das Zusammengehörigkeitsgefühl.«

Die jungen Jem'Hadar schienen zwölf oder dreizehn zu sein. Bashir wusste, was das bedeutete: Sie waren vermutlich nicht älter als zwei Tage. Während der nächsten Tage würden aus ihnen kampfbereite und disziplinierte Erwachsene werden. Einer der Ausbilder reichte einem Jungen ein kurzes Schwert, das der sofort hob, um es auf den Kopf eines »Bruders« herabzuschmettern. Der Instrukteur verhinderte das mit einem Schlag auf den Mund des Jungen.

»Sie haben noch nicht damit begonnen, den sechs jungen Jem'Hadar Ketracel-Weiß zu geben, oder?«, fragte Bashir.

»Nein, noch nicht«, sagte Locken. »Meine Experimente zeigen Folgendes: Wenn man den Jem'Hadar zu früh Ketracel-Weiß gibt, sind sie schwerer zu bändigen. Gibt man es ihnen zu spät, kommt es manchmal zu histochemischen Reaktionen, die zum Tod führen.«

»Eine allergische Unverträglichkeit?«, fragte Bashir. Das Interesse erwachte fast gegen seinen Willen in ihm.

»Eine Protein-Inhibitor-Reaktion. Ich vermute, es hat etwas mit meiner Formel für Ketracel-Weiß zu tun. Bei dem Versuch, die biochemische Struktur zu duplizieren, stand mir nur eine schon etwas ältere Probe zur Verfügung, die vielleicht ein wenig zersetzt war. Später zeige ich Ihnen meine Aufzeichnungen. Auch Sie haben auf diesem Gebiet Forschungsarbeit geleistet, nicht wahr?«

»Ja. Das heißt, nein. Nicht in dem Sinne.« Bashir war beeindruckt. Locken hatte ganz beiläufig – vielleicht *zu* beiläufig – darauf hingewiesen, dass er Ketracel-Weiß synthetisieren konnte. Dazu waren selbst die besten Wissenschaftler der Föderation nicht imstande gewesen.

»Es gibt noch eine weitere Besonderheit: Meine Jem'Hadar verbrauchen Ketracel-Weiß viel schneller als die Jem'Hadar des Dominion«, fuhr Locken fort. »Sie brauchen sechs Dosen am Tag. Natürlich habe ich auf eine Ritualisierung des Verabreichens von Ketracel-Weiß verzichtet. Ich erlaube es meinen Truppen, die Versorgung damit selbst zu kontrollieren. Von den Destillatoren reichen Schläuche zu Ausgabevorrichtungen in den Baracken.

Zuerst wusste ich nicht recht, warum die Gründer eine Spezies mit einer biochemischen Abhängigkeit schufen. Es erschien mir wenig sinnvoll, zumal die Jem'Hadar genetisch darauf programmiert sind, sie praktisch für Götter zu halten. Aber dann wurde mir allmählich der Sinn klar. Das Ketracel-Weiß ernährt sie nicht nur, sondern befreit sie auch von belastenden Konzepten wie Schuld und Unschuld. Für die Jem'Hadar gibt es nur Ordnung und Unordnung. Das ist eine sehr … befreiende Perspektive.«

»Kann ich mir denken«, warf Dax ein, die der Versuchung einfach nicht widerstehen konnte. »Sie ermöglicht es, praktisch alles zu rechtfertigen.«

Locken schenkte der höhnischen Bemerkung keine Beachtung und forderte seine beiden Begleiter mit einem kurzen Wink auf, ihm durch den Korridor zu folgen. Der zweite Raum war wesentlich größer als der erste und diente offenbar als Werft. Er enthielt die drei aus unterschiedlichen Komponenten bestehenden und voll einsatzfähigen Schiffe, die den Runabout angegriffen hatten, sowie vier andere, die sich noch im Bau befanden.

»Wir haben aus der Notwendigkeit eine Tugend gemacht«, sagte Locken und deutete auf die Raumschiffe. »Zu Anfang hatte ich nur das Schiff, mit dem ich hier eintraf. Damit habe ich Wracks geborgen und ihre noch verwendbaren Teile untersucht, bis ich eine Möglichkeit fand, sie zu einem kampffähigen Schiff zusammenzusetzen.«

»Sie haben ein Kampfschiff gebaut, indem Sie die Einzelteile *untersuchten*?«, fragte Bashir und war erneut beeindruckt. »Aber die Computer, strukturellen Systeme und die übrigen Komponenten der Wracks … Die einzelnen Bauteile waren nicht kompatibel. Es sollte unmöglich sein, aus solchen Elementen ein funktionsfähiges Schiff zu bauen.«

Locken zuckte mit den Schultern, was nicht ganz überzeugend wirkte. »Es war eine interessante Herausforderung, das gebe ich zu. Aber die Entwicklung der richtigen Algorithmen löste das Problem.«

Noch mehr falsche Bescheidenheit, dachte Bashir. *Langsam lässt sich ein Muster erkennen.*

»Konnten Sie unseren Runabout nicht gebrauchen?«, fragte Dax, die in der Werft vergeblich danach Ausschau hielt.

»Oh, ich beabsichtige durchaus, ihn zu verwenden, Lieutenant«, erwiderte Locken und bedachte sie mit einem zuversichtlichen Lächeln. »Wenn es so weit ist. Es eilt nicht. Er bleibt dort, wo Sie ›gelandet‹ sind, bis ich bereit bin, Gebrauch davon zu machen. Ich wollte ihn nicht in der Nähe unterbringen – um Ihnen eine Versuchung zu ersparen.«

Der nächste Raum war kleiner als die beiden vorherigen und erwies sich als ein halbdunkles Laboratorium. Im matten Licht bemerkte Bashir ein blaues Glühen an der Tür.

»Hier stelle ich Ketracel-Weiß her«, erklärte Locken.

»Ein Kraftfeld an der Tür«, sagte Ezri. Das blaue Glühen war auch ihr aufgefallen. »Misstrauen Sie Ihrer eigenen Göttlichkeit?«

»Ich bin sehr vorsichtig«, erwiderte Locken. »Zwar glaube ich nicht, dass meine Jem'Hadar jemals auf den Gedanken kommen, hier einzubrechen, aber Vorsicht ist besser als Nachsicht. Kommen Sie, sehen Sie sich den letzten Raum an. Dort wird's interessant.«

Bashir blickte durchs transparente Glas und spürte, wie Übelkeit in ihm entstand. Den letzten Raum konnte man nur interessant finden, wenn man die Hölle für einen faszinierenden Ort hielt.

Es war eine Jem'Hadar-Fabrik.

Bashir wusste, dass er einen Begriff wie »Brutplatz« oder »Krippe« hätte verwenden sollen, irgendeine Bezeichnung, die eine Verbindung mit lebenden Geschöpfen nahe legte, aber in diesem Fall gab es nichts, das auf einen organischen Vorgang hinwies. Es handelte sich um eine Fertigungsstraße. In der Mitte des Raums stand eine Maschine, die vage Ähnlichkeit mit der Inkubatorkammer aufwies, die Quark vor einigen Jahren in einem von ihm erworbenen Wrack gefunden hatte. Allerdings war sie viel, viel größer. Vielleicht war der Apparat, den Bashir an Bord der Raumstation untersucht hatte, Teil einer größeren Vorrichtung gewesen. *Oder Locken hat die Dominion-Technik verbessert,* dachte er.

»Sehen Sie dort«, sagte Locken und deutete stolz auf einen großen, durchsichtigen Schlauch, der mit der unteren Seite des Inkubators verbunden war. »Eine Puppe kommt gerade hindurch.«

Bashir beobachtete, wie ein längliches Gebilde in der Größe eines Fußballs durch den Schlauch glitt, der das Objekt mit rhythmischen Kontraktionen weiterbeförderte. Als das kleine Bündel das Ende des Schlauchs erreichte, rutschte es in eine Art Netzbeutel und war noch immer warm genug, um zu dampfen. Schleim tropfte zu Boden.

»Eine Puppe?«, wiederholte Ezri. »Sie sprechen in diesem Zusammenhang von ›Puppen‹?«

»Dies ist erst der Anfang«, erläuterte Locken. »Es kommt zu einer kurzen Reifezeit, der das Larvenstadium folgt, und dann beginnt ein schnelles Wachstum.«

»Sie meinen, es ist ein Baby«, sagte Ezri.

Locken lachte entzückt. »Das ist wundervoll, Lieutenant. Im Ernst. Bewahren Sie sich Ihren ausgezeichneten Humor. Aber verwechseln Sie ihn nicht mit unangebrachter Sentimentalität. Den Jem'Hadar ist dies alles völlig gleichgültig.«

Zwei Roboterarme schlossen den Netzbeutel um die »Puppe«, hoben ihn hoch und trugen ihn in einen anderen Bereich der Fabrik. Bashir vermutete, dass das Jem'Hadar-Kind in einer Art Fütterungskammer untergebracht wurde, bis das »Larvenstadium« begann.

»Wie schnell ist die Produktion?«, fragte er und bemühte sich, seiner Stimme einen ruhigen Klang zu geben.

»Nicht so schnell, wie ich es mir wünsche«, erwiderte Locken. »Ich habe den Vorgang so sehr verbessert, dass jede Woche ein neuer Schwung – normalerweise zwei Dutzend – produziert wird.«

Bashir beobachtete, wie Ezri eine Grimasse schnitt, als sie die Worte »Schwung« und »produziert« hörte. Er hatte das Gefühl, wichtige Informationen zu bekommen, und deshalb wollte er, dass Locken seine Erklärungen fortsetzte. »Normalerweise?«, wiederholte er. »Aber nicht immer?«

»Manchmal kommt es zu Problemen«, sagte Locken. »Kurz vor dem Ende der Inkubationszeit führen wir eine Qualitätskontrolle durch und ich habe festgestellt, dass die von mir vorgenommenen Veränderungen des genetischen Codes sich gelegentlich nicht wie vorgesehen auswirken. Seltsam. Die Gründer scheinen vorausgesehen zu haben, dass eines Tages jemand so etwas versuchen könnte; deshalb konfigurierten sie den genetischen Code so, dass er sich einer Restrukturierung widersetzt.«

»Meinen Sie die Sequenz, die dafür sorgt, dass Ihnen die Jem'Hadar gehorchen?«, fragte Bashir.

»Ja. Ich überprüfe nicht nur die Hauptsequenz, sondern auch noch andere Teile. Haben Sie jemals Informationen über die Transkriptions-Fehlerquote im Dominion bekommen? Ich schätze, an solchen Daten wäre Starfleet sehr interessiert.«

Bashir erwiderte, dass ihm solche Informationen tatsächlich fehlten, und berichtete über Versuche Starfleets, von gefangenen Vorta entsprechende Auskünfte zu erhalten. Gleichzeitig versuchte er zu berechnen, wie viele Jem'Hadar Locken in den Wochen seit der Übernahme von Sindorin produziert haben konnte. »Ihnen stehen jetzt ungefähr zweihundert Jem'Hadar zur Verfügung, nicht wahr?«

»Hundertzweiundachtzig«, berichtigte Locken. »Hinzu kommen etwa fünfzig unreife Einheiten. Der Inkubator ist ein wenig empfindlich und bisher gelang es mir nicht, Jem'Hadar dazu auszubilden, sich um ihn zu kümmern. Für solche Dinge eignen sie sich kaum. Aber das wird sich bald ändern. Andere Probleme haben mich abgelenkt, doch es dauert jetzt nicht mehr lange, bis wir mit der vollen Produktion beginnen können. Schon bald wird es hier von Jem'Hadar so sehr wimmeln, dass man den Eindruck gewinnen könnte, ich wüsste überhaupt nichts mit ihnen anzufangen. Aber ich weiß *genau*, wozu ich sie verwenden werde.« Er sah Ezri an. »Was ist los, Lieutenant? Warum verzichten Sie auf markige Bemerkungen in der Art von ›Zählen Sie Ihre Jem'Hadar nicht, bevor sie geschlüpft sind‹?«

Ezri blickte noch immer in den ersten Raum, um zu sehen, wohin die Roboterarme das ungeborene Jem'Hadar-Kind trugen. Verachtung stand ihr ins Gesicht geschrieben. Sie öffnete den Mund, um etwas zu sagen, fand aber nicht die richtigen Worte, kehrte dem Inkubator abrupt den Rücken zu, ging einige Schritte fort und schlang die Arme um ihren Oberkörper.

Locken beobachtete sie, wandte sich dann an Bashir und warf ihm einen Was-sollen-wir-nur-mit-ihr-machen-Blick zu. »Sie versteht nicht«, sagte er, amüsiert von Ezris Abscheu. »Sie hält genetische Manipulation für pervers und unnatürlich. Aber bestimmt hat sie nichts dagegen einzuwenden, mit überlichtschnellen Raumschiffen durch den Weltraum zu reisen und medizinische Technik zu verwenden, um Krankheiten zu heilen und Geburtsfehler zu korrigieren.« Er hob die Stimme, um sicherzustellen, dass Ezri ihn hörte. »Ich möchte Sie beide fragen: Verwenden Angehörige Ihrer Familien Prothesen oder künstliche Organe? Oder vielleicht ein Gerät, mit dem man besser hören oder sehen kann? Was ist mit etwas so Elementarem wie einem Herzsensor?«

Ezri schwieg, aber Bashir spürte, dass Locken ihre Aufmerksamkeit gewonnen hatte.

»Und Genmanipulation ... Was hat es damit auf sich? Handelt es sich nicht nur um einen weiteren technischen Fortschritt? Wir verwenden sie bei Pflanzen. Und auch bei Tieren – zumindest bei weniger hoch entwickelten. Gehe ich recht in der Annahme, dass Terraformer Algenteiche einsetzen, in denen genetisch veränderte Mikroorganismen Sauerstoff produzieren? Gibt es nicht überall in der Föderation eine Million Beispiele für kontrollierte Genmanipulation?«

Ezri drehte sich um, aber ihr Gesichtsausdruck blieb unversöhnlich.

»Alles verändert und entwickelt sich, Lieutenant«, sagte Locken so ruhig und geduldig, als ginge es darum, einem ungehorsamen und begriffsstutzigen Kind etwas zu erklären. »Manchmal müssen wir der Evolution ein wenig auf die Sprünge helfen, sie in die richtige Richtung lenken, und in den meisten Fällen halten wir das für in Ordnung. Es sei denn, diese Sache betrifft uns selbst. Dann wird Genmanipulation plötzlich unnatürlich und unmoralisch. Wissen Sie, was ich denke, Lieutenant? Ich denke, die *Gesetze*, die diesen Bereich regeln, sind unnatürlich und unmoralisch, außerdem auch noch heuchlerisch und absurd. Wie bezeichnet man diese Gesetze, Julian? Als ›Firewall‹? Welch ein evokatorischer Ausdruck. Stimuliert die Sinne, nicht wahr? Und wissen Sie, was ich in jenen Flammen verbrennen sehe?«

Bashir fühlte sich wie hypnotisiert und konnte dem Drang, eine Antwort zu geben, nicht widerstehen. »Nein«, sagte er. »Was?«

»Unser genetisches Potenzial«, fuhr Locken fort. »Wir *könnten* besser sein, als wir sind, aber nur dann, wenn wir uns nicht davor fürchten. Die Föderation ist schwach geworden. Armselige Politiker, die keine schwierigen Entscheidungen treffen, weil sie sich nicht unbeliebt machen möchten, haben ihr die Kraft genommen. Die Klingonen, Romulaner und Breen ... Sie wittern die Furcht der Föderation, ihre Schwäche. Es ist nur eine Frage der Zeit, bis Barbaren über den interstellaren Völkerbund herfallen und ihm den Untergang bescheren, so wie die Goten dem Römischen

Reich das Ende brachten. Es *wird* geschehen – es ist nur eine Frage der Zeit. Und anschließend kommt es darauf an, wer übrig bleibt, um auf den Trümmern zu bauen.«

Locken blickte in die Räume hinab, presste Hände und Gesicht ans Glas. »Platon hatte die richtige Idee. Sie kennen natürlich sein Hauptwerk *Der Staat*. Die Föderation – beziehungsweise der jämmerliche lärmende Haufen, zu dem die Föderation geworden ist – braucht uns, Julian. Sie braucht Philosophenkönige, erleuchtete Männer und Frauen, die weise herrschen, aber auch mit Mut und Entschlossenheit.«

»Philosophenkönige?«, wiederholte Ezri spöttisch. »*Erleuchtete* Männer und Frauen? Sie meinen wohl, wie Khan und seine genetisch manipulierte Elite. Ja, sie *waren* eine erleuchtete Gruppe. Ich habe die 2D-Dokumentationen gesehen und Geschichtsbücher gelesen. Damals kam es zu Aufständen, weil die Menschen hungerten; es gab ›genetische Säuberungen‹ und Arbeitslager. Glauben Sie *wirklich* …«

»Die Geschichte wird von den Siegern geschrieben, Lieutenant«, unterbrach Locken die Trill. Seine Stimme klang dumpf, verlieh den Worten dadurch noch mehr Nachdruck. »Das sollte Ihnen eigentlich klar sein. Und niemand weiß Genaues über jene Zeit. Ja, Khan machte gewisse Fehler, aber denken Sie einmal daran, wozu er imstande gewesen wäre, wenn er eine Chance bekommen hätte. Denken Sie daran, was heute anders sein könnte.«

»Zum Beispiel?«, fragte Ezri scharf. »Was *könnte* heute anders sein?«

Lockens Gesicht glühte regelrecht. Er biss die Zähne zusammen und Bashir bemerkte, wie ihm Tränen in die Augen quollen. Locken wandte sich ab und atmete mehrmals tief durch. Als er sich wieder umdrehte, entdeckte Bashir keine Anzeichen von Emotion in seinem Gesicht. Zorn, Kummer oder Reue – was auch immer es gewesen war – existierten nicht mehr. Lockens Miene zeigte nur noch ruhige Entschlossenheit. »Sie verlangen Beispiele, Lieutenant? Wie wäre es mit den vielen Leben, die hätten gerettet werden können, wenn Julian und ich die Norm wären und keine Ausnahme?« Er sah Bashir an, appellierte direkt an ihn. »Denken Sie an all die Menschen, die seit Khan bei Kämpfen gegen die Romulaner, Klingonen, Cardassianer, Tzenkethi und *die Borg* ums Leben kamen. Wenn sich Khan durchgesetzt hätte, wäre die Föderation heute viel mächtiger. Das Dominion hätte keine Chance gegen uns gehabt *und die Katastrophe von Neu Peking wäre nie passiert.*«

Ezri bedachte Bashir mit einem Blick, der mehr zum Ausdruck brachte als tausend Worte. Wenn sie einen Phaser in der Hand gehalten hätte, wäre sie bereit gewesen, Locken zu erschießen. Nicht aus persönlichen Gründen, um Rache zu nehmen oder aus Zorn, sondern aus dem gleichen Grund, der jemanden dazu veranlasste, ein krankes wildes Tier zu töten, das in einem Kindergarten erschien – es war einfach die richtige Maßnahme.

Locken sah noch immer Bashir an. »Es ist noch nicht zu spät. Genau darum geht es mir. Die Vergangenheit können wir nicht ändern, aber wir sind sehr wohl imstande, aus ihr zu lernen und die Zukunft besser zu gestalten. Dieser Aufgabe könnten wir uns gemeinsam stellen, Julian. Stellen Sie sich vor, wie Sie und ich die Menschheit nach unserem Bilde formen.«

Bashir spürte, wie etwas in ihm emporstieg. Er war ebenso überrascht wie Locken, als sich das Etwas in Form eines ungläubigen Lachens präsentierte. »Das kann doch nicht Ihr Ernst sein«, sagte er. »Nie zuvor habe ich etwas Lächerlicheres gehört. Es sind nur leere Worte. Sie klingen wie der Schurke in allen schlechten

Abenteuergeschichten, die jemals geschrieben wurden. Warum sollte ich Ihnen bei einem so *verrückten* Vorhaben helfen? Was können Sie den Menschen anbieten, um sie dazu zu bringen, Ihnen zu folgen? Einige vage Versprechen in Hinsicht auf genetische Verbesserungen? Unbesiegbarkeit?« Er schüttelte den Kopf. »So einfach ist das nicht. Sie möchten den Leuten die Hoffnung geben, dass genetische Manipulation ihr Leben oder das ihrer Kinder verbessern kann? Eine solche Hoffnung existiert bereits. Den Bürgern der Föderation stehen entsprechende Möglichkeiten zur Verfügung, doch sie haben beschlossen, keinen Gebrauch davon zu machen. Der Rest der Menschheit hat vielleicht nicht unsere Intelligenz und auch nicht unsere schnellen Reflexe, aber er ist sehr wohl imstande, moralische Entscheidungen zu treffen. Und eine entsprechende Entscheidung wurde bereits getroffen.«

Lockens Gesichtsausdruck veränderte sich nicht, als Bashir sprach. Er blinzelte nicht, gab durch nichts zu verstehen, die Worte gehört zu haben. Dann setzte er sich plötzlich in Bewegung und trat an Bashir vorbei. »Folgen Sie mir«, sagte er. Am Ende des Korridors holte er einmal mehr die Kontrolleinheit hervor und schob sie in eine Öffnung in der Wand. Als er einen Code eingegeben hatte, glitt ein Teil der Wand beiseite und Locken forderte Bashir mit einem Wink auf, durch den Zugang zu sehen.

»Sie meinten eben, ich hätte der Menschheit nichts anzubieten«, sagte er stolz. »Wie, glauben Sie, würden die Menschen auf *dies* reagieren?« Offenbar hatte er ein weiteres Schaltelement betätigt, dann plötzlich ging das Licht an. Von einem Augenblick zum anderen sah sich Bashir einem zweiten Locken gegenüber.

Er stand, beziehungsweise schwamm, in einer großen transparenten Röhre. Das Gesicht verbarg sich halb hinter einer Atemmaske und Überwachungsgeräte waren an Armen, Brust und Lenden befestigt. Bashir sah das charakteristische rote Haar und die dunklen Augen, in denen allerdings keine Intelligenz glänzte. Als er zur Seite trat, machte er eine verblüffende Feststellung. Hinter der ersten Röhre stand eine zweite, in der ebenfalls ein Körper schwamm. Und dahinter kam eine weitere Röhre, und hinter ihr noch eine. Das Licht reichte nicht aus, dass Baschir den ganzen Raum überblicken konnte, aber es bestand kein Zweifel daran, dass Locken sehr fleißig gewesen war.

»Klone?«, fragte Bashir. »Haben Sie den Verstand verloren, Locken? *Klone*? Wen interessiert's? Auch die Klon-Technik steht seit Jahrhunderten zur Verfügung. Sie bedeutet überhaupt nichts, solange es nicht möglich ist, das Bewusstsein zu transferieren, und das ist bislang ...« Er zögerte und fügte dann voller Ehrfurcht hinzu. »Sie haben das Problem gelöst.«

Locken lächelte. »Fast«, sagte er. »Die Theorie ist ausgearbeitet. Das Dominion ließ einige Reste der Technik zurück, die es verwendet, um Vorta-Selbstsphären in Klone zu übertragen. Doch die Physiologie von Vorta und Menschen unterscheidet sich sehr. Vorta-Gehirne scheinen für einen Bewusstseinstransfer wie geschaffen zu sein. Nun, ich glaube, inzwischen weiß ich, was nötig ist. Ihre Arbeit mit dem Klingonen – er hieß Kurn, wenn ich mich recht entsinne – könnte der Schlüssel sein.«

Bashirs Gedanken rasten. Es war ein faszinierendes Konzept und er begriff sofort, in welcher Hinsicht seine Arbeit mit Worfs Bruder nützlich sein konnte. Ganz automatisch begann er, über die Möglichkeiten nachzudenken. Bestimmt war die Menschheit zu allem bereit, wenn Unsterblichkeit in Aussicht stand ...

Bashir nahm eine Bewegung hinter sich wahr, als

Ezri vortrat, zu der Röhre sah und kurz die Lippen zusammenpresste.

»Er wird Ihnen nie helfen«, sagte sie und richtete ihre ganze Verachtung auf Locken. »Er wird sich niemals wie Sie anmaßen, darüber zu befinden, was gut für die Menschheit ist. Und er wäre auf *keinen* Fall bereit, Wesen zu erschaffen, die ihn wie einen Gott verehren. Ganz offensichtlich kennen Sie ihn *überhaupt* nicht.« Ezri drehte den Kopf und sah Bashir an, rechnete vermutlich damit, dass er bestätigend lächelte, den Daumen hob oder seine Solidarität auf andere Weise zum Ausdruck brachte. Stattdessen sah sie etwas, womit sie überhaupt nicht gerechnet hatte.

Unschlüssigkeit.

»Offenbar kennen *Sie* ihn nicht so gut, wie Sie glaubten, Lieutenant«, sagte Locken amüsiert und triumphierend.

»Lieber Himmel …«, flüsterte Dax. Dann wirbelte sie um die eigene Achse und lief durch den Korridor.

»Keine Sorge«, wandte sich Locken an Bashir. »Sie kommt nicht weit. Ich habe die andere Tür verriegelt.«

»Ich bin nicht … besorgt«, murmelte Bashir. »Ich … ich bin nur sehr müde.«

»Ich verstehe«, erwiderte Locken sanft. »Ein ereignisreicher Tag liegt hinter Ihnen, und Sie haben viel Stoff zum Nachdenken. Schlafen Sie darüber. Vielleicht sieht morgen alles ganz anders für Sie aus.«

Bashir hörte, wie Ezris hastige Schritte durch den Korridor hallten. Eigentlich hätte er ihr rasch folgen und versuchen sollen, ihr zu erklären, was geschehen war. Aber derzeit dachte er nur an eins: Er hatte es absolut satt, ständig *alles* erklären zu müssen. Immer schien es viel zu lange zu dauern, bis andere Leute selbst die einfachsten Dinge verstanden.

Ein neues Geräusch: Ezri hämmerte an die verriegelte Tür. Sie wollte nach draußen. Sie wollte fort. Sie wollte nicht zuhören. Bashir konnte sie am anderen Ende des dunklen Korridors nicht sehen, aber er spürte ihre Mischung aus Zorn, Frustration und Furcht.

Etwas tief in seinem Innern löste sich und glitt in eine finstere Tiefe.

»Ja«, sagte Bashir und starrte in den Abgrund. »Vielleicht sieht morgen alles ganz anders aus.«

13

»Was ist dies für ein Ort?«, rief Ro Kel zu. »Er erscheint mir vertraut.«

Der Ingavi ließ den Zweig los, an dem er baumelte, und fiel mit dem Kopf voran zehn Meter tief. Nur zwei Meter über dem Boden griff er nach einem anderen Zweig, schwang sich daran wieder empor und brachte sich in eine sitzende Position. »Sprich nicht so laut«, sagte Kel. »Die Jem'Hadar beanspruchen dieses Gebiet für sich. Zwar sind sie nicht jeden Tag hier, aber sie kommen oft genug.«

Die Sonne würde bald aufgehen, wusste Ro, was bedeutete, dass sie eine Entscheidung treffen mussten. Entweder versteckten sie sich bis zum Abend oder sie setzten den Weg bis zu der Stelle fort, wo die Ingavi den Runabout vermuteten. Kel hatte gesagt, dass noch einige Stunden nötig waren, um jenen Ort zu erreichen. Es schien vernünftig zu sein, anzuhalten und auszuruhen, aber ein Teil von Ro wollte unbedingt weiter.

»Warum haben wir diesen Bereich nicht gemieden, wenn die Jem'Hadar hierher kommen?«, fragte Taran'atar, trat auf die Lichtung und enttarnte sich. Vor etwa einer Stunde war er fortgeschlichen, angeblich um zu »erkunden«. Ro fragte sich, ob er etwas zu finden hoffte, das der Aufmerksamkeit der Ingavi entgangen war.

Spione gab es mehr als genug. Kel hatte Wort gehalten und ihnen eine Streitmacht beschafft. Allerdings war noch nicht ganz klar, auf welche Weise Ro und Taran'atar Gebrauch davon machen sollten. Vielleicht endeten die Ingavi als Kanonenfutter und diese Vorstellung bereitete Ro große Sorgen. Hatte sie das Recht, diese Leute in den Kampf und damit in den Tod zu schicken? An ihrer Bereitschaft, gegen den Feind anzutreten, bestand kein Zweifel, aber wussten sie wirklich, worauf sie sich einließen?

Ro schüttelte den Kopf und versuchte, sich zu konzentrieren.

»Es gibt hier etwas, das ihr euch ansehen solltet«, sagte Kel.

»Schnell«, sagte Taran'atar scharf. Kel ließ sich auf den Boden fallen, sprang zwei Dutzend Meter weit über den Weg und wandte sich dann plötzlich nach rechts. Über ihnen, zwischen den höchsten Zweigen des Blätterdachs, holte die ganze Ingavi-Streitmacht tief Luft und gab dann dumpfe Schreie von sich, die weit durch den Regenwald hallten und Tau von den Blättern schüttelte.

Einige Minuten lang wanderten sie durchs dichte Gebüsch und über unebenes Gelände: ganz vorn Kel, dann Taran'atar und schließlich Ro. Im ersten Licht der Morgendämmerung sahen sie Hinweise darauf, dass auf dem schmalen Weg nach den Maßstäben des Waldes einst reger Verkehr geherrscht hatte. Außerdem zeichnete sich der Ort durch eine vertraute Atmosphäre aus. Ro glaubte, ihn schon einmal besucht zu haben, obgleich sich etwas Traumartiges mit den Erinnerungen daran verband.

Der Pfad führte zu einer weiteren Ansammlung riesiger Bäume. Offenbar befand sich eine kalte Quelle in der Nähe, denn dichter Nebel verhüllte alles, bildete eine etwa zwei Meter hohe Schicht über dem Boden. Die Schwaden bewegten sich langsam, wie ein schwerer grauweißer Vorhang.

»Erkennst du diesen Ort, Ro?«, fragte Kel leise.

»Ja«, erwiderte sie. »Ich erinnere mich. Ihr habt mich einmal hierher gebracht. Dies ist die älteste Baumgruppe, der Ort, an dem ihr nach der Ankunft auf Sindorin die erste Siedlung errichtet habt.« Sie wandte sich an Taran'atar: »Die Ingavi beschlossen, bei den anderen Bäumen zu leben, weil sie glaubten, dass sie alle mit diesem Ort verbunden sind.«

»Physisch oder geistig?«, erwiderte Taran'atar.

Die Frage überraschte Ro, aber sie entschied, sie nicht zu kommentieren. Außerdem wusste sie auch keine Antwort. »Keine Ahnung. Ich habe nie mehr herausgefunden und weiß nur, dass dieser Ort für die Ingavi sehr wichtig ist, gewissermaßen der Wald im Herzen des Waldes.«

»Ich verstehe«, sagte Taran'atar. Er sah Kel an. »Warum hast du uns hierher gebracht?«

Kel hob die Hand und deutete in den Nebel, forderte Ro und den Jem'Hadar auf, jenen Bereich zu betreten.

»Willst du uns nicht begleiten?«, fragte Ro. »Um uns zu zeigen, was wir sehen sollen?«

»Mein Volk verzichtet inzwischen darauf, diesen Ort zu betreten.« Mehr sagte er nicht.

»Bringen wir diese Sache hinter uns, damit wir den Weg fortsetzen können«, brummte Taran'atar.

»Er würde uns nicht in Gefahr bringen«, sagte Ro.

»Nicht mit Absicht, nein.« Wenn ein Jem'Hadar solche Worte aussprach, liefen sie fast auf ein Kompliment hinaus. Ro überlegte, ob sich Kel darüber gefreut hätte.

Sie schritten in den Nebel hinein und Ro verlor immer mehr die Orientierung. Die Bäume standen dichter beisammen, als es zunächst den Anschein hatte, ragten dunkel und massiv auf.

»War dieser Ort bei Ihrem ersten Besuch gepflegt?«, fragte Taran'atar.

»Ja«, entgegnete Ro. »Die Ingavi behandelten ihn wie ... wie einen öffentlichen Park, wenn Sie verstehen, was ich meine.«

Taran'atar nickte.

»Jede vorbeikommende Gruppe hielt an und sorgte dafür, dass hier alles in Ordnung blieb.«

»Aber jetzt ist das nicht mehr der Fall«, bemerkte Taran'atar.

»Ja, das scheint zu stimmen«, sagte Ro. Zweige und welkes Laub knirschten unter ihren Schritten und das Geräusch – oder vielleicht der kalte Nebel – ließ sie frösteln.

Sie blieben stehen, als sie beide den Eindruck gewannen, fast die Mitte des Ortes erreicht zu haben. Ro sah sich um, ließ ihren Blick über die Bäume schweifen. Das Blätterdach weiter oben war so dicht, dass vermutlich selbst am Mittag nur wenig Licht hindurchfilterte. In der von Nebel durchzogenen Dunkelheit konnte Ro kaum Einzelheiten erkennen. Etwas in Augenhöhe blitzte kurz. *Ein Insekt?*, fragte sie sich.

Sie sah genauer hin und bemerkte es erneut – ein mattes Glänzen. Ro streckte die Hand aus, berührte den Baumstamm, strich einen Moosfladen beiseite und fand, was sie zuvor aus dem Augenwinkel gesehen hatte: den flachen Kopf eines Nagels. Als sie wusste, wonach es Ausschau zu halten galt, entdeckte sie einen zweiten Nagel, etwa einen Meter links vom ersten. Ein kleiner, heller Stock steckte zwischen Nagelkopf und Baumstamm. Ro strich mit den Fingerkuppen darüber hinweg – und zog die Hand abrupt zurück, als sie begriff.

Es war kein Stock.

Ro ging in die Hocke, schaltete ihre kleine Lampe

ein und fand mehr, ein Durcheinander aus kleinen Knochen – zu klein, um von Erwachsenen zu stammen. Die Bajoranerin fühlte sich von Übelkeit erfasst und kämpfte dagegen an. Sie wollte diesem Ort auf keinen Fall noch mehr Schande bringen.

Ein wenig benommen richtete sie sich auf, trat um den Baum herum und betrachtete ihn aufmerksam. Ja, es gab noch mehr Nägel, meistens in Paaren, manche oben, andere unten. Hier und dort sah Ro weitere Knochen und Fellreste. Sie erinnerte sich an die vermeintlichen Moosfladen, die sie zuvor beiseite geschoben hatte.

Sie ging schneller und zwang sich, ruhig zu bleiben, als sie sich einen Baum nach dem anderen vornahm. Ein Teil von ihr wünschte sich dabei, dass jeder Stamm der Letzte war. Sie fand noch mehr Nägel, viel mehr. Die meisten Knochen waren klein, aber nicht alle. Schon nach kurzer Zeit wurde ihr klar, dass man nicht alle Opfer gleichzeitig hierher gebracht hatte. Die Gräueltaten an diesem Ort waren im Verlauf von Wochen oder gar Monaten verübt worden. Insekten, Schimmel und das Wetter hatten gründliche Arbeit geleistet und das Rohmaterial für einen weiteren Zyklus des Lebens verwendet, doch nicht alle Spuren waren ausgelöscht.

Nach einer Weile fand sie sich an der Stelle wieder, an der sie die Baumgruppe betreten hatten, und plötzlich stellte sie fest, dass der Jem'Hadar fehlte.

»Taran'atar?«, flüsterte sie.

Er enttarnte sich ein ganzes Stück entfernt auf dem Pfad. »Sind Sie fertig?«

»Ob ich fertig bin?«, wiederholte sie verärgert. »Ja. Ich habe gesehen, was Kel uns zeigen wollte. Was ist mit Ihnen?«

»Was soll mit mir sein?«, erwiderte Taran'atar, als Ro sich näherte und ihm folgte.

»Haben Sie es gesehen?«

»Ich brauchte nichts zu sehen« sagte Taran'atar. »Ich konnte es riechen.«

»Was haben Sie gerochen?«

»Furcht«, lautete die Antwort. »Verständnislose Angst. Ein Echo von Grauen und Entsetzen. Es haftet überall an den Bäumen.«

»Es waren Kinder«, sagte Ro. »Die meisten von ihnen. Warum sollten sie so etwas mit Kindern anstellen?«

»›Sie‹?«, fragte Taran'atar.

»Die Jem'Hadar.«

»Es stecken keine Jem'Hadar dahinter«, sagte Taran'atar. »Und wenn doch, so hatten sie eine sehr schlechte Ausbildung. Dies war nicht … ordentlich.«

»Aber wer trägt dann die Verantwortung?«, fragte Ro. »Die Agenten der Sektion 31? Und wenn ja – warum? Was wollten sie damit bezwecken?«

»Ist es nicht offensichtlich, Ro?«, rief Kel von einem Zweig weiter oben. Sie befanden sich jetzt wieder dort, wo der Pfad vom Hauptweg abzweigte. »Er war es. Derjenige, den ihr sucht. Locken. Der Khan.«

»Locken?«, erwiderte Ro ungläubig. Das passte nicht zu dem geistigen Bild, das sie sich von dem Mann gemacht hatte. Er war rücksichtslos, ja, doch eine so beiläufige Brutalität schien seinem Wesen zu widersprechen. »Aber warum? Es ergibt keinen Sinn. Er … hat als Kinderarzt gearbeitet. Er behandelte kranke Kinder, aus allen Völkern der Föderation … Ich verstehe das nicht.«

»Was verstehst du nicht?«, fragte Kel. »Weshalb er seinen Jem'Hadar befahl, die Erwachsenen zu töten, die Eltern, ihre Kinder jedoch am Leben zu lassen und hierher zu bringen. Warum er ihre Körper an die Baumstämme nagelte und dann …« Es war mehr, als Kel ertragen konnte – er hob die Hände vor die Augen und senkte den Kopf. Über ihnen, im Blätterdach verborgen, erklangen die kummervollen und auch zornigen Schreie der Ingavi. »Und dann setzte er sich auf den Boden und beobachtete sie«, fuhr Kel schließlich fort. »Stundenlang. Wie lange es auch dauerte. Und manchmal dauerte es sehr, sehr lange. Wir versuchten, sie zu retten, jeden Einzelnen von ihnen, aber die Jem'Hadar …« Seine Stimme brach und er sah Taran'atar an. »Sie standen kreisförmig um den Ort, die Gesichter nach außen gewandt, und achteten nicht auf die Schreie der Eltern oder Kinder.«

Kel schwieg und Ro wartete darauf, dass er seine Schilderungen fortsetzte. Aber offenbar fehlten ihm die Worte, um das zum Ausdruck zu bringen, was er empfand. Er stieß nicht einmal einen unartikulierten Schrei des Zorns aus.

»Aber warum?«, fragte Ro noch einmal.

»Warum?«, wiederholte Taran'atar. »Liegt es nicht auf der Hand? *Weil er es konnte.* Weil er wusste, dass er nicht mehr das ist, was er einst war. Weil es niemanden gab, der es ihm verbot. Unkontrollierte Macht wirkt sich immer auf diese Weise aus.«

Taran'atar sprach diese Worte so ruhig und wissend aus, dass Ärger in Ro entflammte. »Oh, Sie kennen sich damit aus, nicht wahr? Das hat es doch mit dem Dominion auf sich, oder? Die Gründer machen, was sie wollen, stimmt's? Und genau das beabsichtigten sie auch im Alpha-Quadranten. Sie wollten uns alle an einen Baum nageln.«

Taran'atar musterte sie gelassen. Nach einigen Sekunden schüttelte er langsam den Kopf. »Sie verstehen nicht. Ganz offensichtlich wissen Sie nichts von den Gründern. Sie …« Er unterbrach sich. »Dies ist weder der geeignete Ort noch der richtige Zeitpunkt. Wir haben noch viel zu tun – falls sich hier überhaupt etwas bewerkstelligen lässt.« Er sah zu Kel empor.

»Wir haben gesehen, was du uns zeigen wolltest. Führ uns jetzt weiter.«

Kel nickte, sprang zu einem höheren Zweig und schwang sich dann weiter. Seine Bewegungen wirkten elegant, fast mühelos. Es war eine atemberaubende Zurschaustellung athletischer Agilität und Ro bewunderte sie allein aufgrund ihrer schlichten Schönheit. Als sie sich umsah, stellte sie fest, dass Taran'atar nicht mehr neben ihr stand – er hatte sich entweder getarnt oder war durch den Regenwald davongestapft. Ro kam sich plötzlich sehr allein vor, wie das einzige Geschöpf im Umkreis von vielen Kilometern. Der Wind drehte und etwas fiel durch Blätter und Zweige zu Boden. Ro versuchte, nicht an Knochen zu denken.

»Commander, ein Anruf für Sie. Colonel Kira.«

Vaughn saß im Kommandosessel und blickte auf das Display eines Handcomputers, das ihm Informationen über das Kommando- und Kontrollmodul zeigte. Er hob den Kopf und sah zu Bowers. »Verbinden Sie mich mit ihr, Lieutenant.«

»Sie müssen die Kontrollen in der Armlehne Ihres Sessels verwenden, Commander. Von dieser Konsole aus kann ich derzeit nur Text übermitteln.«

Vaughn starrte auf die Armlehnen hinab und fluchte lautlos. Wer auch immer diese Dinge entwickelte – er schien großen Wert darauf zu legen, möglichst wenig von der vorherigen technischen Generation zu übernehmen.

»Kom-Kanal drei acht fünf, Sir.«

Vaughn fand die richtige Taste, betätigte sie und sagte: »Hier Vaughn.« Keine Antwort. »Es passiert nichts«, wandte er sich an Bowers.

»Sie müssen die Taste gedrückt halten, bis die Verbindung hergestellt ist, Sir.«

Vaughn presste gleich drei Finger darauf. »In dieser

Hinsicht müssen wir später etwas unternehmen«, teilte er der Brücke in einem Unheil verkündenden Ton mit. Bevor jemand antworten konnte, erhellte sich der Hauptschirm.

»In welcher Hinsicht muss etwas unternommen werden?«, fragte Kira.

»Es geht dabei um das ganze Schiff, Colonel«, erwiderte Vaughn. »Ich glaube allmählich, dass es nicht viel von mir hält.«

Kira zuckte amüsiert mit den Schultern. »Tut mir Leid, das zu hören. Hoffentlich kommen Sie beide irgendwie darüber hinweg. Ich möchte nicht gern zwischen Ihnen und dem Schiff wählen müssen.«

»Autsch«, sagte Vaughn. »Zur Kenntnis genommen.«

»Ich schätze, die *Defiant* unterscheidet sich von den Schiffen, die Sie während der letzten Jahre kennen lernten, nicht wahr?«

»Ja«, bestätigte Vaughn und lächelte. »Sie erinnert mich an die Schiffe zu Beginn meiner beruflichen Laufbahn: nur Triebwerk und Waffen; so schmale Korridore, dass kaum zwei Personen nebeneinander gehen können; und jeweils zwei oder drei Junioroffiziere müssen sich eine Kabine teilen.« Er atmete tief durch, roch verbrannte Isolierungen und Schmiermittel.

»Das waren noch Zeiten, nicht wahr, Commander?«, fragte Kira. »Nun, wie läuft es bei Ihnen? Admiral Ross erwartet einen Lagebericht.«

Vaughn fand das richtige Schaltelement in der linken Armlehne, aktivierte ein Statusdisplay und transferierte die Daten in ein Bildschirmfenster des Hauptschirms, dessen Darstellungen auch auf dem Monitor von Colonel Kira erschienen. »Alles in allem eigentlich ganz gut«, antwortete er. »Vielleicht hätte ich schon früher darauf hinweisen sollen, dass sich die *Defiant* gelegentlich einer Neuausrüstung widersetzt. Für das neue biochemische Laboratorium schien sie sich sofort zu erwärmen, aber die zusätzliche Ausstattung für die stellare Kartographie hat sie eindeutig verstimmt. Shar glaubt, das Problem gelöst zu haben. Allerdings ist die Hauptleitung durchgeschmort, als wir vor einigen Stunden versuchten, Energie für die neuen Navigationskontrollen umzuleiten. Wie sieht's damit aus, Tenmei?«

Die Navigatorin Prynn Tenmei sah auf ihre Anzeigen. »Noch drei Stunden und fünfzig Minuten nach den Schätzungen der Reparaturgruppe, Sir.«

»Bis heute Abend ist alles in Ordnung, Colonel. Wir haben eine der alten Starteinheiten für Nahbereichsonden gegen eine Röhre für Fernbereichsonden ausgetauscht. Klappte reibungslos. Wegen der Waffensysteme brauchen wir uns natürlich keine Sorgen zu machen. Und was ist mit der Verbesserung der Navigation, Fähnrich?«

»Das erste Modul ist eingetroffen und wird ausgepackt, Sir«, antwortete Tenmei. »Modul zwei hat beim primären Testzyklus versagt; wir überprüfen es gerade. Die Navigationssysteme sollten morgen um zwanzig Uhr dreißig Bordzeit einsatzbereit sein.«

»Haben Sie gehört, Colonel?«

»Ja, Commander. Übrigens sollten Sie wissen, dass sich die voraussichtliche Ankunftszeit des Gefechtsmoduls geändert hat. Die U.S.S. *Gryphon* trifft innerhalb der nächsten achtundsiebzig Stunden ein, mit dem Modul im Schlepptau.«

»Danke, Colonel«, sagte Vaughn. »Das sind ausgezeichnete Neuigkeiten.«

Kira nickte. »Oh, Fähnrich ... Ich habe früher an Ihrer Station gesessen. Behandeln Sie die *Defiant* gut.«

Tenmei lächelte. »Natürlich, Colonel.« Sie strich über den Rand der Navigationskonsole. »Allerdings müssen wir uns noch besser kennen lernen.«

»Vielleicht sollten Sie dem Commander ein wenig dabei helfen, das Vertrauen der *Defiant* zu gewinnen. Offenbar macht er einen schlechten Eindruck auf das Schiff.«

Das Lächeln verschwand schlagartig von Tenmeis Lippen. »Ja, Colonel«, sagte sie und schwieg dann. Eine unangenehme Stille folgte, als Kira herauszufinden versuchte, was sie falsch gemacht hatte. Vaughn rettete sie.

»Sonst noch etwas, Colonel?«, fragte er.

»Nein, das ist alles. Admiral Ross dürfte zufrieden sein, danke.«

»Irgendeine Nachricht von unseren Freunden?«

Kira schüttelte den Kopf. »Nicht seit gestern.« *Nicht seit ihrer Mitteilung, dass sie in die Badlands fliegen wollten* – Kira verzichtete darauf, diesen Hinweis hinzuzufügen, doch Vaughn sah ganz deutlich die Sorge in ihrem Gesicht.

»Kehren Sie ins Kontrollzentrum der Station zurück?«, fragte die Bajoranerin.

»Später«, sagte er. »Wenn ich hier fertig bin, möchte ich etwas essen. Was halten Sie von einer gemeinsamen Mahlzeit?«

Kira überlegte kurz. »Nein, nicht heute Abend. Ich wäre keine gute Gesellschaft. Morgen?«

Vaughn nickte. »Morgen.« Kira unterbrach die Verbindung und Vaughn blickte einige Sekunden lang geistesabwesend zum dunklen Schirm.

»Commander«, sagte Bowers und kroch unter der rückwärtigen taktischen Konsole hervor, »ich bin hiermit so weit gekommen, wie es ohne die neuen Module möglich ist. Wenn Sie nichts dagegen haben, gehe ich jetzt nach unten und überprüfe die Installation des industriellen Replikators.«

Vaughn rieb sich die Schläfen und hörte, wie sein Magen knurrte. »Nein, lassen Sie uns für heute Schluss machen. Wir sind gut vorangekommen. Entspannen Sie sich, Sam. Das IR-System können Sie morgen kontrollieren.«

»Danke, Sir«, sagte Bowers. »Ich nehme es mir sofort morgen früh vor.« Der Lieutenant packte seine Werkzeuge zusammen und verließ die Brücke. Vaughn und Tenmei blieben allein zurück. Die Navigatorin versuchte, das fehlerhafte Navigationsmodul aus der Konsole zu heben.

»Brauchen Sie Hilfe, Fähnrich?«

»Nein, Sir«, erwiderte Tenmei, ohne aufzusehen. »Danke, Sir.«

Vaughn stand auf und trat vor die Navigationsstation. »Im Ernst. Das Ding sieht schwer aus.«

»Ich komme schon damit zurecht.« Tenmei hatte die Fingerspitzen unter das Modul geschoben und Vaughn sah, dass sie purpurn verfärbt waren.

»Bist du sicher, Prynn? Wenn du Hilfe brauchst ...«

»Es ist alles in Ordnung, Commander«, erwiderte Tenmei eisig. »*Danke.*« Sie zog die Hände zurück und das Modul sank wieder in die Konsole. »Verdammt!«, brachte sie leise hervor und hob die Finger zum Mund.

»Bist du verletzt?«, fragte Vaughn und bedeutete der jungen Frau mit einer Geste, ihm die Finger zu zeigen.

»Nein«, sagte Tenmei. »Ich bin *nicht* verletzt. Und ich brauche *keine* Hilfe.« Sie wich Vaughns Blick aus, aber er bemerkte Tränen in ihren Augenwinkeln.

»Fähnrich«, sagte er im Kommandoton, »zeigen Sie mir Ihre Finger.«

Widerstrebend streckte Tenmei die Hände aus und Vaughn sah, was das schwere Modul angerichtet hatte: Blut quoll unter drei Fingernägeln hervor.

Er schnitt eine finstere Miene. »Melden Sie sich sofort in der Krankenstation, Fähnrich.«

»Ja, Commander«, sagte Tenmei und ging steifbeinig zum Ausgang. Die Tür glitt beiseite, als sie sich ihr näherte, doch bevor sie nach draußen treten konnte, beschloss Vaughn, etwas zu riskieren.

»Prynn?«, fragte er.

Tenmei blieb stehen, kehrte Vaughn aber weiterhin den Rücken zu. »Ja, Commander?«

»Was hältst du von einem gemeinsamen Abendessen?«

Tenmei drehte ruckartig den Kopf und ihr sonst so schönes Gesicht zeigte kalten Zorn. Sie sah Vaughn in die Augen als sie sagte: »Bitte um Erlaubnis, ganz offen sprechen zu dürfen, Sir.«

»Natürlich«, erwiderte er ruhig.

»Ich finde mich damit ab, dass du mein vorgesetzter Offizier an Bord dieses Schiffes bist und außerdem stellvertretender Kommandant von *Deep Space Nine*. Ich respektiere deinen Rang und befolge deine Befehle, ohne sie in Frage zu stellen. In der Gesellschaft anderer Personen gebe ich sogar vor, es ertragen zu können, mich in deiner Nähe zu befinden. Aber abgesehen davon … kannst du von mir aus zur Hölle fahren. *Sir*.«

Tenmei verließ die Brücke und hinter ihr schloss sich die Tür.

Vaughn stand allein im Kontrollraum der *Defiant*.

»Ich schätze, deine Antwort lautet ›nein‹«, sagte er leise.

14

Ro kroch vorsichtig an der Seite eines umgestürzten Baums entlang und sah zur Lichtung. Etwa achtzig Meter weiter vorn lag der Runabout inmitten einer Ansammlung junger Bäume. Er wirkte überraschend intakt und alles deutete darauf hin, dass Taran'atars Vermutungen zutrafen. Aber Ro fragte sich, warum Locken noch nicht den Transport des kleinen Schiffes zu seinem Stützpunkt veranlasst hatte. *Vielleicht eignen sich seine zusammengestückelten Raumer nicht für eine Boden-Luft-Bergung. Vielleicht glaubt er, Zeit zu haben, weil er nichts von Taran'atar oder mir weiß. Oder der Runabout ist schwerer beschädigt, als es den Anschein hat. Möglicherweise kann Locken gar nichts damit anfangen.*

Der letzte Gedanke besorgte Ro – bis sie den ersten in eine rote Uniform gekleideten Jem'Hadar sah. Kurz darauf bemerkte sie einen zweiten, dann noch einen. Sie zählte insgesamt fünf, eine Zahl, die Taran'atar bestätigte, als er sich neben ihr enttarnte. Er meinte, es gäbe Anzeichen dafür, dass eine größere Gruppe Soldaten nicht allzu weit entfernt lagerte. *Damit ist alles klar,* dachte Ro. *Man lässt nur etwas bewachen, das einen gewissen Wert hat. Der Runabout ist also noch brauchbar.* Die beiden wichtigsten Fragen lauteten derzeit: Wann würde Locken das kleine Schiff bergen? Und konnten sie die fünf Wächter außer Gefecht setzen, ohne die anderen Jem'Hadar zu alarmieren?

Eine dritte Frage kam hinzu: Hatten Dax und Bashir

überlebt? Wenn das tatsächlich der Fall war, so befanden sie sich vermutlich als Gefangene in Lockens Stützpunkt, etwa fünfzehn Kilometer weiter im Osten. Wenn sie in den Regenwald entkommen wären, so hätten die Ingavi bestimmt davon gewusst.

»Wie sollen wir bei dieser Sache vorgehen?«, wandte sich Ro an Taran'atar.

Er schob seinen Phaser ins Halfter und holte die Wurfmesser hervor.

»Soll das ein Witz sein?«, flüsterte Ro. »Wir könnten sie problemlos von hier aus erledigen.«

»Mag sein«, erwiderte Taran'atar. »Aber Energiewaffen sind laut. Selbst wenn wir die Wächter neutralisieren könnten, ohne dass sie Gelegenheit bekommen, das Feuer zu erwidern – was ich bezweifle: Die von unseren Phasern verursachten Geräusche würden vermutlich den Rest der Einheit auf den Plan rufen.«

»Ach, aber die Burschen schießen nicht auf Sie, während Sie Ihre Messer werfen?«

»Beobachten Sie, was geschieht«, erwiderte Taran'atar. »Vielleicht können Sie etwas lernen.«

»Ich dachte, das Zusehen und Lernen sei Ihre Aufgabe«, sagte Ro.

Taran'atar bedachte sie mit einem Blick, in dem die Bajoranerin so etwas wie Erheiterung zu erkennen glaubte, und dann verschwand er.

Ro schüttelte den Kopf und sah wieder zu den patrouillierenden Wächtern. Sie bekam jetzt zum ersten Mal Gelegenheit, einen genaueren Eindruck von Lockens Soldaten zu gewinnen, und dabei stellte sie einen interessanten Unterschied zu den Jem'Hadar fest, gegen die sie im Krieg gekämpft hatte. Diese wirkten jünger und schienen bestrebt zu sein, grimmig auszusehen, ohne genau zu wissen, worauf es dabei ankam.

Während sie darauf wartete, dass Taran'atar aktiv wurde, dachte Ro noch einmal über etwas nach, das sie seit dem Beginn der Suche nach dem Runabout beschäftigte. Angeblich hatte Sektion 31 Bashir beauftragt, Locken das Handwerk zu legen, weil ein direkter Angriff auf Sindorin wegen der Stärke des Gegners nicht in Frage kam – und weil Locken Bashir nicht für einen Gegner halten würde.

Aber nach den Auskünften der Ingavi hatte Locken nicht mehr als zweihundert Soldaten erschaffen. Lockens Ressourcen und Arbeitskräfte unterlagen solchen Beschränkungen, dass er auf Wrackteile zurückgreifen musste, um Raumschiffe zu bauen. Trotz der orbitalen Waffenplattform reichten einige Dutzend gut gezielte Quantentorpedos, um Lockens Raumschiffe zu vernichten und den ganzen südlichen Kontinent in eine leblose Wüste zu verwandeln. Warum hatte man auf derartige Maßnahmen verzichtet? Verfügte Locken über mehr Macht, als Ro wusste – oder war Sektion 31 nicht ganz so mächtig, wie alle glaubten?

Eine Stunde nach der Morgendämmerung stand die Sonne hoch genug am Himmel, um einige Strahlen schräg durchs dichte Blätterdach zu schicken. Die beiden Ingavi, die Ro begleitet hatten – Kel und einer seiner Vettern –, gaben sich alle Mühe, nicht gesehen oder gehört zu werden, während sie ebenso warteten wie die Bajoranerin. Der Rest ihrer Gruppe – dreihundert Ingavi, mit Blasrohen, Schleudern und Speeren bewaffnet – lagerten einen Kilometer entfernt, auf der windabgewandten Seite der Jem'Hadar.

Ro wusste nicht, was sie mit den dreihundert Ingavi anstellen sollte, aber eins stand fest: Sie wollte auf keinen Fall ihr Leben in einem sinnlosen Frontalangriff aufs Spiel setzen. Taran'atar hatte ihr zugestimmt und dadurch wuchs ihr Vertrauen zu ihm. *Bis er entschied, seine Wurfmesser zu verwenden.*

»Siehst du ihn?«, flüsterte Kel.

Ro wollte gerade den Kopf schütteln, als Taran'atar

plötzlich mitten zwischen den Wächtern erschien. Er hatte eine Stelle im Zentrum der Gruppe gefunden, wo ihn niemand sah – die Aufmerksamkeit der Jem'Hadar galt der Lichtung. Damit machten sie einen Fehler, der auf eine unzureichende Ausbildung hinwies. Diese Geschöpfe waren genetisch darauf programmiert, stark und erbarmungslos zu sein, aber es gab noch andere Qualitäten wie List und Schläue, die man wie Taran'atar nur durch Erfahrung erwerben konnte.

Alles geschah sehr schnell.

Taran'atar hielt Wurfmesser in beiden Händen und zeigte eine schreckliche Art von Eleganz, als er sie nach den nächsten Gegnern rechts und links warf. Der auf der linken Seite – er mochte etwa drei Meter näher sein als der rechte – wurde am Hinterkopf getroffen und sank zu Boden, ohne einen Ton von sich zu geben. Der andere Jem'Hadar drehte sich um und sah das Messer kommen, konnte ihm aber nicht ausweichen. Die Klinge bohrte sich ihm durchs Auge ins Gehirn, und er war tot, bevor er auf den Boden fiel.

Die drei anderen Wächter wandten sich ebenfalls um, aber Taran'atar hatte seinen Angriff gut geplant.

Einer der Soldaten zog einen Föderationsphaser, als Taran'atar auf ihn zulief und dabei seinen *Kar'takin* vom Rücken riss. Ro beobachtete, wie sich die Klinge tief in den Leib des Jem'Hadar bohrte – Locken verlor einen weiteren Krieger.

Taran'atar sprang in die Luft, drehte sich dabei um die eigene Achse und warf seinen *Kar'takin*. Er landete auf allen vieren, rollte nach vorn und kam direkt vor dem vierten Jem'Hadar auf die Beine. Erst als der Soldat nach hinten kippte, begriff er, dass eine Klinge in seiner Brust steckte. Noch im selben Augenblick zog Taran'atar mit übermenschlicher Geschwindigkeit seinen Strahler und richtete ihn auf den letzten Gegner, der wie erstarrt einige Meter entfernt stand, die Augen weit aufgerissen. Der Kampf hatte nur wenige Sekunden gedauert.

»Verlass diesen Ort«, sagte Taran'atar. »Oder stirb. Für mich macht es keinen Unterschied.«

Ro glaubte, ihren Ohren nicht trauen zu können, und sie richtete ihren Phaser auf den letzten Wächter.

Der Jem'Hadar ließ einen von den Breen stammenden Disruptor fallen, seine einzige Waffe, und lief in den Wald.

Kel und sein Vetter folgten Ro auf die Lichtung, während Taran'atar von Leiche zu Leiche ging.

»Was hat das zu bedeuten?«, fragte Ro scharf.

Diesmal forderte Taran'atar sie nicht auf, die Frage anders zu formulieren. »Ich habe Colonel Kira gesagt, dass ich nicht töten würde, wenn es sich vermeiden ließe«, erklärte er und zog den *Kar'takin* aus der Brust des Toten. »Diese Jem'Hadar sind eine Schande, schlecht ausgebildet von einem Jem'Hadar, der seinerseits von einem Menschen schlecht ausgebildet wurde. Sie fürchten den Tod. Jener junge Bursche stellte keine Gefahr dar und er kann bezeugen, was hier geschehen ist – damit die anderen wissen, was sie erwartet. Dies dürfte in seiner Einheit und vielleicht auch bei den übrigen Jem'Hadar Unruhe und Unbehagen stiften.«

Kel und sein Vetter nahmen den Toten die Waffen ab.

»Lasst die Leichen liegen«, wandte sich Taran'atar an sie. »Sie sollen als Warnung dienen.«

Ro schüttelte den Kopf und lief zum Runabout, gefolgt von Taran'atar. »Ich hätte den letzten Wächter fast erschossen. In dieser Hinsicht sind Sie ein großes Risiko eingegangen.«

»Sie haben mir gesagt, dass Sie zum Maquis gehörten«, erwiderte Taran'atar.

»Das stimmt.«

»Sie zählen zu den wenigen Personen, die sowohl den Cardassianern als auch dem Dominion Widerstand leisteten.«

»Und?«

»Das bedeutet, Sie sind ein guter Soldat. Ich habe nichts riskiert.«

Es war eins der seltsamsten Komplimente, die sie je bekommen hatte, fand Ro. Erneut schüttelte sie den Kopf und begann damit, den Runabout zu untersuchen.

Auf den ersten Blick machte das kleine Raumschiff einen ziemlich schlechten Eindruck. Es war mit der Nase voran abgestürzt und der Bug steckte bis zum Fenster in einem Sumpfloch. Eine genauere Untersuchung erwies sich als ermutigender. Es gab keine Risse in der Außenhülle und Spuren im Boden vor der Luke wiesen darauf hin, dass mehrere Personen den Runabout betreten und wieder verlassen hatten. Ro gab einen Code ein und die Luke schwang auf. *Also gibt es noch Energie.*

Im Innern herrschte großes Durcheinander, aber die Bajoranerin nahm erleichtert zur Kenntnis, dass sich keine Leichen an Bord befanden. Ihre ursprüngliche Einschätzung wurde immer wahrscheinlicher: Dax und Bashir hatten überlebt und waren in Gefangenschaft geraten.

Das Deck neigte sich steil nach unten und Schlamm machte alles schlüpfrig. Ro kletterte zum Pilotensessel, nahm darin Platz und versuchte, den Bordcomputer zu aktivieren. Es überraschte sie nicht, dass ihr erster Versuch erfolglos blieb.

»Na schön«, murmelte sie. »Drehen wir das Dabo-Rad.« Ro gab den Aktivierungscode der Energieversorgung ein und einige Anzeigen leuchteten auf. »Computer«, sagte sie laut und deutlich, »hier spricht Lieutenant Ro. Dies ist ein Befehl mit Priorität eins.

Leite die Reaktivierungssequenz auf mein Kommando hin ein. Autorisierung Ro-Epsilon-Sieben-Fünf-Eins.«

Der Computer antwortete nicht, aber zwei Kontrolllampen der Hauptkonsole glühten nicht mehr rot, sondern gelb.

»Sequenz einleiten.«

Funken stoben aus einer Instrumententafel und ihre Anzeigen erloschen. Im Schlamm unter dem Bug zischte etwas, und der Runabout begann zu vibrieren. Ro schnitt eine Grimasse und rechnete jeden Augenblick damit, dass irgendetwas durchbrannte. Stattdessen leuchteten weitere Kontrollen auf. Während der ersten Sekunden waren alle Lichter rot, doch als die Diagnoseprogramme des Bordcomputers starteten, wechselten einige von ihnen zu Gelb oder sofort zu Grün.

Ro klopfte wie zärtlich auf die Konsole. »Gut so. Computer, wie viel Zeit ist für die ganze Reaktivierungssequenz erforderlich?«

»Vier Minuten und fünfundfünfzig Sekunden.«

»Ist das Triebwerk funktionsfähig?«

»Bestätigung.«

»Und die Antigravsysteme?«

»Die Antigraveinheiten des Hecks sind voll funktionsfähig. Die Antigravmodule des Bugs sind beschädigt und müssen daher als unzuverlässig gelten.«

»Na schön«, brummte Ro. »Dann verwenden wir eben das Triebwerk.« Sie stand auf, kletterte übers schlammverschmierte Deck zur Luke zurück und befasste sich in Gedanken bereits mit der nächsten Frage. Sie verfügten jetzt über ein Transportmittel – welchen Ort sollten sie damit aufsuchen? War es sinnvoll, zum Stützpunkt Lockens zu fliegen? Oder wäre es besser gewesen, nach *Deep Space Nine* zurückzukehren und Hilfe zu holen?

Ro hatte die Luke fast erreicht, als sie sich von ganz

allein zu öffnen schien. Die Luft erschimmerte und Taran'atar erschien.

»Wir sind entdeckt«, sagte er.

»Jem'Hadar?«

Taran'atar nickte. »Kann dieses Schiff fliegen?«

»Ja, aber wir brauchen vier Minuten. Wie viele sind unterwegs?«

»Das lässt sich unmöglich feststellen. Sie sind getarnt.«

»Woher wissen Sie dann, dass sich Jem'Hadar nähern?«, fragte Ro.

»Sie sind laut. Wir müssen von mindestens zwanzig Gegnern ausgehen.«

»Bleiben uns vier Minuten, bis sie eintreffen?«

Taran'atar entsicherte seinen Phaser und justierte ihn auf eine hohe Emissionsstufe. »Ich verschaffe Ihnen vier Minuten«, sagte er und klopfte auf seinen Insignienkommunikator. »Sorgen Sie dafür, dass der Kom-Kanal offen bleibt. Ich halte Sie auf dem Laufenden.«

Bevor Ro ein Wort sagen konnten, war Taran'atar schon wieder draußen. Nach drei Schritten tarnte er sich erneut und verschwand, ohne dass sich ein Zweig oder ein Grashalm bewegte. Von den Ingavi war weit und breit nichts zu sehen; offenbar hatte Taran'atar Kel und seinen Vetter zu den anderen geschickt.

»Computer, Zeit bis zur Komplettierung der Reaktivierungssequenz?«

»Zwei Minuten und zweiundfünfzig Sekunden.«

»Können wir die Phaser abfeuern?«

»Negativ.«

»Haben wir Schilde?«

»Erst nach Abschluss der Reaktivierungssequenz.«

Ro seufzte schwer und rieb sich die Augen, die vor Erschöpfung brannten. Dann sah sie nach draußen und beobachtete, wie zwei Jem'Hadar mitten in der Luft erschienen: Der eine flog nach links, der andere nach rechts und beide zogen einen Schweif aus Blut hinter sich her. Als die beiden Leichen auf den Boden fielen, ertönte Taran'atars Stimme aus dem Lautsprecher von Ros Insignienkommunikator. »Schirmen Sie sich die Augen ab«, sagte er.

Ro kniff die Augen zu und drehte den Kopf zur Seite, nahm aber trotzdem einen grellen weißen Blitz wahr. Eine Sekunde später hörte sie einen Knall und spürte Hitze an der dem Ausstieg zugewandten Seite ihres Gesichts.

Schmerzerfüllte Schreie erklangen, brachen aber sofort wieder ab. Als Ro die Augen öffnete, lagen vier weitere Leichen auf dem Boden. Die Überlebenden waren enttarnt – sie konnten sich nicht mehr gut genug konzentrieren, um unsichtbar zu bleiben. Taran'atar blieb verschwunden, aber der nach wie vor offene Kom-Kanal übertrug das dumpfe Zischen seiner regelmäßigen Atemzüge.

»Computer, wie lange dauert es noch?«

»Fünfundvierzig Sekunden.«

Ro hoffte, dass Taran'atar die Angabe des Computers trotz der Kampfgeräusche gehört hatte. Sie ließ die Luke offen, kletterte einmal mehr übers schiefe Decke ins Cockpit, rutschte aus und wäre mit dem Kopf fast gegen eine Konsole gestoßen.

Noch etwa fünfzehn Sekunden, dachte sie.

Ro sah auf ihre Kontrollen und stellte fest, dass die meisten Hauptsysteme wieder funktionierten, obgleich hier und dort einige Anzeigen rot blieben. Sie fand keine Gelegenheit zu überprüfen, welche Systeme noch immer ausgefallen waren, denn eine Disruptorentladung ließ den Runabout erbeben.

»Schäden an Backbord«, meldete der Computer. »Es wird empfohlen, die Schilde zu aktivieren.«

»Schilde hoch!«, rief Ro und ihre Finger huschten über die Kontrollen.

»Bestätigung.«

Eine neuerliche Explosion erschütterte das kleine Raumschiff, aber es entstand kein Loch in der Außenhülle auf der Backbordseite. Deshalb vermutete Ro, dass die Schilde rechtzeitig aktiv geworden waren. Sie hielt die Reaktivierungssequenz für abgeschlossen, leitete Energie in die Antigravsysteme und spürte, wie nur das Heck in Bewegung geriet. Selbst wenn die übrigen Antigravmodule voll einsatzfähig gewesen wären: Der Bug steckte zu tief im Sumpfloch, um den Runabout horizontal aufsteigen zu lassen. »Hab mir schon gedacht, dass es nicht klappen würde. Es wird Zeit für etwas Dramatischeres.«

Sie deaktivierte die Antigravsysteme und das Heck kehrte auf den Boden zurück. Dann schnallte sie sich an und gab dem Computer die Anweisung, Energie von den Deflektoren in die Strukturintegritätsfelder zu leiten. In den anderthalb Sekunden, die sie für die Aktivierung des Triebwerks brauchte, mochte ein weiterer Disruptorstrahl den Runabout treffen, aber sie war bereit, ein solches Risiko einzugehen. Etwas anderes blieb ihr ohnehin nicht übrig.

Taran'atar hockte hinter dem größten der jungen Bäume und wartete darauf, dass seine Gegner damit aufhörten, wild um sich zu schießen. Er hatte gerade einen getötet, indem er einen Stein warf, der an einem Ast abprallte und vor einem Jem'Hadar liegen blieb. Drei andere Soldaten hatten sich umgedreht und das Feuer auf ihren Artgenossen eröffnet. Taran'atar schüttelte den Kopf, beschämt von der Vorstellung, dass er genetisches Material mit diesen Amateuren teilte.

Seine Widersacher stellten das Feuer ein und tarnten sich. Taran'atar wartete, den Blick auf die schmale

Lücke zwischen zwei jungen Bäumen gerichtet. Kurz darauf bemerkte er, wie sich ein hoher Grashalm bewegte, wie von etwas Unsichtbarem berührt. Er zog ein Wurfmesser aus der Scheide, stand auf und warf die Klinge. Zwischen den beiden Bäumen verharrte sie mitten in der Luft und verschwand in einem Halbkreis aus bernsteinfarbener Flüssigkeit. Ein Jem'Hadar fiel nach vorn, im Tod enttarnt – das Wurfmesser steckte in seiner Stirn.

Taran'atar hörte, wie der Erste der Einheit den Soldaten befahl, ihre Deckung zu verlassen und zum Runabout vorzustoßen. *Es sind also keine Vollidioten,* dachte er. An ihrer Stelle hätte er ebenso gehandelt und die Stellung aufgegeben, um zum Hauptziel vorzurücken. Er sah sich um und beobachtete, wie Blätter und Grashalme in Bewegung gerieten. Die meisten der überlebenden Soldaten waren weniger als fünfzig Meter vom Runabout entfernt und Taran'atar befand sich am Rand der Lichtung, auf halbem Weg zwischen den Jem'Hadar und ihrem Ziel.

Einer von ihnen enttarnte sich und schoss. Das kleine Raumschiff erzitterte.

Ro brauchte noch zehn oder fünfzehn Sekunden, aber sie würde sie nicht bekommen …

Taran'atar duckte sich, lief zur Mitte der Lichtung und zog seinen Phaser. Er prägte sich die Stellen ein, an denen das Gas zu Boden gedrückt war, ließ sich fallen, rutschte hinter einen großen Baumstumpf, zielte tief und feuerte. Zwei weitere Jem'Hadar enttarnten sich und fielen schreiend zu Boden – Energiestrahlen hatten ihnen dicht unterhalb der Knie die Beine durchschnitten. Ein dritter Soldat zeigte sich kurz, von einem Streifschuss an der Hüfte in seiner Konzentration gestört. Er wurde sofort wieder unsichtbar, aber Taran'atar feuerte erneut, bevor er zur Seite springen konnte. Ein weiterer Gegner tot.

Der Boden erbebte und Taran'atar spürte, wie die Antigravsysteme vergeblich versuchten, den Runabout aus dem Sumpfloch zu ziehen. Er hätte Ro sagen können, dass sie so nicht weiterkam. *Vielleicht ist dieser Kampf sinnlos.* Strahlblitze zuckten aus unterschiedlichen Richtungen über die Lichtung und trafen den Baumstumpf. Splitter kratzten über Taran'atars Gesicht, und reines Glück bewahrte ihn davor, ein Auge zu verlieren.

Er hob den Kopf, betätigte den Auslöser des Phasers fünfmal schnell hintereinander und schoss auf verschiedene Stellen am Rand der Lichtung. Dann duckte er sich wieder hinter die Deckung, hob die Arme vors Gesicht, rollte nach links und versuchte, sich zu tarnen. Etwas stimmt nicht – er konnte seine Willenskraft nicht fokussieren. Er tastete nach seiner Stirn, fand dort eine tiefe Wunde und einen daumendicken Holzsplitter. Seltsamerweise spürte Taran'atar überhaupt keinen Schmerz, aber er wusste, dass sich der Schock bald bemerkbar machen würde. Blut tropfte ihm in die Augen und beeinträchtigte die visuelle Wahrnehmung. Er hörte, wie das Triebwerk des Runabouts donnerte, und fühlte Hitze im Gesicht – stammte sie vom startenden Schiff oder war es die Wärme seines Bluts?

Er blinzelte mehrmals und beobachtete, wie der Runabout sich aus dem Boden erhob. Schlamm tropfte von seinem Rumpf. Ranken klebten an ihm fest, so als widerstrebte es dem Planeten, das kleine Schiff freizugeben.

Dann enttarnten sich sechs Jem'Hadar in unmittelbarer Nähe von Taran'atar und richteten ihre Waffen auf seinen Kopf.

Die letzte Ranke riss und der Runabout stieg schnell auf. Mehrere Energiestrahlen tasteten nach ihm, konnten die Schilde aber nicht durchdringen.

»Computer«, sagte Ro, als sie den Runabout wendete. »Transporter aktivieren. Transferfokus auf Taran'atar richten.«

»Nicht möglich«, ertönte die Sprachprozessorstimme des Computers. »Der Transporter ist ausgefallen.«

»Was?«, entfuhr es Ro. Sie blickte auf die Anzeigen und fluchte – eins der immer noch roten Lichter betraf den Transporter. »Kannst du Energie umleiten?«

»Negativ. Der Strukturspeicher ist beschädigt. Ohne ihn wäre es viel zu riskant, eine Person zu transferieren.«

»Was ist mit den Phasern?«

»Die Phaserbänke sind noch nicht mit Energie geladen.«

Das kleine Schiff hatte inzwischen eine Höhe von tausendfünfhundert Metern erreicht und Ro beschloss, in den horizontalen Flug überzugehen. *Jetzt muss ich eine Richtung wählen.* Taran'atar war inzwischen entweder tot oder von seinen Gegnern überwältigt. Dax und Bashir befanden sich mit an Sicherheit grenzender Wahrscheinlichkeit in Gefangenschaft. Die Ingavi hatten den Start des Runabouts gesehen und fragten sich vermutlich, ob Ro zurückkehren würde. Bestimmt dauerte es nicht mehr lange, bis Lockens Kampfschiffe erschienen. Wenn der Runabout irgendwo landete, konnte man ihn kaum orten – das war ein Vorteil von Sindorin.

Welche Entscheidung sollte sie treffen? Ro überlegte und wertvolle Sekunden verstrichen. Mehr als alles andere hasste sie es, keine Wahl zu haben. Es war ein weiter Weg zurück nach *DS9*, vorausgesetzt sie schaffte es überhaupt, die Badlands zu verlassen. Dabei würde sie tagelang Gelegenheit haben, ihr Spiegelbild in den Displays der Konsole zu betrachten und darüber nachzudenken, was auf Sindorin geschah. Nun, es *gab* verschiedene Möglichkeiten, zwischen denen sie wählen konnte, aber nur eine vernünftige.

Ro programmierte einen neuen Kurs und der Bug der *Euphrat* neigte sich wieder dem Planeten entgegen.

Die Zelle schien kleiner geworden zu sein. Ezri wusste natürlich, dass sich nichts in ihr verändert hatte: die gleichen Wände, die gleichen Kojen, das gleiche Spülbecken, vermutlich sogar der gleiche Jem'Hadar-Wächter draußen im Korridor. Doch alles schien sich mehr zusammenzudrängen als vorher und gleichzeitig gewann Ezri den Eindruck, dass die Distanz zu Julian wuchs.

Seit ihrer Rückkehr in die Zelle hatte er sich nicht bewegt. Reglos lag er auf seiner Koje, mit dem Gesicht zur Wand. Eine Zeit lang hatte Ezri glauben wollen, dass er schlief, aber sie hörte ihn atmen. Bei jedem Paar gibt es einen, der eher einschläft als der andere. Zwar behauptete Bashir immer wieder, dass er kaum Ruhe fand und sich dauernd hin und her wälzte, aber für gewöhnlich schlief er vor Ezri ein. Sie wusste, wie Julian atmete, wenn er schlief, und deshalb gab es keinen Zweifel für sie: Er war wach.

Vor der Symbiose mit Dax hatte Ezri genug über sich selbst und die Männer gelernt, die sie attraktiv fand, um zu wissen: Es war besser, eine Beziehung sich selbst entwickeln zu lassen und die eigenen Ansprüche nicht zu hoch zu schrauben. Sie wusste, dass sie Julian nicht zu sehr unter Druck setzen durfte, insbesondere in Hinsicht auf seine genetische Behandlung.

Eines musste man Julian lassen: Er schien Ezris Situation zu verstehen. Er kannte die wichtigsten Fakten ihrer Symbiose, hatte aber nicht nach Einzelheiten gefragt. Offenbar ging es ihm darum, ihr Zeit zu lassen – sie sollte ihre ganze Geschichte erzählen, wenn sie sich dazu bereit fühlte. Sie bildeten ein ganz besonderes Paar und wussten das auch: zwei Personen, die gleichzeitig sehr erfahren und auch überraschend naiv waren, vor allem in Bezug auf Herzensangelegenheiten.

Damit war alles in bester Ordnung gewesen, fand Ezri – bis zum Angriff der Jem'Hadar auf die Raumstation. Jene Tragödie hatte Ezri veranlasst, mit einer ganz persönlichen Reise der Selbstentdeckung zu beginnen, bei der sie ihr wahres Potenzial als Dax' widerstrebender neunter Wirt entdecken wollte. Als langsam die Erkenntnis in ihr herangereift war, dass sie tatsächlich mit einer solchen Reise beginnen wollte, wuchs die Distanz zwischen ihr und Julian. Erst als sie ihn fast verloren hatte, fanden sie zu einem neuen Gleichgewicht in ihrer Beziehung, vielleicht deshalb, weil sie beide klüger geworden waren und mehr auf die Bedürfnisse des jeweils anderen achteten. Sie fanden noch immer großen Gefallen aneinander, ließen aber auch mehr Vorsicht walten.

Bis jetzt …

Etwas anderes hatte sich seit Beginn dieser Mission geändert, etwas das Ezri nicht verstand – obwohl sie den Mann zu verstehen glaubte, der das Bett mit ihr teilte. Lächelnd und gelassen hatte Locken grässliche Szenarios beschrieben, während Julian wie jemand zuhörte, der die Vorschläge des so genannten Khans tatsächlich in Erwägung zog. Und wenn das stimmte … Kannte Ezri ihn dann noch?

Hatte sie ihn überhaupt jemals gekannt?

»Julian?«, fragte sie und ihre Stimme klang dabei ein wenig schärfer als beabsichtigt.

Er antwortete nicht sofort und Ezri überlegte, ob sie sich geirrt hatte – vielleicht schlief er *doch*. Bevor sie noch einmal seinen Namen nennen konnte, erwiderte er: »Was ist?«

»Ich muss mit dir reden.«

Julian seufzte und bewegte sich so, als wollte er aufstehen, ohne die Kraft dazu zu haben. »Einen Augenblick«, sagte er. »Mein Arm ist eingeschlafen.« Er schlug die Hand an die Wand, um den Blutkreislauf zu stimulieren, rollte sich dann auf die andere Seite und stand auf. Er hielt den Kopf gesenkt, rieb sich den Nasenrücken und fragte müde: »Worüber willst du mit mir reden?«

Ezri spürte, wie sich etwas in ihr versteifte. »Ich möchte ... ich *muss* von dir hören, dass du Lockens Ansichten für falsch hältst.«

»Seine Ansichten worüber?«, erwiderte Bashir gereizt.

»Worüber?«, wiederholte Ezri. »Über ...« Sie brach ab und stellte fest, dass sie eigentlich gar nicht wusste, was sie sagen sollte oder hören wollte. Vor ihrem inneren Auge sah sie Lockens Lächeln. »Seine Ansichten darüber, wer du bist«, stieß sie hervor.

»Meinst du nicht eher darüber, *was* ich bin?«, entgegnete Julian.

»Das ist nicht fair. So etwas habe ich nicht gedacht.«

»Nein? Aber *ich* habe daran gedacht. Und eigentlich solltest auch du daran denken.« Er richtete sich auf, mied aber einen Blickkontakt. »Bitte tu nicht so, als sei das nicht der Fall«, sagte er und sprach jetzt lauter. »Ich kann es nicht mehr ertragen, dieses Vortäuschen.«

Ezri spürte Julians Verzweiflung und begriff, dass er nicht etwa ihr Heuchelei vorwarf, sondern sich selbst. »Julian«, sagte sie sanft, »niemand hat je von dir verlangt, irgendetwas vorzutäuschen.«

»Ganz im Gegenteil«, erwiderte er sofort. »*Alle* verlangen es. Selbst als euch allen die Wahrheit über mich klar wurde – ihr wolltet, dass ich der gleiche alte Julian bleibe. Niemand hatte etwas dagegen einzuwenden, wenn ich gelegentlich ein wenig angab – solange ich die anderen Leute nicht daran erinnerte, wer *ich* wirklich bin und was *sie* wirklich sind.«

»Und das wäre?«, fragte Ezri.

Bashir holte tief Luft und ließ den Atem langsam entweichen. »Ich weiß es nicht genau«, erwiderte er ein wenig ruhiger.

»Oder du willst es nicht sagen. Nur zu, Julian. Wenn du es denken kannst, bist du auch imstande, es in Worte zu fassen.«

Seine Züge verhärteten sich, doch dann beschloss er nachzugeben. »Ein Anfang«, sagte er langsam. »Und vielleicht auch ein Ende. Ich bin Arzt, Ezri, und zwar ein sehr, sehr guter. Ich habe mich eingehend mit dieser Angelegenheit befasst und einige Schlüsse gezogen. Was ich befürchte, ist dies: Ich glaube, auch andere Leute sind zu gewissen Schlussfolgerungen gelangt, ohne den Mut aufzubringen, offen darüber zu reden.«

»Wie meinst du das, Julian?«

Bashir seufzte. »Hast du jemals den Artikel über menschliche Physiologie gelesen, den Tanok von Vulkan vor zweihundert Jahren schrieb? Er war Ethnologe und lebte während des zweiundzwanzigsten Jahrhunderts fünfzig Jahre auf der Erde. Tanok glaubte damals, die menschliche Evolution hätte ihren Höhepunkt erreicht. Er meinte, Schädelvolumen und neuronale Aktivität könnten nur dann weiter zunehmen, wenn wir damit begännen, unseren eigenen genetischen Code zu manipulieren.«

»Ich habe von Tanok gehört«, sagte Dax. »Er veröffentlichte seinen Artikel nur auf Vulkan, noch dazu in einer Fachzeitschrift, die nicht der Öffentlichkeit zugänglich war – weil er wusste, wie die Menschen darauf reagieren würden. Weniger als zweihundert Jahre waren seit Khans Entmachtung und der Flucht seiner genetischen Übermenschen von der Erde vergangen.«

»Ja«, bestätigte Julian. »Aber Tanok meinte auch, dass sich die Menschen irgendwann beruhigen und einsehen würden: Khans Methoden waren zu extrem, aber seine Konzepte hatten durchaus etwas für sich. Er stellte die gleichen Fragen wie Locken. Was wäre geschehen, wenn Khan den Sieg errungen hätte? Wie sähen der Quadrant und die Galaxis dann heute aus? Welche Unterschiede hätten sich für die heutige *Menschheit* ergeben? Und können wir wirklich sicher sein, dass wir heute nicht besser dran wären?«

»Julian, ich kann kaum glauben, dass ich so etwas von dir höre«, sagte Ezri. Zuerst hatte sie vermutet, dass er eine Art inneres Streitgespräch führte und Argumente für Lockens Standpunkt ausprobierte, um festzustellen, ob er sie widerlegen konnte. Aber inzwischen war sie da nicht mehr so sicher.

»Du kannst kaum glauben, was du *hörst*?« Bashir hob die Stimme. »Ich kann kaum glauben, dass ich es endlich *ausspreche*. Hast du eine Ahnung, wie viele Nächte ich wach gelegen und über diese Dinge nachgedacht habe?« Er drehte sich zum Eingang der Zelle um, schien aber überhaupt nichts zu sehen. Seine Aufmerksamkeit galt vor allem der eigenen Innenwelt. »Möchtest du noch etwas über mich wissen, Ezri? Ich brauche nicht viel Schlaf. Wusstest du das? Aber ich hatte immer das Gefühl, ein entsprechendes Bedürfnis vortäuschen zu müssen. Ich glaubte mich dazu verpflichtet, dann zu Bett zu gehen, wenn sich auch alle anderen zur Nachtruhe zurückzogen, zusammen mit ihnen aufzustehen, über Müdigkeit zu klagen ... Aber die Wahrheit ist: Jede Nacht liege ich da und versuche zu schlafen, während meine Gedanken hin und her gleiten. Mitten in der Nacht, in meinen dunkelsten Momenten, *habe* ich an all die Dinge gedacht, auf die Locken hingewiesen hat. Ich *könnte* alle Krankheiten der Föderation heilen. Ich *habe* mein Leben vergeudet, indem ich vorgab, weniger zu sein, als ich wirklich bin – weil die Gesellschaft in der ich lebe, meine Existenz für illegal und sogar unmoralisch hält. Es ist alles wahr, Ezri, jedes einzelne Wort, und ich habe es satt zu lügen.«

Julian drehte sich um und schlug nach der Metallspange, die das Bett mit der Wand verband. Sie knackte und die obere Koje neigte sich nach vorn.

Ezri hatte als Counselor genug Erfahrung gesammelt, um eine Seele zu erkennen, die sich von der Last verdrängter Emotionen zu befreien versuchte, doch der plötzliche Gewaltausbruch erschreckte sie. Darüber hinaus reagierte sie bestürzt auf die Entdeckung, dass der Mann, den sie liebte, monatelang gegrübelt und ein solches Geheimnis vor ihr verborgen hatte, während er des Nachts neben ihr lag. Sie fühlte sich schuldig und auch beschämt. Nicht ohne Mühe schob sie diese Empfindungen beiseite, stand auf und trat zu Julian, in der Hoffnung, ihm Trost zu spenden. Doch bevor sie ihn erreichen konnte, stand plötzlich Locken vor dem Eingang der Zelle. Er schien darauf gewartet zu haben, dass solche Worte über Bashirs Lippen kamen.

»Natürlich haben Sie es satt, Julian«, sagte er. »Und jetzt lautet die Frage: Sind Sie bereit, auf der Grundlage jener Gedanken zu agieren und die Chance wahrzunehmen, etwas für das allgemeine Wohl zu tun?«

»Für das allgemeine Wohl?«, wiederholte Ezri und spürte, wie Zorn in ihr zu brodeln begann. »Was wissen *Sie* schon vom allgemeinen Wohl?«

Aber weder Locken noch Julian hörten ihr zu. Bashir stand am Zugang der Zelle, den Blick auf Locken gerichtet. »Was ist mit Ezri?«, fragte er.

Locken sah kurz in ihre Richtung und richtete seine Aufmerksamkeit dann wieder auf Julian. »Sie kann bei uns bleiben, wenn sie möchte«, erwiderte er. »Aber sie muss mit uns kooperieren.«

»Kooperieren?«, zischte Ezri. »Kooperieren? Es käme mir *nie* in den Sinn, an eurer neuen Ordnung teilzuhaben, an eurer Elite-Minorität …«

Locken lächelte. »Was für eine amüsante Einstellung«, kommentierte er. »Noch dazu bei einer Trill.« Dann wandte er sich von Ezri ab und schenkte ihr überhaupt keine Beachtung mehr. »Nun, welche Entscheidung haben Sie getroffen?«, fragte er Bashir. »Wie lautet Ihre Antwort?«

Julian sah ihn einige Sekunden lang an, drehte dann den Kopf und musterte Ezri. Sie spürte Unsicherheit und Verwirrung. Eigentlich wollte sie standhaft sein und Julian Unterstützung gewähren, aber stattdessen brannte der Zorn heißer in ihr. *Verdammt, wie kannst du es wagen, unschlüssig zu sein*? Julian nickte, wie um einen Schluss zu bestätigen, den er aus einem inneren Konflikt gezogen hatte. Dann straffte er die Schultern, als wäre eine schwere Last von ihnen gewichen. Sein Blick kehrte zu Locken zurück und er sagte: »Meine Antwort lautet ja.«

Triumph erstrahlte in Lockens Gesicht, als er die Kontrolleinheit hervorholte und auf die Zelle richtete. Das Kraftfeld verschwand aus dem Zugang und Bashir trat in den Korridor, wandte sich halb zu Ezri um. »Eines Tages wirst du verstehen …«, begann er und unterbrach sich abrupt, als ihn ihre Faust am Kinn traf. Es war kein besonders guter Schlag. Ezri hatte sich nicht die Zeit genommen, richtig auszuholen, und der Winkel ließ ebenfalls zu wünschen übrig. Vermutlich wäre sie gar nicht in der Lage gewesen, mit einem solchen Hieb irgendetwas auszurichten. Julian hielt ihren Arm fest und zog ihn zur Seite, was Ezri zwang, sich umzudrehen, bis sie mit dem Rücken zum Zelleneingang stand.

»Du verdammter ...« Weiter kam sie nicht. Julians Hand zuckte nach oben, presste sich ihr auf den Mund und brachte sie zum Schweigen.

»Kämpf nicht gegen mich, Ezri. Du wirst sehen, dass ich Recht habe ... bald.« Er nahm die Hand von ihrem Mund und gab ihr einen leichten Stoß, der sie veranlasste, nach vorn zu taumeln und auf die untere Koje zu sinken. Von dort aus starrte sie voller Verachtung zu ihm empor und biss die Zähne zusammen.

»Schon gut, Julian«, sagte Locken sanft und bedachte Ezri mit einem Lächeln. »Vielleicht kommt sie früher oder später zur Vernunft. Sie scheint recht intelligent zu sein. Und ganz offensichtlich mangelt es ihr auch nicht an Leidenschaft. Das erklärt viel.« Er berührte ein Schaltelement der Kontrolleinheit und daraufhin glühte wieder das Kraftfeld im Eingang der Zelle. Dann drehte er sich um und schritt durch den Korridor.

»Ja«, sagte Bashir traurig. »Es erklärt tatsächlich eine Menge.« Er setzte sich in Bewegung und folgte Locken.

Ezri hörte, wie sich ihre Schritte entfernten. Wenige Sekunden später vernahm sie das Zischen einer Sicherheitstür, die sich öffnete und schloss. Sie bebte am ganzen Leib, als sie sich auf die Seite rollte und die Beine anzog, mit dem Gesicht zur Wand auf der Koje lag und schluchzte. Sie hob die Hände zum Mund, als wollte sie auf diese Weise verhindern, zu laut zu weinen, und dann, als sie sich vor den verborgenen Überwachungsgeräten einigermaßen sicher glaubte, spuckte sie das Objekt aus, das Julian ihr in den Mund geschoben hatte.

Sie schluchzte auch weiterhin, als sie den Gegenstand in ihren Händen drehte und ihn sofort als primäres Schaltkreismodul eines Starfleet-Kommunikators erkannte. Der Jem'Hadar hatte Julian seinen Insignienkommunikator abgenommen; also musste diese Komponente von ihrem stammen. Vielleicht hatte Julian das kleine Kom-Gerät auseinander gebrochen auf dem Boden des Runabouts gefunden, unmittelbar vor dem Eintreffen der Jem'Hadar. Ohne sein Gehäuse war das Schaltkreismodul klein genug, um leicht versteckt zu werden, zum Beispiel im Mund oder im Haar. Vermutlich hatte Julian die ganze Zeit über daran gearbeitet, während er auf seiner Koje lag. Die Frage lautete: *Womit* hatte er daran gearbeitet und was beabsichtigte er?

Ezri rutschte näher zum Rand der Koje und fand dort etwas: einen kleinen Metallsplitter, der zweifellos von einem beschädigten Gerät aus dem Cockpit des Runabouts stammte.

Julian hatte also an einem Plan gearbeitet. *Schade, dass er keine Gelegenheit fand, mich einzuweihen.* Ezri lag auf der Koje und versuchte, möglichst niedergeschlagen zu wirken, während sie über die veränderte Situation nachdachte. Sie glaubte sich in der Lage, herauszufinden, was Julian plante. Immerhin gab es niemanden, der ihn besser kannte als sie.

15

Vaughn beschloss, das Abendessen bei Quark einzunehmen, auf dem Balkon. Es herrschte kaum Betrieb im Kasino, als er eintraf, was perfekt zu seiner Stimmung passte, aber als er mit seinem *Hasperat* fertig war, hatten sich bereits recht viele Personen im Hauptraum eingefunden.

Irgendwie war es Quark gelungen, das Überwachungssystem der Raumstation anzuzapfen, und mehrere in der Bar installierte Monitore zeigten die Arbeiten an *Empok Nor*. Angeblich dienten die Übertragungen dazu, den Gästen einen unmittelbaren Eindruck von den erzielten Fortschritten zu vermitteln. Doch das ausgeprägte Interesse der Gäste deutete darauf hin, dass hohe Wetten abgeschlossen wurden. Vaughn hoffte nur, die Starfleet-Techniker wetteten *gegen* die Möglichkeit, dass eine der beiden Raumstationen explodierte.

Zwar schenkte er dem Geschehen kaum Beachtung, aber als er den Teller beiseite schob, sah er von dem Bericht auf, an dem er gearbeitet hatte, und blickte zum nächsten Monitor. Die in Raumanzüge gekleideten Spezialisten waren schon seit Stunden damit beschäftigt, *Deep Space Nine* mit dem neuen Reaktorkern zu verbinden. Lauter Jubel erklang, als die letzte Verbindung hergestellt wurde. Am nächsten Tag standen eine Überprüfung und dann die Aktivierung der sechs Fusionsreaktoren auf dem Programm, doch derzeit gaben sich die Leute damit zufrieden, diesen ersten

Lichtschimmer am Ende eines sehr dunklen Tunnels zu feiern.

Vaughn reagierte mit Unbehagen, als Quark seine Meinung verkündete, dass der neue Kern auch nach vollständiger Installation nicht funktionieren würde. Es lief dem Commander kalt über den Rücken und er redete sich ein, dass es an Problemen mit der Heizung lag und nicht an seinem Alter. Er trank einen Schluck vom ausgezeichneten Bockbier – wo hatte Quark das nur aufgetrieben? – und der Geschmack weckte vage Erinnerungen in ihm.

Unten im Hauptraum gaben sich Crewmitglieder alle Mühe, die Kühle zu vertreiben. Einige führten angeregte Gespräche. Viele genossen wärmende Getränke und hier und dort bereiteten sich Paare darauf vor, Körperwärme zu teilen. Prynn Tenmei saß an einem Tisch, umgeben von Technikern, die sich von ihrem Wissen über Fusionsreaktoren und ihrem Lächeln beeindrucken ließen. Es bestand kein Zweifel daran, dass Tenmei die ihr geltende Aufmerksamkeit genoss, aber etwas in ihrem Gesicht wies Vaughn darauf hin, dass keiner der jungen Männer auf einen Erfolg bei ihr hoffen durfte.

Vaughn hob seinen Krug zu einem spöttischen Gruß. »Viel Glück, Jungs. Ihr könnt es gebrauchen.« Dann trank er den Rest des Biers und setzte den Krug auf dem Tisch ab. Erstaunlicherweise wurde er sofort entfernt und durch einen vollen ersetzt.

»Hallo, Quark«, sagte Vaughn, ohne aufzusehen. »Ich habe keinen Nachschub bestellt.«

»Ich weiß«, erwiderte Quark. »Aber alles deutete darauf hin, dass Sie dafür bereit waren. Ein guter Barkeeper versteht sich darauf, gewisse Anzeichen zu deuten.«

Vaughn lächelte schief und nickte. »Na schön. Setzen Sie den Drink auf meine Rechnung.«

»Oh, das habe ich bereits.« Quark wusste auch den Blick seiner Gäste zu deuten. Er addierte die Ausrichtung von Vaughns Blick mit seinem Gesichtsausdruck und gelangte zu dem richtigen Schluss, dass Vaughns Aufmerksamkeit Tenmei galt. »Ich bitte Sie, Commander«, sagte er. »Tun Sie sich das nicht an. Ich verstehe Sie, aber Sie dürfen keine derartige Fixierung zulassen. Glauben Sie mir: Ich weiß, wovon ich rede. An Ihrem Geschmack gibt es natürlich nichts auszusetzen. Ich hatte Gelegenheit, Fähnrich Tenmei zu beobachten, und daher weiß ich, dass sie etwas Besonderes darstellt.«

»Quark …« Vaughn griff nach dem Krug und trank einen Schluck. »Das reicht.«

»Nein, im Ernst, ich verstehe Sie. Und sie ist auch noch Ihre Navigatorin, nicht wahr? Es dürfte nicht leicht sein, so eng zusammenzuarbeiten.« Quark wischte einen imaginären Fleck vom Tisch. »Nun, wenn ich Ihnen einen guten Rat geben darf: Schlagen Sie sich die junge Dame aus dem Kopf. Wenn Sie einer solchen Besessenheit nachgeben, fordern Sie Unheil geradezu heraus. Schlaflose Nächte, graue Tage, die Pflicht als vorgesetzter Offizier, Zurückhaltung zu üben …«

»Bitte, Quark«, sagte Vaughn. »Hören Sie auf.«

»Aber ich habe da eine Idee«, fuhr Quark fort. »Wie wär's mit einem Besuch in einer meiner Holo-Kammern? Ich kann Ihre Reservierung jetzt entgegennehmen – dann kommen Sie sofort an die Reihe, sobald die Projektionsräume wieder eröffnet werden. Zu meinem Angebot gehört auch eine große Auswahl an Einsame-Nächte-Programmen …«

»*Quark*.« Vaughn setzte den Krug so abrupt ab, dass Bier über den Rand schwappte. Er atmete tief durch und stellte sich der Tatsache, dass die Wahrheit ohnehin irgendwann ans Licht kommen würde. Warum nicht jetzt sofort? »Prynn ist meine Tochter.«

Quark schwieg einige Sekunden lang. Dann nahm er Vaughns Krug, wischte das Bier vom Tisch und stellte ihn wieder ab. »Auf Kosten des Hauses, Commander.«

»Danke, Quark.«

»Nun, *das* wird mich einiges kosten«, sagte Quark zu sich selbst, als er die Wendeltreppe hinunterging. »Und der Abend begann so angenehm.« In letzter Zeit führte er immer häufiger Selbstgespräche. »Weil es niemanden gibt, mit dem ich reden kann«, sagte er und begriff, dass er erneut ein Selbstgespräch begann.

In der jüngsten Vergangenheit hatten sich die Dinge seiner Meinung nach zu sehr verändert. Kira war aus einer Null auf der Spaß-Skala zu einer negativen Zahl geworden. Die Schuld daran gab Quark insgeheim Odo, aber er wagte es nicht, diese Meinung laut auszusprechen. Sicher, es *hieß*, dass sich keine Gestaltwandler mehr im Alpha-Quadranten aufhielten, aber gab es eine Garantie dafür? Und vielleicht arbeiteten jetzt alle für Odo. Quark schauderte. Es war alles so unfair.

Er bahnte sich einen Weg durch die Menge im Hauptraum, stellte das Tablett hinter der Theke ab und ließ den leeren Krug im Recycler verschwinden. Er fühlte Ärger und Verlegenheit – und es gab niemanden, den er als emotionalen Blitzableiter benutzen konnte. Selbst Frool – der einzige Kellner, der sich nur mit einem Sonderhonorar hatte überreden lassen, während des Kern-Transfers im Kasino zu bleiben – war viel zu beschäftigt, um die Beschimpfungen über sich ergehen zu lassen, die er aufgrund der Vertragsklauseln ertragen musste.

Und auch die Dabo-Mädchen hatten zu viel zu tun. Normalerweise hielten die Föderationsleute nicht viel vom Glücksspiel, aber die Atmosphäre der Gefahr schien ihnen das Gefühl zu geben, ihr Glück herausfordern zu können. Doch sie waren kein Ersatz für die Mannschaften der Frachter, die fast täglich für Hochbetrieb im Kasino gesorgt hatten, als *DS9* zu einem cardassianischen Entsatz-Kontrollpunkt geworden war. An diesem Morgen hatte der letzte Frachter abgelegt und der nächste würde erst in einigen Tagen eintreffen. Bis dahin musste Quark seine Umsatzhoffnungen auf Starfleet-Offiziere beschränken – eine Aussicht, die ihn alles andere als glücklich stimmte.

»Woran denken Sie, Quark?«

Der Ferengi hob den Kopf, sah aber niemanden.

»Hier drüben.«

Er spähte über die Theke und sah in goldene Augen, die zu einem großen grünen Gesicht gehörten. Er zeigte sein »neutrales Lächeln Nummer Sieben«, normalerweise für Personen reserviert, die gut gekleidet waren und nicht mit einer Waffe auf seinen Kopf zielten.

Offenbar haben doch nicht alle Zivilisten die Raumstation verlassen. »Guten Abend, Sir«, sagte Quark und näherte sich dem Mann. »Wenn wir uns schon einmal begegnet sind, so erinnere ich mich leider nicht daran. Und in letzter Zeit habe ich hier nicht viele Orioner gesehen.«

Der kleine, elegant wirkende Orioner lächelte einnehmend. »Wir sind uns noch nicht begegnet«, erwiderte er. »Aber Ihr Ruf eilt Ihnen voraus.«

Unaufrichtige Schmeichelei. Ich wittere ein Geschäftsangebot. Quark holte ein Glas unter der Theke hervor und putzte es. »Sehr freundlich von Ihnen. Was kann ich für Sie tun, Mister …?«

»Malic«, sagte der Orioner und streckte die Hand aus. Quark taxierte rasch die Edelsteine in Malics Ringen und stellte fest: Womit auch immer der Orioner derzeit beschäftigt war – seine Geschäfte gingen gut. »Und ich würde gern einen aufgeschlossenen Geschäftsmann kennen lernen.«

Quark ergriff Malics Hand und schüttelte sie. *Ein Händedruck verrät viel über jemanden.* Dieser kleine Mann, so vermutete Quark, war imstande, ihm die Finger zu zerquetschen. »Vielleicht kenne ich einen«, sagte er. »Wenn der Preis stimmt.«

Malic lächelte und Quark bemerkte etwas Glänzendes im hintersten Backenzahn, etwas, das fröhlich und vor allem teuer funkelte. *So etwas sieht man heutzutage kaum mehr,* dachte Quark. *Mir gefällt ein Pirat mit Aufmerksamkeit fürs Detail.*

Taran'atar kannte verschiedene Arten von Schmerz. Vor fast einundzwanzig Jahren, während des ersten Feldzugs gegen eine Spezies namens V'Xaji, hatte er schwere Brandwunden an der linken Seite erlitten. Es war qualvoll gewesen, schlimmer als alles, worauf ihn die Ausbildung vorbereitet hatte. Der »Geschmack« einer solchen Pein war bitter, aber er lernte, auch Trost darin zu finden. So intensiv der Schmerz auch sein mochte: Er wies deutlich darauf hin, dass man noch lebte. Für einen Jem'Hadar ging damit eine andere Botschaft einher: *Du kannst noch immer den Gründern dienen.* Für Taran'atar war eine weitere wichtige Sache damit verbunden: *Ich bin noch immer imstande zu töten.*

Deshalb begrüßte er den Schmerz – eine gleichgültige, präzise Agonie –, der derzeit in ihm wütete. Taran'atar machte ihn zu einem Teil von sich selbst, um ihn nicht zu vergessen. Er atmete mehrmals tief durch, und als er glaubte, der Schmerz könnte seine Herzen stillstehen lassen, ließ er ihn durchs Fleisch in die Knochen sinken. Er atmete aus, dann wieder ein, nahm den Geruch von Blut – seinem eigenen Blut – und von Schweiß wahr.

Er hörte Stimmen – zwei, nein, drei – und schob den Fokus seiner akustischen Aufmerksamkeit am Dröhnen in den Ohren vorbei.

»Sein Blut hat nicht die richtige Farbe«, sagte die erste Stimme.

»Das stimmt«, bestätigte eine zweite. »Es ist nicht dunkel genug.«

»Ihr seht geronnenes Blut«, sagte eine dritte Stimme. »Vielleicht hat es die richtige Farbe. Holen wir frisches.«

Etwas berührte Taran'atar an der Brust und ein Blitz aus weißem Licht durchzuckte seinen Leib. Die Arme und Beine, so stellte er fest, waren taub. Das mochte später zu einem Problem führen, wenn es Zeit wurde zu fliehen. Er versuchte, die Zehen zu bewegen, wusste aber nicht, ob sie ihm gehorchten.

»Ich glaube, er ist wach«, sagte die erste Stimme.

»Er ist wach *gewesen*«, sagte die dritte. »Zumindest Teile von ihm.«

»Vielleicht wurde er von jemand anders gelenkt. Ihr habt das Kom-Gerät gesehen, das er bei sich führte. Möglicherweise erhielt er seine Anweisungen von der Person im Raumschiff.«

»Aber seht euch nur seinen Hals an. Er nimmt kein Weiß. Wie ist das möglich?«

»Sei vorsichtig«, warnte die dritte Stimme.

Taran'atar hob den Kopf und öffnete die Augen. Er sah drei Jem'Hadar, und alle trugen die silbernen und roten Uniformen des Khans.

Die dritte Stimme – sie gehörte offenbar dem Anführer der Jem'Hadar, dem so genannten Ersten – sah neugierig auf ihn hinab. »Wieder wach? Gut. Ich dachte schon, wir hätten dich zu sehr beschädigt.«

Wieder? Seltsam. Taran'atar erinnerte sich nicht daran, seit dem Kampf auf der Lichtung das Bewusstsein wiedererlangt zu haben. Doch als er sich im Verhörzimmer umsah, fand er Anzeichen dafür, dass er sich schon seit einer ganzen Weile an diesem Ort befand. Hier und dort lagen Werkzeuge, und die meisten von ihnen erweckten den Eindruck, benutzt worden zu sein. Taran'atar erkannte einige von ihnen – er hatte sogar einmal beobachtet, wie zwei von ihnen eingesetzt worden waren. Allerdings handelte es sich bei der Informationsgewinnung um ein Fachgebiet, an dem er nie sonderlichen Gefallen gefunden hatte, im Gegensatz zu anderen Jem'Hadar. Er fragte sich, ob er jemandem ausgeliefert war, den entsprechende Aktivitäten mit Zufriedenheit erfüllten.

»Ich bin nicht ... zu beschädigt«, brachte Taran'atar rau hervor.

Der Erste berührte ihn mit einem Gegenstand und Taran'atar spürte, wie sich seine Herzen zusammenkrampften. Fünf, zehn, zwanzig Sekunden lang konnte er nicht atmen, und Dunkelheit wogte heran, schloss sich um ihn. Als er später wieder zu sich kam, stand der Erste in der Nähe und echte Sorge zeigte sich in seinem Gesicht. Taran'atar versuchte, genug Kraft zu sammeln, um den Kopf zu heben, doch die Halsmuskeln entzogen sich seiner Kontrolle.

»Schon wieder wach?«, fragte der Erste. »Beeindruckend. Ich bezweifle, dass einer meiner Männer so viel ausgehalten hätte.«

Das Atmen fiel Taran'atar schwer und er zwang sich, seinem Peiniger in die Augen zu sehen. »Ihr ... seid ... Narren«, ächzte er. »Und euer Khan ...«

Die beiden Soldaten hinter dem Ersten zogen ihre Waffen und traten vor, aber der Erste hob die Hand und bedeutete ihnen, wieder zurückzutreten. Die Soldaten, so bemerkte Taran'atar, warfen ihm böse Blicke zu, aber im Gesicht des Ersten zeigte sich eher so etwas wie Neugier. »Geht«, wies er seine Männer an. »Versucht noch einmal, einen Kontakt mit dem Khan herzustellen und ihm von diesem Gefangenen zu berichten.«

Die Soldaten waren verwirrt. »Wir haben uns schon einmal bemüht, dem Khan Bericht zu erstatten«, sagte einer. »Man teilte uns mit, dass er heute Abend keine Nachrichten empfängt.«

In den Augen des Ersten glitzerte es kalt. »Ihr seid jung und deshalb werde ich dieses eine Mal über euer ungehöriges Verhalten hinwegsehen. Führt meine Anweisung aus. Wenn euch der Khan nicht empfängt, so hinterlasst die Mitteilung für ihn beim Kommandanten der Wache und kehrt anschließend zu den Baracken zurück.«

Die beiden Wächter wechselten einen kurzen Blick, aber keiner von ihnen war bereit – oder fähig –, dem Ersten zu widersprechen. Sie sahen noch einmal zu Taran'atar, bevor sie sich umdrehten und gingen.

Taran'atar versuchte, wach zu bleiben, fühlte aber, wie seine Lider zitterten und das Bild vor seinen Augen verschwamm. Der Erste beugte sich zu ihm herab. »Gib dich keinen falschen Hoffnungen hin«, sagte er. »Du *wirst* sterben. Aber es gibt einen leichten und einen schweren Tod.«

»Das weiß ich«, erwiderte Taran'atar mühsam und hätte am liebsten hinzugefügt: *Besser als du es jemals wissen wirst.* Stattdessen fragte er: »Was willst du?«

»Was bist du?«

»Genau das, was ich zu sein scheine«, antwortete Taran'atar. »Ein Jem'Hadar.«

»Du lügst.«

»Du leugnest das, was dir deine Augen zeigen? Sondiere mich, wenn dir entsprechende Geräte zur Verfügung stehen. Sie werden dir bestätigen, dass ich die Wahrheit sage. Ich bin ein zweiundzwanzig Jahre alter Jem'Hadar.«

»Ich habe dich bereits sondiert. Die dabei gewonnenen Daten sind absolut widersprüchlich.«

»Du misstraust also nicht nur deinen Augen, sondern auch deinen Instrumenten«, sagte Taran'atar.

Der Erste griff nach dem Knoten aus schwarzem Haar an Taran'atars Hinterkopf und zwang ihn aufzusehen. »Weißt du, wer ich bin? Ich bin der Erste. Der Erste meiner Männer. Der Erste, den der Khan erschuf. Wer auch immer du sein magst – du bist nicht von ihm erschaffen.«

»Sehr scharfsinnig«, erwiderte Taran'atar. Trotz der heftigen Schmerzen war er fasziniert. »Wie erklärst du mich dann? Entweder lüge ich, wie du glaubst, oder ich sage die Wahrheit. Wenn Letzteres der Fall ist, so muss es noch andere Jem'Hadar geben, die ihre Existenz nicht dem Khan verdanken.«

Taran'atar wusste, dass er einen Treffer erzielt hatte. Der Erste beugte sich noch näher. »Du hast zuvor von den Gründern gesprochen. Erinnerst du dich?«

Überraschung erleichterte es Taran'atar, gegen die drohende Bewusstlosigkeit anzukämpfen. Hier war ein Jem'Hadar, der ihn um Informationen über die Gründer bat. »Ich entsinne mich nicht daran, von den Gründern erzählt zu haben. Aber wenn du das sagst, so glaube ich dir.«

»Wer sind sie?«, fragte der Erste.

»Die Gründer geben Leben und Zweck. Sie sind die wahren Schöpfer der Jem'Hadar. Euer Khan ... Er ist nicht der, für den ihr ihn haltet. Er hat sich nur das Werk der Gründer angeeignet.«

Der Erste dachte einige Sekunden lang über diese Worte nach. »Du scheinst dir da sehr sicher zu sein. Woher nimmst du die Gewissheit, dass man dir die

Wahrheit gesagt hat? Ist es nicht möglich, dass dich die so genannten Gründer belogen haben? Vielleicht fürchten sie den Khan ... Was durchaus angemessen wäre.«

»Dann erkläre mein Alter. Ich bin nicht der Erste meiner Art. Schon vor Jahrhunderten haben die Gründer Jem'Hadar erschaffen. Wie viele Jahreszeiten hast du auf diesem Planeten erlebt? Glaubst du wirklich, dass das Leben nur daraus besteht, jenem Menschen zu dienen?«

Der Erste schüttelte den Kopf. »Du bist falsch informiert. Der Khan ist kein Mensch. Er ist etwas anderes, verkörpert die nächste Entwicklungsstufe der Menschen. Er wurde geboren, um über die anderen Menschen zu *herrschen*.«

»Das behauptet er«, erwidere Taran'atar. »Der Mensch, mit dem ich hierher kam, ist eurem Khan in jeder Hinsicht ebenbürtig, ihm vielleicht sogar überlegen. Aber er ist kein Herrscher, sondern Arzt.«

»Dann kann er dem Khan wohl kaum ebenbürtig sein«, sagte der Erste. »Vielleicht ist *er* ein Narr.«

»Nein«, widersprach Taran'atar. »Er ist kein Narr. Ich glaube, er *könnte* über die Menschen herrschen, wenn das seine Absicht wäre – zumindest über einige von ihnen –, aber er hat sich gegen diese Möglichkeit entschieden. In gewisser Weise ist er ein Soldat, der in einer anderen Art von Krieg kämpft ...« Es fiel ihm schwer, die eigenen Worte zu verstehen, aber er hörte die Wahrheit, die in ihnen zum Ausdruck kam.

Der Erste starrte ihn so an, als hätte er den Verstand verloren; vielleicht war der Mangel an Ketracel-Weiß dafür verantwortlich. Doch dann kehrte er zu dem Thema zurück, das ihn mehr interessierte als alles andere. »Aber was sind die Gründer? Giganten? Säulen aus schimmernden Licht?«

»All das und noch mehr«, sagte Taran'atar, dankbar dafür, dass es wieder um Bekanntes ging. Zumindest diese Frage konnte er sofort beantworten. »Sie können alles sein, was sie wollen. Das Fleischliche setzt ihnen keine Grenzen.«

Der Erste wirkte interessiert. »Sind sie unsterblich?«

Taran'atar zögerte. Er wusste, dass die Gründer sterben konnten, und er wusste auch, dass Odo einen seiner Artgenossen getötet hatte. Darüber hinaus war ihm bekannt, dass vor nicht allzu langer Zeit eine Seuche die Gründer heimgesucht hatte. Hinzu kam: Manche Jem'Hadar spekulierten darüber, dass es eigentlich gar keine Gründer in dem Sinne gab, sondern ein einzelnes großes Wesen, das sich in beliebig viele Teile aufspalten konnte, wobei jedem Teil das Wissen des Ganzen zur Verfügung stand. Ließ sich daraus der Schluss ziehen, dass ein Gründer einen Teil von sich selbst tötete, wenn er einen anderen Gründer umbrachte? Je mehr Taran'atar darüber nachdachte, desto mehr fühlte er sich von der Frage des Ersten in die Ecke gedrängt.

»Nein«, antwortete er schließlich. »Die Gründer sind nicht unsterblich.«

Der Erste wartete und gab Taran'atar Gelegenheit, noch etwas hinzuzufügen. Dann sagte er: »Der Khan ist unsterblich.«

»Welchen Beweis hast du dafür?«

»Man verlangt keinen Beweis von einem Gott.«

»Selbst wenn du Zweifel hast?«

»Ich habe keine Zweifel«, sagte der Erste. »Mir scheint eher, dass *du* Grund hast zu zweifeln. Du hältst die Gründer für Götter, aber auf mich machen sie keinen besonders göttlichen Eindruck. Alles deutet auf Sterbliche hin, die dir eingeredet haben, dass sie unsere Art erschufen.«

Der Erste wandte sich zum Gehen, um Taran'atar

mit seinem Schmerz allein zu lassen. Bevor er den Raum verließ, bot er dem Gefangenen noch einen letzten Gedanken an. »Wer auch immer du bist, und was auch immer du in Hinsicht auf deinen Ursprung glaubst … Offenbar haben dich deine Götter verlassen.«

16

Als sie an jenem Abend in Lockens Quartier zurückkehrten, entdeckte Bashir ein seltsames Vorurteil in sich: Er konnte nicht glauben, dass jemand, der gut zu kochen verstand, durch und durch böse war. Lockens Kartoffel-Leek-Suppe war erstaunlich pikant, und so mühelos wie Bashir einen Toast zubereitete, brachte er ein herrlich leichtes Käsesoufflé auf den Tisch. Es fiel Bashir schwer, keinen Neid zu empfinden – er hatte nie die Zeit gefunden, seine Kochkünste zu verbessern. Was die Küche betraf … Sie war klein, aber bemerkenswert gut ausgestattet.

»Woher haben Sie all die Utensilien?«, fragte Bashir und betrachtete ein Gestell mit exotischen Küchenwerkzeugen. »Dies kann nicht alles vom Dominion zurückgelassen worden sein. Jem'Hadar brauchen nicht zu essen und Vorta haben keinen nennenswerten Geschmackssinn.«

»Sie gehören mir«, erwiderte Locken und schälte Kartoffeln. »Als ich mit Sektion 31 hierher kam, brachte ich so viel wie möglich von meiner Heimat mit. Wir wollten eine Zeit lang hier bleiben – und alle freuen sich, wenn sie einen Koch in ihrer Mitte wissen. Der Plan sah vor, dass ich für alle kochte. Und das habe ich tatsächlich getan. Auf diese Weise machte ich die Agenten der Sektion 31 zu meinen Gefangenen. Es genügte, ihren Morgenomelettes eine kleine Prise einer gewissen Substanz hinzuzufügen.«

»Sind sie noch immer hier?«, fragte Bashir überrascht. Er hatte die Agenten von Sektion 31 für tot gehalten.

»Sie befinden sich in Stasis«, sagte Locken, zerschnitt die Kartoffeln und gab sie in einen Topf mit kochendem Wasser. »Um gewissen Schwierigkeiten vorzubeugen.«

»Aber Stasis über einen längeren Zeitraum hinweg kann ...«

»Schädlich sein, ich weiß. Keine Sorge. Ich habe einige Probleme der Stasistechnik gelöst. Die Agenten sind noch für eine ganze Weile gut aufgehoben.«

Bashir nahm am Küchentisch Platz und sah dem Koch bei der Arbeit zu. Zwar gab es vier Stühle, aber es hatte nur ein Set auf dem Tisch gelegen, als sie hereingekommen waren. Mit großer Zufriedenheit hatte Locken ein weiteres Set hervorgeholt, für Bashir bestimmt. Die Vorbereitung der einzelnen Zutaten kam einem künstlerischen Akt gleich und die ganze Zeit über plauderte Locken geistreich. Es war alles so zivilisiert, traurig und verzweifelt, dass Bashir am liebsten geschrieen hätte.

»Ich bin beeindruckt«, sagte er. »Sie haben nicht nur eine bessere Klon-Technik entwickelt, sondern auch noch für andere Dinge Zeit gefunden.«

»Oh, die Arbeit an der Stasistechnik liegt schon eine Weile zurück«, entgegnete Locken. »Ich habe sie nur nicht veröffentlicht, weil ... Nun, Sie wissen schon.«

»Der Neid von Wissenschaftlern und Technikern. Sie wollten keine Aufmerksamkeit erregen.« Bashir atmete tief durch und seufzte. »Ich verstehe.«

»Natürlich ist von jetzt an alles anders. Denken Sie einmal darüber nach, Julian. In einigen Jahren oder Jahrzehnten erinnern wir uns an diesen Abend als den Beginn eines Goldenen Zeitalters.«

»Wir könnten diesen Tag zu einem Feiertag machen«, meinte Bashir.

Locken lachte. »Sie scherzen. Ich weiß, dass Sie scherzen, aber vielleicht wiederholen Sie diese Worte eines Tages und meinen sie dann ernst. Oder es handelt sich dabei um etwas, das wir besser anderen Leuten überlassen sollten …«

»Ja, vielleicht sollten wir das«, sagte Bashir. »Es wäre recht anmaßend, galaktische Feiertage zu proklamieren. Es gibt noch einige Hindernisse zwischen … uns und unseren Zielen.«

»Ja«, bestätigte Locken, drehte den Wasserhahn auf und wusch sich die Hände. »Möchten Sie, dass wir über einige von ihnen sprechen?«

»Warum nicht?«, erwiderte Bashir, zögerte und schien zu überlegen. »Zum Beispiel gibt es da ein zahlenmäßiges Problem, an das Sie sicher schon gedacht haben. Das Dominion hatte Dutzende, wenn nicht gar Hunderte von Brutplätzen, aber trotzdem gelang es ihm nicht, die Föderation zu besiegen. Zugegeben, derzeit ist der interstellare Völkerbund geschwächt und wir sollten ihn in praktisch jeder Hinsicht überlisten können, aber Sie produzieren nur eine Hand voll Jem'Hadar pro Woche …«

»Was sich bald ändern wird«, sagte Locken. »Insbesondere jetzt, da wir zusammenarbeiten. Aber Sie haben Recht. Dies ist ein Schlüsselproblem, auf das ich mich vorbereitet habe.« Er warf einen Blick auf die Uhr am Backofen, legte dann den Deckel auf den Suppentopf und drehte die Temperatur herunter. »Uns bleibt genug Zeit dafür«, sagte er und winkte Bashir zur Tür. »Begleiten Sie mich.«

Im Salon holte Locken die Kontrolleinheit hervor, aktivierte damit den Computer und ein großes holographisches Display. Er klickte sich durch mehrere Sicherheitsebenen und gab so schnell Kennwörter ein, dass Bashir ihm nicht folgen konnte. Schließlich wogten Farben durchs Holo-Display und ein Bild entstand. Es zeigte das Modell eines Proteins, begleitet von Datenkolonnen.

»Das erkennen Sie sicher«, sagte Locken.

Bashir betrachtete das Modell, las die Informationen und begriff, womit er es zu tun hatte. Er schauderte innerlich. »Ein Prion. Aber anders beschaffen als alle mir bekannten.«

Locken lächelte zufrieden. »Offen gestanden hatte ich einige Probleme damit. Aber ich bin ein ziemlich guter Koch. Ich habe nie zuvor mit so etwas gearbeitet, doch wenn man einmal den Dreh heraus hat, lässt sich die Sache mit der Zubereitung eines guten Soufflés vergleichen: Man hält sich hauptsächlich ans Rezept, aber es gibt auch Platz für Innovationen.«

»Sie haben dies geschaffen?«, fragte Bashir und empfand echte Ehrfurcht. »Es ist bemerkenswert.« *Und verrückt,* wollte er hinzufügen, wagte es aber nicht. Er musste herausfinden, was Locken – der sich immer mehr als wahnsinniges Genie erwies – plante. »Wenn ich das hier richtig verstehe …«

»Und mit Ihrer Intelligenz verstehen Sie es natürlich richtig.«

»… so könnte dieses Prion praktisch jede humanoide Lebensform im Quadranten infizieren.«

»Solange die betreffenden Humanoiden über ein Zentralnervensystem verfügen«, sagte Locken. »Es gibt nur ein oder zwei Spezies, die unbetroffen bleiben, aber sie spielen letztendlich keine Rolle.«

Bashir starrte auf die rotierende Darstellung und gab sich alle Mühe, sein Entsetzen zu verbergen. Diese Kette aus Proteinen, so begriff er, konnte das Gehirn fast aller Geschöpfe des Alpha-Quadranten in Brei verwandeln. »Wie wird es übertragen?«

»Luft, Wasser, Geschlechtsverkehr«, antwortete Locken selbstgefällig. »Es ist sehr vielseitig.«

»Aber Ihre Jem'Hadar sind immun?«, vermutete Bashir. »Und Sie ebenfalls?«

»Natürlich. Übrigens habe ich nach Ihrer Ankunft dafür gesorgt, dass auch Sie immun sind. Ich habe das Prion nicht genau überprüft, aber das dürfte auch nicht nötig sein. Es zeichnet sich durch die Schönheit aus, die allen schlichten Dingen zu eigen ist. Und ich halte es für narrensicher.« Locken lächelte. »Aber um ganz sicher zu gehen, habe ich einen Planeten ausgewählt: das romulanische Protektorat im Orias-System.« Er berührte ein Schaltelement der Kontrolleinheit und ein anderer Teil der Wand glitt beiseite. Zum Vorschein kam ein weiteres Computerterminal. Ein großer Monitor erhellte sich und zeigte aus mittlerer Entfernung eine für Raketenstarts vorgesehene Plattform. Eine Rampe war bereits fertiggestellt; zwei weitere befanden sich in Bau. Mehrere Jem'Hadar-Soldaten hielten mit schussbereiten Waffen Wache. Im Hintergrund bemerkte Bashir drei in Schutzkleidung gehüllte Jem'Hadar, die eine Rakete mit Treibstoff betankten. »Ich musste die Rakete aus Teilen konstruieren, die meine Jem'Hadar von den Schiffen und Außenposten heimbrachten, die von uns angegriffen wurden«, erklärte Locken.

»Außenposten?«, wiederholte Bashir.

»Nichts Großes«, sagte Locken. »Ich vermute, es handelte sich um geheime Basen des Romulanischen Reiches, eingerichtet für den Fall, dass die Föderation ihre Muskeln spielen lässt. Offenbar hat das Reich der Föderation gegenüber die Angriffe nicht erwähnt, obgleich ich sicher bin, dass die Romulaner argwöhnisch geworden sind.«

»Und Sie haben vor, die Romulaner mit einer ihrer eigenen Raketen anzugreifen?«

»Mit einer modifizierten Rakete«, sagte Locken. »Ja. Nachher wird man bei einer Untersuchung Teile finden, die den Verdacht auf die Föderation lenken.«

»Aber es wird nicht genug Anhaltspunkte geben, um die Romulaner sofort aktiv werden zu lassen.«

Locken lächelte. »Julian, ich glaube, Sie haben ein besonderes Talent für so etwas. Nein, die Romulaner werden nicht sofort aktiv, aber sie beginnen damit, aufzurüsten und sich vorzubereiten. Und wenn meine Prion-Waffe so wirkungsvoll ist, wie ich glaube, so leiten wir kurz nach dem ersten Start den Großangriff ein. Bis dahin sind sechs Rampen fertig und ich beabsichtige, auch meine Schiffe mit Abschussvorrichtungen auszustatten. Ich glaube, dass es mir gelingen wird, die Romulaner innerhalb einer Woche aus dem Sektor zu vertreiben.«

»Zu vertreiben?«, fragte Bashir skeptisch.

Locken schmunzelte und kicherte fast. »Entschuldigen Sie den Euphemismus. Na schön, sie werden tot sein. Zumindest die meisten von ihnen. Einigen wenigen dürfte es gelingen zu entkommen, aber nicht für lange. Ich habe das Prion so strukturiert, dass es in bestimmten Genotypen für kurze Zeit inaktiv bleibt – gerade lange genug, um den Überlebenden Gelegenheit zu geben, nach Hause zurückzukehren und die Prionen dadurch weiter zu verbreiten. Es spielt keine große Rolle, denn zu jenem Zeitpunkt hat bereits der Krieg begonnen.«

»Ein Konflikt zwischen den Romulanern und der Föderation«, sagte Bashir. »Und bestimmt dauert es nicht lange, bis auch die Klingonen hineingezogen werden. Und dann vermutlich auch die Breen, was bedeutet, dass der ganze Quadrant in Flammen steht. Und wenn die genannten Mächte damit fertig sind, sich gegenseitig zu zerstören, treten die genetisch erweiterten Menschen auf den Plan. Die Neue Föderation wird aus der Asche der alten aufsteigen und den Quadranten einen.«

»Ich hätte es nicht besser ausdrücken können.« Locken strahlte.

Bashir fragte sich, ob er zu lächeln versuchen sollte, aber er fürchtete, dass eine Grimasse daraus wurde. »Und wie sieht der Zeitplan für dies alles aus?«

Lockens Miene erhellte sich noch mehr – falls das überhaupt möglich war. »Habe ich das nicht gesagt? Morgen starten wir die erste Rakete. Bitte entschuldigen Sie mich jetzt. Ich möchte vermeiden, dass die Suppe überkocht.« Locken hakte die Kontrolleinheit an seinen Gürtel und eilte in die Küche zurück. Bashir blieb noch einige Sekunden lang im Salon und sah auf die Konsole, doch dann folgte er Locken. Er hielt es nicht für angemessen, zu viel Interesse am Computerterminal zu zeigen.

Ezri wusste: Eigentlich hätte sie beleidigt sein sollen, weil draußen im Korridor kein Jem'Hadar mehr Wache hielt – offenbar sah Locken keine echte Gefahr in ihr. Aber sie war viel zu sehr mit dem Kommunikator-Modul beschäftigt, um daran Anstoß zu nehmen. Sie ahnte, *was* es zu bewerkstelligen galt, aber das *Wie* machte ihr Kopfzerbrechen. Glücklicherweise konnte sie auf Jadzias Erinnerungen zurückgreifen und stellte fest: Ihre Vorgängerin hatte sich nicht nur mit solchen Techniken ausgekannt, sondern auch großen Gefallen gefunden an derartigen technischen Tricks. Ezri fragte sich, ob Bashir das wusste und genau darauf zählte.

Der Metallsplitter war nicht unbedingt das ideale Werkzeug, um die Schaltkreise des kleinen Moduls zu verändern, aber schließlich fand Ezri die richtige Einstellung. Woraufhin sie sich dem *anderen* Problem stellen musste, der Frage, was sie unternehmen sollte, sobald es ihr gelang, die Zelle zu verlassen. Nur eine

Idee drängte sich ihr auf – sie war nicht unbedingt großartig, aber unter diesen besonderen Umständen fiel ihr nichts Besseres ein.

Sie kratzte mit dem Metallsplitter an der Sendekomponente des Moduls, bis sie die richtige Frequenz entdeckte. Das Kraftfeld im Zellenzugang flackerte und stabilisierte sich wieder. Ezri fluchte leise und wiederholte die Manipulation der Sendekomponente. Das Kraftfeld zischte, knisterte ... und verschwand.

Ezri fühlte sich versucht, aufzuspringen und loszulaufen, aber stattdessen blieb sie sitzen. Es vergingen nur wenige Sekunden, bis ein Jem'Hadar erschien, einen schussbereiten Disruptor in der Hand – Locken hatte also doch nicht darauf verzichtet, sie bewachen zu lassen. Als er sie sah, richtete er die Waffe auf ihren Kopf. Aus irgendeinem Grund rechnete Ezri damit, dass er lächelte, aber dann begriff sie, dass dies kein Spaß für ihn war. Er wurde nur seiner Aufgabe gerecht, die darin bestand, sie an der Flucht zu hindern. *Und meine Aufgabe besteht darin zu fliehen – so einfach ist das.*

Ezri kratzte noch einmal an der Sendekomponente, unterbrach dadurch das Signal – die Kraftfeldprojektoren wurden wieder aktiv. Der Wächter stand im Zugang der Zelle, mitten in der sich neu bildenden energetischen Barriere. Alle Muskeln in seinem Leib verkrampften sich, was dazu führte, dass er den Auslöser des Disruptors betätigte. Die Waffe entlud sich und ein Strahlblitz fauchte dicht über Ezris Kopf hinweg. Der Jem'Hadar kippte nach vorn, fiel zu Boden und rollte ein Stück zur Seite, als das Kraftfeld erneut kollabierte, zum letzten Mal.

Ezri stand auf, trat zum Eingang und stieß den Wächter mit dem Fuß an. Er rührte sich nicht. Sie nahm ihm Waffen und Kommunikator ab, verließ die Zelle und schlich durch den Korridor.

Nach zwanzig Metern fand sie eine nicht gekennzeichnete Tür, öffnete sie vorsichtig und entdeckte einen Wartungsraum, der Zugang zu den Luftschächten gewährte. Ezri löste ein Gitter, kletterte in die Röhre und lächelte boshaft, als sie so leise wie möglich durch die Dunkelheit kroch.

»Geben dir die Gründer kein Weiß?«, fragte der Erste.

Taran'atar hatte einen klareren Kopf und überlegte, ob ihm der Erste eine Droge verabreicht hatte, während er bewusstlos gewesen war. »Sie *schufen* das Weiß«, erwiderte er. »Und ja, sie gaben es mir. Euer Khan hat nur die Formel gestohlen, um es selbst zu produzieren. Sein Ketracel-Weiß ist nicht besonders gut.«

»Nicht besonders gut?«

»Deine Soldaten sind entweder sehr schwach oder schlecht ausgebildet, Erster. Ich habe zehn von ihnen getötet. Kein einzelner Kämpfer sollte imstande sein, zehn Jem'Hadar zu töten.«

Der Erste runzelte die Stirn. Für ein oder zwei Sekunden erweckte er den Eindruck, Taran'atar schlagen zu wollen, doch er beherrschte sich. »Dreizehn«, erwiderte er.

Taran'atar verstand nicht. »Dreizehn?«

»Du hast dreizehn getötet. Deine Granate landete in unmittelbarer Nähe von drei Soldaten. Niemand von ihnen war geistesgegenwärtig genug, sie aufzuheben und zurückzuwerfen.«

Taran'atar fühlte den sonderbaren Wunsch, einen Kommentar abzugeben, Bedauern zum Ausdruck zu bringen oder dem Ersten einen Rat anzubieten, aber er blieb stumm. Solche Bemerkungen wären nicht sehr willkommen gewesen und er wusste, dass sein Leben noch immer an einem dünnen Faden hing. Der Erste war zu ihm zurückgekehrt, weil ihn während des ersten Gesprächs etwas tief beunruhigt hatte und ihm keine Ruhe mehr ließ. Zwar konnte man diesen Ersten nicht als wahren Jem'Hadar bezeichnen, aber er schien über einige gute Eigenschaften zu verfügen. Vielleicht wurde eines Tages noch ein ordentlicher Soldat aus ihm.

»Wie nimmst du das Weiß?«, fragte der Erste und knüpfte wieder ans ursprüngliche Thema an. »Es befindet sich ein Ventil in deinem Hals, aber wir haben keine Schläuche bei dir gefunden. Und inzwischen bist du schon seit vielen, vielen Stunden hier. Erkläre das.«

»Ich bin nicht wie die meisten anderen Jem'Hadar. Was ihr dem Weiß entnehmt, produziert mein Körper auf natürliche Weise.«

Der emotionale Aufruhr des Ersten wuchs immer mehr. Plötzlich zog er seinen Disruptor und hielt ihn an Taran'atars Schläfe. »Ich sollte dich töten. Du hast keine nützlichen Informationen und die Zeit, die ich mit dir verbringe, sollte ich besser für die Ausbildung der Soldaten nutzen, die noch immer zu meinem Kommando gehören.«

Er betätigte einen Schalter an der Waffe und Taran'atar hörte ein Summen, als das energetische Niveau des Strahlers zunahm. Der Erste beobachtete das Gesicht seines Gefangenen, ließ dann langsam die Waffe sinken. »Aber du bist mutig. Das muss ich dir lassen. Und einige der Dinge, die du gesagt hast ...« Er trat mehrere Schritte zurück und schob den Disruptor ins Halfter.

Seine Hand kam in die Höhe und deutete auf den Schlauch an der Kehle. »Du behauptest, du brauchst dies nicht. Stimmt das?«

»Ja.«

»Sollten alle Jem'Hadar auf die gleiche Weise wie du existieren?«

Taran'atar zögerte. Erneut überraschte ihn der Erste mit einer Frage, die ihn mit der eigenen Ungewissheit konfrontierte. »Ich weiß es nicht«, sagte er und die Worte brannten wie Gift auf seiner Zunge. »Ein Jem'Hadar lebt, um den Gründern zu dienen, und ich habe ihnen gut gedient. *Trotzdem* haben sie mich in diese elende Ecke der Galaxis verbannt, als sie meine Andersartigkeit herausfanden. Ich bin ein *Deviant*. Ich bin nicht geeignet, bei anderen meiner Art zu leben, und deshalb muss ich hier sterben, unter Schwächlingen und Verrätern. Das *verdiene* ich.«

Der Erste hörte ruhig zu und gab durch nichts zu erkennen, ob Taran'atars Worte etwas in ihm bewegten. Als der Gefangene schwieg, hob er die Hand, so als wollte er den Schlauch an seinem Hals berühren, doch das brachte er nicht fertig. »Ja«, sagte er. »Ich verstehe. In einem Punkt hast du Recht: Deine Gründer und mein Khan unterscheiden sich sehr. Die Gründer erschufen dich so, dass du den Umstand verabscheust, kein Weiß zu benötigen, während mein Khan ...« Der Erste nahm seine ganze Kraft zusammen und schaffte es, die Finger um den Schlauch zu schließen. Er schien bestrebt zu sein, ihn abzureißen, aber Taran'atar wusste, dass er dazu nicht imstande war.

Der Erste atmete schwer. »Er schuf mich mit der Bereitschaft, *alles* für ihn zu tun«, knurrte er. »Aber nicht mit der Überzeugung, dies hier ...« Er deutete auf den Schlauch. »... sei ein Segen.«

Er trat näher und beugte sich so tief zu Taran'atar hinab, dass nur noch wenige Zentimeter ihre Gesichter voneinander trennten. »Ich bin kein Soldat. Ich bin auch kein Diener. Ich bin ein *Sklave*, aber das weiß ich wenigstens. Warum weißt du es nicht?«

17

»Wir haben nicht viel Zeit, um miteinander zu sprechen, Joseph«, sagte Kasidy Yates zu ihrem Schwiegervater. Das Bild auf dem Schirm schwankte und zitterte, was an Signalstörungen lag. »Heute Nachmittag wird das ganze Subraumnetz der Provinz deaktiviert, damit neue Geräte installiert werden können.«

Joseph Sisko verzog das Gesicht. »Damit sollen sie warten, bis wir fertig sind«, erwiderte er. »Ich habe den ganzen Tag über versucht, dich zu erreichen.«

»Ich verstehe.« Kasidy seufzte. »Hier ist es schwerer als an Bord der Raumstation. Manchmal hält man die Effizienz der Föderation einfach für selbstverständlich.«

»Schon gut, schon gut«, brummte Joseph. »Ich bin irgendwie davon ausgegangen, dass du als ›Ehefrau des Gesandten‹ eine Art besonderen Status genießt.«

»Das ist tatsächlich der Fall«, bestätigte Kasidy. »Mehr als mir lieb ist. Du ahnst nicht, wie viele Leute während der letzten Tage zu mir kamen und Hilfe anboten. Alle sind so ernst und höflich, dass ich sie nicht zurückweisen kann! Man transportiert meine Möbel, macht in der Küche sauber und jätet Unkraut im Garten.«

»Klingt ganz gut«, kommentierte Joseph und der Schatten eines Lächelns huschte über seine Lippen. »Zumindest das mit dem Saubermachen in der Küche. Hinzu kommt: Du solltest dich schonen.«

Das Bild stabilisierte sich und Kasidy musterte Joseph, sah dabei ihre Befürchtungen bestätigt: Die Erschöpfungsfalten in den Augen- und Mundwinkeln waren seit Bens Verschwinden tiefer geworden. Der Kummer in Josephs Miene vermittelte eine deutliche Botschaft: So litt ein Vater, der glaubte, sein Kind verloren zu haben – obwohl Kasidy an der Überzeugung festhielt, dass ihr Ehemann, Josephs Sohn, eines Tages zurückkehrte.

»Ich bin in der Mitte meines zweiten Trimesters, Joseph – der beste Teil der Schwangerschaft, wie mein Arzt behauptet –, und ich habe mich nie besser gefühlt. Ich *möchte* mich nützlich machen.« Sie lachte. »Ich platze geradezu vor Tatendrang.«

Diesmal lächelte Joseph tatsächlich und schien dadurch um Jahre jünger zu werden. »Daran erinnere ich mich. Als für meine zweite Frau jene Phase begann, hatte der Tag nicht genug Stunden für sie, um alles zu erledigen, was sie erledigen wollte. Ich war froh, ins Restaurant gehen zu können, denn dort musste ich nicht so hart arbeiten.«

Kasidy erwiderte das Lächeln. »Nun, es wird bestimmt besser, wenn Jake zurückkehrt. Er kommt gut mit Besuchern zurecht und versteht sich darauf, anderen Leuten die Befangenheit zu nehmen.«

»Ah, ja, das hat er von mir. Es war nie eine Stärke seines Vaters ...« Joseph wurde wieder ernst. »Wo ist er? Doch nicht wieder an Bord der Station, hoffe ich. Es wäre mir lieber, wenn er bei dir auf Bajor bliebe.«

Kasidy starrte verwirrt auf den Bildschirm. Was hatten Josephs Worte zu bedeuten? Jake befand sich auf der Erde. Vor zwei Wochen war er aufgebrochen. Wollte Joseph sie auf den Arm nehmen? Nein, das passte nicht zu ihm. Bei so etwas würde er sich bestimmt keinen Scherz erlauben. »Was soll das heißen?«, fragte sie. »Er ist doch bei dir, oder?«

Das Bild auf dem Schirm verzerrte sich erneut, aber trotzdem sah Kasidy, wie Joseph erbleichte. »Was? Nein … Natürlich nicht. Wie kommst du darauf, dass Jake hier sein könnte?«

»Er hat mir *gesagt*, dass er zu dir wollte«, entgegnete Kasidy fast zornig. Das war auf die Hormone zurückzuführen. Manchmal genügten die seltsamsten Dinge, um ihr Empfinden schlagartig zu verändern, sie zum Beispiel traurig werden zu lassen: eine staubige Spinnwebe im Garten oder der Anblick einer Schüssel, in der Ben Soßen angerührt hatte. Kasidy versuchte, ihre Emotionen unter Kontrolle zu bringen. »Einen Augenblick. Vielleicht reden wir aneinander vorbei. Vor zwei Wochen brach Jake mit einem Schiff von *DS9* auf, um zur Erde zu fliegen.«

Einige Sekunden lang bewegten sich Josephs Lippen, ohne dass Kasidy etwas hörte. Sie befürchtete zunächst, dass die Verbindung noch schlechter geworden war, doch dann begriff sie, dass es Joseph schwer fiel, Worte zu formulieren. Er presste sich die Hand auf die Brust und nahm Platz; der Kamerafokus folgte ihm automatisch.

Lieber Himmel, nein, dachte Kasidy. *Bitte nicht jetzt, während ich so weit entfernt bin.*

Doch dann fasste sich Joseph. »Ich … ich schwöre dir, Kasidy: Jake hat sich nie mit mir in Verbindung gesetzt, um seinen Besuch anzukündigen. Vor zwei Wochen?«

Kasidy nickte. »Aber wenn er nicht zu dir wollte … Wohin ist er dann geflogen? Und warum hat er gelogen?«

»Jake würde dich nie anlügen. Es sei denn …«

»Es sei denn was?«

»Es sei denn, er hat etwas vor, von dem er wusste, dass wir damit nicht einverstanden gewesen wären.«

Kasidy spürte, wie ihr schwindelig wurde, und sie

senkte den Kopf, kämpfte gegen die drohende Ohnmacht an. Als sie wieder aufsah, blickte sie dem alten Mann in die Augen und wusste: Ganz gleich, was sie jetzt sagte – ihre Worte würden ihn noch älter und schwächer aussehen lassen. »Joseph ... Wo könnte er sein?«

Ezri unterdrückte ein Niesen, wischte sich mit dem Ärmel über die Augen und bedauerte, kein Antihistamin dabei zu haben. Sie erinnerte sich an die Holoromane und 2D-Filme, die sie in ihrer Jugend gesehen hatte: Wenn mutige Heldinnen darin durch Belüftungsschächte kletterten, wurden sie seltsamerweise nie schmutzig. In Wirklichkeit, so wusste sie inzwischen, gab es in diesen Schächten jede Menge Dreck. Sie waren dunkel und eng. Dinge lebten in ihnen, kleine Geschöpfe, die normalerweise vor einem flohen, manchmal aber auch in Panik die falsche Richtung wählten.

Seit mehr als zwei Stunden saß Ezri reglos da und versuchte, nicht das geringste Geräusch zu verursachen. Genug war genug. Entweder wusste Locken, was sie angestellt hatte, und dann suchte er bestimmt nach ihr. Oder ihr Plan hatte funktioniert – jener Plan, der ihr eingefallen war, als sie die Destillatoren für Ketracel-Weiß fand. Was auch immer der Fall sein mochte: Es wurde Zeit, das Belüftungssystem zu verlassen.

Doch dabei gab es gewisse Probleme.

Zunächst einmal: Ezri wusste nicht, wo sie sich befand. Der Schacht, in dem sie derzeit saß, hatte über eine ziemlich weite Strecke hinweg nach unten geführt – die Trill war immer wieder gezwungen gewesen, sich mit Händen und Knien abzustützen. Deshalb ging sie von der Annahme aus, inzwischen ein ganzes Stück unterhalb des Zellenniveaus zu sein.

Was das andere Problem betraf … Ezri fürchtete sich davor, ein Gitter zu lösen, ohne zuvor festzustellen, was sich darunter verbarg. Das bedeutete: Sie musste mit der kleinen Lampe, die sie gefunden hatte, in einen dunklen Raum leuchten. Die zweite Möglichkeit bestand darin, durch die Öffnung zu kriechen und sich in die Dunkelheit fallen zu lassen. Diese Vorstellung übte einen noch geringeren Reiz auf sie aus als die, im Belüftungsschacht zu bleiben. Früher oder später musste sie *irgendetwas* unternehmen, doch derzeit kroch sie lieber weiter durch die schmutzige Finsternis, anstatt eine Entscheidung zu treffen.

Warte.

Sie kehrte in die Richtung zurück, aus der sie gekommen war – etwas war ihr aufgefallen. *Dort.* Ein rotes Glühen. Ezri fand eine wenige Zentimeter weit geöffnete Klappe und machte sich vorsichtig daran, sie noch weiter zu öffnen. Es knarrte, aber in dem Raum darunter rührte sich nichts. Sie bemerkte kleine Lichter – Kontrolllampen von Konsolen und Laborgeräten. Die Beleuchtungselemente an der Decke waren deaktiviert, aber von den Anzeigen und Displays ging genug Licht aus, damit sie den Boden erkennen konnte. Er befand sich nicht *allzu* weit unter Ezri. Aber war der Raum wirklich sicher? Nirgends bewegte sich etwas, doch ein getarnter Jem'Hadar ließ sich kaum entdecken, wenn er ganz still stand. Andererseits: Warum sollte ein Jem'Hadar getarnt in einem dunklen Laboratorium warten?

Sie übte Druck auf die Klappe aus und stellte erleichtert fest, dass sie in einer Angel hing – es bestand also nicht die Gefahr, dass ein schweres Metallteil mit lautem Krachen auf den Boden fiel. Ganz langsam schob sich Ezri durch die Öffnung, lauschte dabei nach irgendwelchen Geräuschen, dann ließ sie sich fallen.

»Du bist allein, Ezri«, sagte sie, nachdem sie auf dem Boden gelandet war. Ihre Stimme erzeugte ein sonderbares Echo, das sie veranlasste, ihre ursprüngliche Schätzung der Größe des Raums zu revidieren. Entweder war er größer als zunächst angenommen oder sie hatte zu viel Zeit in den Belüftungsschächten verbracht.

»Licht?«, sagte sie versuchsweise, aber nichts geschah. »Computer?« Keine Reaktion. Vielleicht war das auch besser so. Es bedeutete, dass es hier keine vom Computer gesteuerten Überwachungssysteme gab. Ezri hatte mit dem Gedanken gespielt, sich Zugang zu Lockens Hauptcomputer zu verschaffen und mit seiner Hilfe den Stützpunkt zu sabotieren, aber sie wusste, dass sich so etwas kaum bewerkstelligen ließ. Locken, Sektion 31 und vorher das Dominion waren in Hinsicht auf die Sicherheit der Basis vermutlich ultraparanoid gewesen. Ihren Plan in Hinsicht auf die Destillatoren hatte sie nur durchführen können, weil ihr Audrids umfassende Informationen über humanoide Biochemie und Jadzias wissenschaftlicher Scharfsinn zur Verfügung standen. Hinzu kamen ihre eigenen Nachforschungen in der von Starfleet eingerichteten Datenbank über die Jem'Hadar – sie hatte dabei vor nicht allzu langer Zeit neue Erkenntnisse über Kitana'klan gewinnen wollen.

Ezri schaltete ihre Lampe ein und ließ den Lichtstrahl umherwandern. Die Konsolen und Geräte sahen wie Dinge aus, die man in einer Krankenstation erwartete: Sequenz-Analysatoren, Geweberegeneratoren, sogar ein Operationstisch. Ezri runzelte die Stirn. Warum eine Krankenstation so weit vom Wohnbereich entfernt einrichten? Das ergab doch keinen Sinn.

Sie ließ das Licht der Lampe auch weiterhin über die Konsolen streichen, jetzt aber nicht mehr so langsam und methodisch wie vorher. Kurz darauf sah sie an der gegenüberliegenden Wand eine Ahnung bestätigt.

Stasisröhren. Zwei Reihen aus jeweils vier Stück. Sieben von ihnen waren aktiv.

Ezri spürte, wie sich ihr die Nackenhaare aufrichteten.

Wozu brauchte Locken Stasisröhren? Sie befürchtete, dass ihr die Antwort auf diese Frage nicht gefallen würde. Es handelte sich ganz offensichtlich nicht um Föderationstechnik und Ezri hielt es für besser, nicht an Kontrollsystemen herumzuspielen, die auf Dominion-Technologie basierten. Und wer auch immer sich im Innern der Röhren befand – vielleicht gab es einen guten Grund dafür. Die betreffenden Personen mochten krank oder so schwer verletzt sein, dass sie hier nicht behandelt werden konnten. Ob es Jem'Hadar waren? Ezri bezweifelte es. Warum sollte Locken Jem'Hadar in der Stasis unterbringen? Es sei denn, es waren wirklich *schlimme* Jem'Hadar.

»Aufzeichnungen«, sagte sie. »Es muss Aufzeichnungen geben.«

Das zentrale Terminal erwies sich als separates System, mit eigenen Prozessoren und einem unabhängigen Speicher. Von hier aus war es also gar nicht möglich, in den Hauptcomputer einzudringen und einzelne Anlagen des Stützpunkts zu manipulieren. Und wenn schon. Derzeit interessierte sich Ezri mehr dafür, was Locken in diesem Raum angestellt hatte.

Die Dateien waren nicht geschützt, nicht einmal durch ein Kennwort. Locken hatte überhaupt keinen Versuch unternommen, seine Aktivitäten zu verbergen. Ezri dachte darüber nach und glaubte, sein Verhalten zu verstehen. Locken war schlicht und einfach überzeugt gewesen, dass es keinem Gegner gelingen würde, bis in diesen Bereich vorzudringen.

Sie fand ein Verzeichnis mit der Bezeichnung »Stasis«, darin sieben Dateien, »Objekt 1«, »Objekt 2«, »Objekt 3« und so weiter genannt. Namen fehlten ebenso wie andere Identitätshinweise. Genauso gut hätte es sich um Petrischalen mit Schimmel handeln können.

Ein anderes Verzeichnis hieß »Fehlschläge«. Es enthielt weitaus mehr Dateien und auch mehrere Unterverzeichnisse. Nach einer flüchtigen Überprüfung beider Dateigruppen kam Ezri zu dem Schluss, dass die »Fehlschläge« besser dran waren, denn sie lebten nicht mehr.

Nicht alle Testobjekte waren Menschen gewesen. Mindestens ein Agent der Sektion 31 stammte von Betazed, ein anderer offenbar von Andor – es ließ sich nicht mit Gewissheit feststellen, denn die Qualität der Aufzeichnungen ließ sehr zu wünschen übrig. Der »Andorianer« hatte blaue Haut, aber der Kopf war haarlos und es fehlten Fühler. Ezri bemerkte kleine dunkle Flecken dort, wo sie sich einst befunden haben mochten.

Es gab noch andere: zwei Romulaner, die vermutlich von dem überfallenen Raumschiff stammten; drei kleine, pelzige Wesen, die Ezri keiner ihr bekannten Spezies zuordnen konnte; ein Cardassianer, der in die Kamera geschrien hatte, bis er das Bewusstsein verlor oder starb. Jedem Holoclip gingen mehrere Seiten mit Notizen und Formeln voraus, aus denen Ezri nicht schlau wurde. Hatte Locken ein Mutagen, ein Nervengas, eine bestimmte Strahlungsart oder alles zusammen getestet? Ezri fand keine Antwort auf diese Frage. Mit einer kurzen Dateisuche stellte sie fest, dass über siebenhundert einzelne Clips gespeichert waren – sie wusste nicht, ob sie von ebenso vielen Personen stammten.

Eine kühle, sachliche Stimme kommentierte die Vorgänge und dahinter spürte Ezri etwas, das den Wunsch in ihr weckte, in die dunklen, Sicherheit verheißenden Luftschächte zurückzukehren. Hinter der Sachlichkeit lauerte das Horrorstück eines emotional gestörten Jungen, der sich einen Spaß daraus machte, Fliegen die Flügel auszureißen.

Ezri fragte sich, warum Locken sieben Personen in der Stasis untergebracht hatte, aber gleichzeitig schreckte sie davor zurück, nach einer Antwort zu suchen. Vielleicht war die Wissenschaft der Föderation gar nicht imstande, die Betreffenden ins Leben zurückzuholen. Ezri überlegte einige Sekunden lang. Sollte sie nach einer Möglichkeit suchen, die Energiezufuhr der Stasisröhren zu unterbrechen, damit die Gefangenen in ihnen Frieden im Tod finden konnten?

Nein. Eine solche Entscheidung stand ihr nicht zu. Sie nahm sich vor, mit kompetenter Hilfe zurückzukehren, wenn all dies vorüber war. Zuerst ging es darum, Locken das Handwerk zu legen.

Rasch kletterte sie in den Lüftungsschacht zurück, froh darüber, Lockens Gruselkabinett verlassen zu können.

Logbuch des Sicherheitsoffiziers. Ich fertige diese Aufzeichnung für den Fall an, dass ich den Angriff auf Lockens Stützpunkt nicht überlebe.

Es ist noch einige Stunden vor Sonnenaufgang, und wir lagern etwa zwei Kilometer südöstlich von Lockens Stützpunkt. Wir wollen aufbrechen, sobald die Ingavi gegessen und ihre Vorbereitungen – die physischen ebenso wie die mentalen – abgeschlossen haben. Leider weiß ich nichts über die Theologie der Ingavi. Mir ist nicht bekannt, ob sie ihre Vorfahren verehren, Monotheisten, Atheisten oder etwas ganz anderes sind.

Ich schätze, es sind etwa fünfzehnhundert Ingavi übrig von den fünftausend, die bei meinem ersten Besuch im Regenwald lebten. Das ist eine unglaublich hohe Sterb-

lichkeitsrate. Vielleicht sind nicht mehr genug Ingavi übrig, um ihrer Spezies das Überleben auf Sindorin zu ermöglichen, nicht einmal dann, wenn Locken und die Jem'Hadar den Planeten noch heute verließen. Dies ist eine wirklich traurige Angelegenheit.

Gestern Abend bestand unsere Streitmacht aus etwa dreihundert Kämpfern. Heute Morgen habe ich hundertsechzig gezählt. Die anderen haben begriffen, was geschehen wird, und hielten es daraufhin für besser, im Wald zu verschwinden. Kluge, kluge Ingavi …

Sie haben mich beobachtet, um festzustellen, auf welche Weise ich mich vorbereite. Als sie sahen, wie ich den Tricorder hervorholte, ließen sie mich allein. Sie halten das Anfertigen dieser Aufzeichnung für eine Art Ritual und eigentlich haben sie Recht damit. Auch beim Maquis bestand meine Angewohnheit darin, vor Beginn einer Mission einige letzte Worte zu sprechen. Alle hinterließen einen solchen letzten Willen, eine Liste der Dinge, die unter den Freunden aufgeteilt werden sollten. Ich würde jetzt gern einige Namen nennen, aber wem sollte ich etwas hinterlassen? Alle meine Freunde vom Maquis sind tot und an Bord von DS9 *gibt es niemanden mehr, mit dem ich mich irgendwie verbunden fühle …*

Einen Augenblick. Doch, es gibt noch jemanden. Wer auch immer dies findet: Bitte teilen Sie Colonel Kira mit, dass sie den Computerkern der Raumstation sehr gründlich untersuchen soll. Ich habe dort etwas gefunden, das eines Tages sehr nützlich für sie sein könnte. Oh, und wenn jemand meine … Dinge finden sollte: Bitte geben Sie das Fraktalmesser Taran'atar. Er ist die einzige mir bekannte Person, die so etwas zu schätzen weiß.

Ich werde Lockens Stützpunkt mit etwa hundertsechzig Ingavi angreifen, deren Bewaffnung aus Schleudern, Blasrohren und Speeren besteht. Einige wenige haben auch Phaser und Disruptoren. Es ist keine sehr große Streitmacht … Meine Güte, sie ist gar nichts. *Aber wenn wir Locken auch nur für kurze Zeit aufhalten können ... Dann bekommen Bashir und Dax vielleicht eine Chance, vorausgesetzt sie sind noch am Leben. Und wenn wir ihnen helfen ... Vielleicht helfen wir damit auch den Ingavi. Wenn Sie zu Starfleet gehören: Bitte versuchen Sie, die Ingavi zu finden und ihnen zu helfen. Sie machen es Ihnen vielleicht nicht leicht – wir haben kaum ihr Vertrauen verdient –, aber bitte geben Sie sich alle Mühe.*

Und noch etwas. Wenn Sie meine Leiche entdecken ... Bitte bringen Sie meine sterblichen Überreste nach Bajor.

Hier spricht Lieutenant Ro Laren, Sicherheitsoffizier der Starbase Deep Space Nine. *Ende der Aufzeichnung.*

»Es geht alles viel zu glatt«, flüsterte Ro Kel zu.

Der Ingavi hing mit dem Kopf nach unten an einer Ranke, blickte über Ros Schulter und forderte die Bajoranerin auf, nichts zu sagen, das ihr Glück in Frage stellte. »Es gibt immer Ohren, die bereit sind, Beschwerden über zu viel Glück zu hören. Was sollen wir jetzt unternehmen?«

Nur noch siebenhundert Meter trennten sie von Lockens Stützpunkt. Wie erwartet waren sie auf Gegner gestoßen, aber die Jem'Hadar, gegen die sie gekämpft hatten, ließen sich kaum mit Taran'atars Gegnern vergleichen.

»Wie viele Soldaten haben wir bisher getötet?«

»Acht.«

»Dann haben wir einen übersehen. Normalerweise patrouillieren sie jeweils zu dritt. Entweder durchstreift der Überlebende noch immer den Wald oder er ist zur Basis zurückgekehrt, um Verstärkung zu holen.«

»Wenn Letzteres der Fall ist – warum hat man uns dann noch nicht angegriffen?«, fragte Kel.

Ro schüttelte den Kopf. »Ich weiß es nicht. Etwas

Seltsames geht vor. Wie viele Jem'Hadar habt ihr in der Vergangenheit besiegen können?«

Kel pfiff spöttisch. »Einen oder zwei. Vielleicht. Niemand blieb lang genug an Ort und Stelle, um es zu überprüfen. Glaub mir, wir wissen ebenso gut wie du, dass hier etwas nicht mit rechten Dingen zugeht.«

»Könnte es eine Falle sein?«, spekulierte Ro.

»Ich könnte verstehen, wenn man einen oder zwei Soldaten als Köder einsetzt, aber *acht*? So etwas hätte nur dann einen Sinn, wenn es dem Khan gelungen wäre, Tausende von Jem'Hadar zu erschaffen. Nein, hier stimmt etwas nicht. Meine Gefährten sagen, dass die Soldaten wie im Traum kämpfen – falls die Jem'Hadar überhaupt träumen.«

»Das ist nicht der Fall«, sagte Ro und sondierte noch einmal den Wald vor ihnen. Der fehlende neunte Soldat beunruhigte sie. »Man kann nicht träumen, wenn man nicht schläft.«

Weiter oben zischte es und Kel kletterte an der Ranke empor, an der er gehangen hatte. Ro legte den Kopf in den Nacken und beobachtete zwei pelzige Gestalten, die dicht nebeneinander im Geäst hockten und Worte wechselten.

Wenige Augenblicke später kehrte Kel zurück und der andere Ingavi kletterte höher.

»Wir haben ihn gefunden«, sagte Kel. »Den neunten Jem'Hadar.«

»Und?«

»Er schlief.«

»*Was?*«

»Er schlief. Er stand Wache, mit gezogener Waffe und geschlossenen Augen. Als sich meine Kämpfer näherten, hob er die Lider, aber da war es bereits zu spät. Selbst zum Schluss schien er überhaupt nicht zu begreifen, was geschah.«

Ro war verwirrt, aber sie wollte diese gute Gelegenheit nutzen. »Na schön. Man wird bald merken, dass sich diese Wächter nicht mehr melden. Und wir dürfen nicht hoffen, dass die seltsame Benommenheit der Jem'Hadar von Dauer ist. Sag deinen Leuten, dass uns vielleicht doch noch ein Kampf bevorsteht.«

»Ich bitte alle vorzurücken«, sagte Kel und hangelte sich bereits an der Ranke empor. »Bis bald.«

Was für eine höfliche Streitmacht, dachte Ro. *»Ich bitte alle vorzurücken.«* Sie lachte leise, das erste Lachen seit Tagen. Dann holte sie ihr Fernglas hervor und blickte hindurch, obwohl es ihr im dichten Regenwald nicht viel nützte. Selbst im infraroten Bereich sah sie kaum mehr als bunte Streifen, hervorgerufen von der heißen und kalten Luft, die zwischen den hohen Baumwipfeln wogte.

»Was geht hier vor?«, fragte Ro leise und dachte dabei an die Jem'Hadar. Warum wurde sie das Gefühl nicht los, dass irgendwie Bashir dahinter steckte?

»Bashir«, brachte Locken zwischen zusammengebissenen Zähnen hervor und eilte durch den Korridor, der vom Hauptlaboratorium zu seinem Quartier führte. »Bestimmt ist er dafür verantwortlich.« Zu viele Dinge gingen zur gleichen Zeit schief. Bei der Vorbereitung der neuen Klon-Kammern hatte er die Nachricht erhalten, dass die Trill entkommen war. Die Sicherheitsaufzeichnungen zeigten, dass sie das Kraftfeld im Eingang der Zelle mit einem elektromagnetischen Impuls deaktiviert hatte. Und jetzt gab es Probleme mit den Jem'Hadar, offenbar im Zusammenhang mit dem Weiß. Die Untersuchungen zeigten Spuren einer fremden Substanz darin, die die Soldaten anscheinend träge machte. Locken wusste nicht, wie es der Trill gelungen war, die Destillatoren zu erreichen, und er verfluchte sich selbst dafür, die interne Sicherheit vernachlässigt zu haben. Ganz offensichtlich hatte er sowohl Dax als auch Bashir unterschätzt.

Wenigstens war er vorsichtig genug gewesen, Bashirs Aufenthalt auf sein Quartier zu beschränken. Wenn er ihm gestattet hätte, das Labor aufzusuchen … Nicht auszudenken, was dann geschehen wäre. Die Computer in seiner Unterkunft – insbesondere der, von dem aus sich die Startrampen der Raketen kontrollieren ließen – waren mit überaus komplexen Verschlüsselungsprogrammen geschützt, die er selbst erstellt hatte. Bashir mochte clever sein, aber er konnte es bestimmt nicht mit Lockens Codierungsgenie aufnehmen.

Und doch …

Locken verharrte am nächsten Kontrollpunkt und musterte die beiden Jem'Hadar, die dort Wache hielten. Einer hatte die glasigen Augen, die ihm auch bei vielen anderen aufgefallen waren, doch der andere wirkte wach, sogar eifrig. »Du«, sagte Locken. »Ist alles in Ordnung mit dir?«

»Ich bin zu Diensten, Khan«, erwiderte der Jem'Hadar sofort.

Locken nickte und bemerkte den gluckernden Schlauch am Hals des Soldaten. Vielleicht hatte sich die kontaminierende Substanz nicht gleichmäßig im Ketracel-Weiß verteilt. Vielleicht gab es noch andere Jem'Hadar, die ebenso einsatzfähig waren wie dieser. Locken wollte Klarheit gewinnen, sobald er das Problem namens Bashir gelöst hatte. »Komm«, sagte er und der Jem'Hadar folgte ihm sofort. »Wir suchen mein Quartier auf. Dort befindet sich ein Mensch. Töte ihn nur, wenn ich dich dazu auffordere. Verstanden?«

»Verstanden.«

Locken fand Bashir genau dort, wo er ihn erwartet hatte: an der Kommandokonsole. Seine Finger huschten über die Kontrollen und dünne Konzentrationsfalten zeigten sich auf der Stirn.

»Treten Sie zurück, Julian«, sagte Locken.

Bashirs Hände erstarrten, aber er wandte sich nicht von der Konsole ab.

»Soldat, richte deine Waffe auf ihn«, zischte Locken. »Erschieß ihn, wenn er sich innerhalb der nächsten drei Sekunden nicht bewegt.«

Der Jem'Hadar hob sein Gewehr und zielte damit auf den Kopf des Menschen.

Bashir hob die Hände und wich zwei Schritte zurück.

»An die Wand«, sagte Locken und Bashir kam der Aufforderung nach. Sein Gesichtsausdruck ließ sich kaum deuten und das besorgte Locken. Er trat zur Kommandokonsole, gab die Zugangscodes ein und startete ein Diagnoseprogramm, um das Kontrollsystem für die Raketenstarts zu überprüfen. Während das Programm lief, suchte er in den Kommandosystemen nach Viren und weniger eleganten Formen der Sabotage.

Das Ergebnis beider Überprüfungen war negativ: Es ließen sich keine Manipulationen feststellen, weder des Kommandosystems noch der Kontrollsysteme für die Raketenstarts. Locken lachte fast. Vermutlich hatte Bashir nicht genug Zeit gehabt – oder er war doch nicht so clever.

»Wie dumm von Ihnen, Julian«, sagte er. »Das einzige Resultat Ihrer Bemühungen besteht darin, dass die Bewohner des Orias-Systems eher sterben als geplant.« Er berührte Schaltflächen und gab den Startcode ein. »Eigentlich wollte ich dies erledigen, nachdem wir gefrühstückt und uns ein Glas Ambrosia genehmigt haben, aber manchmal ist es besser, auf Zeremonien zu verzichten.«

Locken aktivierte die externen Kameras und richtete ihren Fokus auf den Startkomplex. Eine Rampe erschien und Flammen leckten aus dem Heck einer schmalen, schwarzen Rakete. Sie stieg rasch auf, wurde immer schneller und verschwand im Osten.

»Um ganz ehrlich zu sein: Ich habe mehr von Ihnen erwartet«, sagte Locken. »Wenn Sie darauf bestehen, ein Gegner anstatt ein Verbündeter zu sein, so hätten Sie es wenigstens *interessant* gestalten können. Diese Sache war es kaum wert, das Bett zu verlassen.« Er zuckte mit den Schultern. »Nun, wenigstens können wir uns auf die Jagd nach Ihrer kleinen Freundin freuen. Die Trill hat mehr erreicht als Sie, indem sie meine Jem'Hadar vergiftete ...«

Erstaunlicherweise blieb Bashir völlig gelassen, obgleich Lockens Worte Gefahr für eine Person bedeuteten, die ihm am Herzen lag. Er wirkte sogar recht zufrieden mit sich selbst.

»Ich muss zugeben, dass mich Ihre Verschlüsselungen tatsächlich daran hinderten, Zugang zu den Kontrollsystemen für die Raketenstarts zu bekommen«, sagte Bashir.

Locken nahm das Kompliment mit einem Schmunzeln entgegen.

»Aber es war überraschend einfach, die Umlaufbahn der Waffenplattform zu ändern.«

Für Locken schien das Universum von einem Augenblick zum anderen zu erstarren. Muskeln, Gedächtnis, Bewusstsein – alles war wie gelähmt, lange genug, um *alle* seine Pläne zu ruinieren und in die Leere stürzen zu lassen, die sich plötzlich unter ihm bildete. Eine Stimme erklang, eine jammernde, mahnende Stimme: *Warum bist du nicht etwas schneller gewesen, etwas schlauer, etwas zäher ...*

Von einem Augenblick zum anderen war er wieder fünf Jahre alt und von den Jungen umgeben, die ihn wegen seiner Langsamkeit und Dummheit verspotteten. Erneut spürte er den Wunsch, es ihnen zu zeigen, sie büßen zu lassen für ihre Worte. Aber ... damals hatte er nicht die Möglichkeit gehabt, es ihnen heimzuzahlen. Er war langsam und dumm gewesen ...

Und dann dehnte sich die Zeit wie ein Gummiband und schnellte zurück. Locken blickte auf seine Hände und stellte fest, dass sie über die Kontrollen der Kommandokonsole flogen, Sensordaten abriefen, die Telemetrie der Waffenplattform überprüften, ihren Deaktivierungscode übermittelten ... Aber nein, was auch immer er versuchte: Bashir hatte alles vorausgesehen. Die Plattform reagierte nicht auf die übermittelten Befehle, erlaubte es ihm aber, ihre Kameras einzuschalten und einen Blick auf Sindorin zu werfen. Der Bildschirm zeigte, wie sich die Rakete näherte und auf einer blauweißen Flamme ritt, die sich hell vor der Schwärze des Weltraums abzeichnete. Von den Fesseln der Gravitation befreit, unaufhaltsam ...

Rubinrotes Licht blitzte.

Und dann gab es nichts mehr, nicht einmal Trümmer.

Locken stellte sich vor, was er nicht gesehen hatte: eine Explosion, die die Rakete und ihre biologische Waffe zerstörte, eine Kettenreaktion aus energetischen Überladungen, denen in diesen Sekunden die Plattform zum Opfer fiel. Locken starrte auf den Monitor und wartete darauf, dass sich ihm irgendeine Art von Bedeutung offenbarte, doch der Schirm zeigte nur leeres Nichts.

»Es ist vorbei, Locken«, erklang Bashirs Stimme hinter ihm.

Er nahm seine ganze Willenskraft zusammen, um gefasst zu bleiben, streckte langsam die Hand aus und schaltete den Monitor ab. Dann drehte er sich um. »Sie wissen nicht, wovon Sie reden, Julian. Dies spielt weiter keine Rolle. Es ist bestenfalls ein kleiner Rückschlag. Er schmerzt, das gebe ich zu, aber damit hat es sich auch schon. Und wenn dieser kurze Schmerz vorbei ist, habe ich eine neue Rakete, ebenfalls mit einer Biowaffe ausgestattet. Die Romulaner auf Orias III werden noch einige weitere Sonnenaufgänge erleben.« Er musterte Bashir. »Im Gegensatz zu Ihnen, Julian. Ihnen steht das Ende unmittelbar bevor.«

Bashir seufzte. »Mag sein«, erwiderte er. »Aber vielleicht sind Sie auf dem Weg ins Jenseits dicht hinter mir. Sie haben immer noch nicht verstanden, oder? Sie halten sich für unglaublich intelligent und sind davon überzeugt, alle anderen manipulieren zu können, aber Ihnen ist noch immer nicht klar, dass Sie selbst manipuliert worden sind. Der Krieg, den Sie beginnen wollen, Ihre Absicht, den Alpha-Quadranten zu einen … Es war überhaupt nicht *Ihre* Idee.«

Er sah Locken so an, als rechnete er damit, dass ihm klar wurde, was er meinte. Aber Locken starrte nur, ohne zu verstehen. Bashir schüttelte den Kopf und rieb sich den Nasenrücken. »Sind Sie während Ihrer Zeit bei Sektion 31 einem Mann namens Cole begegnet?«

Verwirrung erfasste Locken und veranlasste ihn, die Frage zu beantworten. »Nein. Wer ist er? Und warum sollte er mich interessieren?«

»Er hat mich zu Ihnen geschickt«, sagte Bashir selbstsicher und kehrte in den großen Wohnraum zurück. Locken fragte sich, ob er einen Fluchtversuch unternehmen würde. Wenn das tatsächlich der Fall war, so wollte er ihm einen kleinen Vorsprung gewähren, um die Sache spannender zu machen. Bashir blieb vor dem kleinen Tisch mit dem Holo-Bild des Ärzteteams von Neu Peking stehen. Er deutete auf Murdock, Lockens Freund und Mentor. »Das ist er.«

»Sie lügen«, erwiderte Locken etwas zu schnell.

»Glauben Sie? Angeblich bekam doch das Dominion falsche Informationen, nach denen auf Neu Peking biogene Waffen hergestellt wurden. Aber woher kamen diese Informationen? Nun, in letzter Zeit hatte ich nicht viel zu tun und konnte in aller Ruhe darüber nachdenken. Ich denke, Folgendes ist geschehen: Sektion 31 wollte Sie unbedingt. Man legte dort großen Wert auf einen genetisch erweiterten Agenten, und da ich bereits ein entsprechendes Angebot abgelehnt hatte, wandte man sich an Sie.«

Locken hörte, wie er zu knurren begann, doch dann begriff er, dass Bashir Zorn in ihm wecken wollte, um ihn zu einem Fehler zu veranlassen. Er sah nach rechts und stellte fest, dass der Jem'Hadar noch immer auf Bashirs Kopf zielte. *Ich brauche ihm nur zu befehlen, Julian zu erschießen,* dachte er und lächelte.

»Deshalb wurde Cole nach Neu Peking beordert«, fuhr Bashir fort. »Offenbar hatte er eine medizinische Ausbildung, die genügte, um Sie und die anderen zu täuschen. Als Dr. Murdoch fand Cole Gelegenheit, Sie und die Kolonie einzuschätzen, und anschließend entwickelte er einen Plan. Er ließ dem Dominion Informationen zukommen, um es zu einem Angriff zu provozieren, und außerdem legte er die automatischen Verteidigungsanlagen der Kolonie lahm. Dann verkroch er sich und wartete an einem sicheren Ort darauf, abgeholt und nach Hause gebracht zu werden.«

»Sie wissen nicht, ob *irgendetwas* davon stimmt«, wandte Locken ein.

»Nein, das weiß ich tatsächlich nicht«, bestätigte Bashir. »Aber es klingt alles plausibel, nicht wahr? Selbst für Ihre Ohren. Sektion 31 opferte fünftausend Männer, Frauen und Kinder – das Leben von Föderationsbürgern –, um *Sie* dazu zu bringen, an ihrem kleinen Kreuzzug teilzunehmen. Die geheime Abteilung wollte Ihre phantastische Intelligenz für sich arbeiten lassen, und um dieses Ziel zu erreichen, ließ man Sie glauben, Sie würden Ihren *eigenen* Kreuzzug führen.«

»Nein …«, brachte Locken heiser hervor.

»Doch.« Bashir sprach jetzt ruhig, fast mit Anteilnahme. »Sie haben es selbst gesagt: Durch die Katastrophe auf Neu Peking änderte sich alles. Sooft Ihnen auch derartige Gedanken durch den Kopf gingen – vor dem Angriff des Dominion auf die Kolonie hätten Sie es nie gewagt, auf diese Weise aktiv zu werden. Denken Sie darüber nach, Ethan: eine Rakete, ausgestattet mit einer biologischen Waffe, die eine tödliche *Krankheit* verursacht; genetisch manipulierte Soldaten. Was ist aus Ihnen geworden? Sie waren *Arzt*.« Er ließ die Worte einige Sekunden lang wirken, bevor er hinzufügte: »Aber jetzt sind Sie das Werkzeug der Sektion 31, ein Ungeheuer … Ich habe mich so sehr bemüht, in Ihren Kopf zu sehen und so zu *denken* wie Sie – um einen Weg zu finden, Ihre Pläne zu vereiteln –, dass ich fast geglaubt hätte, so zu sein wie Sie.« Bashir wischte sich mit dem Ärmel über die Augen und überrascht sah Locken Tränen.

»Bitte hören Sie auf mich, Ethan«, fuhr Bashir fort. »Es ist noch nicht zu spät. Sie haben sich unsere Zusammenarbeit gewünscht und dazu könnte es wirklich kommen. Wir beide haben die Möglichkeit, Sektion 31 zur Strecke zu bringen und dafür zu sorgen, dass sie nie wieder Unheil stiften kann …«

Locken ließ sich äußerlich nichts anmerken, als er eine rasche Situationsbewertung vornahm und die möglichen Konsequenzen analysierte, die sich aus seiner Entscheidung ergeben mochten, mit Baschir zu kooperieren und Sektion 31 unschädlich zu machen. Es war eine verlockende Vorstellung, die gleich zwei positive Aspekte aufwies: Bashirs Gesellschaft und die Möglichkeit, Vergeltung zu üben. Wenn er auf Julians Angebot einging, so musste er natürlich mit Strafe rechnen, aber er wusste auch, dass Starfleet ihn wohl kaum vor ein öffentliches Gericht stellen würde – die Flotte wollte sicher vermeiden, dass etwas über Sektion 31 oder den Angriff auf die Romulaner bekannt wurde. Sicher erhielt er Gelegenheit, sich zu rächen, und anschließend würde man ihn an einem Ort unterbringen, wo er niemanden störte. Vielleicht gestattete man ihm sogar, seine Forschungen fortzusetzen und neue Möglichkeiten zu finden, Kindern zu helfen, was seinem größten Wunsch entsprach …

Aber Locken wusste, dass sie ihn *niemals* in Ruhe lassen würden. Er glaubte bereits, den Blick ihrer wachsamen Augen zu sehen, denen nichts entging, vor denen man sich nirgends verbergen konnte. Er senkte die Lider und spürte die Blicke auch weiterhin, starre, verständnislose Blicke. Und was noch schlimmer war: Er sah, wie sie selbstgefällig lächelten und sich darüber freuten, ihn manipuliert zu haben. Tief in seinem Innern zerbrach etwas. Es war mehr, als er ertragen konnte; er hatte Besseres verdient.

Aber er wusste nicht, wie er diese Dinge zum Ausdruck bringen sollte, und deshalb ließ er Furcht und Zorn für sich sprechen. »Dieser Quadrant – die ganze *Galaxis* – braucht nach wie vor Ordnung. Wenn die Leute erfahren, was ich hier vorbereitet habe, so werden sie mich unterstützen. Und die Sektion 31 nehme ich mir später vor.«

Bashir sah zu Lockens – Khan Singhs – Fahne: Das Symbol, das Sonne und Mond miteinander verband, dominierte eine Wand des Wohnraums. »Vielleicht haben Sie Recht. Vielleicht *sind* Sie wie Khan.« Er fing Lockens Blick ein und zum ersten Mal spürte Locken den in Bashir brodelnden Zorn. »Ein an Wahnvorstellungen leidender Versager.«

Jäher Hass brannte in Locken und er wandte sich an den Jem'Hadar. »Töte ihn!«, stieß er hervor.

Der Jem'Hadar rührte sich nicht.

»Ich habe dir einen Befehl erteilt!«, donnerte Locken.

Der Soldat drehte den Kopf und sah ihn an. »Mein Name ist Taran'atar«, sagte er.

Hundert Meter vor dem Zugang des Stützpunkts kam es zum Kampf. Entweder hatte jemand die Jem'Hadar aus ihrer Lethargie geweckt oder alle wachen Soldaten befanden sich vor dem Haupteingang der Basis. Was auch immer der Fall sein mochte: Der größte Teil der Ingavi-Streitmacht saß auf der windabgewandten Seite eines niedrigen Hügels fest. Sie duckten sich und entgingen dadurch den Strahlblitzen, die über sie hinwegjagten. Aber nicht allen. Jeder zehnte oder fünfzehnte Energiestrahl kam genau im richtigen Winkel und dann hörte Ro, wie ein Ingavi starb. Bestimmt dauerte es nur noch wenige Minuten, bis sich die Jem'Hadar tarnten und ausschwärmten, um sich in bessere Schusspositionen zu bringen. Dann bestand die Gefahr, dass die Ingavi ins Kreuzfeuer gerieten.

Ro begriff, dass sie eine Entscheidung treffen musste: Angriff oder Rückzug.

Noch konnten sich die Ingavi in den Wald zurückziehen, obgleich Ro wusste, dass es ihren Untergang besiegeln würde. Wenn Locken und seine Jem'Hadar hier und heute den Sieg errangen, so bedeutete es nicht, dass sie damit den Alpha-Quadranten unter ihre Kontrolle brachten. Aber sie würden Sindorin lange genug kontrollieren, um die Ingavi auszulöschen. Ro drehte den Kopf und sah Kel an, der sich neben ihr zusammenkauerte.

»Was meinst du?«, fragte sie. Weiter links sprang ein Ingavi auf und lief in Richtung Wald, doch er hatte noch keine zehn Meter zurückgelegt, als ihn ein gleißender Strahl traf.

Kel schnitt eine Grimasse. »Ich denke, wir könnten bald sterben, ob wir nun fliehen oder kämpfen.«

»Da muss ich dir leider zustimmen.«

»Dann halte ich es für besser, wenn wir im Kampf sterben«, sagte Kel und schloss die Hand fester um den Griff des Phasers.

Ro nickte und überprüfte das energetische Niveau ihrer Waffe.

»Du verstehst mich nicht, Ro Laren«, fuhr Kel fort. »Ich meine, dass die *Ingavi* bleiben und kämpfen sollten, aber du nicht. Du gehörst nicht zu unserem Volk und dieser Kampf betrifft dich nicht. Wenn wir die Soldaten ablenken, kannst du vielleicht mit deinem Schiff entkommen und deine Brüder und Schwestern warnen, ja?«

Diese Vorstellung überraschte Ro. Sie hatte sich auf die Möglichkeit vorbereitet, ihr Leben zu verlieren, dachte in diesem Zusammenhang an die von ihr angefertigte Aufzeichnung. Wie optimistisch von ihr anzunehmen, dass jemand den Tricorder finden könnte, bevor Locken besiegt war. Sindorin stellte das Zentrum seiner Macht dar. Es mochte wichtig sein, dass sie mit den gesammelten Informationen zur Föderation zurückkehrte. Und worauf liefen diese Informationen hinaus? Darauf, dass Locken eine echte Gefahr darstellte? Gab es einen besseren Hinweis darauf als den, dass sie *nicht* zurückkehrte?

Doch das waren nur Versuche, ihre Absichten mit vermeintlicher Vernunft zu rechtfertigen. Die Ehrlichkeit sich selbst gegenüber zwang Ro, sich die Wahrheit einzugestehen: Sie wollte bleiben, weil sie glaubte, in der Schuld der Ingavi zu stehen. Jemand musste versuchen, für Gerechtigkeit zu sorgen.

Ro streckte die Hand aus und Kel betrachtete sie einige Sekunden lang neugierig, bevor er sie ergriff. Sie pressten die Handflächen aneinander.

»In meiner Kultur bedeutet dies, dass wir einen Pakt geschlossen haben«, erklärte Ro.

»In meiner bedeutet es, dass du damit einverstanden bist, meine Kinder zu hüten, während ich losgehe, um Nahrung zu holen«, erwiderte Kel.

Ro dachte kurz darüber nach. »Na schön. Warum nicht? Geh jetzt und finde heraus, wie viele deiner Vettern bereit sind, mit uns zusammen das Tor anzugreifen.«

Kel nickte und schlich fort. Eine Sekunde später kochte dort ein Energiestrahl über den Boden, wo er eben noch gesessen hatte.

Die Jem'Hadar verwenden jetzt Tricorder, dachte Ro. *Wir haben nicht mehr viel Zeit …*

18

Locken lief los. Er war schnell, schneller als Bashir erwartet hatte und auch schneller, als er selbst laufen konnte. Deshalb fragte er sich, ob Locken weitere Veränderungen an sich selbst vorgenommen hatte. Manipulationen des Nerven- und motorischen Systems waren zwar auf Föderationswelten verboten, aber alles andere als unbekannt.

Bashir beobachtete, wie Taran'atar seinen Disruptor hob und auf Locken zielte, als der durch den Raum sprintete. »Nein!«, rief er, bevor der Jem'Hadar feuern konnte. Taran'atars Hand ruckte nach oben und der Energiestrahl traf eins der Fenster, durch das man nach draußen auf den Rasen sehen konnte. Der Khan sah nicht zurück, sprang durch die Tür und geriet außer Sicht.

»Warum haben Sie mir verboten, auf ihn zu schießen?«, fragte Taran'atar.

»Weil ich ihn lebend möchte.«

Der Jem'Hadar trat zur Tür und spähte vorsichtig in den Korridor, um sich zu vergewissern, dass Locken nicht im Hinterhalt lag. »Aber er ist verrückt«, sagte er.

»Ja«, pflichtete ihm Bashir bei und folgte Taran'atar durch den Gang. »Aber vielleicht kann man ihn behandeln. Er ... Ich glaube, er war einmal ein großer Heiler. Ich fühle mich dazu verpflichtet zu versuchen ...« Direkt vor ihnen öffneten sich zwei Segmente in der Decke und zwei leicht gepanzerte Kampfdrohnen kamen zum Vorschein.

Taran'atar zielte ruhig mit seinem Disruptor und zerstörte die beiden Drohnen, bevor sie angreifen konnten. Anschließend untersuchte er Decke und Wände des Korridors nach Fallen. »Wir müssen jeden Korridor überprüfen, bevor wir ihn betreten. Das kostet Zeit. Wir könnten schneller sein, wenn ich über Lockens Ziel Bescheid wüsste.«

Bashir überlegte kurz. »Die Baracken. Nein, Moment mal. Das Laboratorium. Er meinte, Ezri hätte das Weiß vergiftet.«

»Jemand *hat* es vergiftet.« Dieser Gedanke schien Taran'atar an etwas zu erinnern. Er löste den Schlauch von seinem Hals und ließ ihn zu Boden fallen. Bashir stellte fest, dass das darin enthaltene Ketracel-Weiß in einem geschlossenen Kreislauf zirkulierte. »Die anderen Jem'Hadar sind langsam und träge geworden.«

»Vermutlich hat Ezri dem Weiß in den Destillatoren ein starkes Sedativ hinzugefügt. Bestimmt ist Locken dorthin unterwegs, um sich mit möglichst vielen Jem'Hadar in jenem Raum zu verbarrikadieren. Wahrscheinlich will er versuchen, die volle Einsatzfähigkeit seiner Soldaten wiederherzustellen.«

Taran'atar nickte. »Wir müssen uns beeilen.«

»Ja. Er wird nicht viel Zeit brauchen, um herauszufinden, was Ezri mit dem Weiß angestellt hat. Es kann nichts Kompliziertes gewesen sein ...«

»Nein, Sie verstehen nicht«, sagte Taran'atar. Mit langen Schritten ging er durch den Korridor und hielt dabei nach Fallen Ausschau. »Wenn Sie ihn lebend wollen, müssen wir ihn vor den anderen Jem'Hadar finden, vor allem vor dem Ersten.«

Bashir folgte ihm zu einer gepanzerten Doppeltür. »Uns bleibt nichts anderes übrig, als nach einem anderen Weg zum Laboratorium zu suchen«, sagte er. »Vielleicht durch die Belüftungsschächte ...« Bevor er den Satz beenden konnte, wandte sich Taran'atar dem Kontrollmodul an der Wand zu und gab einen Code ein.

»Ich verfüge über gewisse Informationen«, sagte er schlicht.

Die beiden Türhälften glitten auseinander und sie eilten weiter. Als sie eine Ecke hinter sich brachten, bekamen sie es erneut mit zwei Kampfdrohnen zu tun. Eine eröffnete das Feuer, bevor Taran'atar sie zerstören konnte, und ein Energiestrahl ließ die Decke über ihm auseinander platzen. Glühende Metallsplitter sausten umher. Der Jem'Hadar sank auf ein Knie, schnappte nach Luft und stöhnte. Bashir ging neben Taran'atar in die Hocke und legte ihm die Hand auf den Rücken. Als er sie zurückzog, klebte Blut an ihr.

»Sie sind verletzt«, sagte der Arzt.

»Es kann warten«, zischte Taran'atar. Er stemmte sich hoch, schwankte kurz und straffte die Schultern. »Dorthin?«, fragte er und deutete durch den Gang.

»Ja.« Bashir nickte. »Bringen wir es hinter uns, so oder so.«

Nach einigen Metern duckte sich Taran'atar und blickte mit schussbereitem Disruptor um die nächste Ecke, in Richtung Laboratorium. Bashir stand hinter ihm und wünschte sich irgendeine Waffe – eine Keule oder auch nur einen spitzen Stock, um Angreifer abzuwehren. Dann lachte er fast. *Wenn irgendein Gegner an* diesem *Jem'Hadar vorbeikommt – wie lange könnte* ich *ihn wohl aufhalten? Nein, ich bleibe besser unbewaffnet. Dadurch ist die Versuchung, etwas Dummes anzustellen, nicht so groß.*

Ein ungewöhnliches Geräusch weckte Bashirs Aufmerksamkeit: Taran'atar brummte zufrieden.

»Was ist?«, flüsterte der Arzt.

Taran'atar richtete sich auf, stöhnte leise und tastete nach seiner Seite, wo sich ein Blutfleck gebildet hatte. *Gebrochene Rippen,* diagnostizierte Bashir. *Vielleicht auch eine kollabierte Lunge.*

»Sehen Sie sich das an«, sagte der Jem'Hadar.

In großen Buchstaben hatte jemand FALSCH an die Tür des Laboratoriums geschrieben. »Die Situation ist schlimmer, als ich dachte«, sagte Taran'atar.

Bashir betrachtete die »Farbe«, mit der das Wort an die Tür gemalt worden war. »Ist das Blut?«, fragte er.

Taran'atar beugte sich vor und schnaufte. »Ja. Lockens Jem'Hadar erwachen aus ihrer Benommenheit und verstümmeln sich. Es dauert sicher nicht mehr lange, bis sie mit dem Kampf beginnen. Ich habe so etwas schon einmal beobachtet ...«

»Dann müssen wir uns beeilen«, sagte Bashir, trat vor und betätigte den Öffnungsmechanismus. Als die Tür beiseite glitt, stürzte sich Taran'atar auf den Arzt und riss ihn zu Boden. Mehrere Disruptorstrahlen kamen aus dem Laboratorium. Taran'atar schützte Bashir mit seinem Körper, bis die erste Salve vorüber war, zog ihn dann aus der Schusslinie. Bashir begriff, wie dumm er gewesen war. Etwa zweihundert Jem'Hadar trieben sich im Stützpunkt herum. Einfach so einen Raum zu betreten ... Dadurch forderte man geradezu heraus, erschossen zu werden.

Ein Energiestrahl schien den Öffnungsmechanismus beschädigt zu haben, denn die beiden Türhälften schlossen sich nicht mehr ganz. Bashir hörte Schreie im Laboratorium, und ein Chor aus Jem'Hadar-Stimmen donnerte: »Falsch! Faaalsch!«

So grässlich diese Schreie auch klangen – noch abscheulicher und erbärmlicher hörte sich jene eine Stimme an, die versuchte, lauter zu sein als alle anderen. Locken bemühte sich, Kommando-Autorität zum Ausdruck zu bringen, aber Bashir glaubte, in jeder einzelnen Silbe Verzweiflung zu hören. Er wollte trotz der Gefahr feststellen, was im Laboratorium geschah, kroch auf allen vieren zum Spalt zwischen den beiden Türhalften und blickte hindurch.

Lockens Kopf ragte über die Menge der Jem'Hadar hinaus, und daraus schloss Bashir, dass er auf die Plattform gestiegen war, auf der die Inkubationsröhren standen. Der Arzt konnte nicht den ganzen Raum überblicken, aber er schätzte, dass sich fast zwei Dutzend Jem'Hadar in ihm befanden – die meisten von ihnen wanderten ziellos umher. Ihre trüben Augen waren halb geschlossen, aber trotz ihrer Benommenheit herrschte eine Atmosphäre von drohendem Unheil. Das Laboratorium kam einem Pulverfass gleich und es war nur noch eine Frage der Zeit, bis jemand die Lunte anzündete.

Vielleicht übernahm Locken das selbst.

Nur ein Jem'Hadar bewegte sich nicht, stand reglos vor dem Khan und musterte ihn. Aufgrund der Abzeichen am Kragen vermutete Bashir, dass es sich um einen Ersten handelte, möglicherweise den gleichen Ersten, der Taran'atar befreit hatte.

Der Jem'Hadar betätigte die Vermutungen des Arztes, als er die Hand hob und eine komplexe Geste vollführte. Seine Artgenossen verharrten.

»Ja«, sagte der Erste und erweckte, während er sprach, den Eindruck, zu einem Schluss gekommen zu sein. »Vielleicht bist du ein Gott. Aber wenn das stimmt, so bist du ein schwacher Gott, denn du musstest auf das Weiß zurückgreifen, um unsere Treue zu gewährleisten.« Er zögerte und schien seine Gedanken zu sammeln. »Und wenn du schwach bist und wir von dir erschaffen wurden, so sind auch wir schwach.« Ein dumpfes Knurren kam aus fast zwei Dutzend Kehlen. Der Erste gestikulierte erneut und daraufhin herrschte wieder Stille. »Aber wir hören jetzt auf damit, schwach zu sein«, fuhr er fort. »Wir sind Jem'Hadar. *Wahre* Jem'Hadar!«

Bashir sah zu Locken und erkannte bei ihm die ersten Risse in der Fassade. In einem Augenwinkel zuckte es und er gab einen Laut von sich, der irgendwo zwischen einem ängstlichen Winseln und einem trotzigen Schrei lag.

»Wir sind *stark*«, betonte der Erste. »Also kannst du nicht unser Gott sein. Du ... bist ... *falsch!*«

Locken griff in seine Tasche und holte einen kleinen Phaser hervor. Er bewegte sich langsam und bedächtig, zielte auf den Kopf des Ersten. Entweder rechnete er nicht damit, dass sich ihm jemand widersetzte, oder es war ihm gleichgültig. »Ich bin dein Khan ...«, sagte Locken, so als erklärten diese Worte alles.

Zwei Dutzend Disruptoren kamen nach oben und entluden sich mit einem kollektiven Fauchen. Aus Gründen, die nur die Jem'Hadar selbst kannten, feuerten sie auch dann noch, als sich Locken längst in seine Atome aufgelöst hatte. Die Inkubationsröhren platzten auseinander und die Nährflüssigkeit in ihnen verdampfte in der Hitze.

Als Bashir die Augen öffnete, begriff er, dass Taran'atar ihn von der Tür fortgezogen hatte. Direkt vor sich sah er zwei Stiefelpaare. Das eine gehörte Taran'atar, das andere dem Ersten.

»Ist er tot?«, fragte Taran'atar.

»Ja«, antwortete der Erste.

»Gut«, sagte Taran'atar.

Bashir kam zornig auf die Beine. Wahrscheinlich würde er es bereuen, die Worte auszusprechen, die ihm jetzt auf der Zunge lagen, aber eine solche Gefühllosigkeit konnte er nicht hinnehmen. Immerhin war gerade ein Mensch gestorben. Er mochte verrückt gewesen sein, aber an seiner enorm hohen Intelligenz konnte kein Zweifel bestehen. Wenn er kein Gott gewesen war, so doch ein Schöpfer. Darauf wollte Bashir hinweisen, und auch noch auf andere Dinge. Er wollte, dass sich die Jem'Hadar ebenso gedemütigt und beschämt fühlten wie er selbst wegen seiner Rolle bei dieser Tragödie – das tragische Element in dieser Angelegenheit ließ sich nicht leugnen. Doch dann sah er ihre Augen.

Bashir kannte sich gut genug mit der Jem'Hadar-Anatomie aus, um zu wissen, dass es ihren Gesichtern an der Flexibilität von Humanoiden mit dünnerer Haut mangelte. Deshalb ließ sich ihre Mimik manchmal nur sehr schwer deuten. Trotzdem glaubte er, in den Augen des Ersten die Wahrheit zu erkennen. Er sah darin die niederschmetternde Erkenntnis, dass das Universum ohne Fundament war. Wenn ein Gott getötet werden konnte … Welche anderen schrecklichen Dinge waren dann möglich?

Bashir presste die Lippen zusammen und blickte erneut ins Laboratorium.

Die dortigen Jem'Hadar, die eben Locken erschossen hatten, waren jetzt wieder passiv und wirkten wie Schlafwandler. Der Erste und Taran'atar beobachteten sie einige Sekunden lang, sahen sich dann an und nickten – offenbar verstanden sie sich wortlos. Bashir wollte sie gerade fragen, was ihr Nicken bedeutete, als es im Korridor krachte.

Er drehte sich um und nahm erstaunt zur Kenntnis, dass die Jem'Hadar nicht reagierten. Ein Gitter hatte sich aus der Decke gelöst und wenige Sekunden später streckten sich zwei Beine durch die Öffnung. Ezri Dax ließ sich fallen, rollte sich auf dem Boden ab. Der für Luftschächte typische Schmutz zeigte sich in ihrem Gesicht, an den Händen und auch an der Uniform. Trotzdem bot sie für Bashir den herrlichsten Anblick, den er sich vorstellen konnte.

Er half Ezri auf die Beine. Ihr Gesicht war grau vom

Staub, aber die Augen leuchteten und zeigten Freude. Bashir umarmte sie so fest, dass sie quiekte. »Entschuldige«, murmelte er ihr ins Ohr und schlang die Arme etwas vorsichtiger um sie. Während er noch das Gefühl ihres warmen Leibes genoss, der sich an ihn schmiegte, erwachten Schuldgefühle in ihm: Warum hatte er sich im Verlauf der letzten Stunden keine größeren Sorgen um sie gemacht? Sie hätte in irgendeinem Kerker liegen, in einem schmalen Belüftungsschacht feststecken oder sogar tot sein können, erschossen von einem Jem'Hadar, der zur falschen Zeit am falschen Ort war. Er ließ Ezri los und hielt sie auf Armeslänge. »Bist du …«

»Ich bin in Ordnung«, kam sie ihm zuvor und lächelte. »Keine Sorge. Was ist mit dir? Eben habe ich viele Waffen gehört. Die Geräusche schienen direkt von hier zu kommen.«

»Im Laboratorium«, sagte Bashir und sah zur immer noch offenen Tür. »Die Dinge haben sich nicht ganz so entwickelt wie …« Er unterbrach sich. »Ich fürchte …« Verärgert stellte er fest, dass er kaum einen klaren Gedanken fassen konnte. *Ein Schock,* dachte er. *Ich habe einen Schock erlitten.* Dann wurde ihm klar: Eigentlich wollte er nur Ezri umarmen und drei oder vier Tage schlafen. Sie erahnte seinen Wunsch, zog Bashirs Kopf wortlos an ihre Schulter und massierte ihm den Nacken. Er schloss die Augen und atmete tief durch. Ezri roch nach Schweiß und Staub, aber darunter nahm er ihre individuelle Essenz wahr, die ihm Trost spendete.

»Es tut mir Leid«, flüsterte sie. »Es tut mir aufrichtig Leid … Für dich. Aber nicht für ihn, Julian. Nicht für ihn.«

Bashir wich ein wenig zurück und sah, dass Ezri weinte. Der Grund war nicht etwa Kummer, sondern Zorn.

»Wenn du gesehen hättest …«, brachte sie mit brüchiger Stimme hervor. »Wenn du gesehen hättest, was ich gesehen habe …«

Mit dem Ärmel wischte Bashir ihre Tränen und auch ein wenig von dem Staub fort. »Schon gut«, erwiderte er leise. »Ich verstehe. Ich glaube … Ich glaube, niemand hätte ihm helfen können. Nicht einmal ich.«

»He«, ertönte eine Stimme vom anderen Ende des Korridors. »Hört endlich auf, ihr beiden. Man gerät in Verlegenheit, wenn man euch zusieht.«

Ezri drehte sich um. Bashir sah auf und erkannte Ro, die noch schmutziger war als Ezri – sie lächelte, erfreut darüber, ihre Gefährten gesund und munter vorzufinden.

»Ro!«, entfuhr es Ezri. Sie schlang der Bajoranerin die Arme um den Hals und riss sie dabei fast zu Boden – was sich als Fehler erwies. Sechs kleine Humanoiden mit grünem Fell kamen hinter Ro aus den Schatten, jeder von ihnen mit einer Strahlwaffe ausgerüstet. Bashir hörte, wie sich hinter ihm Taran'atar und der Erste bewegten.

»Ro«, sagte Bashir ruhig, »bitte sagen Sie mir, dass dies Freunde von Ihnen sind.«

Die Bajoranerin lächelte erneut. »Doktor, dies sind meine Freunde, die Ingavi.« Sie drehte sich um, winkte beruhigend und gab einige Klick- und Reibelaute von sich, die für Bashir unverständlich blieben – ihm fehlte sein Insignienkommunikator mit dem automatischen Translator. Die Ingavi ließen ihre Waffen sinken und wichen in die Schatten zurück. Über die Schulter hinweg warf Ro Ezri einen Blick zu. »Sie sollten mich nicht noch einmal auf diese Weise umarmen.«

»In Ordnung«, erwiderte Ezri. »Zur Kenntnis genommen.«

Die Bajoranerin folgte den kleinen Humanoiden.

Taran'atar gab dem Ersten ein Zeichen und daraufhin betraten sie beide das Laboratorium. Dort herrschte noch immer Unheil verkündende Stille, doch die beiden Jem'Hadar schienen zu ahnen, dass das nicht mehr lange der Fall sein würde.

Als Ro zurückkehrte, kam sie in Begleitung eines kleinen Wesens, das wie fröhlich hüpfte. »Das ist Kel«, sagte Ro. »Das Oberhaupt der Ingavi. Die meisten anderen sind draußen und halten Wache.«

»Haben sich die … Ingavi auf diesem Planeten entwickelt?«, fragte Bashir.

»Es ist eine lange Geschichte, Doktor. Ich werde versuchen, es Ihnen später zu erklären. Sie verdienen unsere Hilfe, schon allein für das, was sie heute für mich getan haben.«

»In Ordnung«, erwiderte Bashir und damit schien dieser Punkt erledigt zu sein. Der kleine Ingavi setzte sich auf die Fersen, das Phasergewehr über den Schoß gelegt, und blickte zur Tür des Laboratoriums.

»Was ist passiert?«, fragte Ro.

»Nun, nachdem es mir gelungen war, die Zelle zu verlassen, wusste ich zunächst nicht, was ich unternehmen sollte«, begann Ezri ihren Bericht. »Ich entdeckte einen Zugang zum Belüftungssystem, kroch durch die Schächte und fand die Destillatoren für das Ketracel-Weiß. Wo mir die Idee zu ein wenig kreativer Chemie kam. Anschließend verbrachte ich den größten Teil der Zeit damit, Jem'Hadar-Patrouillen auszuweichen. Während der ersten Stunden geriet ich mehrmals in Bedrängnis, aber dann wirkte sich das manipulierte Weiß aus. Etwas später hörte ich, wie geschossen wurde.« Sie sah Bashir an und fügte hinzu: »Ich ging davon aus, dass ich dich hier finden würde, so oder so.«

Nach Ezri erzählte Ro von den Dingen, die sich zugetragen hatten, seit Taran'atar und sie aus dem Runabout transferiert worden waren. Bashir glaubte zunächst, dass zu viel Zeit verging, aber dann fesselten ihn Ros Schilderungen. »Als wir uns dem Haupteingang bis auf fünfzig Meter genähert hatten, war die Hälfte der Ingavi entweder tot oder zum Rückzug gezwungen. Dann schossen die Jem'Hadar plötzlich nicht mehr. Wir wagten es nicht, uns zu rühren, bis einer unserer Scharfschützen einen Soldaten am Tor erledigte. Als wir dorthin vorstießen, stellten wir fest, dass er der einzige Jem'Hadar war. Die Sache schien überhaupt keinen Sinn zu ergeben, doch eine so gute Gelegenheit wollten wir nicht ungenutzt lassen. Wir drangen weiter vor und fanden tote Jem'Hadar, von *anderen* Jem'Hadar erschossen.« Ro sah Dax mit einer Mischung aus Respekt und Sorge an. »Was haben Sie mit ihnen angestellt?«

»Offenbar mehr, als ich ursprünglich beabsichtigte«, erwiderte Dax. »Ich wollte sie nur außer Gefecht setzen ...«

»Du konntest das nicht wissen«, warf Bashir ein. »Ketracel-Weiß zeichnet sich durch eine sehr komplexe chemische Struktur aus, was einer der Gründe dafür ist, dass sich die Substanz nicht replizieren lässt. Jede Verunreinigung führt schließlich zu anomalem Verhalten, das zu unkontrollierter Gewalt eskaliert. Wenn ich Zugang zu Lockens Aufzeichnungen hätte, könnte ich vielleicht ...«

Bashir unterbrach sich, als er merkte, dass Taran'atar hinter ihm stand. *Wie lange ist er schon hier?*, fragte er sich.

»Ich fürchte, Ihnen bleibt nicht genug Zeit, um Untersuchungen durchzuführen«, sagte Taran'atar. »Wir müssen fort von hier, wenn wir nicht das Schicksal des Khans teilen wollen.«

»Fort?«, wiederholte Bashir. »Was soll das heißen? Wir müssen Daten downloaden, Beweismaterial sichern ...«

Lautes Knurren kam aus dem Laboratorium und dann krachte ein großes zerbrechliches Objekt auf den Boden. Bashir sah den Rücken des Ersten durch den Spalt zwischen den beiden Türhälften, dann sein Gesicht, als er sich umdrehte.

»Schließ die Tür«, wandte er sich an Taran'atar. »Jetzt sofort.«

Taran'atar trat vor und versuchte, die beiden Hälften der Tür zusammenzuschieben. Der Erste unterstützte seine Bemühungen von der anderen Seite. Bevor sie die Türhälften auch nur einen Zentimeter weit bewegen konnten, fauchte ein Disruptor im Laboratorium und der Erste wandte sich um.

»Jem'Hadar!«, rief er. »Stillgestanden!« Es wurde wieder still – die Konditionierung der Jem'Hadar hatte tiefe Wurzeln. Der Erste drehte sich erneut zur Tür um und sagte leise zu Taran'atar: »Das Verlangen wird stärker in ihnen … In uns allen.«

»Aber wir können das Weiß in Ordnung bringen«, meinte Bashir.

»Dafür ist es zu spät«, entgegnete der Erste und erbebte am ganzen Leib.

Taran'atar streckte die Hand durch die schmale Öffnung und ergriff ihn an der Schulter. Die Jem'Hadar im Laboratorium gerieten schon wieder in Bewegung. »Gib ihnen einen guten Tod«, sagte Taran'atar.

Der Erste nickte. Er schloss die rechte Hand fest um den Schaft seines Phasers und schüttelte sich, als wollte er sich auf diese Weise von der Tür lösen. Ohne ein weiteres Wort schloss Taran'atar den Zugang.

19

Taran'atar wandte sich den anderen zu. »Wir müssen fort.«

»Wir können den Runabout zu Fuß in dreißig Minuten erreichen«, sagte Ro.

Ezri musterte sie überrascht. »Er hat den Absturz überstanden?«

Ro nickte. »Die *Euphrat* hält viel aus. Wenn wir imstande sind, mit ihr den Planeten zu verlassen, wird sie uns nach Hause bringen.«

»Nein«, sagte Bashir plötzlich. Alle sahen ihn an. »Wir sind hier noch nicht fertig. Wir brauchen Lockens Daten als Beweismaterial, um Sektion 31 zu entlarven. Um sie zu bekommen, müssen wir sein Quartier aufsuchen.« Er lief los.

Taran'atar und Ro blickten zu Ezri, als wäre sie für Julians Verhalten verantwortlich. »Wir müssen bei ihm bleiben«, sagte sie. »Er ist nicht bewaffnet.«

»Er *denkt* nicht«, fügte Ro hinzu.

»Nein«, widersprach Ezri. »Er denkt zu viel. Er kann einfach nicht anders.« Etwas Großes und Metallenes donnerte gegen die Tür des Laboratoriums; der Boden vibrierte. »Also los.«

In Lockens Quartier hatte Bashir bereits den Code geknackt, der Lockens Aufzeichnungen schützte. Als Ezri, Ro und Taran'atar eintrafen, riss er die Türen von Vitrinen und Schränken auf, warf diverse Dinge zu Boden.

»Verdammt!«, rief er. »Nichts!«

»Wonach suchst du?«, fragte Ezri.

»Nach einem Tricorder. Oder einem Speichermodul, das die Daten aufnehmen kann.«

Ro holte ihren Tricorder hervor. »Hier«, sagte sie und warf ihn Bashir zu.

Sobald der Arzt die richtige Frequenz gefunden hatte, entwickelte er eine Suchstrategie, die unwichtiges Datenmaterial aussortierte und wichtige Dateien mit Schlüsselworten kennzeichnete. Ein Datenbankspezialist hätte zwei Stunden für eine solche Aufgabe gebraucht, aber Bashir beendete sie nach wenigen Minuten und kopierte die Daten dann so schnell, wie der Tricorder sie aufnehmen konnte.

Während des Downloads sah er sich die anderen Verzeichnisse an und fand eine schematische Darstellung des ganzen Stützpunkts. Ezri bemerkte, wie Julian die Stirn runzelte – irgendetwas besorgte ihn. Sie wischte sich die Hände ab, trat zu ihm und stellte fest, dass seine Aufmerksamkeit dem Bereich der Basis galt, in dem energetische Verbindungen und Leitungssysteme quasi verschwanden.

»Was könnte das sein?«, fragte sie.

»Ich weiß es nicht«, erwiderte Bashir. »Aber ich habe gewisse Vorstellungen und die beunruhigen mich alle.«

»Es gibt nur eine Möglichkeit, Gewissheit zu erlangen«, sagte Ezri. »Möchtest du, dass ich mitkomme? Ich kenne die Zugänge zum Belüftungssystem – für den Fall, dass wir Verfolgern entkommen müssen.«

Julian lächelte. »Mit dir allein an einem engen, dunklen Ort? Was könnte ich mir mehr wünschen?«

Ezri schnaubte. »Es geht dir schon viel besser, nicht wahr? Nun, ich verrate dir: Die Luftschächte sind nicht annähernd so interessant, wie du glaubst. Man hört, wie sich Dinge in ihnen bewegen. Gelegentlich berührt man etwas Krabbelndes …«

»Du willst mich nur beeindrucken«, erwiderte Julian. »Was auch immer wir unternehmen – wir müssen es möglichst schnell hinter uns bringen.« Er sah zu Ro. »Geben Sie mir Bescheid, wenn der Download beendet ist, und machen Sie sich dann auf den Weg zum Runabout. Wir möchten noch etwas überprüfen.«

»Ich halte es nicht für eine gute Idee, dass wir uns jetzt trennen«, sagte Ro. »Es könnte ziemlich gefährlich werden, wenn auch die übrigen Jem'Hadar aus ihrer Benommenheit erwachen und verrückt spielen.«

»Vielleicht hat Locken etwas zurückgelassen. Weitere Inkubatoren, nehme ich an. Wenn wir sie nicht zerstören, entstehen möglicherweise noch mehr Jem'Hadar. Und die wären eine Gefahr für Ihre kleinen Freunde.«

Ro gab nach. »Na schön. Wir brechen auf, wenn der Download beendet ist. Nehmen Sie das.« Sie reichte dem Arzt ihr Phasergewehr. »Geben Sie gut auf sich Acht. Ich habe das Gefühl, dass diese Anlage noch einige unangenehme Überraschungen bereit hält.«

»Deine Vorstellung in der Zelle war recht beeindruckend«, sagte Ezri, als sie zum Hauptlaboratorium zurückkehrten. »Du hättest mich fast überzeugt.«

Bashir blieb stehen, lehnte sich an eine Wand und rieb sich die Augen. »Ich hätte dich fast überzeugt, weil ich nicht gelogen habe. Zumindest nicht ganz. Versteh mich nicht falsch … Ich wäre auf keinen Fall bereit gewesen, mich auf seine Seite zu schlagen, Ezri. Aber jene schlaflosen Nächte … Sie kommen tatsächlich vor und erschrecken mich zutiefst. Ich weiß einfach nicht, wie klein oder groß der Unterschied zwischen mir und ihm ist.« Bei den letzten Worten blickte er in Richtung Laboratorium. Gemeinsam starrten sie in die Dunkelheit und lauschten einer unheilvoll anmutenden Stille. »Ich frage mich, ob irgendetwas –

vielleicht ein kleiner Anstoß – dazu führen könnte, dass ich so werde wie er.«

Ezri berührte ihn an der Wange. »Nein, das halte ich für unmöglich«, sagte sie in einem beruhigenden Tonfall. »Du bist nicht wie er, Julian. Und du wirst es nie sein.«

Bashir griff nach ihrer Hand, zog Ezri zu sich heran und hauchte ihr einen Kuss auf die Lippen. »Lass uns diese Mission beenden«, sagte er und lächelte. »Ich möchte mit dir heimkehren.«

»Das ist der beste Vorschlag, den ich seit Tagen gehört habe«, entgegnete Ezri.

Bashir zählte zwölf Schritte ab und verharrte vor einer leeren Wand. »Hier gibt es nichts«, stellte er fest. »Zumindest nichts Offensichtliches.« Er strich mit den Fingerkuppen über die Wand und suchte nach Unebenheiten, nach irgendeinem Hinweis. Er überprüfte die Fugen nach erhöhten Stellen, nahm sich auch den Bereich vor, in dem sich Boden und Wand trafen. »Noch immer nichts«, sagte er.

»Vielleicht ist eine verbale Anweisung nötig«, spekulierte Ezri. »Oder die Kontrolleinheit, die Locken immer bei sich führte.«

»Hmm«, brummte Bashir. »Da hast du wahrscheinlich Recht. Aber da ich nicht vorhabe, das Laboratorium zu betreten und mich dort nach der Kontrolleinheit umzusehen, müssen wir zum Mittel der Gewalt greifen. Ziehen wir uns hinter die nächste Ecke zurück.« Er deutete zu einer Abzweigung.

Bashir justierte seinen Phaser auf mittlere Emissionsstufe – er wollte ein Loch in die Wand brennen, ohne dass die Decke herabstürzte – und drückte ab. Es bildeten sich feine Risse in der Wand, aber es brach kein Teil heraus. Der zweite Schuss sorgte dafür, dass sich einige Plastahl-Brocken lösten und zu Boden fielen. Der dritte Energieblitz schuf schließlich eine ausreichend große Öffnung. Bashir und seine Begleiterin husteten und warteten darauf, dass sich der aufgewirbelte Staub legte. Dann wagten sie sich hinter der Ecke hervor und traten näher.

Drei Meter vor der Wand sagte Bashir: »Halt.« Er deutete nach vorn: Funken sprühten. »Energetische Transferleitungen.«

Ezri zeigte auf den Boden. »Und eine Flüssigkeit – keine gute Mischung.«

Ohne einen Tricorder ließ sich kaum feststellen, ob Gefahr drohte oder nicht. Einige Sekunden lang blieben sie unschlüssig stehen und dachten über ihre Möglichkeiten nach. Dann schlug sich Ezri mit der flachen Hand an die Stirn. »Computer, Licht!«, rief sie.

Drei Leuchtkörper schalteten sich ein und in ihrem Schein konnten sie das Innere des Raums sehen.

»Klon-Kammern«, sagte Ezri. »Für Jem'Hadar?«

Es lief Bashir kalt über den Rücken. »Nein, nicht für Jem'Hadar.« Er ignorierte die Gefahr eines tödlichen elektrischen Schlags, trat über den Schutt hinweg und kletterte durchs Loch in der Wand. Er hörte, wie Ezri ihm folgte, nach Luft schnappte und einen klingonischen Fluch ausstieß, bei dem selbst Martok errötet wäre.

»Wann hatte er Zeit dazu?«, fragte sie. »Wir sind erst seit zwei Tagen hier!«

Der Raum enthielt vier Klon-Kammern und keine von ihnen war leer. In der ersten Röhre hatte sich ein Riss gebildet, als die Wand aufgebrochen war – daher die Flüssigkeit auf dem Boden. Der Körper darin war in sich zusammengesunken, die Stirn ans Glas gepresst. Bashir sah ein junges Gesicht, ohne von Alter und Sorgen geschaffene Falten, und es konnte kein Zweifel daran bestehen, um wen es sich handelte.

Bashir sah sich selbst.

Völlig reglos stand er da, erstarrt vor Scham und

einem von Elend geprägten Staunen. Ezri schien bestrebt zu sein, sich auch die anderen Klon-Kammern anzusehen. Vorsichtig, fast ehrfürchtig trat sie an der ersten vorbei und blickte in die Gesichter der drei anderen Klone, jeder von ihnen jünger als der vorherige. Der kleinste von ihnen erweckte den Eindruck, nicht mehr als drei Jahre alt zu sein.

»O nein …«, stöhnte Ezri.

Bashir erwachte aus der Trance und wandte sich ihr zu. »Was … was ist?«

»Julian … Offenbar hat Locken genetische Manipulationen vorgenommen. Dieser Klon ist … weiblich.«

Jähe Übelkeit erfasste Bashir und er hätte sich fast zusammengekrümmt. Ihm wurden die Knie weich und er musste sich an der Wand abstützen.

»Aber *warum*?«, fragte Ezri. »Was hat er sich nur dabei gedacht?«

Bashir zweifelte kaum daran, dass sie die Antwort bereits kannte. Es lag auf der Hand. Das Klonen war eine zuverlässige Technik, aber nichts funktionierte besser als die Natur.

»Zuchtmaterial«, hauchte Bashir. »Für die neue, bessere Föderation.« Während er diese Worte aussprach, stieg Abscheu in ihm auf und drohte, ihn zu zerreißen. Plötzlich wusste er, was es zu unternehmen galt. Ihm blieb gar keine andere Wahl. »Komm zurück, Ezri.«

»Was?«

»Komm zurück.« Bashir hob das Phasergewehr.

»Aber Julian … Dies sind *Beweise*. Wir können sie verwenden.«

»Es sind keine Beweise, Ezri«, erwiderte Bashir. »Es ist ein Gräuel.«

Sie schien etwas in seinen Augen zu sehen, etwas Bitteres und Unerschütterliches, denn sie kam seiner Aufforderung stumm nach und trat neben ihn. Als Bashir den Auslöser der Waffe betätigte, glaubte er, einen Schrei zu hören, und ein Teil von ihm fragte sich, ob er von einem der Klone stammte. War das möglich? Das Geräusch schien sich zu wiederholen, als Phaserstrahlen durch Kunststoff und Metall schnitten, als die Klon-Kammern barsten, Fleisch verbrannte und Flüssigkeit verdampfte.

Erst viel später merkte Bashir, wie rau sein Hals war, und daraufhin wurde ihm klar: Die Schreie waren von ihm selbst gekommen.

Als sie in den Korridor zurückkehrten, stießen Bashir und Ezri dort auf einen Jem'Hadar, der einen Disruptor in der Hand hielt, ihn aber nicht auf sie richtete. Bashir hob seine eigene Waffe, doch er wusste: Wenn der Soldat angriff, waren sie so gut wie tot.

»Warum sind Sie noch hier?«, fragte der Jem'Hadar. Bashir und Ezri seufzten erleichtert, als sie die Stimme des Ersten erkannten.

»Wir mussten noch einige Dinge erledigen«, erwiderte Bashir kühl. »Was ist mit Ihnen? Waren Sie erfolgreich? Haben Sie Ihre Mission beendet?«

»Ich habe meine Pflicht erfüllt«, sagte der Erste und blickte in Richtung Laboratorium. »Eine externe Patrouillengruppe, die nicht von dem manipulierten Weiß beeinträchtigt war, übermittelte mir eine Nachricht. Draußen geschieht etwas und ich bin unterwegs zu den Soldaten.«

Bashirs Gedanken rasten. Was passierte jetzt? Wurden die Geschöpfe aktiv, die Ro begleitet hatten? Nein, das hielt er für unwahrscheinlich. Ihnen war wohl kaum an einer Konfrontation mit den Jem'Hadar gelegen, wenn sie sich vermeiden ließ. Rasch dachte er über die anderen Möglichkeiten nach und gelangte zu dem Schluss, dass nur eine in Frage kam. »Begleiten Sie mich«, wandte er sich an den Ersten. »Ich glaube, ich weiß, was los ist.«

Als sie Lockens Quartier erreichten und sich die Tür vor ihnen öffnete, standen Ro und Taran'atar an der Computerkonsole.

»Doktor!«, rief die Bajoranerin. »Kommen Sie! Hier stimmt etwas nicht.« Wie verzweifelt betätigte sie die Kontrollen. Bashir stellte mit einem Blick fest, dass etwas mit den in Lockens Computer gespeicherten Daten geschah. Die Anzeigen des Tricorders deuteten darauf hin, dass sich ihre Struktur auflöste.

»Ein Virus?«, fragte er. »Haben wir einen Verteidigungsmechanismus ausgelöst?«

»Ich hatte den gleichen Gedanken und habe fünf Minuten lang Antivirus-Routinen laufen lassen. Zunächst deutete alles darauf hin, dass der Vorgang allein die Backup-Dateien betraf – es schien also genug Zeit zu geben, etwas dagegen zu unternehmen. Aber in Wirklichkeit handelte es sich dabei um ein Ablenkungsmanöver. Während die Displays diese falschen Anzeigen präsentierten, wurden die meisten der primären Dateien gelöscht.« Wieder huschten Ros Finger über die Kontrollen. »Es *sieht* nach einem Virus aus, aber tatsächlich steckt eine Waffe dahinter, die genau gezielte elektromagnetische Impulse emittiert. Sie befindet sich draußen, und zwar in der Nähe – andernfalls würde die verdammte Sache nicht funktionieren.«

Plötzlich erklang der akustische Alarm des Tricorders, und Ro wandte sich von der Konsole ab. Sie fluchte und streckte die Hand nach dem Gerät aus, als seine Energiekupplung durchbrannte. Ro riss die Hand zurück, stöhnte schmerzerfüllt und eilte in die Küche, wo sie kaltes Wasser über ihre Finger strömen ließ. Bashir wollte ihr folgen, aber der Anblick des Tricorders sorgte dafür, dass er stehen blieb. Das Gerät war nur noch ein Klumpen aus halb geschmolzenem Metall, in dem sich hier und dort Kunststoffteile und die Reste von Schaltkreisen zeigten.

Bevor sich Bashir Ros Verletzung ansehen konnte, rief Taran'atar: »Sehen Sie!« Er deutete auf den Überwachungsmonitor.

Bashir verstand zuerst nicht, was er sah. Er glaubte, das erste Licht des neuen Tages zu sehen, aber dann bemerkte er aufgescheuchte Vögel. Er beobachtete, wie in dem Durcheinander aus tiefen Schatten und hellen Lichtstrahlen erst ein junger Baum und dann zwei größere umstürzten. Anschließend kamen die Männer. Die meisten von ihnen trugen Tarnanzüge; hier und dort sah Bashir Phasergewehre mit Suchscheinwerfern.

Einige Ingavi verließen ihre Deckung und liefen den Soldaten entgegen. Die Männer richteten ihre Phaser auf sie, eröffneten das Feuer und töteten die kleinen Geschöpfe wie beiläufig.

Bashir wusste, wer die Neuankömmlinge waren. Er hatte seine Aufgabe erfüllt und jetzt kamen sie, um den Rest zu erledigen. Sie wollten alle Hinweise darauf verschwinden lassen, dass sie jemals auf Sindorin gewesen waren. Und es durfte keine Zeugen geben.

Bashir spürte Ro und Kel hinter sich. Der Ingavi stieß einen kummervollen Schrei aus, als er die Bilder auf dem Monitor sah, eilte dann zur Tür.

»Kel!«, rief Ro ihm nach. »Warte! Wir können helfen!«

»Nein«, widersprach Taran'atar. »Das können wir nicht. Bei diesem Kampf lässt sich kein Sieg erringen. Unsere Mission ist vorbei.«

»Ich rede nicht davon, einen Sieg zu erringen«, sagte Ro. »Es gilt, ein Versprechen zu halten.«

Kel brachte kaum Geduld für diese Diskussion auf, aber Bashir fühlte, dass er den Konflikt in Ro verstand und der Bajoranerin mit Anteilnahme begegnete. Er widerstand seinem Wunsch, sich den anderen Ingavi hinzuzugesellen, lange genug, um zu sagen: »Du hast dein Versprechen bereits gehalten, Ro. Du hast uns von den Jem'Hadar befreit und das war mehr, als wir hoffen konnten.« Er hob sein Gewehr und deutete damit auf den Monitor. »Glaube nicht, du wärest dafür zuständig, dieses Problem zu lösen. Du bist nicht für *alles* verantwortlich. Das Gewicht von so viel Schuld würde dich zermalmen.«

Und dann war er fort.

Ro versuchte, ihre Waffe von Bashir zurückzunehmen, aber mit ihrer verbrannten Hand konnte sie nicht fest genug zugreifen. Er hielt das Phasergewehr fest. »Doktor, bitte ...«

Bashir schüttelte den Kopf. »Nein«, sagte er. »Taran'atar hat Recht. Wir müssen Sindorin verlassen. Wenn wir bleiben ...«

»Wenn wir bleiben, sterben wir«, erwiderte Ro scharf. »Und wenn wir den Planeten verlassen, sterben die Ingavi. Vielleicht nicht alle und auch nicht sofort, aber sie können nicht viel länger überleben, wenn wir nichts *tun*.« Sie wollte ebenfalls zur Tür eilen, aber Taran'atar legte ihr die Hand auf die Schulter. Er hielt sie nicht fest, erinnerte sie nur an seine Präsenz. Etwas in Ro schien nachzugeben.

»Wie verlassen wir den Stützpunkt?«, wandte sich der Jem'Hadar an Bashir.

Der Arzt erinnerte sich an die schematische Darstellung der Basis und versuchte, sich eine Fluchtroute zurechtzulegen. Aufblitzende Energiestrahlen veranlassten ihn, erneut zum Monitor zu sehen. »Das sind Disruptorstrahlen, nicht wahr?«, fragte er den Ersten.

Der Jem'Hadar warf einen kurzen Blick auf den Bildschirm. »Meine Soldaten«, sagte er knapp. »Vermutlich waren sie es, die sich mit mir in Verbindung setzten. Ich habe den Kontakt zu ihnen verloren.« Er sah auf ein Display und stellte die Koordinaten fest.

»Wer sind sie?«, fragte er dann und deutete auf die Menschen mit den Phasern.

»Lockens Komplizen«, antwortete Dax, die den Jem'Hadar während der vergangenen Minuten stumm beobachtet hatte. »Sie sind für dies alles verantwortlich.«

Der Erste knirschte mit den Zähnen. »Dann werde ich meine Soldaten nehmen und unseren Schöpfern einen angemessenen Empfang bereiten.« Er sah zu Bashir, doch die nächsten Worte galten nicht nur ihm, sondern auch den anderen. »Am anderen Ende des Korridors gibt es einen Raum mit einem Transporter. Den können Sie verwenden, um Ihr Schiff zu erreichen. Brechen Sie sofort auf.«

Damit wandte sich der Erste um und verließ Lockens Quartier. Bashir zögerte nicht, setzte sich sofort in Bewegung und eilte durch den Korridor, gefolgt von den anderen. Er hörte, wie sich Phaserstrahlen durch Wände und Türen brannten. Die Soldaten der Sektion 31 schienen auf keinen Widerstand zu stoßen. Aber das, so wusste Bashir, würde sich ändern, sobald der Erste seine Kämpfer erreichte.

Sie hatten die Ereignisse aus dem Innern der Plasmastürme überwacht – so gut das eben möglich war. Von getarnten Überwachungssonden waren einige sehr interessante Bilder auf den meisten Frequenzen des elektromagnetischen Spektrums angefertigt worden, detailliert genug, um auf Lockens Tod hinzuweisen. Die genauen Umstände blieben unbekannt, abgesehen davon, dass es Bashir irgendwie geschafft hatte, die Jem'Hadar gegen ihren Khan aufzuwiegeln. Nach der Bestätigung von Lockens Tod gab Cole den Einsatzbefehl.

Er ließ das Nachtsichtgerät sinken und sah sich an dem Ort um, den er als Beobachtungsposten gewählt hatte. Die Sonne stand jetzt dicht über den Baumwipfeln und Cole wusste, dass er von nun an einen normalen Feldstecher verwenden konnte. *Der schlimmste Aspekt nächtlicher Einsätze besteht darin, dass man bei Tagesanbruch sieht, was geschehen ist,* dachte er. Überall lagen Leichen, die meisten von ihnen Jem'Hadar, und es waren auch viele der einheimischen Affenwesen ums Leben gekommen. Cole hatte einige seiner Männer verloren, aber nur wenige – die Verluste hielten sich in akzeptablen Grenzen.

Er wusste das eine oder andere über Regenwälder. Es dauerte bestimmt nicht lange, bis es zu stinken begann. Cole dachte an Aasfresser, die bereits damit begonnen hatten, den Toten das Fleisch von den Knochen zu reißen. Doch wenn die Sonne höher stieg, kehrten sie in den Wald zurück und dann kamen die Insekten. Sie legten Eier und aus den Eiern schlüpften früher oder später Larven, die sich durch die Leichen fraßen …

Cole war froh, dass er den Planeten innerhalb der nächsten Stunde verlassen würde. Er war hier, um dafür zu sorgen, dass die Aufräumaktion gute Fortschritte machte, aber er wollte nicht bis zu ihrem Ende bleiben.

Ein Kurier näherte sich und wartete darauf, zur Kenntnis genommen zu werden. Cole ließ einige Sekunden verstreichen und sah den Mann nicht an, als er fragte: »Ja?«

»Sir, die Sensoren haben einen Starfleet-Runabout geortet, der nordwestlich von uns startet. Sie haben die Anweisung erteilt, in einem solchen Fall benachrichtigt zu werden.«

»Ja. Eine solche Anweisung habe ich erteilt, nicht wahr?« Cole nahm einen gewöhnlichen Feldstecher und blickte damit über das Schlachtfeld mit den vielen Leichen hinweg. Er schüttelte den Kopf, verwundert darüber, dass sich Sloan nicht mehr bemüht hatte, Bashir für Sektion 31 zu gewinnen – er wäre ein hervorragender Agent gewesen. Nun, auch so ließ er sich als Werkzeug einsetzen, wenn man geschickt genug vorging ... Cole fragte sich, wie viele Personen aus Bashirs Gruppe überlebt hatten.

»Ihre Befehle, Sir?«, erklang die Stimme des Kuriers.

Cole ließ den Feldstecher sinken, blickte nach Nordwesten und glaubte fast, den Runabout mit bloßen Augen zu sehen. »Lassen Sie ihn entkommen«, sagte er.

»Sir?«

»Lassen Sie den Runabout entkommen.« Cole sah wieder zum Stützpunkt und überlegte, wie viele Quantentorpedos nötig waren, um ihn dem Erdboden gleichzumachen – nach der Bergung aller nützlichen Dinge.

Die *Euphrat* würde sie tatsächlich nach Hause bringen, wie Ro gesagt hatte, aber sie war nicht mehr das gleiche Schiff wie zu Anfang der Mission. Ezri zweifelte kaum daran, sie aus den Badlands bringen zu können, aber wenn sie es unterwegs mit einem Plasmasturm zu tun bekamen, so bestand echte Gefahr. Sobald sie die Badlands verlassen hatten, würden sie einen Notruf senden und den Flug mit niedriger Geschwindigkeit fortsetzen.

Julian behandelte Taran'atars Wunden, die verblüffend schnell heilten. Die Anzeigen des medizinischen Tricorders wiesen darauf hin, dass die Lunge des Jem'Hadar perforiert worden war, aber inzwischen schon wieder in Ordnung war.

Ro saß im Heckabteil – sie wollte allein sein.

Ezri dachte an Julian. Sie hatte ihn in schlechter Stimmung erlebt, aber auf diese Weise sah sie ihn zum ersten Mal. Der Umstand, dass sie dem Alpha-Quadranten vermutlich einen neuen Krieg erspart hatten, schien ihm überhaupt nichts zu bedeuten. Es war ihm nicht gelungen, den Drachen zu erschlagen – nur das spielte eine Rolle für ihn. Sektion 31 war noch immer dort draußen und allen drei Schritte voraus.

Der Sensoralarm piepste und Ezri sah auf die Anzeigen. Die Nahbereichsensoren hatten kurz nach dem Start damit begonnen, verrückt zu spielen, und Ezri fühlte sich versucht, sie einfach zu deaktivieren. Aber sie fürchtete die Begegnung mit einer weiteren orbitalen Waffenplattform. Als sie die Anzeigen überprüfte, fand sie – was? Eine Art Sensorschatten. Sie führte einen Reset des Ortungssystems durch und der Schatten verschwand.

Ezri steuerte den Runabout nach Steuerbord, machte einen weiten Bogen um ein Plasmaband und fragte sich, warum so viele ihrer Missionen ohne ein Happyend blieben.

20

*D*eep Space Nine*, hier ist die *Euphrat*. Bitte kommen, *Deep Space Nine*.« Ro wartete einige Sekunden lang auf eine Antwort und wiederholte ihre Worte dann.

»Sind Sie sicher, dass der Sender funktioniert?«, fragte Ezri.

Ro sah sie mit ausdrucksloser Miene an. »Möchten Sie es einmal versuchen?«

Ezri lächelte schuldbewusst. »Nein. Entschuldigung. Setzen Sie Ihre Bemühungen fort. Ich bin nur ein wenig besorgt.«

»Das sind wir alle«, kam Bashirs Stimme von der technischen Station hinter ihnen. »Aber es gibt keine Möglichkeit herauszufinden, ob die Ursache für unsere Probleme in den Bordsystemen liegt oder bei den Diagnoseprogrammen. Alles *scheint* zu funktionieren, doch vielleicht senden wir auf der falschen Frequenz ...«

»Oder das Kom-System der Raumstation ist deaktiviert«, fügte Ro hinzu.

»Aber sollten wir nicht die Signale eines Patrouillenschiffs empfangen?«, fragte Ezri.

»Vielleicht gibt es Subraum-Interferenzen«, sagte Ro. Sie sprach nicht weiter, aber alle wussten: So starke Subraum-Interferenzen konnten nur von einer gewaltigen Explosion verursacht werden – und niemand von ihnen wollte über derartige Explosionen nachdenken.

»Könnten wir nicht etwas schneller fliegen?«, fragte Bashir.

Ro schüttelte den Kopf. »Ohne zu wissen, ob die Diagnoseprogramme richtig funktionieren, was meiner Meinung nach nicht der Fall ist … Nein. Warp zwei ist das Maximum und schon damit gehen wir ein großes Risiko ein. Meiner Ansicht nach sollten wir den Warptransfer unterbrechen, auf Impulskraft gehen und einen Notruf senden.«

Bashir wollte es nicht zugeben, musste sich aber eingestehen, dass Ros Vorschlag durchaus vernünftig war. Allerdings: Er wollte derzeit nicht vernünftig sein und möglichst schnell nach Hause. »Warp zwei, Lieutenant«, sagte er und stand auf – jetzt begann seine Ruhepause. »Und zögern Sie nicht, alle Maßnahmen zu ergreifen, die Sie für nötig halten.«

»Ja, Sir«, sagte Ro schlicht und ihr Tonfall wies auf Folgendes hin: Wenn es nach ihr gegangen wäre, befänden sie sich noch immer auf Sindorin.

Um dieses Problem kümmere ich mich, nachdem ich geschlafen habe, dachte Bashir.

Als er sich hinlegte, glaubte er ein oder zwei Sekunden lang, Ezri hätte die künstliche Schwerkraft an Bord verdoppelt, aber dann begriff er, dass es an seiner Müdigkeit lag. *Mein Körper kapituliert.* Er schloss die Augen und eine mentale Stimme fragte schroff: *»Nun, Doktor, was haben Sie gelernt?«*

Bashir versuchte, die Lider wieder zu heben, aber es war bereits zu spät – die Erschöpfung hatte endgültig den Sieg über ihn errungen. Er konnte die Augen nicht mehr öffnen und etwas zwang ihn, der Stimme zu antworten. *Was ich gelernt habe? Ich habe gelernt, dass es immer möglich ist, sich noch einsamer zu fühlen, als man es für möglich gehalten hat.*

Aus der Dunkelheit kam die anerkennende Stimme

Sloans. »*Ausgezeichnet, Doktor. Sie haben Ihre Lektion gut gelernt.*«

»Julian, das musst du dir ansehen.«

Bashir erwachte. Er konnte sich nicht daran erinnern, eingeschlafen zu sein, und das erstaunte ihn, denn normalerweise musste er lange auf den Schlaf warten. Er versuchte sich aufzusetzen, aber die Arme waren taub und die Beine schienen aus Gummi zu bestehen. »Was? Ja … Ich komme.« Sein Mund fühlte sich wie ein ausgetrockneter Tennisball an und er glaubte zu spüren, dass die Lider wie Sandpapier über die Augen schabten. Wovon hatte er geträumt? Von etwas … Beunruhigendem. Worum war es dabei gegangen? O ja, um die Klone … Bevor er mit dem Phasergewehr auf sie schoss, wurden sie plötzlich lebendig, pressten die Gesichter ans Glas …

Er wankte ins Cockpit und fühlte eine kurze Vibration des Runabouts, als der Warptransfer beendet und auf Impulskraft umgeschaltet wurde. »Was ist los?«, fragte er und konnte noch immer nicht klar sehen. »Wo sind wir?«

Dann blickte er aus dem Fenster und fand die Antwort auf seine Frage. *Deep Space Nine* hing vor dem Runabout im All, ein glänzendes Juwel, ein Schmuckstück in der ewigen Nacht des Weltraums. Alle Lichter brannten, noch heller als sonst. Der Glanz der Sterne schien daneben zu verblassen.

Ezri saß im Sessel des Kopiloten und griff nach Bashirs Hand. »Willkommen daheim, Julian.«

»*Wir* sind zu Hause«, sagte Ro. Ganz offensichtlich machte sie sich noch immer zum Vorwurf, die Ingavi im Stich gelassen zu haben. In diesem Zusammenhang regten sich auch in Bashir Schuldgefühle, was ihn aber nicht daran hinderte, sich über den Anblick der Raumstation zu freuen.

»Können wir einen Kontakt herstellen?«, fragte er.

»Nein«, erwiderte Ezri. »Wir wissen jetzt, dass der Subraum-Sender defekt ist. Die Diagnoseprogramme fanden es heraus, während du geschlafen hast. Sie wiesen uns auch darauf hin, dass wir bis auf Warp vier beschleunigen konnten, ohne irgendetwas befürchten zu müssen. Deshalb kamen wir etwas schneller heim als erwartet.«

Bashir rechnete schnell. »Ich habe also … zehn Stunden geschlafen?«

»Zwölf«, sagte Ro. »Wir anderen haben uns abgewechselt, weil wir dachten, dass Sie den Schlaf brauchten.«

Bashir wusste nicht, was er dazu sagen sollte, begnügte sich deshalb mit einem schlichten »Danke« und drückte Ezris Hand etwas fester.

Ein Schatten schob sich zwischen die Station und den Runabout. Bashir sah auf und beobachtete, wie ein klingonischer Angriffskreuzer seinen Tarnschirm deaktivierte.

»Abfangmanöver«, sagte Ro.

»Relativgeschwindigkeit null«, wies Bashir die Bajoranerin an. »Schleusen Sie die Notrufboje aus. Das dürfte Hinweis genug sein.«

Ro befolgte die Anweisungen und kurze Zeit später richtete das klingonische Schiff einen Traktorstrahl auf die *Euphrat*, um sie zur Station zu schleppen. Plötzlich piepste Ros Insignienkommunikator – das einzige Kom-Gerät dieser Art, das die Mission überstanden hatte. »Ops an Lieutenant Ro.«

»Ro hier. Ich höre, Nog.«

»Lieutenant? Sind alle wohlauf? Ich empfange keine anderen ID-Signale.«

»Wir sind in Ordnung, Nog.«

»Das ist eine große Erleichterung. Colonel Kira erwartet Sie alle in ihrem Büro, und zwar so schnell wie möglich.«

»Kann ich mir denken«, sagte Ro leise.
»Nun, sieht die Station nicht wundervoll aus?«, fragte Nog.
Diese Worte entlockten selbst Ro ein Lächeln. »Ja, Nog«, erwiderte sie sanft. »Ja, sie sieht wundervoll aus.«

»Das ist eine sehr beeindruckende Geschichte«, sagte Kira, als Bashir und die anderen ihre Berichte abgeliefert hatten. »Meine einzige Frage lautet: Wie viel davon können Sie Starfleet Command anvertrauen?«
Die Frage schien Dax zu überraschen, aber Bashir verstand sie. »Ich glaube, wir können Admiral Ross den größten Teil davon erzählen«, sagte er. »Aber er wird viele Stellen zensieren müssen, bevor Starfleet die anderen Föderationswelten benachrichtigt. Ich würde den Romulanern gern *etwas* über ihre vermissten Schiffe mitteilen, doch was auf Neu Peking geschehen ist ...«
»Die Öffentlichkeit wird es nie erfahren.« Kira seufzte. »Andererseits: Wir kennen den Vorfall jetzt und deshalb kann Starfleet dafür sorgen, dass sich so etwas nie wiederholt.«
Ro saß mit steinerner Miene da, die Arme verschränkt. »Ich kann nicht umhin festzustellen, dass niemand von Ihnen auch nur ein Wort über die Ingavi verloren hat. Was sollen wir in dieser Hinsicht unternehmen?« Sie sah von Gesicht zu Gesicht. »Colonel? Doktor? Irgendwelche Vorschläge? Haben Sie überhaupt ein *Interesse* daran?«
»Sie sind unfair«, sagte Dax. »Natürlich haben wir ein Interesse daran. Und niemand kann behaupten, wir hätten überhaupt nichts zustande gebracht. Ohne unseren Flug nach Sindorin wären inzwischen vermutlich alle Ingavi tot.«

»Die meisten Ingavi *dürften* inzwischen tot sein«, brummte Ro.

»Das reicht«, sagte Kira scharf. »Diese Sache ist auch so schon schwer genug, ohne dass wir uns gegenseitig Vorwürfe machen.« Sie sah Ro an und fuhr in einem etwas sanfteren Tonfall fort: »Sie können in Ihrem offiziellen Bericht Maßnahmen vorschlagen und Meinungen zum Ausdruck bringen, aber abgesehen davon glaube ich, dass wir dieses Thema damit abschließen sollten. Wir werden tun, was wir können.«

»Ja«, sagte Ro. »Wenn sich die Dinge abgekühlt haben. Wenn die Romulaner in jenem Raumbereich nicht mehr nach ihren vermissten Schiffen suchen. Wenn niemand Grund zu der Annahme hat, dass auf Sindorin etwas Schreckliches geschehen sein könnte.« Sie beugte sich vor und schlug mit der flachen Hand auf Kiras Schreibtisch. »Wenn die Ingavi tot sind.«

»Ro ...«, begann Dax, aber Kira brachte sie mit einem kurzen Wink zum Schweigen.

Ro hatte genug und stand auf, ohne eine Erlaubnis einzuholen. »Ich kehre jetzt in mein Büro zurück, um einige Dinge zu überprüfen. Sir.«

»Setzen Sie sich von dort aus mit Commander Vaughn in Verbindung«, sagte Kira. »Er hinterließ eine Nachricht für mich, in der er um ein Gespräch mit Ihnen bat. Er hält sich an Bord von *Empok Nor* auf, zusammen mit einigen Technikern.«

»Wo *ist Empok Nor*?«, fragte Bashir.

»Nog hat die andere Station in den Orbit von Cajara geschleppt.«

Cajara, siebter Planet des bajoranischen Sonnensystems, erinnerte sich Bashir. *Befindet sich zurzeit auf der gleichen Seite der Sonne wie* DS9. *Ein kurzer Flug mit einem Runabout.*

Ro seufzte, griff nach ihrer fleckigen Reisetasche und ging zur Tür.

Als sie gegangen war, stand Bashir auf. »Wenn Sie mich bitte ebenfalls entschuldigen würden ...«

»Nein, warten Sie. Bleiben Sie hier.« Kira bedeutete dem Arzt, wieder Platz zu nehmen. »Ich weiß, was Sie denken.«

Bashir sank in seinen Sessel. »Was denke ich?«, fragte er.

Kira verschränkte die Arme. »Erstens: Sie denken, versagt zu haben, weil Sie ohne Beweise zurückgekehrt sind. Deshalb können Sie Sektion 31 nicht auffliegen lassen.«

Bashir lächelte schief.

»Und zweitens ...«, fuhr Kira fort. »Sie denken darüber nach, wie Sie *DS9* verlassen können, ohne Verdacht zu erregen, um noch einmal nach Sindorin zu fliegen und die Ingavi zu retten. ›Es sollte eigentlich ganz einfach sein‹, denken Sie. ›Ich bin ja so viel schlauer als alle anderen. Oh, und wenn ich schon einmal dort bin, suche ich nach Beweismaterial, um Sektion 31 eines Tages doch noch zur Strecke zu bringen. Und nein, ich brauche Colonel Kira nichts davon zu sagen, denn sie würde nur erwidern, dass ich ein Idiot bin.‹«

Bashirs Lächeln wuchs ein wenig in die Breite. »Sie haben an meiner Tür gelauscht«, sagte er. »Das war ziemlich gut, obwohl ich nicht annähernd so bescheiden bin.«

Kira hätte das Lächeln fast erwidert. »Ich habe die Ops angewiesen, den abgehenden Verkehr genau zu kontrollieren. Es wird bereits eine Person vermisst und ich möchte vermeiden, dass noch eine verloren geht.« Sie erzählte Dax, Bashir und Taran'atar von Jake Siskos Verschwinden.

Als sie fertig war, stand Dax auf. »Ich rede mit Kasidy. Sie ist bestimmt außer sich vor Sorge.«

»Als ich mit ihr gesprochen habe, machte sie einen gefassten Eindruck«, erwiderte Kira.

Dax zuckte mit den Schultern. »Vielleicht war sie das. Aber manchmal spielen die Hormone verrückt. So ist das in der Schwangerschaft. Ich erinnere mich daran …«

Kira nickte und erinnerte sich ebenfalls. »Na schön. Danke, Ezri. Ja, gehen Sie nur und setzen Sie sich mit Kasidy in Verbindung. Sagen Sie ihr, dass wir so bald wie möglich nach Bajor kommen, um sie zu besuchen.«

Dax nickte und ging.

Bashir stand auf, um Ezri zu folgen, aber Kira hielt ihn noch einmal zurück. »Ich weiß, dass dies sehr schwer für Sie gewesen sein muss, Julian. Ich möchte Ihnen danken. Wenn es Ihnen heute Nacht schwer fällt zu schlafen … Denken Sie daran, wie vielen Personen Sie bei dieser Mission das Leben gerettet haben.«

Bashir nickte. »Sie kommen mit Ihrer Rolle als Kommandantin immer besser zurecht, Nerys. Ihre Worte lassen mich fast die Leute vergessen, die ich *nicht* retten konnte.«

»Ich möchte nicht, dass Sie vergessen, Julian«, erwiderte Kira. »Sie sollen sich nur selbst verzeihen, dass Sie nicht der Übermensch sind, für den Sie sich manchmal halten.«

Bashir sah ihr einige Sekunden lang in die Augen, neigte dann kurz den Kopf und spürte, wie die Anspannung aus Schultern und Nacken wich. Schließlich nickte er und verabschiedete sich mit einem von Herzen kommenden »Danke, Nerys«.

Damit blieb Kira allein mit Taran'atar zurück.

Er hatte die ganze Zeit über in einer Ecke des Büros gesessen, weiter als die anderen vom Schreibtisch entfernt. Zwar war er während der Gespräche still geblieben – es sei denn, jemand richtete eine direkte Frage an ihn –, aber Kira hatte sein Interesse an den Vorgängen gespürt.

Auch als Bashir gegangen war, gab er keinen Ton von sich, blickte Kira nur stumm an. Sie wartete darauf, dass er das Wort ergriff, vermutete dann, dass Jem'Hadar normalerweise nicht aus eigener Initiative sprachen. »Dr. Bashir wies darauf hin, dass die Mission ohne Ihre Hilfe fehlgeschlagen wäre«, sagte sie. »Ich danke Ihnen. Es ist bestimmt nicht leicht für Sie. In der kurzen Zeit, die Sie bei uns sind, mussten Sie schon zweimal gegen Jem'Hadar kämpfen.«

»Jem'Hadar haben schon früher gegeneinander gekämpft. Und es wird nicht zum letzten Mal geschehen sein.«

Kira nahm sich vor, später gründlicher über diese Bemerkung nachzudenken. »Der Doktor wies auch darauf hin, dass Sie schwer verletzt wurden, und einige der Verletzungen erlitten Sie nicht im Kampf. Dafür möchte ich Ihnen meine Anteilnahme aussprechen. Ich kenne mich ein wenig mit Folter aus ...«

»Meinen Sie foltern oder gefoltert werden?«, fragte Taran'atar.

Kira zögerte. »Ich glaube, diese Frage möchte ich nicht beantworten«, sagte sie dann. »Lassen wir es dabei bewenden.«

»Na schön«, erwiderte Taran'atar. »Wie Sie wünschen.«

Doch er stand nicht auf, um das Büro zu verlassen. »Gibt es etwas, das wir für Sie tun können? Möchten Sie dem Dominion eine Nachricht übermitteln? Das ließe sich arrangieren.«

»Man hat mich nicht angewiesen, Berichte zu übermitteln, und deshalb werde ich darauf verzichten. Die Gründer setzen sich mit mir in Verbindung, wenn sie das wünschen – *falls* sie es wünschen.«

Der Jem'Hadar blieb auch weiterhin sitzen und deshalb fragte Kira: »Sonst noch etwas?«

Taran'atar holte tief Luft und ließ den Atem langsam entweichen. Kira sah, dass er mit einer Entscheidung rang, und sie beschloss, sich in Geduld zu fassen. Schließlich beugte er sich vor, ballte eine Faust und wölbte die andere Hand darum. »Lieutenant Ro meinte, sie hätte nie eine Person getroffen, die mehr an die Götter glaubt als Sie. Stimmt das?«

Kira war mehr als nur ein wenig überrascht, dass Ro sich Meinungen über das spirituelle Leben anderer Leute gebildet hatte – *noch dazu über meins,* dachte sie –, aber sie beschloss, auf Taran'atar einzugehen. »Solche Dinge lassen sich kaum messen, aber ich denke schon, dass mein Glaube sehr stark ist.«

»Wie konnte er so stark werden?«, fragte Taran'atar. »Wie können Sie … nicht zweifeln?«

Kira lehnte sich in ihrem Sessel zurück. Sie war nicht auf eine theologische Diskussion vorbereitet, erst recht nicht mit einem Jem'Hadar. Sie beschloss, Odo bei ihrer nächsten Begegnung eins auf die Nase zu geben …

Falls sie ihn jemals wiedersah …

»Oh, ich zweifle«, sagte sie. »Jeden Tag. Ich zweifle daran, dass ich allen Erfordernissen dieses Jobs gerecht werde. Ich zweifle daran, eine gute, anständige Person zu sein. Ich bezweifle sogar, dass ich morgen noch hier bin. Der Zweifel begleitet mich auf Schritt und Tritt. Aber während ich zweifle, gewinne ich Kraft aus der Vorstellung, dass die Propheten einen Bildteppich weben, in dem mein Leben ein Faden ist, und dass mir der Glaube hilft, meinen Teil im Ganzen zu verstehen. Seit einiger Zeit bin ich davon überzeugt, dass die Propheten nichts mit blinder Ergebenheit anfangen können. Sie wollen, dass wir – ihr Volk – unseren Glauben jeden Tag in Frage stellen, denn er kann nur stärker werden, indem man ihn herausfordert.« Ein wenig verlegen unterbrach sich Kira. »Ergibt irgendetwas davon einen Sinn?«, fragte sie.

Taran'atar dachte darüber nach. »Dies ist alles sehr paradox«, sagte er schließlich.

Kira hob und senkte die Schultern. »Es ist *bestenfalls* paradox. An schlechten Tagen ist es völliger Unsinn.«

Der Jem'Hadar brummte zustimmend.

»Wenn nichts anderes hilft ... Haben Sie Vertrauen zu Odo. *Ich* vertraue ihm.«

Taran'atar sah auf und die Verwirrung wich aus seinen Augen, als er nickte. »Das soll unsere gemeinsame Basis sein«, sagte er.

Die leblose Hülle von *Empok Nor* wurde kalt. Vaughn fand die Sache traurig, obwohl von *DS9* stammende Notgeneratoren dafür sorgten, dass es in einigen Abteilungen warm blieb. Offenbar war er der Einzige, der auf diese Weise empfand. Vielleicht lag es daran, dass er im Lauf der Jahr so oft den Tod gesehen hatte. *Alte Leute denken häufiger über den Tod nach,* überlegte er. Nun, hier verbarg sich nichts Tiefsinniges. *Sie denken auch mehr an Kälte,* fand er, zog den Reißverschluss der Jacke ganz zu und schlug den Kragen hoch.

Es handelte sich um eine der alten Starfleet-Feldjacken, eines der besten Kleidungsstücke, die das Versorgungslager der Flotte je ausgegeben hatte. Wie die meisten Offiziere, die vor achtzig Jahren Kadetten gewesen waren, hatte Vaughn seine Feldjacke behalten. Sie war dick, ausgestattet mit tiefen Taschen und Heizzellen an den richtigen Stellen.

Vaughn stand in einem der unteren Masten der Station an einer Andockstelle, blickte durchs Fenster und beobachtete die Sterne. Er wusste das cardassianische Konstruktionsmuster zu schätzen, denn es erlaubte ihm, Raumschiffe im Anflug direkt zu sehen, ohne sich auf die Darstellungen eines Monitors oder holographischen Projektionsfelds verlassen zu müssen. Er dachte über den Begriff »einmotten« nach. Vor vielen,

vielen Jahren hatte er dieses Wort in einer alten Ausgabe des *Wörterbuchs für terranische Sprachen* nachgeschlagen und überrascht festgestellt, dass es sich auf die Lagerung von Kleidung bezog, zusammen mit einer Substanz, die Insektenlarven tötete. Er schüttelte den Kopf und lächelte, als er sich an die Definition jenes Begriffs erinnerte. Die alten Sprachen der Erde waren wundervoll flexibel gewesen.

»Einmotten«, sagte er laut. Wie lange noch, bis jemand beschloss, *ihn* einzumotten? Erneut sah er durchs Fenster und blickte zu dem riesigen Andockring weiter oben auf. *Nun, es wird noch ein wenig dauern.*

Jemand näherte sich ihm von hinten. Es war ungewöhnlich genug, dass Vaughn die Schritte nicht schon vorher gehört hatte. Für die Identität der betreffenden Person gab es drei Möglichkeiten. Die erste hätte ihn inzwischen getötet, und die zweite … Nun, sie kam nicht in Frage, denn er wusste *ganz genau, wo sie sich befand*.

»Dr. Bashir«, sagte Vaughn, ohne sich umzudrehen. »Was kann ich für Sie tun?«

Bashir blieb überrascht stehen. Vaughn hörte, wie er Luft holte und sie langsam entweichen ließ. *Er ist zornig,* dachte er. *Aber er versucht, seinen Zorn unter Kontrolle zu halten. Und es gelingt ihm fast.*

»Ich bin gekommen, um Ihnen einige Fragen zu stellen«, sagte Bashir und bemühte sich, höflich zu bleiben. »Und ich möchte klare Antworten.« Nach kurzem Zögern fügte er hinzu: »Wenigstens dieses eine Mal.«

Vaughn drehte sich um, musterte den Arzt und lehnte sich an den Rand der Luftschleuse. »Natürlich, Doktor.«

Bashir trat näher und blieb so stehen, als rechnete er jeden Augenblick mit einem Fausthieb. »Sie wussten, was passieren würde.«

Vaughn neigte den Kopf zur Seite. »Das ist keine Frage.«

Bashir seufzte und wandte sich zum Gehen.

Vaughn hob die Hände. »Schon gut, schon gut. Entschuldigung. Es ist schwer, aufs Ausweichen zu verzichten, wenn man sich erst einmal daran gewöhnt hat. Die Antwort lautet: Nein, ich wusste nicht genau, was geschehen würde. Ich hatte die eine oder andere Vermutung, denn ich weiß, wie Sektion 31 arbeitet. Was auch immer die Agenten sagen – es hat mehr als nur eine Bedeutung.« Er nahm seinen Insignienkommunikator ab und zeigte ihn Bashir. Dann schloss er die Finger darum, schüttelte die Hand und öffnete sie. Der Kommunikator war verschwunden. »Und denken Sie immer daran: Ganz gleich, was Ihnen die Einunddreißiger zeigen, ganz gleich, wie interessant es sein mag – sie zeigen es Ihnen nur, um Sie von etwas anderem abzulenken.« Er hob die andere Hand und präsentierte Bashir einen Insignienkommunikator. Als der Arzt mit den Schultern zuckte, deutete Vaughn auf dessen Uniformjacke, an der der Kommunikator fehlte.

Bashir streckte die Hand aus und Vaughn ließ das kleine Kom-Gerät hineinfallen. »Sektion 31 wollte Locken aus dem Weg räumen. Sie wäre bestimmt imstande gewesen, eine Streitmacht mit genug Schlagkraft zusammenzustellen, um ihn, seine Jem'Hadar und den Brutplatz in Asche zu verwandeln. Aber dann hätte sie die Dinge verloren, um die es ihr wirklich ging.«

»Lockens Daten«, spekulierte Bashir.

»Ja«, bestätigte Vaughn. »Um beide Ziele zu erreichen, um Locken loszuwerden und seine Daten zu bekommen, musste jemand eingeschleust werden, und ein Einunddreißiger kam dafür nicht in Frage. Deshalb brauchte Cole Sie. Nachdem Sie Locken ausgeschaltet hatten, war der Rest ganz einfach. Sektion 31 bekam, was sie wollte, und verwischte anschließend alle Spuren. Ihr erstes Prinzip besteht darin, die eigene Existenz geheim zu halten. Alles andere ist diesem Bestreben untergeordnet und dient nur dazu, das erste Prinzip zu unterstützen. Früher mag das einmal anders gewesen sein, aber jetzt nicht mehr. Es ist ihre größte Stärke und gleichzeitig ihre größte Schwäche.«

Bashir musterte Vaughn aufmerksam. »Soll das heißen, dass Sie *nicht* zur Sektion 31 gehören? Ein weiterer Starfleet-Offizier im Zaum gehalten ...«

Vaughn kniff die Augen zusammen. »Niemand hält mich im Zaum, Doktor. Und ich habe *nie* für Einunddreißig gearbeitet.«

Bashir erkannte die Wahrheit und sie verschlug ihm den Atem. »Sie haben ebenfalls gegen sie gekämpft.«

»Schon vor Ihrer Geburt«, sagte Vaughn. Er drehte sich um und sah wieder aus dem Fenster. »Sie haben etwas von einem Romantiker, Doktor, und daran wird sich wahrscheinlich nie etwas ändern. In Ihrer neuesten romantischen Phantasievorstellung sind Sie der einzige Gegner einer gigantischen Verschwörung. Das stärkt Ihr Ego.«

Bashir wollte Einwände erheben, aber Vaughn winkte ab. »Dagegen gibt es nichts einzuwenden, Doktor«, fuhr er fort. »Sie brauchen ein starkes Ego, wenn Sie dies überleben wollen. Die Wahrheit ist: Wir sind nur wenige. Und eine noch traurigere Wahrheit lautet: Gegner von Einunddreißig überleben nur, wenn sie Geduld haben und noch weiter vorausdenken.«

»Den Ingavi hat das nicht viel genützt«, brummte Bashir.

Vaughn reagierte darauf, indem er sich der Kom-Tafel neben der Luftschleuse zuwandte und einen Code eingab. Dann deutete er zu *Empok Nors* Andockring –

ein seltsam aussehendes, kastenförmiges Raumschiff deaktivierte dort seinen Tarnschirm.

»Was ist das denn?«, fragte Bashir.

»Das, Doktor, ist ein mobiler Ambientensimulator – ein Holoschiff, um es einfach auszudrücken. Das einzige seiner Art. Es wurde insgeheim gebaut und mit einer illegalen Tarnvorrichtung ausgestattet. Es ist das Relikt einer fehlgeschlagenen Operation von Sektion 31, die letztes Jahr im Briar Patch stattfand. Leider flog Einunddreißig dabei nicht auf. Man gab die Schuld einem einzelnen Admiral, der inzwischen tot ist und mit den Son'a zusammenarbeitete. Aber wir Gegner von Einunddreißig begriffen sofort, wer dahinter steckte und die Fäden zog.

Nach dem Fehlschlag der Operation wurde das Holoschiff offiziell von Starfleet Command beschlagnahmt und zerstört.« Vaughns Lippen verzogen sich zu einem dünnen Lächeln. »So steht es jedenfalls im Bericht.«

»Sie haben das Holoschiff direkt vor den Augen von Starfleet Command *und* Sektion 31 gestohlen? Aber warum?«

Vaughn zuckte mit den Schultern. »Für schlechte Zeiten. Mich reizte die Vorstellung, eines ihrer eigenen Werkzeuge gegen die Sektion 31 einzusetzen. Das Holoschiff war dafür vorgesehen, eine kleine Kolonie unbemerkt an einen anderen Ort zu bringen.«

Bashir verstand plötzlich und lachte. »Sie haben die Ingavi von Sindorin fortgebracht!«

Vaughn nickte. »Die meisten von ihnen. So viele, wie wir in der zur Verfügung stehenden Zeit finden konnten. Übrigens: Ich bin nicht persönlich an der Aktion beteiligt gewesen. Aber wie ich schon sagte: Sie sind nicht allein.«

»Ezri erwähnte einen Sensorschatten, als wir den Planeten verließen.«

»Nichts ist perfekt, Doktor«, sagte Vaughn. »Nicht einmal einer *meiner* Pläne. Das werden Sie merken, wenn wir zusammenarbeiten.«

Bashir lächelte plötzlich. Es war ein spitzbübisches, jungenhaftes Lächeln. Er sah aus wie jemand, der ohne Schutzanzug die Luftschleuse passieren wollte, um das Holoschiff zu erreichen. »Aber … Ro! Sie müssen es ihr sagen! Sie war am Boden zerstört!«

»Sie ist bereits dort oben«, erwiderte Vaughn. »Derzeit versucht sie herauszufinden, was auf Sindorin geschehen ist. Ohne großen Erfolg, fürchte ich – immerhin haben die Ingavi einen ziemlichen Schock erlitten. Einer von ihnen scheint ihr eine große Hilfe zu sein.«

»Kel?«, fragte Bashir erfreut. »Hat er überlebt?«

»Den Namen habe ich nicht verstanden, Doktor. Wie auch immer er heißt: Er erweckte den Eindruck, recht zufrieden mit sich zu sein.«

»Das ist Kel!«, entfuhr es Bashir. »Ich muss es Ezri erzählen! Und auch Kira! Sonst beginnt sie, Pläne zu schmieden, um …«

»Colonel Kira weiß Bescheid«, sagte Vaughn. »Wir hätten dies alles nicht schaffen können, wenn sie nicht bereit gewesen wäre, zur richtigen Zeit wegzusehen. Und was Lieutenant Dax betrifft … Ich glaube, Sie sollten noch ein wenig warten.«

»Warten? Warum?«

»Warten Sie, bis Sie dort drüben gewesen sind und unsere Gäste untersucht haben, Doktor. Vielleicht brauchen sie medizinische Hilfe. Helfen Sie mir, ihnen zu erklären, dass wir sie nach Ingavi zurückbringen wollen – zufälligerweise ist jene Welt heute ein Föderationsprotektorat. Und dann …« Vaughn klopfte Bashir auf die Schulter. »Dann kehren Sie mit mir zusammen nach *DS9* zurück und ich koche uns einen ordentlichen Kräutertee. Und anschließend beginnen wir *gemeinsam* damit, Pläne zu schmieden.«

DANKSAGUNGEN

Zuerst und vor allem möchte ich Marco Palmieri danken, der an mich dachte.

David Weddles Name wird zuerst genannt, weil er sich die Geschichte einfallen ließ – und, was ebenso wichtig ist, weil er an »Inquisition«* mitschrieb, der Episode von *STAR TREK: Deep Space Nine*, die uns Sektion 31 präsentierte. Danke, David. Mit ein paar dunklen Ecken ist das STAR TREK-Universum ein coolerer Ort.

Ich möchte meinen Beta-Lesern Heather, Helen und Katie für ihre scharfsinnigen Kommentare, ihren nicht nachlassenden Enthusiasmus und ihre Bereitschaft danken, gelegentliche Panikattacken hinzunehmen. Dank gebührt auch Tristan und Joshua, die sich häufig mit Fragen in der Art von »Was ist der Unterschied zwischen einem Krieger und einem Soldaten?« konfrontiert sahen.

Zum Schluss noch Küsse und Umarmungen für Katie (dieselbe wie oben), die mich während dieses Projekts ertrug, und für Andys Verständnis dafür, dass sein Papi nicht mit ihm spielen konnte, weil er an diesem Buch arbeiten musste.

* Folge Nummer 142, 6. Staffel – *Anm. d. Übers.*

STAR TREK™

in der Reihe
HEYNE SCIENCE FICTION & FANTASY

STAR TREK: CLASSIC SERIE
Vonda N. McIntyre, Star Trek II: Der Zorn des Khan · 06/3971
Vonda N. McIntyre, Der Entropie-Effekt · 06/3988
Robert E. Vardeman, Das Klingonen-Gambit · 06/4035
Lee Correy, Hort des Lebens · 06/4083
Vonda N. McIntyre, Star Trek III: Auf der Suche nach Mr. Spock · 06/4181
S. M. Murdock, Das Netz der Romulaner · 06/4209
Sonni Cooper, Schwarzes Feuer · 06/4270
Robert E. Vardeman, Meuterei auf der Enterprise · 06/4285
Howard Weinstein, Die Macht der Krone · 06/4342
Sondra Marshak & Myrna Culbreath, Das Prometheus-Projekt · 06/4379
Sondra Marshak & Myrna Culbreath, Tödliches Dreieck · 06/4411
A. C. Crispin, Sohn der Vergangenheit · 06/4431
Diane Duane, Der verwundete Himmel · 06/4458
David Dvorkin, Die Trellisane-Konfrontation · 06/4474
Vonda N. McIntyre, Star Trek IV: Zurück in die Gegenwart · 06/4486
Greg Bear, Corona · 06/4499
John M. Ford, Der letzte Schachzug · 06/4528
Diane Duane, Der Feind – mein Verbündeter · 06/4535
Melinda Snodgrass, Die Tränen der Sänger · 06/4551
Jean Lorrah, Mord an der Vulkan Akademie · 06/4568
Janet Kagan, Uhuras Lied · 06/4605
Laurence Yep, Herr der Schatten · 06/4627
Barbara Hambly, Ishmael · 06/4662
J. M. Dillard, Star Trek V: Am Rande des Universums · 06/4682
Della van Hise, Zeit zu töten · 06/4698
Margaret Wander Bonanno, Geiseln für den Frieden · 06/4724
Majliss Larson, Das Faustpfand der Klingonen · 06/4741
J. M. Dillard, Bewußtseinsschatten · 06/4762
Brad Ferguson, Krise auf Centaurus · 06/4776
Diane Carey, Das Schlachtschiff · 06/4804
J. M. Dillard, Dämonen · 06/4819
Diane Duane, Spocks Welt · 06/4830
Diane Carey, Der Verräter · 06/4848
Gene DeWeese, Zwischen den Fronten · 06/4862
J. M. Dillard, Die verlorenen Jahre · 06/4869
Howard Weinstein, Akkalla · 06/4879
Carmen Carter, McCoys Träume · 06/4898
Diane Duane & Peter Norwood, Die Romulaner · 06/4907
John M. Ford, Was kostet dieser Planet? · 06/4922
J. M. Dillard, Blutdurst · 06/4929
Gene Roddenberry, Star Trek I: Der Film · 06/4942
J. M. Dillard, Star Trek VI: Das unentdeckte Land · 06/4943
Jean Lorrah, Die UMUK-Seuche · 06/4949
A. C. Crispin, Zeit für gestern · 06/4969
David Dvorkin, Die Zeitfalle · 06/4996
Barbara Paul, Das Drei-Minuten-Universum · 06/5005

STAR TREK™

Judith & Garfield Reeves-Stevens, Das Zentralgehirn · 06/5015
Gene DeWeese, Nexus · 06/5019
D. C. Fontana, Vulkans Ruhm · 06/5043
Judith & Garfield Reeves-Stevens, Die erste Direktive · 06/5051
Michael Jan Friedman, Das Doppelgänger-Komplott · 06/5067
Judy Klass, Der Boaco-Zwischenfall · 06/5086
Julia Ecklar, Kobayashi Maru · 06/5103
Peter Norwood, Angriff auf Dekkanar · 06/5147
Carolyn Clowes, Das Pandora-Prinzip · 06/5167
Michael Jan Friedman, Schatten auf der Sonne · 06/5179
Diana Duane, Die Befehle des Doktors · 06/5247
V. E. Mitchell, Der unsichtbare Gegner ·06/5248
Dana Kramer-Rolls, Der Prüfstein ihrer Vergangenheit · 06/5273
Barbara Hambly, Der Kampf ums nackte Überleben · 06/5334
Brad Ferguson, Eine Flagge voller Sterne · 06/5349
J. M. Dillard, Star Trek VII: Generationen · 06/5360
Gene DeWeese, Die Kolonie der Abtrünnigen · 06/5375
Michael Jan Friedman, Späte Rache · 06/5412
Peter David, Der Riß im Kontinuum · 06/5464
Michael Jan Friedman, Gesichter aus Feuer · 06/5465
Peter David/Michael Jan Friedman/Robert Greenberger, Die Enterbten · 06/5466
L. A. Graf, Die Eisfalle · 06/5467
John Vornholt, Zuflucht · 06/5468
L. A. Graf, Der Saboteur · 06/5469
Melissa Crandall, Die Geisterstation · 06/5470
Mel Gilden, Die Raumschiff-Falle · 06/5471
V. E. Mitchell, Tore auf einer toten Welt · 06/5472
Victor Milan, Aus Okeanos Tiefen · 06/5473
Diane Carey, Das große Raumschiff-Rennen · 06/5474
Margaret Wander Bonanno, Die Sonde · 06/5475
Diane Carey, Kirks Bestimmung · 06/5476
L. A. Graf, Feuersturm · 06/5477
A. C. Crispin, Sarek · 06/5478
Simon Hawke, Die Terroristen von Patria · 06/5479
Barbara Hambly, Kreuzwege · 06/5681
L. A. Graf, Ein Sumpf von Intrigen · 06/5682
Howard Weinstein, McCoys Tochter · 06/5683
Judith & Garfield Reeves-Stevens, Die Föderation · 06/5684
J. M. Dillard, Sabotage · 06/5685
Denny Martin Flinn, Der Coup der Promethaner · 06/5686
Diane Carey/Dr. James I. Kirkland, Keine Spur von Menschen · 06/5687
William Shatner, Die Asche von Eden · 06/5688
William Shatner, Die Rückkehr · 06/5689
William Shatner, Der Rächer · 06/5690
Peter David, Die Tochter des Captain · 06/5691
Dean Wesley Smith/Kristine Kathryn Rusch, Die Ringe von Tautee · 06/5693
Diane Carey, Invasion – 1: Der Erstschlag · 06/5694
Dean Wesley Smith/Kristine Kathryn Rusch, Tag der Ehre – 4: Das Gesetz des Verrats · 06/5702
William Shatner, Das Gespenst · 06/5703

STAR TREK™

William Shatner, Dunkler Sieg · 06/5704
William Shatner, Die Bewahrer · 06/5705

STAR TREK: THE NEXT GENERATION
David Gerrold, Mission Farpoint · 06/4589
Gene DeWeese, Die Friedenswächter · 06/4646
Carmen Carter, Die Kinder von Hamlin · 06/4685
Jean Lorrah, Überlebende · 06/4705
Peter David, Planet der Waffen · 06/4733
Diane Carey, Gespensterschiff · 06/4757
Howard Weinstein, Machthunger · 06/4771
John Vornholt, Masken · 06/4787
David & Daniel Dvorkin, Die Ehre des Captain · 06/4793
Michael Jan Friedman, Ein Ruf in die Dunkelheit · 06/4814
Peter David, Eine Hölle namens Paradies · 06/4837
Jean Lorrah, Metamorphose · 06/4856
Keith Sharee, Gullivers Flüchtlinge · 06/4889
Carmen Carter u. a., Planet des Untergangs · 06/4899
A. C. Crispin, Die Augen der Betrachter · 06/4914
Howard Weinstein, Im Exil · 06/4937
Michael Jan Friedman, Das verschwundene Juwel · 06/4958
John Vornholt, Kontamination · 06/4986
Mel Gilden, Baldwins Entdeckungen · 06/5024
Peter David, Vendetta · 06/5057
Peter David, Eine Lektion in Liebe · 06/5077
Howard Weinstein, Die Macht der Former · 06/5096
Michael Jan Friedman, Wieder vereint · 06/5142
T. L. Mancour, Spartacus · 06/5158
Bill McCay/Eloise Flood, Ketten der Gewalt · 06/5242
V. E. Mitchell, Die Jarada · 06/5279
John Vornholt, Kriegstrommeln · 06/5312
David Bischoff, Die Epidemie · 06/5356
Peter David, Imzadi · 06/5357
Laurell K. Hamilton, Nacht über Oriana · 06/5342
Simon Hawke, Die Beute der Romulaner · 06/5413
Rebecca Neason, Der Kronprinz · 06/5414
John Peel, Drachenjäger · 06/5415
Diane Carey, Abstieg · 06/5416
Diane Duane, Dunkler Spiegel · 06/5417
Jeri Taylor, Die Zusammenkunft · 06/5418
Michael Jan Friedman, Relikte · 06/5419
Susan Wright, Der Mörder des Sli · 06/5438
W. R. Thomson, Planet der Schuldner · 06/5439
Carmen Carter, Das Herz des Teufels · 06/5440
Michael Jan Friedman & Kevin Ryan, Requiem · 06/5442
Dafydd ab Hugh, Gleichgewicht der Kräfte · 06/5443
Michael Jan Friedman, Die Verurteilung · 06/5444
Peter David, Q² · 06/5445
Simon Hawke, Die Rückkehr der Despoten · 06/5446
Robert Greenberger, Die Strategie der Romulaner · 06/5447

STAR TREK™

Gene DeWeese, Im Staubnebel verschwunden · 06/5448
Brad Ferguson, Das letzte Aufgebot · 06/5449
Michael Jan Friedman, Die andere Seite · 06/5750
Kij Johnson/Greg Cox, Die Ehre des Drachen · 06/5751
J. M. Dillard/Kathleen O'Malley, Wahnsinn · 06/5753
Dean Wesley Smith/Kristine Kathryn Rusch, Invasion – 2: Soldaten des Schreckens · 06/5754
Pamela Sargent/George Zebrowski, Verhöhnter Zorn · 06/5756
J. M. Dillard, Star Trek VIII: Der erste Kontakt · 06/5757
Diane Carey, Tag der Ehre – 1: Altes Blut · 06/5763
John Vornholt, Der Dominion-Krieg – 1: Hinter feindlichen Linien · 06/5765
John Vornholt, Der Dominion-Krieg – 3: Sternentunnel · 06/5766
Peter David, Imzadi II · 06/5767
John de Lancie/Peter David, Ich, Q · 06/5768
Andy Mangels/Michael A. Martin, Sektion 31 – Die Verschwörung · 06/5769
J. M. Dillard, Star Trek IX: Der Aufstand · 06/5770
Greg Cox, Das Q-Kontinuum 1: Die galaktische Barriere · 06/5771
Greg Cox, Das Q-Kontinuum 2: Die Entführung · 06/5772
Greg Cox, Das Q-Kontinuum 3: Der Widersacher · 06/5773
John Vornholt, Kristallwelt 1 · 06/5774
John Vornholt, Kristallwelt 2 · 06/5775

STAR TREK: DIE ANFÄNGE
Vonda N. McIntyre, Die erste Mission · 06/4619
Margaret Wander Bonanno, Fremde vom Himmel · 06/4669
Diane Carey, Die letzte Grenze · 06/4714

STAR TREK: DEEP SPACE NINE
J. M. Dillard, Botschafter · 06/5115
Peter David, Die Belagerung · 06/5129
K. W. Jeter, Die Station der Cardassianer · 06/5130
Sandy Schofield, Das große Spiel · 06/5187
Dafydd ab Hugh, Gefallene Helden · 06/5322
Lois Tilton, Verrat · 06/5323
Esther Friesner, Kriegskind · 06/5430
John Vornholt, Antimaterie · 06/5431
Diane Carey, Die Suche · 06/5432
K. W. Jeter, Das Böse · 06/5433
Melissa Scott, Der Pirat · 06/5434
Nathan Archer, Walhalla · 06/5512
Greg Cox/John Gregory Betancourt, Der Teufel im Himmel · 06/5513
Robert Sheckley, Das Spiel der Laertianer · 06/5514
Diane Carey, Der Weg des Kriegers · 06/5515
Diane Carey, Die Katakombe · 06/5516
Dean Wesley Smith/Kristine Kathryn Rusch, Die lange Nacht · 06/5517
John Peel, Der Schwarm · 06/5518
L. A. Graf, Invasion – 3: Der Feind der Zeit · 06/5519
Michael Jan Friedman, Saratoga · 06/5721
Diane Carey, Neuer Ärger mit den Tribbles · 06/5723
L. A. Graf, Tag der Ehre – 2: Der Himmel von Armageddon · 06/5725

STAR TREK™

Diane Carey, Der Dominion-Krieg – 2: Verlorener Friede · 06/5727
Diane Carey, Der Dominion-Krieg – 4: Beendet den Krieg! · 06/5728

STAR TREK: STARFLEET KADETTEN
John Vornholt, Generationen · 06/6501
Peter David, Worfs erstes Abenteuer · 06/6502
Peter David, Mission auf Dantar · 06/6503
Peter David, Überleben · 06/6504
Brad Strickland, Das Sternengespenst · 06/6505
Brad Strickland, In den Wüsten von Bajor · 06/6506
John Peel, Freiheitskämpfer · 06/6507
Mel Gilden & Ted Pedersen, Das Schoßtierchen · 06/6508
John Vornholt, Erobert die Flagge! · 06/6509
V. E. Mitchell, Die Atlantis Station · 06/6510
Michael Jan Friedman, Die verschwundene Besatzung · 06/6511
Michael Jan Friedman, Das Echsenvolk · 06/6512
Diane G. Gallagher, Arcade · 06/6513
John Peel, Ein Trip durch das Wurmloch · 06/6514
Brad & Barbara Strickland, Kadett Jean-Luc Picard · 06/6515
Brad & Barbara Strickland, Picards erstes Kommando · 06/6516
Ted Pedersen, Zigeunerwelt · 06/6517
Patricia Barnes-Svarney, Loyalitäten · 06/6518
Diana G. Gallagher, Tag der Ehre – 5: Ehrensache · 06/6530

STAR TREK: VOYAGER
L. A. Graf, Der Beschützer · 06/5401
Dean Wesley Smith/Kristine Kathryn Rusch, Die Flucht · 06/5402
Nathan Archer, Ragnarök · 06/5403
Susan Wright, Verletzungen · 06/5404
John Betancourt, Der Arbuk-Zwischenfall · 06/5405
Christie Golden, Die ermordete Sonne · 06/5406
Mark A. Garland/Charles G. McGraw, Geisterhafte Visionen · 06/5407
S. N. Lewitt, Cybersong · 06/5408
Dafydd ab Hugh, Invasion – 4: Die Raserei des Endes · 06/5409
Karen Haber, Segnet die Tiere · 06/5410
Jeri Taylor, Mosaik · 06/5811
Melissa Scott, Der Garten · 06/5812
David Niall Wilson, Puppen · 06/5813
Greg Cox, Das schwarze Ufer · 06/5814
Michael Jan Friedman, Tag der Ehre – 3: Ihre klingonische Seele · 06/5815
Christie Golden, Gestrandet · 06/5816
Dean Wesley Smith/Kristine Kathryn Rusch/Nina Kiriki Hoffman, Echos · 06/5817
Christie Golden, Seven of Nine · 06/5818
Eric Kotani, Tod eines Neutronensterns · 06/5819
Diane Carey, Endspiel · 06/5823

STAR TREK: DIE NEUE GRENZE
Peter David, Captain Calhoun · 06/6551
Peter David, U.S.S. Excalibur · 06/6552
Peter David, Märtyrer · 06/6553

STAR TREK™

Peter David, Die Waffe · 06/6554
Peter David, Die Hunde des Krieges · 06/6555
Peter David, Dunkle Verbündete · 06/6556

STAR TREK: DIE BADLANDS
Susan Wright, Die Badlands 1 · 06/6475
Susan Wright, Die Badlands 2 · 06/6476

DAS STAR TREK-UNIVERSUM, 2 Bde.,
von *Ralph Sander* · 06/5150
DAS STAR TREK-UNIVERSUM, 1. Ergänzungsband
von *Ralph Sander* · 06/5151
DAS STAR TREK-UNIVERSUM, 2. Ergänzungsband
von *Ralph Sander* · 06/5270

Ralph Sander, Star Trek Timer 1996 · 06/1996
Ralph Sander, Star Trek Timer 1997 · 06/1997
Ralph Sander, Star Trek Timer 1998 · 06/1998
Ralph Sander, Star Trek Timer 1999 · 06/1999

William Shatner/Chris Kreski, Star Trek Erinnerungen · 06/5188
William Shatner/Chris Kreski, Star Trek Erinnerungen: Die Filme · 06/5450

Phil Farrand, Cap'n Beckmessers Führer durch
STAR TREK – DIE CLASSIC SERIE · 06/5451
Phil Farrand, Cap'n Beckmessers Führer durch
STAR TREK – DIE NÄCHSTE GENERATION · 06/5199
Phil Farrand, Cap'n Beckmessers Führer durch
STAR TREK – DIE NÄCHSTE GENERATION – Teil 2 · 06/6457
Phil Farrand, Cap'n Beckmessers Führer durch
STAR TREK – DEEP SPACE NINE · 06/6458

David Alexander, Gene Roddenberry – Die autorisierte Biographie · 06/5544
Judith & Garfield Reeves-Stevens, Star Trek Design · 06/5545
Nichelle Nichols, Nicht nur Uhura · 06/5547
Leonard Nimoy, Ich bin Spock · 06/5548
Lawrence M. Krauss, Die Physik von Star Trek · 06/5549
Lawrence M. Krauss, Jenseits von Star Trek · 06/6497
Judith & Garfield Reeves-Stevens, Star Trek – Deep Space Nine:
Die Realisierung einer Idee · 06/5550
Herbert F. Solow & Yvonne Fern Solow, Star Trek: Das Skizzenbuch –
Die Classic-Serie · 06/6469
Judith & Garfield Reeves-Stevens, Star Trek – Phase II: Die verlorene Generation ·
06/6470
Herbert F. Solow/Robert H. Justman, Star Trek – Die wahre Geschichte ·
06/6499
J. M. Dillard, Star Trek: Wo bisher noch niemand gewesen ist · 06/6500

Diese Liste ist eine Bibliographie erschienener Titel,
KEIN VERZEICHNIS LIEFERBARER BÜCHER!